U0056976

【臺灣現當代作家研究資料彙編】111

吳漫沙

國立台灣文學館
出版

部長序

十二月，是豐收的季節。在此時刻，國立臺灣文學館執行已十年的「臺灣現當代作家研究資料彙編」計畫，再次推出十位重量級作家研究彙編：吳漫沙、隱地、岩上、林泠、席慕蓉、吳晟、張系國、李渝、季季、施叔青，為叢書再添基石。

文化是國家的靈魂，文學如同承載這靈魂的容器，舉凡生活日常、思想智慧，或是歲月淬鍊的情感、慣習，點滴匯為龐大的「文化共同體」，莫不需要作家之眼、文學之筆，將之一一描摹留存，讓後世得以記憶，並了解自身之所來。

文化部近年來致力保存全民歷史記憶，透過「重建臺灣藝術史」計畫，找回屬於我們的記憶、我們的靈魂，承繼各個時代、各個領域的藝術家們為我們銘刻留下的時代精神。「臺灣現當代作家研究資料彙編」的出版，恰與此呼應：藉由重要作家與作品研究的系統化整理，從檔案史料提煉出臺灣文化多元、豐富的史觀，並透過回顧作家生平、查找文學夥伴的往來互動及社團軌跡，再加上諸多研究者的評述，讓讀者不僅能與作家的生命路徑同行，更能由此進入臺灣特有、深邃的文學世界。我相信，當我們對於臺灣文學的認識越深入，對於這塊土地的情感也將更踏實，文化的創發也會更活潑光燦。

是故，欣見臺灣文學館將計畫第九階段的編選成果呈現出來。名單不乏讀者耳熟能詳的文學大家，但更有意義的，是讓許多逐漸為讀者甚至研究者遺忘的作家，再度重登文學舞臺，有重新被更多人閱讀、討論的機會，這正是我們重建文學史價值之所在。在此向讀者推介這一套兼具深度與廣度的文學工具書，提供國內外研究或關心臺灣文學發展者，期待我們能持續點亮臺灣文學的光芒。

文化部部長 鄭麗君

館長序

臺灣文學的範圍，遠比想像的長遠寬廣。以文字方式留存的文學、年代至少已三百有餘，原住民口語形式的傳統，歷史更是深厚而靈動。可以說，文學聚攏了我們一整個社會的集體記憶。然而文學不只有創作的努力，作者完成的工作，其實也經由文學的「研究」而散發更多意義。

國立臺灣文學館的使命，既是保存臺灣的文學創作史，也就必須借助文學的研究力。雖然臺灣曾有一段時期因為政治情境的壓制，致使臺灣文學科系在 1990 年代後才陸續成立，從而更加辛勤在重建我們應該集體記得的「文學史」。

針對作家和作品的評介和賞析，固是文學研究的明確入口，然而閱讀者的回應甚至反擊，其實也是隱含文思交鋒的珍奇素材，很值得系統性的保存、便於未來世代可以補足先人的思想圖譜。臺灣文學館因而開啟「臺灣現當代作家研究資料彙編」的編纂計畫，自 2010 年委託臺灣文學發展基金會執行，以「現當代」文學作家為界，蒐羅散布各處、詮釋多元的研究評論資料，以勾勒臺灣文學的整體面貌。

「彙編」由最早預定出版三個階段、50 冊的計畫，在各界期許中幾度擴編，至今已是第九階段，累積出版已達 120 冊。這一段現當代的範圍，始自 1920 年代臺灣的新文學世代，並融接戰後由中國大陸跨海而來的創作社群。第九階段彙編計畫包含吳漫沙、隱地、岩上、林泠、席慕蓉、吳晟、張系國、李渝、季季、施叔青十位作家的研究資料，探討了含括不同族群、性別、階層而匯聚在臺灣文學的歷程。

「彙編」計畫選定 1945 年以前出生的世代，為的是在勾勒他們共同經歷的特殊史跡——那個寫作相對艱辛、資料相對散佚、意識型態也格外沉重的時期。當然，部落社會的無名遊吟者、清末古典文學的漢詩人、以及在各個時代留下痕跡的文學家們，都同樣是高度值得尊崇的文學瑰寶。臺灣文學館的「彙編」期待能夠是一個窗口，引我們看見臺灣短短歷史撞擊出的這麼多種各異的文學互動，也寄望未來的資料科技協助我們將更多文學史料呈現給臺灣。

國立臺灣文學館館長 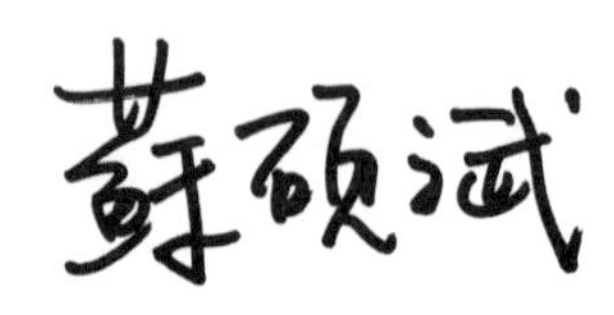

編序

◎封德屏

緣起

1995 年 10 月 25 日，在臺灣師範大學教育大樓的 201 室，一場以「面對臺灣文學」為題的座談會，在座諸位學者分別就臺灣文學的定義、發展、研究，以及文學史的寫法等，提出宏文高論，而時任國家圖書館編纂張錦郎的「臺灣文學需要什麼樣的工具書」，輕鬆幽默的言詞，鞭辟入裡的思維，更贏得在座者的共鳴。

張先生以一個圖書館工作人員自謙，認真專業地為臺灣這幾十年來究竟出版了多少有關臺灣文學的工具書，做地毯式的調查和多方面的訪問。同時條理分明地針對研究者、學生，列出了十項工具書的類型，哪些是現在亟需的，哪些是現在就可以做的，哪些是未來一步一步累積可以達成的，分別做了專業的建議及討論。

當時的文建會二處科長游淑靜，參與了整個座談會，會後她劍及履及的開始了文學工具書的委託工作，從 1996 年的《臺灣文學年鑑》起始，一年一本的編下去，一直到現在，保存延續了臺灣文學發展的基本樣貌。接著是《中華民國作家作品目錄》的新編，《臺灣文壇大事紀要》的續編，補助國家圖書館「當代文學史料影像全文系統」的建置，這些工具書、資料庫的接續完成，至少在當時對臺灣文學的研究，做到一些輔助的功能。

2003 年 10 月，籌備多年的「臺灣文學館」正式開幕運轉。同年五月《文訊》改隸「財團法人台灣文學發展基金會」，為了發揮更大的動能，開始更積極、更有效率地將過去累積至今持續在做的文學史料整理出來，讓豐厚的文藝資源與更多人共享。

於是再次的請教張錦郎先生，張先生認為文學書目、作家作品目錄、文學年鑑、文學辭典皆已完成或正在進行，現在重點應該放在有關「臺灣現當代作家評論資料目錄」的編輯工作上。

很幸運的，這個計畫的發想得到當時臺灣文學館林瑞明館長的支持，於是緊鑼密鼓的展開一切準備工作：籌組編輯團隊、召開顧問會議、擬定工作手冊、撰寫計畫書等等。

張錦郎先生花了許多時間編訂工作手冊，每一位作家的評論資料目錄分為：

（一）生平資料：可分作者自述，旁人論述及訪談，文學獎的紀錄。

（二）作品評論資料：可分作品綜論，單行本作品評論，其他作品（包括單篇作品）評論，與其他作家比較等。

此外，對重要評論加以摘要解說，譬如專書、專輯、學術會議論文集或學位論文等，凡臺灣以外地區之報刊及出版社，於書名或報刊後加註，如中國大陸、香港、新加坡等。此外，資料蒐集範圍除臺灣外，也兼及中國大陸、香港、新加坡、日本、韓國及歐美等地資料，除利用國內蒐集管道外，同時委託當地學者或研究者，擔任資料蒐集工作。

清楚記得，時任顧問的學者專家們，都十分高興這個專案的啟動，但確定收錄哪些作家名單時，也有不同的思考及看法。經過充分的討論後，終於取得基本的共識：除以一般的「文學成就」為觀察及考量作家的標準外，並以研究的迫切性與資料獲得之難易度為綜合考量。譬如說，在第一階段時，作家的選擇除文學成就外，先考量迫切性及研究性，迫切性是指已故又是日治時期臺籍作家為優先，研究性是指作品已出土或已譯成中文為優先。若是作品不少而評論少，或作品評論皆少，可暫時不考慮。此外，還要稍微顧及文類的均衡等等。基本的共識達成後，顧問群共同挑選出 310 位作家，從鄭坤五、賴和、陳虛谷以降，一直到吳錦發、陳黎、蘇偉貞，共分三個階段進行。

「臺灣現當代作家評論資料目錄」專案計畫，自 2004 年 4 月開始，至 2009 年 10 月結束，分三個階段歷時五年六個月，共發現、搜尋、記錄了十餘萬筆作家評論資料。共經歷了三位專職研究助理，近三十位兼任研究助理。這些研究助理從開始熟悉體例，到學習如何尋找資料，是一條漫長卻實用的學習過程。

接續

「臺灣現當代作家評論資料目錄」的專案完成，當代重要作家的研究，更可以在這個基礎上，開出亮麗的花朵。於是就有了「臺灣現當代作家研究資料彙編暨資料庫建置計畫」的誕生。為了便於查詢與應用，資料庫的完成勢在必行，而除了資料庫的建置外，這個計畫再從 310 位作家中精選 50 位，每人彙編一本研究資料，內容有作家圖片集，包括生平重要影像、文學活動照片、手稿及文物，小傳、作品目錄及提要、文學年表。另外每本書分別聘請一位最適當的學者或研究者負責編選，除了負責撰寫八千至一萬字的作家研究綜述外，再從龐雜的評論資料中挑選具有代表性的評論文章，平均 12～14 萬字，最後再附該作家的評論資料目錄，以期完整呈現該作家的生平、創作、研究概況，其歷史地位與影響。

第一部分除資料庫的建置外，50 位作家 50 本資料彙編（平均頁數 400～500 頁），分三個階段完成，自 2010 年 3 月開始至 2013 年 12 月，共費時 3 年 9 個月。因為內容充實，體例完整，各界反應俱佳，第二部分的 50 位作家，分四階段進行，自 2014 年 1 月開始至 2017 年 12 月，共費時 4 年，並於 2017 年 12 月出版《百冊提要》，摘要百冊精華，也讓研究者有清晰的索引可循。2018 年 1 月，舉行百冊成果發表會，長年的灌溉結果獲文化部支持，得以延續百冊碩果，於 2018 年 1 月啟動第三部分 20 位作家的資料彙編，為期兩年。2019 年 12 月結束費時十年，120 本的文學工具書之旅。

成果

雖然過程是如此艱辛，如此一言難盡，可是終究看到豐美的成果。每位編選者雖然忙碌，但面對自己負責的作家資料彙編，卻是一貫地認真堅持。他們每人必須面對上千或數百筆作家評論資料，挑選重要或關鍵性的評論文章，全面閱讀，然後依照編選原則，挑選評論文章。助理們此時不僅提供老師們所需要的支援，統計字數，最重要的是得找到各篇選文作者，取得同意轉載的授權。在起初進度流程初估時，我們錯估了此項工作的難度，因為許多評論文章，發表至今已有數十年的光景，部分作者行蹤難查，還得輾轉透過出版社、學校、服務單位，尋得蛛絲馬跡，再鍥而不捨地追蹤。有了前面的血淚教訓，日後關於授權方面，我們更是如臨深淵、如履薄冰，希望不要重蹈覆轍，在面對授權作業時更是戰戰兢兢，不敢懈怠。

除了挑選評論文章煞費苦心外，每個作家生平重要照片，我們也是採高標準的方式去蒐集，過世作家家屬、友人、研究者或是當初出版著作的出版社，都是我們徵詢的對象。認真誠懇而禮貌的態度，讓我們獲得許多從未出土的資料及照片，也贏得了許多珍貴的友誼。許多作家都協助提供照片手稿等相關資料，已不在世的作家，其家屬及友人在編輯過程中，也給予我們許多協助及鼓勵，藉由這個機會，與他們一起回憶、欣賞他們親人或父祖、前輩，可敬可愛的文學人生。此外，還有許多作家及研究者，熱心地幫忙我們尋找難以聯繫的授權者，辨識因年代久遠而難以記錄年代、地點、事件的作家照片，釐清文學年表資料及作家作品的版本問題，我們從他們身上學習到更多史料研究可貴的精神及經驗。

但如何在規定的時間內，完成每個階段資料彙編的編輯出版工作，對工作小組來說，確實是一大考驗。每一冊的主編老師，都是目前國內現當代臺灣文學教學及研究的重要人物，因此都十分忙碌。每一本的責任編輯，必須在這一年的時間內，與他們所負責資料彙編的主角——傳主及主編老師，共生共榮。從作家作品的收集及整理開始，必須要掌握該作家所有出版的作品，以及盡量收集不同出版社的版本；整理作家年表，除了作家、研究者已撰述好的年表外，也必須再從訪談、自傳、評論目錄，從作品出版等線索，再作比對及增刪。再來就是緊盯每位把「研究綜述」放在所有進度最後一關的主編們，每隔一段時間提醒他們，或順便把新增的評論目錄寄給他們（每隔一段時間就有新的相關論文或學位論文出現），讓他們隨時與他們所主編的這本書，產生聯想，希望有助於「研究綜述」撰寫的進度。

在每個艱辛漫長的歲月中，因等待、因其他人力無法抗拒的因素，衍伸出來的問題，層出不窮，更有許多是始料未及的。譬如，每本書的選文，主編老師本來已經選好了，也經過授權了，為了抓緊時間，負責編輯的助理們甚至連順序、頁碼都排好了，就等主編老師的大作了，這時主編突然發現有新的文章、新的資料產生：再增加兩三篇選文吧！為了達到更好更完備的目標，工作小組當然全力以赴，聯絡，授權，打字，校對，重編順序等等工作，再度展開。

此次第三部分第二階段共需完成的 10 位作家研究資料彙編，年齡層與活動地區分布較廣，步履遍布海內外各地，創作類型也更為豐富多元。出生年代較早的作者，在年表事件的求證以及早年著作的取得上，饒有難度。以出生年代較近的作者而言，許多疑難雜症不刃而解，有些連主編或研究者都不太清楚的部分，作家本人及家屬絕對是一個最好的諮詢對象，對解決某些問題來說，這是一個好的線索，但既然看了，關心了，參與了，就可能有不同的看法，對於選文、年表、照片，甚至是我們整本書的體例，也會有更多想法，於是又是一場翻天覆地的大更動，對整本書的品質來說，應該是好的，但對經過多次琢磨、修改已進入完稿階段的編輯團隊來說，這不啻是一大挑戰。

1990 年開始，各地縣市文化中心（文化局），對在地作家作品集的整理出版，以及臺灣文學館成立後對日治時期作家以迄當代重要作家全集的編纂，對臺灣文學之作家研究，也有了很好的促進作用。如《楊逵全集》、《林亨泰全集》、《鍾肇政全集》、《張文環全集》、《呂赫若日記》、《張秀亞全集》、《葉石濤全集》、《龍瑛宗全集》、《葉笛全集》、《鍾理和全集》、《錦連全集》、《楊雲萍全集》、《鍾鐵民全集》等，如雨後春筍般持續展開。

經過近二十年的努力，臺灣文學的研究與出版，也到了可以驗收或檢討成果的階段。這個說法，當然不是要停下腳步，而是可以從「臺灣現當代作家評論資料目錄」所呈現的 310 位作家、11 萬筆資料中去檢視。檢視的標的，除了從作家作品的質量、時代意義及代表性去衡量外、也可以從作家的世代、性別、文類中，去挖掘有待開墾及努力之處。因此這套「臺灣現當代作家研究資料彙編」，大部分的編選者除了概述作家的研究面向外，均有些觀察與建議。希望就已然的研究成果中，去發現不足與缺憾，研究者可以在這些不足與缺憾之處下功夫，而盡量避免在相同議題上重複。當然這都需要經過一段時間去發現、去彌補、去重建，因此，有關臺灣文學的調查、研究與論述，就格外顯得重要了。

期待

感謝臺灣文學館持續推動這兩個專案的進行。「臺灣現當代作家評論資料目錄」的完成，呈現的是臺灣文學研究的總體成果；「臺灣現當代作家研究資料彙編」的出版，則是呈現成果中最精華最優質的一面，同時對未來臺灣文學的研究面向與路徑，作最好的建議。我們可以很清楚的體會，這是一條綿長優美的臺灣文學接力賽，經過長時間的耕耘灌溉、風搖雨濡，百年臺灣文學大樹卓然而立，跨越時代並馳而行，120 冊作家研究資料彙編得千位作家及學者之力，我們十分榮幸能參與其中，更珍惜在傳承接力的過程，與我們相遇的每一個人，每一件讓我們真心感動的事。我們更期待這個接力賽，能有更多人加入。誠如張恆豪所說「從高音獨唱到多元交響」，這是每一個人所期待的。

編輯體例

一、本書編選之目的，為呈現吳漫沙生平、著作及研究成果，以作為臺灣文學相關研究、教學之參考資料。

二、全書共五輯，各輯內容及體例說明如下：

輯一：圖片集。選刊作家各個時期的生活或參與文學活動的照片、著作書影、手稿（包括創作、日記、書信）、文物。

輯二：生平及作品，包括三部分：

1.小傳：主要內容包括作家本名、重要筆名，生卒年月日，籍貫，及創作風格、文學成就等。

2.作品目錄及提要：依照作品文類（論述、詩、散文、小說、劇本、報導文學、傳記、日記、書信、兒童文學、合集）及出版順序，並撰寫提要。不收錄作家翻譯或編選之作品。

3.文學年表：考訂作家生平所進行的文學創作、文學活動相關之記要，依年月順序繫之。

輯三：研究綜述。綜論作家作品研究的概況，並展現研究成果與價值的論文。

輯四：重要文章選刊。選收作家自述、訪談紀錄以及國內外具代表性的相關研究論文及報導。

輯五：研究評論資料目錄。收錄至 2019 年 11 月底止，有關研究、論述臺灣現當代作家生平和作品評論文獻。語文以中文為主，兼及日文和英文資料。所收文獻資料，以臺灣出版為主，酌收中國大陸、香港、日本和歐美國家的出版品。內容包含三部分：

1.「作家生平、作品評論專書與學位論文」下分為專書與學位論文。

2.「作家生平資料篇目」下分為「自述」、「他述」、「訪談」、「年表」、「其他」。

3.「作品評論篇目」下分為「綜論」、「分論」、「作品評論目錄、索引」、「其他」。

目次

輯一◎圖片集

影像◎手稿◎文物

1931年，吳漫沙留影於福建石獅。（吳明月提供）

1936年10月，吳漫沙（前排左一）與友人合影於福建石獅。（吳明月提供）

1940年代初期，吳漫沙留影於臺北。（吳明月提供）

1930年代後期，吳漫沙落腳於臺北，並開始擔任《風月報》主編。（吳明月提供）

1941年秋，吳漫沙與王玉燕（左）於臺北結婚。（吳明月提供）

1943年，吳漫沙留影於臺北。
（吳明月提供）

1954年冬，吳漫沙與《聯合報》同事出遊，合影於臺北觀音山。前排左起：馬克任夫人劉晴（左三）、鍾中培（抱小孩者）；後排左起：吳漫沙、馬克任。（吳明月提供）

1950年代中期，吳漫沙全家福。右起：長女吳美月、長子吳江東（前）、吳漫沙、么女吳秀月（前）、王玉燕、三女吳明月（前）、二女吳麗月。（吳明月提供）

1957年，吳漫沙與父親吳仕添（右）留影於臺北母親墓前。（吳明月提供）

1960年代，吳漫沙與《聯合報》同事出遊。前排蹲者左起：吳漫沙、馬克任；後排立者左起：劉晴、鍾中培、佚名。（吳明月提供）

1970年11月25日，吳漫沙與友人合影於臺北三榮玻璃行。左起：鄭錦清、吳漫沙、佚名（後）、鄭錦清夫人、佚名。（吳明月提供）

1978年1月4日，吳漫沙留影於歷史博物館。（吳明月提供）

1978年冬，吳漫沙與親人合影於臺北三重家中。前排右起：堂姐吳新玉、吳漫沙、堂妹吳蓮玉、堂妹吳碧玉、妻子王玉燕、佚名；後排右起：三女吳明月、么女吳秀月、長子吳江東。（吳明月提供）

1979年6月24日，吳漫沙與文友合影於彰化市詩文之友社。右起：吳漫沙、王友芬夫人、林荊南、吳醉蓮。（吳明月提供）

1983年，吳漫沙與孫子吳昕龢（左）合影。（吳明月提供）

1986年1月25日，吳漫沙與林煥彰（右）於臺南安平古堡合影。（國立臺灣文學館）

1986年4月1日，吳漫沙參加文藝作家訪問團，與文友合影於遊覽車上。前排右起：吳漫沙、陳秀喜；中排右起：林清文、劉捷；後排右起：王昶雄、郭水潭。（國立臺灣文學館）

1986年4月2日，吳漫沙與文友參訪臺南永康統一企業總公司。左起：吳漫沙、李宗慈、葉石濤、曾心儀、杜文靖。（吳明月提供）

1987年11月，吳漫沙戰後首次返鄉，與家鄉親人合影於福建石獅祖厝前。右起：大姐之媳、吳漫沙、大姐吳愛治（前）、侄子蔡培坤（後）、侄子蔡培通、佚名。（吳明月提供）

1988年3月18日，吳漫沙出席於福華飯店舉辦的「《聯合報》．《經濟日報》．《民生報》退休同仁春節聯誼會」，與孫建中（右）。（國立臺灣文學館）

1988年8月23日，吳漫沙與文友於蘇銀海家中聚會。左起：吳漫沙、林錫牙、莊幼岳、黃錠明。（吳明月提供）

1989年8月15日，全家人為吳漫沙慶祝農曆生日，合影於臺北。前排左起：孫子陳建豪、么女吳秀月、孫子吳昶輝、吳漫沙、孫子盛迪珩、長女吳美月、次女吳麗月、三女吳明月、孫子吳昕瀓；後排左起：么女婿陳博文、媳婦呂寅生、長女婿盛亞洲、次女婿李魁榮、孫子李斯毅、孫子李斯豪、長子吳江東。（吳明月提供）

1994年12月27日，吳漫沙參加於清華大學舉辦的「賴和及其同時代的作家──日據時期臺灣文學國際學術會議」。前排左起：吳漫沙、陳垂映、巫永福、王昶雄、周金波；後排左起：林亨泰、陳千武、葉石濤、楊千鶴。（文學臺灣基金會提供）

1995年10月31日，吳漫沙與文友餐敘，席間與李魁賢（左）合影。（國立臺灣文學館）

1997年1月1日，吳漫沙留影於臺北天母家中。（吳明月提供）

1997年9月，吳漫沙與家人回到故鄉福建石獅，留影於其創辦的民生學校原址（今新湖中心小學）。左起：次女婿李魁榮、吳漫沙、長女吳美月、么女吳秀月、次女吳麗月。（國立臺灣文學館）

1997年11月7日，吳漫沙與清華大學師生合影於家中。左起：游勝冠、柳書琴、吳漫沙、陳萬益、陳建忠。（國立臺灣文學館）

1998年7月25日，吳漫沙參加前衛出版社於臺大校友會館舉辦的「臺灣大眾文學系列新書發表祝賀會」，與下村作次郎（左）合影。（國立臺灣文學館）

1999年3月，吳漫沙出席瀛社創立90週年紀念活動，與詩友合影於國家圖書館。一排右起：張添財、吳漫沙、李傳芳、鄭火傳、黃鷗波、杜萬吉、莊幼岳、林錦銘、吳蘊輝、黃錠明、陳炳澤；二排右起：林彥助、鄞強、蔣孟樑、陳欽財、張壇爐、陳兆康、王前、魏壬貴、施良英、駱金榜、洪玉璋；三排右起：陳佩坤、許欽南、莊德川、林青雲（後）、黃義君、康濟時（後）、張開龍、林春煌（後）、許漢卿、林正三、許哲雄。（國立臺灣文學館）

2001年1月30日，吳漫沙於家中接受黃美娥（右）訪問。（國立臺灣文學館）

2000年12月17日，吳漫沙於福建石獅市市碑前留影。（國立臺灣文學館）

2001年5月4日，吳漫沙參加於國民黨中央黨部舉辦的五四文藝節紀念活動，與文友合影。右起：吳漫沙、杜潘芳格、劉捷、巫永福。（國立臺灣文學館）

2002年10月5日，吳漫沙參加於臺北縣政府文化局舉辦的「許玉燕、張萬傳、吳漫沙口述歷史出版發表暨展覽茶會」，於會中與文友合影。左起：吳漫沙、李宗慈、柏楊、張香華。（吳明月提供）

2003年10月，文訊雜誌社主辦「文藝界重陽敬老聯誼活動」，於活動前夕拜訪吳漫沙。左起：吳漫沙、林澄枝、封德屏。（文訊・文藝資料研究及服務中心提供）

像的話

吳漫沙

誰都說我近來瘦了很多、自己也覺得比不得從前。也許這三年來用腦過多了吧？著實這個時期、我太勞心了！「瘦」那是必然的事。因此、年來我最怕的、就是撮個人的像，過去、我每年都要撮一張、因爲這是很有意義的。一張一張的集起來、有時拿來瞧瞧、瞧到童年的像、不覺莞爾。瞧到三年前的像、更使我喜歡、他是胖胖的。現在所撮的、就不大歡喜去瞧了、他那憔悴的面影、太使我驚愕了！回想起來、好像踏入社會一樣、漸漸領略了世味。我就把他當我三年來掙扎的痕跡、所以把這一張——春間和二弟合撮的——來和大家見面。

1940年7月15日，吳漫沙發表於《風月報》第113期之〈像的話〉期刊內頁。（國立臺灣文學館）

No. 1

社會傳真

婚變

吳漫沙

呂碧華取著畢業證書，麻雀般的跳進屋裏。

「媽媽！我回來了。……好熱！」

呂碧華把畢業證書放在桌上，用手背揩著額上的汗珠，倒一大碗茶喝。

母親在屋後餵猪，聽着女兒的聲音，慢慢走進來。

「媽媽！今天學校來了很多來賓和家長，好熱鬧！校長叫我到台上唱歌，好多人給我鼓掌。妳沒有去，好可惜！」呂碧華天真地說。

母親皺紋的臉上，露着笑容，端詳漸漸成熟的女兒：

「碧華！妳總算畢業了。……我們家境不好，不能讓妳升高

NMTL 20060900028, 1/17

No.

中，我很難過！」

「沒有關係，媽媽別難過，我可以找工作賺錢。」呂碧華稚氣地說。

「妳滿身是汗，先去洗澡再說。」

「好熱！」

呂碧華到房裏脫下制服，脫內衣褲跑進廚房，關上門，拿起塑膠管套在水龍頭，脫下衣褲，向身上沖淋冷水，涼爽多了。慢慢在雪白的胴体，抹着香皂，嘴裏哼着流行歌，她清脆的嗓音，有着迴旋的韻味。

她有歌唱的天才，老師和同學都鼓勵她朝這方面發展，若得良師指導，不難成為歌星。她睜睜兩隻又圓又大的眼睛，瞪着壁上小鏡中的自己，雙頰的小酒渦，好像尤雅，

(24×25)

No. 2

她幻想在螢光幕上歌唱……

「碧華！洗好了沒有，我可以進去嗎？」

母親的聲音，把她喚醒，發覺自己還赤條條的站在小鏡前，羞澀地穿上衣褲。

「媽媽！洗好了，妳可以進來。」

她開門讓母親進來，自己蹲在地上洗條換下的衣褲。

天熱，使她精神疲憊，連連打呵欠，走進房裏，扭開電扇風，躺在床上，憧憬着歌星的生活，作着歌星夢。

○ ○ ○

半個月後，在三重市開理髮廳的姨媽到呂碧華的家裏來。母親看着久別的妹妹，親切招待。

「妹妹！今天怎會想起姊姊來了！」

NMTL 20060900028, 2/17

No.

母親請姨媽同坐在一隻長型木椅上。

呂碧華端茶請姨媽：「姨媽，請用茶。」

「很想念姊姊，特地看看姊姊！」姨媽打量着呂碧華，瞇着雙眼，笑道：「這是碧華？兩年不見，這樣大，這樣美了，在路上碰見，真要認不出來！」

「國中畢業了，妹妹當然認不出來。」母親也笑着說。

「國中畢業，該考高中了。」

「她自己不再升學，想找工作，我想也不容易。」

「嗯，國中程度，比較困難。」姨媽沉思一會：「假如碧華不嫌棄，就到我店裏學理髮，出師了，一個月也有一萬多元收入。」

「碧華！學理髮，要不要？在姨媽家裏，媽媽也放心。」

(24×25)

1950年代，吳漫沙〈社會傳真——婚變〉手稿。（國立臺灣文學館）

1.

民族報稿紙

貓來富狗來蓋大厝

沙丁

「貓來富狗來起大厝」這是一句俗語。

貓和狗是家畜，人們飼養貓和狗的目的，誰都知道，貓是要捕殺老鼠，狗是要守門。狗的作用比貓還多，價值也比貓高出數十倍，狗的身價有高達新台幣十萬元的，最低一隻剛出生的什麼紀種狗也值五百元，貓都沒有人買賣，也沒有聽到一隻貓值多少錢。曾有一個時期，中南部農地因貓誤食農田裏的農藥死亡慘重，幾乎沒有貓跡，給野鼠大為猖獗，人們不怕鼠

倍增不同里的白肚價銀二千五，

1966年10月15日，吳漫沙以筆名「沙丁」發表於《徵信週刊‧臺灣風土》第3期之〈貓來富狗來起大厝〉手稿。（國立臺灣文學館）

鄉下姑娘「赴宴記」

—劇中人—

阿枝

羅地

顧郎

曼娜　二十歲，舞女

老張　五十多歲，商人

張妻　五十多歲，濃粧艷抹不服老，染風濕病。

小王　二十多歲，曼娜的男友。

男侍

食客

通訊處：三重市龍門路三三八號二樓

電視劇鄉下姑娘「赴宴記」　吳漫沙編

第一場

人：顧郎　老張　張妻

時：日間

地：張家的客廳，佈置頗豪華。

幕：張妻化粧妖艷，穿着華麗衣服，躺在安樂椅上，愁眉苦臉地自己用手按摩着大腿和肩胛，腰背部，老張優閒地坐在沙發上蹺起二郎腿，看着報紙。張妻看一下丈夫，懇求的。

張妻：老頭子啊！拜託！再來給我按摩幾下！

老張：太太！我已經替妳按摩半天了，我的手也酸痛了，應該讓我休息休息呀！

張妻：你也休息差不多了，拜託一下！

老張：唉！太太！不是我說妳，我們所僱的人，都怕替妳按摩，做不到幾天都跑了，他們一跑，就害了我！

張妻：別囉嗦，快來！

（老張無可奈何地放下報紙，走到妻的身邊，慢慢動手按摩。）

老張：太太！這一次不要超過十分鐘，好不好？

張妻：還沒有按就要叫苦了！

老張：我真的太苦了！

張妻：哼！若不是因為你苦了一點，我怎會答應讓你去跳舞，給你慰勞！

1970年11月，吳漫沙劇本〈鄉下姑娘「赴宴記」〉手稿。（國立臺灣文學館）

鼕鼕臘鼓歲將辭　朵朵桃符掛綵楣　大地春回卿竟去　靈堂覲影我堪悲

傷心四載陰陽隔　落月三更涕淚垂　默坐書軒追往事　前塵如夢寫哀思

同甘共苦菜根烹　朝事翁姑夜哺嬰　儉樸持家能克己　温純教子舐犢情

一心願望傳嘉裔　二豎何堪攖愛卿　兒女於今咸嫁娶　焚香禱告慰幽明

玉臺人杳積灰烟　黛筆還留粉鏡邊　勞燕深情偏不久　鰈鶼折股斷塵緣

白楊翠柳陪青塚　紫榻紅衾伴碧氈　最是傷心無覓處　徬徨阡陌恨綿綿

湄南佛國憶遨遊　香島扶桑景色優　處處風光留眼底　花花世界惹心愁

奇情異俗招來客　隻影單身獨覓幽　倘使賢妻仍健在　相隨覽勝願堪酬

玉燕愛妻仙逝四週年感作　壬戌臘月　吳漫沙

1984年1月，吳漫沙漢詩〈玉燕愛妻仙逝四週年感作〉手稿。（國立臺灣文學館）

1

亦三劍客

三十八年辭新生報，轉任民族報和民族晚報記者，採訪社會新聞。

日据時代創办台湾藝術雜誌的黃宗葵，光復後改營出版社，經常到我家來要我供稿，為我出版《運河殉情記》、《台北江湖傳》、《舞海情鮮》等十數本單行本。

這個時期，台湾工商業尚未起飛，景氣蕭條，報紙經營不易，尤其民營報紙，皆有風雨飄搖之勢。

四十年，民族報社長王惕吾發起，聯合全民日報，經濟時報，發行聯合版，（後正名聯合報）總管理處設於台北市西寧南路，編輯部人員都是民族報班底，社會記者原有我和鍾中培，要增加一人，我把先前介紹在民族晚報的孫建中推薦加入。採訪主任馬克任擬一個「終身大事在台湾」專欄，讓我們三人執筆，受到讀者歡迎，因此報社同仁稱我們三劍客。

四十年前，台湾社會風氣保守，治安良好，不像今日紛亂，很少有重大刑案發生，一旦發生，治安機關的偵辦也極保密，未破案前，絕不洩露，即使記者已經獲知，求其證實，經辦人反而請記者幫忙，暫勿發布新聞，以利偵辦；所以經常跑不到新聞，回報社交白卷，心裏很難過。

2.

跑同一路線的各報記者，都有同樣感受。於是互相研究，想出一個創造新聞的辦法。大家動腦筋，虛構一個無傷社會治安，有趣味有人情味的故事，發生地點和人物都有，大多由我執筆起稿，大家照抄，同時見報，讀者不覺虛構，反作茶餘話題，這只是一時的因應。

於是我想，要取得新聞來源，必先和負責社會治安人士，建立友情，利用他們提供，所以和幾位警界人士締結金蘭，稱兄道弟，拍胸膛，講義氣，有福大家享，有難大家當，一瓶米酒，一包花生，米酒中出真言，由他們的直接提供，或秘密指引線索，跑到幾條頗為轟動的新聞。

這一招雖然有效，也有麻煩，兄弟定期輪流作東聚餐聯誼，婚喪喜慶的應酬，倒可以應付，麻煩在兩三喜好杯中物的兄弟，三番兩次到家找我小酌，有時午餐時間，我還在民族晚報發稿未回，他們已先到我家來，我太太備好酒餚，請他們先用餐，我回到家，他們已經喝得面紅耳赤了。

不料有位提供我採訪轟動一時的「舞師和富家小姐畸戀命案」獨家新聞的鄭兄弟，行為不檢，涉案坐牢，使妻兒生活無依，他的妻子帶着小孩到我家，看到我，叫一聲「大伯！」跪下哭着求我收容。我那有能力呢?!只有給她一點錢，勸她回去。

20×25

1980年代中期，吳漫沙〈亦三劍客〉手稿。（國立臺灣文學館）

No. 1

台灣鄉野奇聞

殭屍追人

古時台灣最先開發的是台南府，鹿港，艋舺，（萬華）。艋舺算是北部最繁榮的，各地農村青年對艋舺都很嚮往。

「閣子蘭（今宜蘭）」一群年青人很想到他們心目中的花花世界艋舺去見識見識。一個叫林阿土的發起，邀集他的鄰居好友林大木和周金火，商議要到艋舺食頭路（謀職），一來賺錢、二來開開眼界。有個叫高松根的也自動參加。四個人選定初秋的季節天氣清爽的一天，各人背著包袱，帶著乾糧，趁著朝曦初曙出發。

四個小伙子高高興興地爬山越嶺，且行且歌，不覺太陽落山，野風習習，夜幕漸漸籠罩，到了一個山坳，四個人立腳四望，前不把村，後不把店，四野瘴氣瀰漫，山風夾著野獸嚎鳴，恐怖陰影，令人心驚肉跳。四個壯壯膽商議說先找個安全住宿的地方，繼續前行。一忽兒，天昏地暗，空中飄著細雨，棲在樹上的夜鷹，不時發出怪叫，野獸的吼聲，更加淒厲。四個人提心吊膽向前走，好不容易看到前面有隱約的燈光，向前高喊著有人家了，加緊腳步前進，一棟農戶住宅出現在面前。四個人上前敲門。一個老人開門探視。

林阿土上前弓身行個禮道：「老伯！我們要去艋舺，來到這裏，天黑了，請老伯行個方便，讓我們借宿一夜，明天清晨，我們就再趕路」。

No. 2

老人打量四人，面有難色道：「很抱歉，寒舍沒有空房可借給各位！」

「老伯，我們走一天路，很需要休息，附近又沒有其他房屋，還是請老伯好心，騰間空房借我住一宵！」林阿土又懇求。

老人皺著眉頭道：「不是不借你們，實在是沒有空房！」

「沒有房間，牛舍豬寮也沒有關係，只要能棲身就可以！」林大木心直口快說。

林阿土道：「是呀！只要不露宿野外就好」。

老人心地善良，很同情這四個年青不速客，嘆口氣道：「倒有一間，不知你們敢不敢住？」

林阿土道：「那有不敢住的」！

高松根插嘴問道：「是什麼房間？」

老人懷然道：「是我媳婦的房間」！

「老伯的媳婦不在？」林阿土問。

老人道：「在，我的媳婦在房間裏」！

「這怎可以，我們四個男人」。老實的周金火說。

林大木道：「這樣，我們当然不敢住！」

「是的！」林阿土搔頭苦亂道：「那要怎樣辦？」

老人喃喃道：「我的媳婦已經死了」！

「死了！死人了」高松根嚇得瞪著眼。

老人長嘆一聲，悲傷道：「我的媳婦昨天晚上過世，現在停屍在她房中，要等她的娘家明天來探喪，驗看是善終後，才能收殮，所以遺体還在她床上，假如你們不怕，我

NMTL20060900043

1987年2月20～21日，吳漫沙連載於《自立晚報》11版之〈臺灣鄉野奇聞——殭屍追人〉手稿。（國立臺灣文學館）

網溪詩社稿紙

賴和及其同時代的作家

日據時代台灣文學國際學術會議有感

附會清華愧老兵　承邀喜我未除名
議堂濟濟多新秀　書館祁祁有舊盟
列席傾談興感慨　觀摩細論覺心平
巍峨學府春風暖　跨國交流壯漢旌

吳漫沙

社長丁潤如敬贈

1994年12月，吳漫沙於清華大學「賴和及其同時代的作家——日據時期臺灣文學國際學術會議」會後寫作之漢詩手稿。（國立臺灣文學館）

輯二◎生平及作品

小傳◎作品◎年表

小傳

吳漫沙（1912～2005）

吳漫沙，男，本名吳丙丁，筆名漫沙、曉風、B.S.、湖邊客、沙丁等，籍貫福建晉江，1912 年（大正元年）8 月 27 日生於泉州石獅，1935 年底陪伴母親移居臺北，2005 年 11 月 10 日辭世，享年 93 歲。

自幼生長於商賈世家，八歲入私塾啟蒙，師從許文芳，學習《三字經》、《千字文》、《千家詩》等傳統典籍，奠定良好的漢詩寫作基礎。1929 年欲至南京報考軍校，故而前往臺北，徵求於當地經商的父親同意，遭拒後遂留臺北自修國文，大量閱覽現代藝文書刊、電影，如上海《申報》、《東方雜誌》及魯迅、徐志摩、張恨水等名家著作。1931 年返鄉，1932 年創辦「民生學校」（今新湖中心小學），擔任該校校長，組織「紅葉劇社」搬演抗日劇目。1935 年底正式來臺定居，1937 年任《風月報》編輯、1945 年任「臺灣放送局」編審。戰後創辦《時潮》月刊，曾任《臺灣新生報》、《民族報》、《民族晚報》、《聯合報》社會線記者。1981 年當選傳統詩學會監事、榮獲文建會優良詩人獎。

創作文類以小說為主，兼及論述、詩、散文、劇本等。1936 年初試啼聲投稿短篇小說〈氣仔姑〉至《臺灣新民報》，獲該報主編徐坤泉賞識，特致信鼓勵，並邀其撰寫專欄「晚江潮」，開啟吳漫沙的寫作生涯。1937 年日政府下令禁用漢文，各報刊漢文欄陸續停刊，唯《風月報》因內容不涉政治，准許復刊，由簡荷生、徐坤泉、吳漫沙等擔任主要編務，而後徐氏離開《風月報》，由吳漫沙接任主編，歷時六年。期間常因稿源不濟，為補足刊物篇幅，變換各種筆名，或以他人名義撰稿[1]，發表小說、詩作、散文等。此時所創作小說如《大地之春》、《黎明之歌》等，多以男女戀愛故事為主，藉此批判舊社會不合人情的刻板思維，並揭露新舊社會變遷的時代議題。或如《莎秧的鐘》，藉角色互動及對話，傳達對於民族共榮、和平共處的嚮往。而早在《風月報》時期，吳漫沙對臺灣風俗軼事的關懷就已展現。不僅以「小品文字以有鄉土色彩者為合格」作為刊物徵稿標準，亦開創「歌謠拾遺」專欄，編輯、整理民間歌謠，小說中也不乏歌謠吟唱情節。在日本政府嚴格控制思想、語言的戰爭末期，致力保存傳統文化。

黃美娥認為「吳漫沙在其多篇小說中，由於能關注到『新』而『現代』的時代環境蛻變意義，以及現實社會中各類型女性形象（即新女性、不良女性、現代母性等）與相關兩性問題應運而生，故其作品便透過不同角色或職業，反思臺灣與東亞女性的命運與未來。」小說中亦細膩刻畫當時人民的生活景貌，林芳玫認為這些作品對於當時都會日常生活及女性眾生相描寫的多元性，比起純文學更清晰、立體。

戰後，吳漫沙展開長達二十多年的記者生涯，藉由採訪新聞的機會，深入社會底層，了解各種社會問題的背景和原因。如 1950、1960 年代，多有養女受虐、強迫婚嫁等相關報導，其以此為材料創作小說，警惕讀者，改善社會風氣。另一方面，則以散文形式記錄臺北自日治以來的種種變化，足為珍貴史料。如 1966、1967 年在《徵信新聞・臺灣風土》發表〈臺北市西門今昔〉、〈臺北酒家演變史〉等。而其流利的中文白話文創作，也對戰後跨語言一代學習中文有所助益，鍾肇政便曾言《大地之春》是「我在華文方面的『啟蒙書』」，靠它「第一次明白了『白話文』是什麼」。

吳漫沙的作品並不曲高和寡，而是體察社會百態後所產出的文學結晶，始終以平易的文字，面向大眾讀者。是為繫連臺灣戰前至戰後通俗文學脈絡之關鍵，亦是研究臺灣大眾文學時所不容忽視的作家。

[1]編按：根據李宗慈《吳漫沙的風與月》之訪談內容可確知曾以簡荷生之名發表文章。

作品目錄及提要

【散文】

追昔集

臺北：臺北縣政府文化局
2000 年 12 月，25 開，230 頁
北臺灣文學 臺北縣作家作品集 41

本書以憶往散文集結而成，對社會環境、事件多有描寫，具史料價值。全書收錄〈私塾啟蒙〉、〈洞房花燭〉、〈來無白丁〉、〈團長公館〉、〈三寸金蓮〉等 49 篇。正文前有蘇貞昌〈縣長序〉、潘文忠〈局長序〉、鄭清文〈樹影挺拔——編輯導言〉、吳漫沙〈沉痛的回憶（代序）〉、圖片集，正文後有〈家世〉、〈年表〉。

【小說】

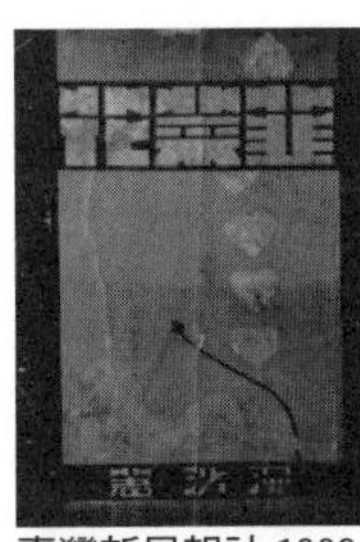

臺灣新民報社 1939

韮菜花

臺北：臺灣新民報社
1939 年 3 月，32 開，196 頁

臺北：興南新聞社
1943 年 10 月，32 開，196 頁

臺北：前衛出版社
1998 年 8 月，32 開，307 頁
臺灣大眾文學系列・第一輯 05
下村作次郎、黃英哲總企畫

長篇小說。本書藉由一群時代男女的婚戀故事，表達對女子不幸命運之同情。全書計有：1.他已全身溶化在肉的溫柔裡；2.她的眼光更進一步地注視著他；3.使她羞得滿面通紅；4.他靈魂已被月嬌攝去了；5.使她完全給霧氣包圍；6.她們是破壞女界名譽的

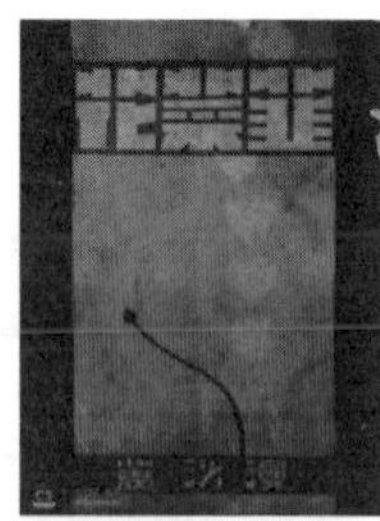
興南新聞社 1943

前衛出版社 1998

毒蟲；7.拚命地攻入我倆的根據地；8.讓我再用這稱呼吧；9.是近代臺灣戀愛史上的新紀元；10.是你傳給我的愛的心血；11.心裡是讚嘆著端美的綺麗；12.好大膽的要我做老烏龜；13.她們追求異性的目標；14.我願永恆在你懷裡；15.上帝！我已犯罪了；16.你該為你的路去開墾；17.她定是遭了愛的打擊；18.我還認你是我的嫂嫂；19.泉州的古蹟更多；20.就是八景的飛來寶塔；21.這桑蓮古蹟有故事嗎；22.因她是電髮竝穿著細軟的緞旗袍；23.敢問女士是從臺灣來的嗎；24.女士！你可和人家訂婚了嗎；25.可憐喲！都市的女性；26.你是個孤苦伶仃的女子；27.她的櫻唇才稍離了他的香口；28.已猜中她是遭愛的挫折了；29.她是我們愛情的毒蛇嗎；30.每夜都有許多有聲望的紳士兒女到跳舞場去逍遙；31.張萬財不但甘戴綠帽子；32.他似飛毛腿般的跳到亭仔腳；33.她是我從前的夥計；34.你為什麼哭得這樣淒慘可憐呢；35.自殺之神已離我而去了；36.摩登小姐與鄉下阿三；37.我是該怎樣在你面前懺悔呢；38.你與我連枝比翼如鸞似鳳；39.社會的輿論是可怕的；40.誰都沒有聽見過這悽慘的哭聲；41.秋心那清雅的歌聲擊破了航海的寂寞；42.有你們兩位美麗多才的嫂嫂；43.綺麗的島都和我已絕緣了；44.願一切之有情人皆成眷屬共 44 章。正文前有李逸樵題字、謝汝銓〈題詞〉、吳漫沙〈自序〉。
1943 年興南新聞社版：更動部分章節名，正文與 1939 年臺灣新民報社版同。
1998 年前衛版：更動部分章節名，正文與 1939 年臺灣新民報社版同。正文前刪去李逸樵題字、謝汝銓〈題詞〉、吳漫沙〈自序〉，新增下村作次郎、黃英哲〈臺灣大眾文學緒論〉。

南方雜誌社 1942

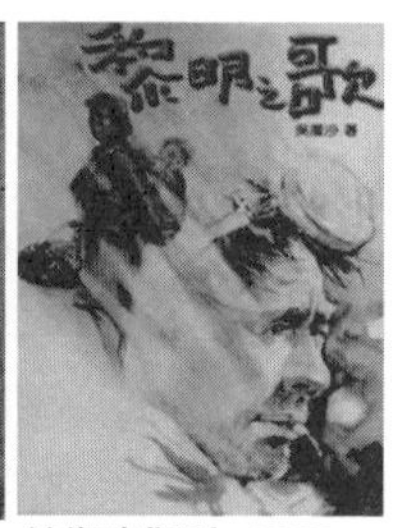

前衛出版社 1998

黎明之歌

臺北：南方雜誌社
1942 年 7 月，32 開，196 頁

臺北：前衛出版社
1998 年 8 月，32 開，252 頁
臺灣大眾文學系列・第一輯 06
下村作次郎、黃英哲總企畫

長篇小說。本書描繪一礦工家庭在父親入獄後，母女三人不畏艱難的生活經歷。正文前有吳漫沙〈幾句前言〉。
1998 年前衛版：正文與 1942 年南方雜誌社版同。正文前新增下村作次郎、黃英哲〈臺灣大眾文學緒論〉。

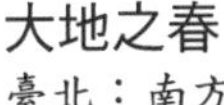

大地之春

南方雜誌社 1942

前衛出版社 1998

臺北：南方雜誌社
1942 年 9 月，32 開，190 頁

臺北：前衛出版社
1998 年 8 月，32 開，296 頁
臺灣大眾文學系列・第一輯 07
下村作次郎、黃英哲總企畫

長篇小說。本書描寫熱血青年們為建設東亞共榮圈所投入的積極行動。全書計有：1.天真爛漫的妹妹；2.兄妹的座談；3.探表妹的病；4.湘雲的傷心；5.秀子和秀鵑；6.一平的不安；7.一平的煩悶；8.秀子和湘雲；9.黑夜的槍聲；10.遊玩西湖名勝；11.梅影的變裝；12.事變的勃發；13.戰地的兩兄妹；14.野戰病院親善的一幕；15.雪地千里尋弟妹；16.兄妹重相見；17.親善的歌聲共 17 章。正文後有吳醉蓮〈弁言〉。
1998 年前衛版：章節更動為 19 章。正文前新增下村作次郎、黃英哲〈臺灣大眾文學緒論〉、吳漫沙〈自序〉，吳醉蓮〈弁言〉移至正文前。

莎秧的鐘

南方雜誌社 1943

東亞出版社 1943

臺北：南方雜誌社
1943 年 3 月，32 開，158 頁

臺北：東亞出版社
1943 年 7 月，32 開，175 頁
春光淵譯

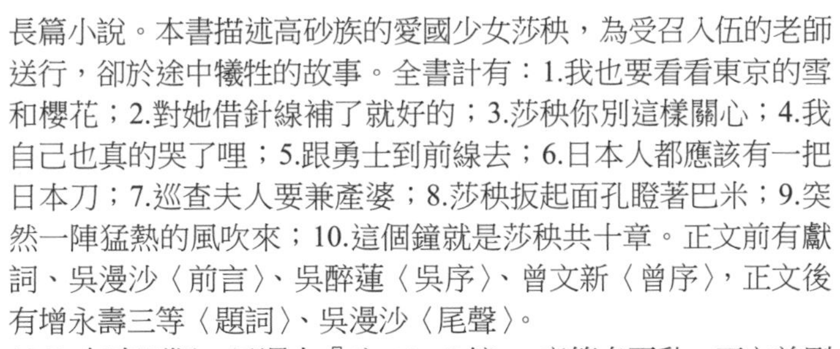
長篇小說。本書描述高砂族的愛國少女莎秧，為受召入伍的老師送行，卻於途中犧牲的故事。全書計有：1.我也要看看東京的雪和櫻花；2.對她借針線補了就好的；3.莎秧你別這樣關心；4.我自己也真的哭了哩；5.跟勇士到前線去；6.日本人都應該有一把日本刀；7.巡查夫人要兼產婆；8.莎秧扳起面孔瞪著巴米；9.突然一陣猛熱的風吹來；10.這個鐘就是莎秧共十章。正文前有獻詞、吳漫沙〈前言〉、吳醉蓮〈吳序〉、曾文新〈曾序〉，正文後有增永壽三等〈題詞〉、吳漫沙〈尾聲〉。

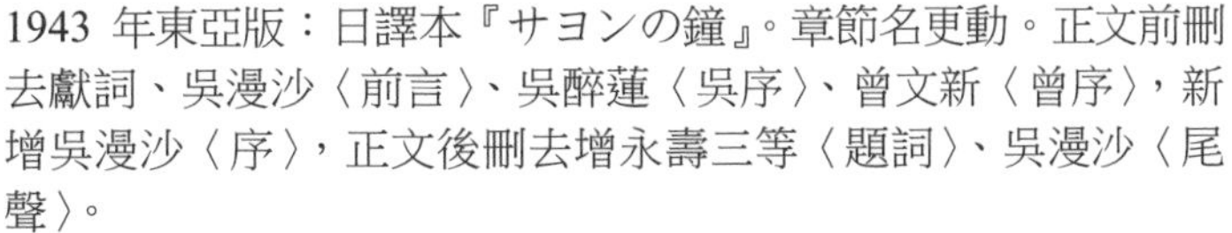
1943 年東亞版：日譯本『サヨンの鐘』。章節名更動。正文前刪去獻詞、吳漫沙〈前言〉、吳醉蓮〈吳序〉、曾文新〈曾序〉，新增吳漫沙〈序〉，正文後刪去增永壽三等〈題詞〉、吳漫沙〈尾聲〉。

花非花

臺北：五憲書局
1945 年 12 月，32 開，23 頁

長篇小說。本書敘述青年男女劍萍、痕青的悲戀故事。全書計有：1.嚴寒的公園裡；2.父親的話；3.對景生悲；4.母女的話；5.在家庭裡；6.他的心境；7.他的血；8.她的信；9.劍萍病危；10.痕青的誑母；11.最後的微笑；12.痕青的犧牲共 12 章。正文後有陳鏡如等題詩。

心的創痕

臺北：五憲書局
1946 年 1 月，32 開，47 頁

短篇小說集。全書收錄〈心的創痕〉、〈小鳳〉、〈暴雨孤鷲〉、〈梅雨時節〉、〈妻〉、〈新年〉、〈未完的舊債〉共七篇。

女人[1]

臺北：盛興書局
1946 年 11 月，32 開，84 頁

長篇小說。本書由劇本改寫而成，描寫女性之命運。正文前有吳漫沙〈自序〉。

[1]編按：本書封面、版權頁散佚，出版單位、時間據正文前之吳漫沙〈自序〉推測。

盛興書局 1947
（上集）

興新出版社 1956
（上集）

大華文化社 1956
（中集）

大華文化社 1956
（下集）

桃花江

臺北：盛興書局
1947 年 5 月，32 開，123 頁（上集）

新竹：興新出版社
1956 年 6 月，32 開，73 頁（上集）

臺北：大華文化社
1956 年 7 月，32 開，68 頁（中集）、71 頁（下集）

長篇小說。本書分上、下兩集。以梅痕等青年男女為主要角色，鋪陳出具有時代感的婚戀故事。上集計有：1.生活線上掙扎著的兩父女；2.黑夜裡她的呼聲；3.她的反抗和他的追逐；4.燈紅酒綠下的她們；5.仇人相見分外眼紅；6.初進戀愛花園裡的他倆；7.你為什麼老是看著我；8.他每日必先用花露水洗淨了手；9.麗珍急得要哭出來；10.麗華的性命已在頃刻間了；11.千鈞一髮的一霎間；12.這個稱呼是很生疏的共 12 章。正文前有吳漫沙〈自序〉、獻詞、吳醉蓮等〈題桃花江〉。（下集今查無藏本）。

1956 年興新版：全書改分為上、中、下三集。上集計有：1.生活線上掙扎著的兩父女；2.黑夜裡她的呼聲；3.她的反抗和他的追逐；4.燈紅酒綠下的她們；5.仇人相見分外眼紅；6.初進戀愛花園裡的他倆；7.你有真的愛我嗎；8.你為什麼老是看著我；9.他每日必先用花露水洗淨了手共九章。正文前刪去吳漫沙〈自序〉、獻詞。（中、下集今查無藏本）。

1956 年大華版：全書改分為上、中、下三集。中集計有：1.麗珍急得要哭出來；2.麗華的性命已在頃刻間了；3.千鈞一髮的一霎間；4.這個稱呼是很生疏的；5.你的身世淒涼極了；6.我倒一下子就會好的；7.你倆真是一對新夫妻；8.我們未來的幸福還多著呢；9.男子真是靠不住共九章。正文前刪去吳漫沙〈自序〉、獻詞、吳醉蓮等〈題桃花江〉。下集計有：1.而今我也覺悟了；2.不會快樂的便是傻子；3.她是前天搬來的舞女；4.笑他還悶在葫蘆裡；5.我很對不住梅痕呀；6.你們猜猜他是誰；7.我們又多了一個同志了；8.這是成人之美的事共八章。正文前刪去吳漫沙〈自序〉、獻詞、吳醉蓮等〈題桃花江〉。（上集今查無藏本）。

天明（上卷）

臺北：大同書局
1947 年 7 月，32 開，105 頁

長篇小說。本書以日本統治下的臺灣為背景，於愛情故事中穿插民族意識。全書計有：1.青春之樂；2.初戀的心情；3.愛的鬥爭；4.愛的勝利；5.愛情之仇共五章。正文前有吳漫沙〈自序〉。

香煙西施

臺北：東方文化供應社
1952 年 1 月，32 開，85 頁
中國民俗學會・東方文叢之三

長篇小說。本書描述秀蘭受盡命運的擺布後，最後決定自力更生的故事。全書計有：1.她在暴風雨夜誕生；2.算命的註定她「養女命」；3.黑夜裡的小靈魂；4.小聰敏騙過了日本警察；5.空襲嚇怕了她小心靈；6.香煙攤傍風光好；7.「妳美得太迷人了」；8.不希罕這件旗袍料；9.一席話獲得青春的啟示；10.小意思送來了鑽石戒；11.猜她跟著情人出走了；12.不知不覺的投入情網；13.「你也想蹂躪女性」；14.牧童唱著「黑狗娶黑貓」；15.十兩黃金做「開彩」禮；16.不敢把「黃金夢」說出來；17.忍耐三年再來做贅婿；18.新公園裡吃醋打情敵；19.騙到北投旅社受凌辱；20.瓶打色鬼頭破血流；21.她底心由輕鬆而欣羨；22.「黃金夢」還沒有醒；23.她做了「獎券小姐」；24.他要娶你「第三」的；25.年紀還小等兩年再說；26.淡水河畔緊緊偎倚著；27.基隆港口想毀滅自己；28.到警察局去領她回來；29.請給我人生的至寶——自由共 29 章。正文前有婁子匡〈臺灣的巫醫、卜者、星相家（代序）〉。

終身大事在臺灣（與鍾中培、孫建中合著）

臺北：東方文化供應社
1952 年 4 月，32 開，68 頁
顏彤繪圖

短篇小說集。全書收錄吳漫沙〈媒婆阿春嫂〉、〈大年夜「送做堆」〉、〈阿秀贅夫記〉、〈姘婦怨〉、〈兩代結婚〉、鍾中培〈對門人家送聘禮〉、〈酒女碧蓮的歸宿〉、〈阿蘭的自由婚姻〉、〈新舊雜湊的婚禮〉、〈情奔三晝夜〉、〈週末公證結婚〉、孫建中〈王老五結婚〉、〈老王的新婚生活〉、〈芳華虛度〉共 14 篇。正文前有馬克任〈前言〉。

綠園芳草

臺北：臺灣藝術社
1954 年

（今查無藏本）。

運河殉情記

臺北：臺灣藝術社
1954 年

臺北：大華文化社
1956 年 12 月，32 開，63 頁

長篇小說。本書敘述吳佳義、陳金環苦戀而至殉情的故事。

1954 年臺灣藝術社版：（今查無藏本）。
1956 年大華版：全書計有：1.白髮翁慨談往事；2.陳金環賣身葬母；3.吳佳義勇救孤雛；4.林阿榮憐香惜玉；5.張桂英計摧嬌娃；6.苦命女墮落風塵；7.南花樓吳陳邂逅；8.報知恩金環獻身；9.訴真情吳郎走險；10.悲薄命魂斷運河；11.尾聲共 11 章。

風流女盜

臺北：大華文化社
1956 年，32 開，90 頁

（今查無藏本）。

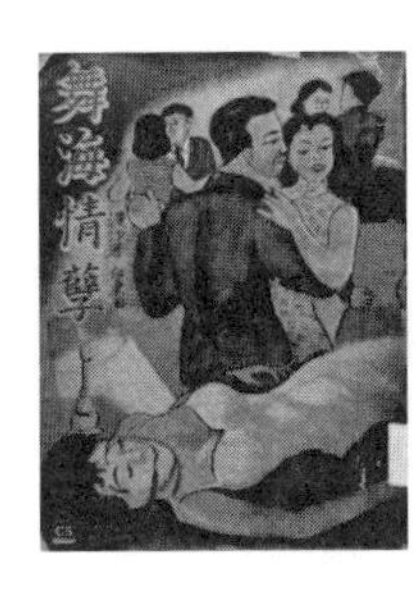

舞海情孽

臺北：大華文化社
1956 年 1 月，32 開，89 頁
周白東繪

新竹：興新出版社
1956 年 2 月

長篇小說。本書描寫少女涉足歡場，終至失去性命的悲劇。全書計有：1.一部少女失足日記；2.她們走出了校門；3.家庭的歡宴；4.三只美麗蝴蝶；5.元宵夜豔遇；6.家庭間桃色糾紛；7.初進跳舞學校；8.音樂的旋律陶醉了她；9.她被他迷惑了；10.她沉

淪在愛的泥濘裡；11.幽會淡水河；12.她失掉了寶貴的貞操；13.她徬徨在死亡邊緣；14.魂歸離恨天共 14 章。正文後有吳漫沙〈小啟〉。

1956 年興新版：（今查無藏本）。

臺北江湖傳第一集（肖南、火星合著）[2]

新竹：興新出版社
1956 年 4 月，32 開，85 頁
周白東繪

長篇小說。本書描繪黑社會、風月場的三教九流人物，以臺北為舞臺，所發生的奇情故事。全書計有：1.大千世界無非名韁利鎖 光怪社會細數三教九流；2.當年綠林豪傑客 流為江湖閒雜人；3.打開臺北後窗 看看歪哥下場；4.黃阿九雙鎗保鑣 小寡婦多財招風；5.豔孀求助下一跪 江湖動義拍胸膛；6.保鑣登堂竟入室 成為春閨帳裡人；7.酒色迷性莽漢頻失禮 風雨滿樓醞釀大火拼；8.血染賭場翻臉成仇寇 放下屠刀回首悟前非等 50 章。

臺灣偵探奇案第四集（與潘壽康、玄星、綠野合著）

新竹：興新出版社
1956 年 6 月，32 開，44 頁

短篇小說集。本書以筆名「江東」出版，全書收錄江東〈魂斷柑園〉、潘壽康〈怪客奇盜〉、玄星〈舐犢情深〉、綠野〈豔裝殺人魔〉共四篇。

臺灣偵探奇案第五集（與潘壽康合著）

臺北：大華文化社
1956 年 7 月，32 開，52 頁

短篇小說集。本書以筆名「江東」出版，全書收錄江東〈浴室女屍〉、〈巧破偽鈔案〉、潘壽康〈採花盜〉共三篇。

[2]編按：據黃美娥推斷為吳漫沙著作，但尚不知何者為其筆名。

臺灣偵探奇案第六集（與郭有文、潘壽康、綠葉合著）

臺北：大華文化社
1956 年 7 月，32 開，50 頁

短篇小說集。本書以筆名「江東」出版，全書收錄江東〈舞場血案〉、郭有文〈魂歸離恨天〉、潘壽康〈五分鐘交到的女朋友〉、綠葉〈烏鴉烏報兇犯〉共四篇。

臺灣偵探奇案第七集（與郭有文、潘壽康、玄星合著）

臺北：大華文化社
1956 年 7 月，32 開，50 頁

短篇小說集。本書以筆名「江東」出版，全書收錄江東〈環島捉賊記〉、郭有文〈天網恢恢〉、潘壽康〈佛門慾燄〉、玄星〈豔裝人妖〉共四篇。

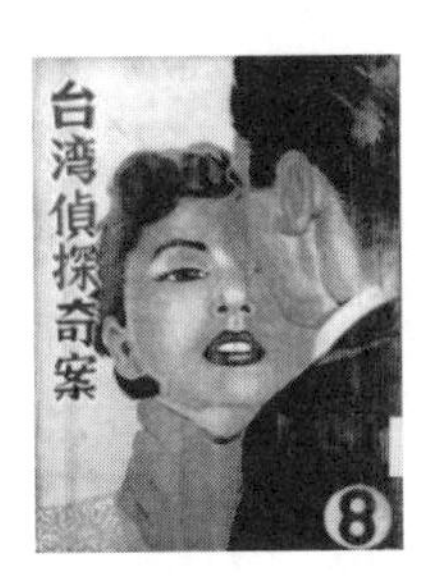

臺灣偵探奇案第八集（與郭有文合著）

臺北：大華文化社
1956 年 10 月，32 開，53 頁

短篇小說集。本書以筆名「江東」出版，全書收錄江東〈黑天鵝之火〉、〈銀行倉庫失竊記〉、郭有文〈午夜槍聲〉共三篇。

臺灣偵探奇案第九集（與潘壽康、郭有文合著）

臺北：大華文化社
1956 年 10 月，32 開，53 頁

短篇小說集。本書以筆名「江東」出版，全書收錄江東〈證券行被搶記〉、潘壽康〈蒙面女郎〉、郭有文〈血濺香閨〉共三篇。

七葉蓮
臺北：名流出版社
1987 年 5 月，新 25 開，197 頁
臺灣文庫 5

短篇小說集。全書收錄〈西廂外記〉、〈艋舺張德寶〉、〈寶斗〉、〈朱山〉、〈五十銀圓〉、〈先生的雞腿〉、〈七葉蓮〉、〈田螺姻緣〉、〈雞肉與黃馬褂〉、〈公主與補鞋匠〉、〈三小姐食命〉、〈人鬼混戰〉、〈殭屍追人〉、〈仙公的幽默〉、〈搖籃穴〉、〈登仙橋〉、〈乩童〉、〈魔神仔〉、〈大盜海洋〉、〈蹲三年睹三日〉、〈無妻無猴〉、〈臭味相投〉、〈城牆對鋸齒〉、〈爭妻記〉共 24 篇。正文前有吳漫沙〈自序〉，正文後有〈作者介紹〉。

【兒童文學】

畫集三國誌第 1 集——桃園三結義
臺北：大華文化社
1955 年 9 月，19×13 公分，49 頁
周白東繪圖

長篇小說。本書敘述中國東漢末年朝政敗壞、黃巾亂起，以及劉備、關羽、張飛桃園三結義之事。全書計有：1.常侍弄權；2.黃巾叛亂；3.英雄相會；4.桃園結義；5.殺賊立功；6.青州解圍；7.曹操退賊；8.盧植被囚；9.張飛大怒；10.賊首死亡；11.圍攻宛城；12.肅清黃巾；13.劉備受辱；14.怒打督郵；15.亂國奸臣；16.劉備復官；17.靈帝駕崩；18.袁紹除奸；19.董后被害；20.董卓入京；21.何進被殺；22.火燒皇宮；23.皇帝逃難；24.董卓橫行共 24 章。正文後有〈問題・大懸賞八百名中獎〉。

畫集三國誌第 2 集——諸侯誅董卓
臺北：大華文化社
1955 年 11 月，19×13 公分，48 頁
周白東繪圖

長篇小說。本書敘述中國東漢末年董卓亂政、群雄割據之事。全書計有：1.丁原罵董卓；2.董丁大會戰；3.李肅說呂布；4.呂布受賄賂；5.呂布投董卓；6.董卓廢皇帝；7.帝后被囚禁；8.帝后

被殺害；9.王允宴群臣；10.曹操刺董卓；11.曹孟德逃走；12.陳宮審曹操；13.伯奢留曹操；14.曹操殺伯奢；15.曹操發矯詔；16.十八路諸侯；17.袁紹當盟主；18.孫堅為先鋒；19.袁術聽讒言；20.孫文臺大敗；21.華雄敗諸侯；22.關公斬華雄；23.呂布敗諸侯；24.兄弟戰呂布共 24 章。正文後有〈大懸賞揭曉〉、〈大懸賞八百名中獎〉。

畫集三國誌第 3 集——連環計

臺北：大華文化社
1955 年 12 月，19×13 公分，49 頁
周白東繪圖

長篇小說。本書敘述中國東漢末年獻帝被挾、群雄混戰之事。全書計有：1.李儒獻計遷都；2.董卓遷都長安；3.曹操夜追董卓；4.曹操兵敗滎陽；5.孫堅洛陽救火；6.孫堅密藏玉璽；7.諸侯相繼離京；8.劉表截住孫堅；9.趙雲救公孫瓚；10.亂箭射死孫堅；11.王允夜跪貂蟬；12.王允施連環計；13.貂蟬戲弄董卓；14.王允計說呂布；15.呂布私會貂蟬；16.董卓怒刺呂布；17.董卓難捨貂蟬；18.呂布刺死董卓；19.曹操興兵報仇；20.陶謙願讓徐州；21.陶謙三讓徐州；22.劉備收留呂布；23.獻帝駕幸許都；24.張飛要殺呂布共 24 章。正文後有〈大懸賞揭曉〉、〈問題・大懸賞八百名中獎〉。

畫集三國誌第 4 集——關公斬六將

臺北：大華文化社
1956 年 1 月，19×13 公分，49 頁
周白東繪圖

長篇小說。本書敘述官渡之戰、關羽千里走單騎等事。全書計有：1.劉備征伐袁術；2.張飛醉失徐州；3.劉備退居小沛；4.劉呂兩家大戰；5.劉備匹馬流亡；6.曹劉大破呂布；7.呂布馱女求援；8.陳宮語直氣壯；9.白門呂布殞命；10.獻帝認劉皇叔；11.曹操欺君罔上；12.劉曹大論英雄；13.曹操大敗劉備；14.張遼說服關公；15.關雲長約三事；16.曹操優待觀公；17.關公得赤兔馬；18.袁紹興兵破曹；19.顏良文醜被殺；20.關公封金挂印；21.關公過關斬將；22.關公怒斬卞喜；23.秦琪阻擋關公；24.關公千里尋兄共 24 章。正文後有〈大懸賞揭曉〉、〈大懸賞八百名中獎〉。

畫集三國誌第 5 集——寶馬救主

臺北：大華文化社
1956 年 7 月，19×13 公分，49 頁
周白東繪圖

長篇小說。本書敘述曹操擊潰袁紹、劉備荊州脫險等事。全書計有：1.關公義收周倉；2.張飛懷疑關公；3.張飛擂鼓助戰；4.劉備計辭袁紹；5.關公復得關平；6.趙子龍歸劉備；7.孫策圍獵遇刺；8.孫策床前遺囑；9.袁紹兵敗將亡；10.劉備伐曹不利；11.劉備匹馬逃生；12.孫乾說服劉表；13.劉玄德投荊州；14.曹操築銅雀臺；15.劉備得的盧馬；16.劉備荊州脫險；17.劉備襄陽赴會；18.蔡瑁謀害劉備；19.劉備躍馬檀溪；20.牧童邂逅玄德；21.劉備拜會水鏡；22.水鏡元直夜談；23.單福遊歌新野；24.單福喜遇英主共 24 章。正文後有〈大懸賞揭曉〉、〈問題・大懸賞八百名中獎〉。

畫集三國誌第 6 集——三請孔明

臺北：大華文化社
1956 年 8 月，19×13 公分，49 頁
周白東繪圖

長篇小說。本書敘述劉備三顧茅廬、博望坡之戰等事。全書計有：1.單福妙計斬二呂；2.曹仁布陣鬥劉備；3.關公得計占樊城；4.徐母硯打曹孟德；5.徐庶中計別劉備；6.徐庶走馬薦孔明；7.賢母大罵徐元直；8.水鏡再薦諸葛亮；9.劉備初顧臥龍崗；10.劉備二請諸葛亮；11.劉叔冒雪訪孔明；12.劉備留書請孔明；13.張飛要火燒孔明；14.劉備三請諸葛亮；15.孔明大論天下事；16.孔明應聘助劉備；17.劉表請劉備復仇；18.劉琦乞援劉皇叔；19.公子求計諸葛亮；20.徐庶大讚諸葛亮；21.孔明設計破曹軍；22.趙雲誘敵夏侯惇；23.博望坡火攻曹兵；24.曹操領兵攻劉備共 24 章。正文後有〈大懸賞揭曉〉、〈問題・大懸賞八百名中獎〉。

畫集三國誌第 7 集——孔明舌戰群儒

臺北：大華文化社
1956 年 10 月，19×13 公分，48 頁
周白東繪圖

長篇小說。本書敘述曹劉長坂坡之戰、孔明舌戰東吳群士等事。全書計有：1.劉琮投降曹操；2.劉皇叔走樊城；3.諸葛亮施妙計；4.孔明火燒新野；5.劉備攜民渡江；6.襄陽拒收劉備；7.曹

操夜追玄德；8.劉備四面受敵；9.張飛長坂用計；10.趙雲單騎血戰；11.子龍得青鋼劍；12.趙雲單身救主；13.張飛威震長坂；14.張飛嚇走曹操；15.曹操窮追劉備；16.劉琦援助玄德；17.孔明料事如神；18.魯肅打探虛實；19.東吳商議降曹；20.孔明入吳舌戰；21.張昭首先發言；22.孔明難倒張昭；23.孔明怒責薛綜；24.孔明應答如流共 24 章。正文後有〈大懸賞揭曉〉、〈問題・大懸賞八百名中獎〉。

畫集三國誌第 8 集——孔明激周瑜

臺北：大華文化社
1956 年 11 月，19×13 公分，48 頁
周白東繪圖

長篇小說。本書敘述孔明智激周瑜、蔣幹盜書等事。全書計有：1.黃蓋語直氣壯；2.孔明話激孫權；3.孫權轉怒為喜；4.孔明說服孫權；5.孫權寢食不安；6.和戰意見紛紛；7.周瑜會見孔明；8.孔明戲獻二喬；9.孔明激怒周瑜；10.周瑜大罵老賊；11.孫權決計破曹；12.周瑜要殺孔明；13.諸葛瑾說孔明；14.孔明諷刺周瑜；15.玄德遣使勞軍；16.劉備東吳赴會；17.孔明會晤劉備；18.曹操訓練水軍；19.周瑜偷探曹營；20.周瑜大宴蔣幹；21.蔣幹中計盜信；22.蔣幹匆匆而別；23.曹操怒殺蔡張；24.孔明奉命造箭共 24 章。正文後有〈大懸賞揭曉〉、〈問題・大懸賞八百名中獎〉。

畫集三國誌第 9 集——合軍破曹

臺北：大華文化社
1956 年 12 月，19×13 公分，48 頁
葉宏甲繪圖

長篇小說。本書敘述孫劉結盟抗曹，赤壁大戰前夕之草船借箭、苦肉計、借東風等事。全書計有：1.孔明向魯肅借船；2.諸葛亮長江借箭；3.周公瑾敬佩孔明；4.兩人同心用火攻；5.周都督將計就計；6.黃蓋夜獻苦肉計；7.黃蓋被打血淋漓；8.闞澤密獻詐降書；9.曹操說破苦肉計；10.闞澤說服曹丞相；11.蔡中蔡和雙中計；12.蔣幹二次入江東；13.曹操歡迎龐士元；14.龐統巧獻連環計；15.徐庶嚇壞龐士元；16.徐庶用計避大難；17.周公瑾吐血暈倒；18.孔明探病周都督；19.孔明祈借東南風；20.趙雲江邊接孔明；21.諸葛亮調兵遣將；22.孔明不用關雲長；23.關公防守華容道；24.展開赤壁破曹戰共 24 章。正文後有〈大懸賞揭曉〉、〈問題・大懸賞八百名中獎〉。

畫集三國誌第 10 集——火燒連環船

臺北：大華文化社
1957 年 2 月，19×13 公分，48 頁
葉宏甲繪圖

長篇小說。本書敘述赤壁大戰後曹操敗走華容道、孔明督令三郡等事。全書計有：1.三江口周瑜縱火；2.曹孟德敗走烏林；3.趙子龍截擊曹軍；4.葫蘆谷張飛揚威；5.曹操中計華容道；6.關雲長義釋曹操；7.曹操大哭郭奉孝；8.諸葛亮欲殺關公；9.油江口劉周會談；10.周瑜起兵攻南郡；11.甘寧被困彝陵城；12.曹操遺計破周瑜；13.周瑜詐死誘曹軍；14.孔明妙計得三郡；15.魯肅南郡討荊州；16.周瑜班師回柴桑；17.趙雲奉令取桂陽；18.桂陽城樊氏獻杯；19.張翼德領取武陵；20.關公引兵指長沙；21.長沙城關黃大戰；22.老黃忠以恩報恩；23.劉皇叔喜得二將；24.魯肅再討荊州共 24 章。正文後有〈大懸賞揭曉〉、〈問題・大懸賞八百名中獎〉。

畫集三國誌第 11 集——劉備招親

臺北：大華文化社
1957 年 3 月，19×13 公分，48 頁
葉宏甲繪圖

長篇小說。本書敘述劉備東吳娶親、孔明氣死周瑜等事。全書計有：1.孔明說服魯肅；2.周瑜獻美人計；3.呂範荊州說親；4.吳國太責孫權；5.甘露寺看女婿；6.國太大發脾氣；7.劉備孫權試劍；8.劉備迷戀新婦；9.孫夫人救皇叔；10.劉備夫婦逃走；11.劉備求孫夫人；12.孫夫人退諸將；13.孔明笑迎皇叔；14.周瑜大怒昏倒；15.魯肅再討荊州；16.周瑜假途滅虢；17.趙雲說破周瑜；18.孔明致祭周瑜；19.龐統醉後辦案；20.龐統任副軍師；21.馬超威震潼關；22.曹操打退張松；23.皇叔歡迎張松；24.張松獻圖取川共 24 章。正文後有〈大懸賞揭曉〉、〈問題・大懸賞八百名中獎〉。

畫集三國誌第 12 集——水淹七軍

臺北：大華文化社
1957 年 6 月，19×13 公分，48 頁
葉宏甲繪圖

長篇小說。本書敘述漢中之戰、樊城之戰等事。全書計有：1.趙雲大江奪阿斗；2.龐統戰死落鳳坡；3.劉皇叔平定西川；4.魯肅獻計誘關公；5.關雲長單刀赴會；6.曹操引兵征東川；7.孫權興

兵攻合淝；8.張飛設計破張郃；9.張郃中計失三寨；10.黃忠威震天蕩山；11.黃忠怒斬夏侯淵；12.蜀魏會戰五界山；13.蜀兵背水敗曹操；14.曹操大怒斬楊修；15.劉備進位漢中王；16.諸葛瑾說親被拒；17.關公起兵攻樊城；18.龐德擡棺決死戰；19.關公龐德大決戰；20.龐德暗箭射關公；21.關雲長水渰七軍；22.走麥城關公遇害；23.劉皇叔痛哭關公；24.劉備正位續大統共 24 章。正文後有〈大懸賞揭曉〉、〈問題・大懸賞八百名中獎〉。

畫集三國誌第 13 集——火燒連營

臺北：大華文化社
1957 年 8 月，19×13 公分，48 頁
葉宏甲繪圖

長篇小說。本書敘述劉備東征孫吳、白帝城託孤等事。全書計有：1.劉備正位續大統；2.張翼德醉後遇害；3.劉先主興兵伐吳；4.劉備大敗東吳兵；5.關興張苞救黃忠；6.劉備連營七百里；7.孔明看地圖大驚；8.陸遜定計燒蜀營；9.陸遜營燒七百里；10.陸遜迷入石頭陣；11.孔明巧布八陣圖；12.劉玄德夜夢關張；13.劉備託孤白帝城；14.孔明安居平五路；15.司馬懿請守西涼；16.諸葛亮出兵北伐；17.趙子龍被困垓心；18.關興張苞救趙雲；19.夏侯楙敗走南安；20.崔諒詐降諸葛亮；21.孔明計取南安郡；22.姜維獻計敵蜀兵；23.姜維大敗趙子龍；24.孔明設計收姜維共 24 章。正文後有〈大懸賞揭曉〉、〈問題・大懸賞八百名中獎〉。

文學年表

1912年 （大正元年）	8月	27 日，生於福建省晉江縣泉州石獅市。本名吳丙丁，排行第二，上有一姊，下有一弟一妹，父吳仕添，母黃年。
1919年 （大正8年）	本年	春節過後，由父親帶至私塾，拜許文芳為師，學習《三字經》、《千字文》、《千家詩》等，為其奠定良好的漢詩寫作基礎。
1921年 （大正10年）	本年	轉入愛群小學（今寬仁小學）就讀三年級。
1929年 （昭和4年）	本年	欲往南京報考軍校，母親堅持必須取得父親同意，遂隻身前往臺北。父親反對其讀軍校，便留在臺北家中，潛心閱覽大量文藝書刊、電影，也因而見識到當時日政府對臺人的種種壓迫，對其日後小說創作，深有影響。
1931年 （昭和6年）	夏	返回家鄉石獅市。與友人組織抗日社團「紅葉劇社」，擔任編劇；亦籌組「湖光籃球隊」，鼓勵鄉人打球練身、建立友誼。
	本年	有感於國人如一盤散沙，遭強國欺凌，因而取別名「漫沙」自勉。「漫沙」、「吳漫沙」也成為他往後最常使用且為人所熟知的名號。
1932年 （昭和7年）	本年	開辦「民生學校」（今新湖中心小學），推王顯榮為校長，不久後王赴菲律賓，由吳漫沙接任校長。
1935年 （昭和10年）	本年	被選為盤石鎮、醒獅鎮、五權鎮的聯保主任。因時局緊張，加之泉州地區常有派系鬥爭，同年冬天其父便令吳

漫沙陪母親移居，正式落腳臺北。全球性經濟大蕭條使吳家各項事業虧損、結束營業。吳漫沙一家五口遷居新店，至礦區謀生。

1936年（昭和11年）

1月 29日，首次使用「吳漫沙」筆名，發表短篇小說〈氣仔姑〉於《臺灣新民報・副刊》。獲該報主編徐坤泉欣賞，並來信鼓勵，使其毅然開始寫作生涯。

2月 7日，短篇小說〈劇後——學校生活的一頁〉以筆名「漫沙」發表於《臺灣新民報・副刊》。

19日，新詩〈時代的女性〉（筆名B.S.）、〈臺北之夜〉（筆名漫沙）發表於《臺灣新民報・副刊》。

3月 5日，新詩〈新囚〉發表於《臺灣新民報・副刊》。

春 因礦區關閉，搬回臺北賃居淡水河畔。

5月 28日，寫作新詩〈雨〉。

30日，寫作新詩〈綿愁〉。

8月 新詩〈病室裡〉發表於《臺灣新文學》第1卷第7號。

9月 新詩〈光明的夜〉發表於《臺灣新文學》第1卷第8號。

11月 新詩〈光明之路〉發表於《臺灣新文學》第1卷第9號。

12月 6日，出席《臺灣新文學》於臺北高砂食堂舉行的「臺灣文學界總檢討座談會」，與會者有楊逵、王詩琅、朱點人、黃得時等。

冬 因中國籍身分，被判定在臺北居留過期，遭日警拘留。被釋放後短暫回泉州半月，復又返臺長居。

本年 應徐坤泉之邀，以筆名「漫沙」在《臺灣新民報・副刊》撰寫專欄「晚江潮」，發表雜文〈見面的話〉、〈「愛」與「結婚」〉、〈摩登女〉；短篇小說〈冤枉哭〉、

〈我屬貓〉、〈不尋常的事〉、〈姨太太〉、〈類似騙局〉、〈懺悔已晚了〉、〈「消閒」與「消遣」〉、〈戲院的一幕〉、〈他的浮誇〉、〈交際明星〉、〈梁與祝的信〉、〈祝復梁的信〉、〈南國秋思〉、〈酒話之一〉、〈酒話之二〉、〈酒話之三〉、〈酒話之四〉、〈酒話之五〉、〈酒話之六〉、〈馬桶給飯桶的信〉、〈輕便車夫〉、〈魯迅逝矣〉、〈痴人記夢〉、〈小伴侶〉、〈一封公開信〉、〈秋夜詩話〉、〈自動車裡〉、〈中秋的後夜〉、〈夫妻須知〉、〈農村小景〉、〈萬年筆〉、〈三角戀愛〉、〈中秋之夜〉、〈中秋的前夜〉、〈小孩子和我〉、〈一個青年的遭遇〉、〈新春漫記〉。

1937 年（昭和 12 年）

3 月　6 日，新詩〈鷺江之風〉發表於《臺灣新文學》第 2 卷第 3 號。

4 月　1 日，日政府下令廢除報刊漢文欄，《臺灣新民報》亦正式停刊。

5 月　長篇小說《韮菜花》完稿，原欲連載於《臺灣新民報》，因漢文欄廢止無法發表。該報社為使此作面世，多次送總督府機關檢審，經多次修改、檢查，終得以於 1939 年出版發行。

11 月　1 日，〈他倆的信（第一封）〉以筆名「曉風」發表於《風月報》第 51 期。

15 日，〈他倆的信（第二封）〉（筆名曉風）、長篇小說〈桃花江〉（筆名沙丁）連載於《風月報》第 52～89 期，至 1939 年 7 月止。

本年　《風月報》復刊，應徐坤泉、簡荷生之邀，加入編輯團隊，於當時知名酒樓「蓬萊園」設立編輯部。

1936～1937 年間於《臺灣新民報》發表短篇小說〈氣仔姑〉、〈臺北之夜〉、〈愛的結果〉、〈墜落〉、〈夏夜〉、〈可憐的她〉、〈愚男子〉、〈風雨的夜〉（筆名 B.S.）、〈別〉、〈兩朵鮮花的沒落〉、〈她〉、〈過年——一個「女給」家庭的除夕〉（筆名木馬）；新詩〈時代的女性〉、〈失業者的歌〉、〈流浪者的夜歌〉、〈新囚〉、〈雨〉、〈妳該記得〉、〈夏〉、〈自立〉、〈鄉愁〉、〈悼表兄〉、〈給 N 女士〉、〈我倆來到這庭園〉、〈夜神〉、〈苦悶的呼聲〉、〈心潮〉、〈美麗的花〉、〈秋初之夜〉、〈初秋〉；雜文〈阮玲玉逝世週年紀念文〉、〈從婦女的頭髮談到處女帶〉、〈哀王妹金玉〉、〈今日的家庭〉、〈談生活改善〉、〈我的恨心〉、〈南國新秋〉（筆名 B.S.）、〈讀李娜智女士的「婦女界的惡現象」後〉；劇本〈風殘梨花〉。

1938 年（昭和 13 年）

1 月　1 日，新詩〈蓬萊之春〉（筆名漫沙）、短篇小說〈新年〉（筆名小吳）、〈春的矛盾〉、〈疑問五條〉（筆名沙）發表於《風月報》第 55 期。

30 日，〈落花恨〉（筆名風）、〈桃花江曲〉（筆名曉風）發表於《風月報》第 57 期。

2 月　15 日，〈一個下午〉（筆名丁）、〈要如何解決？〉（筆名風）、〈放掉摩登吧〉（筆名漫沙）、歌謠〈阮玲玉片歌〉（筆名沙）第 58 期。

3 月　1 日，〈風前月下談風月〉以筆名「漫沙」發表於《風月報》第 59 期。

15 日，新詩〈女給的悲歌〉（筆名小吳）、〈不要說謊〉（筆名浪兒）、〈兩個吝嗇鬼〉（筆名幻予）發表於《風月報》第 60 期。

4 月　1 日，新詩〈夜裡底笛聲〉（筆名小吳）、〈咀嚼美人〉（筆名風）發表於《風月報》第 61 期。

15 日，〈卷頭語〉以筆名「漫沙」發表於《風月報》第

		62 期。
	5 月	1 日，〈酒銘〉、〈流浪者的夜歌〉（筆名沙）、〈天國從良〉（筆名笨伯）發表於《風月報》第 63 期。
		10 日，新詩〈我的心〉以筆名「小吳」發表於《風月報》第 64 期。
	7 月	15 日，〈滑稽式對話〉、短篇小說〈暴雨孤鷲〉以筆名「小吳」發表於《風月報》第 68 期；本期發表〈部告〉，說明因事務繁忙，暫離《風月報》編輯團隊，同時中止長篇小說〈桃花江〉之連載。
1939 年（昭和 14 年）	1 月	1 日，〈漫沙啟事〉、新詩〈小兔子〉（筆名湖光）發表於《風月報》第 77 期。
		15 日，〈江濱〉（筆名曉風）、〈風月餘屑〉（筆名小吳）發表於《風月報》第 78 期。本期〈卷頭語〉說明因徐坤泉離開《風月報》赴上海發展，故而重回報社，接掌編務主持，並重啟長篇小說〈桃花江〉之連載。
	2 月	1 日，〈春的追求〉以筆名「伯卿」發表於《風月報》第 79 期。
		15 日，短篇小說〈無母的孩子〉以筆名「曉風」發表於《風月報》第 80 期。
	3 月	1 日，〈情書作法〉以筆名「曉風」發表於《風月報》第 81 期。
		31 日，〈情書與道德〉（筆名曉風）、〈嘻哈笑〉（筆名湖光）發表於《風月報》第 82、83 期合刊。
		長篇小說《韮菜花》由臺北臺灣新民報社出版。
	春	詩人歐劍窗與電影商張清秀共組「星光新劇團」，演出閩南語話劇，邀請吳漫沙隨團巡迴，編寫劇本。因而將《風月報》編務委託友人林荊南代理約二月餘。

5月　15 日，漢詩〈敬和原玉〉、新詩〈街之人生〉（筆名小吳）發表於《風月報》第 85、86 期合刊；改寫〈俠女探險記〉以筆名「曉風」連載於《風月報》第 85～91 期，至9月1日止。

6月　1 日，新詩〈摩登的女性〉（筆名小吳）、〈我也來看新聞〉（筆名笨伯）、〈佛像扇〉（筆名丁）、短篇小說〈梅雨時節〉（筆名漫沙）發表於《風月報》第87期。

17 日，〈婦女與裝飾〉（筆名「小吳」）、〈允許式的拒婚〉（筆名笨伯）、〈美麗的夜〉（筆名伯卿）發表於《風月報》第88期。

7月　1 日，短篇小說〈風沙之夜〉發表於《華文大阪每日新聞》第35期。

24 日，〈骨肉之恩〉（筆名笨伯）、兒童文學〈路上不要吃東西〉發表於《風月報》第 90 期；長篇小說〈花非花〉連載於《風月報》第90～93期，至9月1日止。

8月　15 日，兒童文學〈光陰要愛惜〉以筆名「漫沙」發表於《風月報》第91、92合刊。

9月　1 日，〈臨去秋波〉（筆名笨伯）、短篇小說〈黃昏的街頭〉（筆名曉風）發表於《風月報》第 93 期；長篇小說〈黎明之歌〉連載於《風月報》第 93～123 期，至 1941 年 2月1日止。

28 日，〈秋聲——給全島文藝同志的一封信〉（筆名漫沙）、漢詩〈蓬萊少女行〉、〈〈花非花〉作後感〉（筆名漫沙）發表於《風月報》第94、95期合刊。

10月　16 日，〈黃昏的街頭〉以筆名「曉風」發表於《風月報》第96期。

11月　21 日，〈卷頭語　談談本島的新劇與友邦的映畫〉發表於

		《風月報》第 98 期。
	12 月	12 日，〈卷頭語　本報創刊的回顧〉以筆名「小吳」發表於《風月報》第 99 期。
1940 年（昭和 15 年）	1 月	1 日，〈第一百期紀念號發刊感言〉（筆名漫沙）、新詩〈新春的街頭〉（筆名曉風）發表於《風月報》第 100 期。
	2 月	1 日，〈一封信〉以筆名「姚月清」發表於《風月報》第 102 期。
		17 日，〈雪後記遊〉以筆名「漫沙」發表於《風月報》第 103 期。
	3 月	4 日，〈給徐莫夫〉以筆名「姚月清」發表於《風月報》第 104 期。
		長篇小說〈繁華夢〉連載於《臺灣藝術》第 1 卷第 1～4 號，至 7 月因停刊而中止。
	4 月	1 日，〈請你明白地宣布出來〉以筆名「姚月清」發表於《風月報》第 106 期。
	5 月	5 日，〈你真的發狂了〉以筆名「姚月清」發表於《風月報》第 108 期。
	6 月	15 日，〈你的奸計失敗了〉以筆名「姚月清」發表於《風月報》第 111 期。
	7 月	1 日，〈卷頭語　請大家赤裸地來批評和指正〉、〈感謝與道歉〉（筆名漫沙）、〈編後隨筆〉（筆名小吳）發表於《風月報》第 112 期。
		15 日，〈卷頭語　復刊三週年紀念談到日華文化提攜〉（筆名漫沙）、〈像的話〉、〈最後警告你一句〉（筆名姚月清）發表於《風月報》第 113 期。
	8 月	1 日，〈卷頭語　文藝創作欄的開場白〉、短篇小說〈小

鳳〉以筆名「漫沙」發表於《風月報》第114期。

15日，〈卷頭語　辦同志事業的人要遵守「同行如同命」〉以筆名「漫沙」發表於《風月報》第115期。

9月　1日，劇本〈草山哀話〉發表於《風月報》第116期。

10日，寫作新詩〈皇民化〉。

17日，〈卷頭語　秋風飄蕩下告訴女性的幾句話〉（筆名漫沙）、新詩〈新秋〉（筆名曉風）發表於《風月報》第117期。

寫作新詩〈神社的葬禮〉、〈火的葬禮〉。

10月　1日，〈卷頭語　女朋友們來做個新時代的新女性〉以筆名「漫沙」發表於《風月報》第118期；短篇小說〈女兒淚〉以筆名「漫沙」連載於《風月報》第118～119期，至11月15日止。

寫作劇本〈人間寫真帖〉，又名〈女性哀歌〉。

11月　13～14日，劇本《桃花江》由星光新劇團於臺北永樂座演出。

1941年（昭和16年）

1月　1日，〈新劇比賽感言〉（筆名曉風）、〈談談吳君的作品與《桃花江》上演〉（筆名唐五）發表於《風月報》第121期。

2月　1日，〈黃鶯兒李香蘭〉（筆名笨伯）、〈誕生日〉（筆名吳紫玉）發表於《風月報》第123期。

15日，〈龍吐珠〉（筆名吳紫玉）、短篇小說〈除夕之夜〉（筆名曉風）發表於《風月報》第124期；長篇小說〈母性之光〉連載於《風月報》124～131期，至6月1日止。

〈我們的文學的實體與方向〉以筆名「漫沙」發表於《華文大阪每日》第6卷第3期。

出席於《風月報》編輯林怒濤宅中招開的「臺灣文學縱談會」，與會者有林荊南、簡荷生、神田喜一郎、稻田尹等。

3 月　3 日，〈宴會〉以筆名「姚月清」發表於《風月報》第 125 期。

4 月　2 日，〈《女性哀歌》看後感〉以筆名「唐五」發表於《風月報》第 127 期。

15 日，劇本〈孫悟空〉發表於《風月報》第 128 期。

22 日，劇本〈漁光曲〉完稿。

5 月　寫作劇本〈蓬萊之春〉，至 7 月完稿。

6 月　15 日，〈大馬路與小馬路〉以筆名「曉風」發表於《風月報》第 132 期。

7 月　《風月報》更名為《南方》，刊期續前。

1 日，〈南方文化的新建設〉發表於《南方》第 133 期；長篇小說〈黎明了東亞〉連載於《南方》第 133～154 期，至隔年 6 月 15 日止。

9 月　1 日，〈新劇女優林月子死矣〉以筆名「曉風」發表於《南方》第 159 期

14 日，與王玉燕訂婚。遭日本憲兵隊調查，指控為「中國間諜」，並以《南方》掩護、聯合各地青年祕密結社，偵訊長達三天。二人因此於結婚時未敢聲張，《南方》上也未曾刊載報導。

長篇小說《桃花江》印行單行本，送日本當局檢閱時被疑有反日情節，三千本成書盡遭沒收。

10 月　1 日，〈夢〉以筆名「曉風」發表於《南方》139 期。

1942 年（昭和 17 年）　2 月　被疑為中國和聯合國派駐臺灣之聯絡人，遭日本高等刑警逮捕拘留，經其父奔走說情，方得以稱病保釋，然出

獄後仍遭監視。

4月 15 日，〈東亞共榮圈的資源〉以筆名「曉風」發表於《南方》第 150 期。

5月 1 日，〈強化我們的防空陣線〉（筆名曉風）、〈春日歡宴〉（筆名漫沙）發表於《南方》第 151 期。

6月 15 日，長篇小說〈三鳳爭巢〉以筆名「湖邊客」連載於《南方》第 154～180 期，至隔年 8 月 15 日止。

長女吳美月出生。

7月 1 日，新詩〈莎秧的鐘〉以筆名「漫沙」發表於《南方》第 155 期；短篇小說〈心的創痕〉以筆名「漫沙」連載於《南方》第 155～158 期，至 8 月 15 日止。

15 日，正式請辭編務，並發表〈我的聲明〉於《南方》第 156 期。

長篇小說《黎明之歌》由臺北南方雜誌社出版。

9月 長篇小說《大地之春》由臺北南方雜誌社出版。

10月 1 日，〈東南浪跡〉以筆名「漫沙」連載於《南方》第 161～165 期，至 12 月 1 日止。

1943 年（昭和 18 年）

2月 1 日，〈春日的苦雨——紀念仕枝四叔而作〉發表於《南方》第 168 期。

3月 15 日，〈春日觀梅記〉以筆名「漫沙」發表於《南方》第 170、171 合刊。

長篇小說《莎秧的鐘》由臺北南方雜誌社出版。

5月 15 日，劇本〈父親的日記〉連載於《南方》第 175～179 期，至 7 月 15 日止。

6月 1 日，〈大東亞戰決戰下的海軍紀念日〉以筆名「曉風」發表於《南方》第 176 期。

7月 長篇小說《莎秧的鐘》日文版（サヨンの鐘）由臺北東

		亞出版社出版。（春光淵譯）
	10月	《南方》被勒令停刊。
		長篇小說《韮菜花》由臺北興南新聞社出版。
1944年（昭和19年）	秋	戰事日緊，舉家自臺北市區疏散遷居至郊區石牌。
1945年	春	經友人蔣培中推薦，至「臺灣放送局」擔任編審，負責夜間中文新聞翻譯稿整理，然僅一個月餘，便因盟軍空襲猛烈，放送局停止夜間廣播而告終。
	8月	15日，日本天皇廣播宣布無條件投降。
		18日，舉家自疏散的石牌搬回臺北市區。
		被推為「閩南同鄉會」發起人。
	9月	創辦《時潮》月刊，但因資力不濟，僅出刊兩期。
		次女吳麗月出生。
	10月	25日，《臺灣新民報》易名《臺灣新生報》重新創刊，李萬居任社長，邀請吳漫沙擔任該報中文版記者，從此踏入新聞界。
	12月	2日，長篇小說〈天明〉連載於《民報》3版，至隔年2月3日止。
		15日，〈光復後的省會側面觀〉（筆名曉風）、短篇小說〈曙光（1）〉發表於《新風》第1卷第2號。
		擔任《新風》主編。
		長篇小說《花非花》由臺北五憲書局出版。
	本年	夜間在臺北帝國大學（今臺灣大學）教授「三民主義課程」。
		擔任「臺灣廣播電臺」編審，與呂泉生配合，編作兒童音樂廣播劇。後因採訪工作繁重辭去編審一職，轉而擔任《臺灣之聲》主編。

1946年	1月	15日，短篇小說〈她的命運〉（筆名曉風）、〈心潮〉（筆名白丁）發表於《新風》第1卷第3號。皆為舊作改寫。 短篇小說集《心的創痕》由臺北五憲書局出版。
	6月	1日，長篇小說〈稻江的月（一）〉發表於《臺灣之聲》創刊號。
	7月	1日，長篇小說〈稻江的月（二）〉發表於《臺灣之聲》第1卷第2期。 28日，出席《臺灣文化》於臺北公會堂（今中山堂）舉行的初次文學委員會懇談會，與會者有郭水潭、楊逵、王詩琅、黃得時、洪炎秋等。
	8月	1日，長篇小說〈稻江的月（三）〉發表於《臺灣之聲》第1卷第3期。 加入臺灣新生報社之《臺灣年鑑》編纂團隊，並為此辭去《臺灣之聲》編務。
	11月	長篇小說《女人》由臺北盛興書局出版。
1947年	2月	三女吳明月出生。
	3月	以記者身分參加於臺北公會堂（今中山堂）召開的「二二八事件處理委員會」會議。
	4月	獲選為臺北市文化運動委員會委員。
	5月	15日，長篇小說〈平章月〉連載於《臺灣營造界》第1卷第1～6期，至10月止。本篇為〈繁華夢〉修改後重新發表。 長篇小說《桃花江》由臺北盛興書局出版。
	7月	長篇小說《天明》（上卷）由臺北大同書局出版。
	夏	舉家遷居至三重鎮（今新北市三重區），當選第一屆鎮民代表。

1949 年	本年	辭去《臺灣新生報》職務，轉任《民族報》、《民族晚報》社會線記者。
1950 年	7 月	長子吳江東出生。
1951 年	6 月	24 日，為討論《國語日報》編印「古今文選註」事宜於鐵路飯店召開會議，與會者有羅家倫、臺靜農、鄭騫、黃得時、吳守禮等。
	9 月	由《民族報》社長王惕吾發起，聯合《全民日報》、《經濟時報》，發行「聯合版」（今《聯合報》）。吳漫沙遂轉入「聯合版」編輯採訪團隊，仍負責社會新聞線。採訪主任馬克任擬「終身大事在臺灣」專欄，由記者吳漫沙、鍾中培、孫建中執筆。
1952 年	1 月	14 日，短篇小說專欄「終身大事在臺灣」連載於《全民日報・民族報・經濟時報聯合版》6 版，至 2 月 19 日止。署名「本報社會記者集體執筆」。 擔任《新選歌謠》編審委員。 長篇小說《香煙西施》由臺北東方文化供應社出版。
	4 月	與鍾中培、孫建中合著短篇小說集《終身大事在臺灣》，由臺北東方文化供應社出版。
	7 月	么女吳秀月出生。
1954 年	本年	報社縮編，吳漫沙自請留職停薪，《聯合報》特為其開闢專欄「形形色色的婚變」，供給稿費以維生計。 小說《綠園芳草》由臺北臺灣藝術社出版。 長篇小說《運河殉情記》由臺北臺灣藝術社出版。
1955 年	9 月	兒童文學《畫集三國誌第 1 集——桃園三結義》，由臺北大華文化社出版。
	11 月	兒童文學《畫集三國誌第 2 集——諸侯誅董卓》，由臺北大華文化社出版。

	12月	兒童文學《畫集三國誌第 3 集——連環計》，由臺北大華文化社出版。
1956年	1月	長篇小說《舞海情孽》由臺北大華文化社出版。 兒童文學《畫集三國誌第 4 集——關公斬六將》，由臺北大華文化社出版。
	2月	長篇小說《舞海情孽》由新竹興新出版社出版。
	3月	8月，母親黃年逝世。
	4月	1日，〈江山樓風景線〉發表於《民族晚報》7版。 長篇小說《臺北江湖傳第一集》由新竹興新出版社出版。
	6月	長篇小說《桃花江》由新竹興新出版社出版。 與潘壽康、玄星、綠野合著短篇小說集《臺灣偵探奇案第四集》，由新竹興新出版社出版。
	7月	長篇小說《桃花江》由臺北大華文化社出版。 與潘壽康合著短篇小說集《臺灣偵探奇案第五集》，由臺北大華文化社出版。 與郭有文、潘壽康、綠葉合著短篇小說集《臺灣偵探奇案第六集》，由臺北大華文化社出版。 與郭有文、潘壽康、玄星合著短篇小說集《臺灣偵探奇案第七集》，由臺北大華文化社出版。 兒童文學《畫集三國誌第 5 集——寶馬救主》，由臺北大華文化社出版。
	8月	兒童文學《畫集三國誌第 6 集——三請孔明》，由臺北大華文化社出版。
	10月	與郭有文合著短篇小說集《臺灣偵探奇案第八集》，由臺北大華文化社出版。 與潘壽康、郭有文合著短篇小說集《臺灣偵探奇案第九

集》，由臺北大華文化社出版。

兒童文學《畫集三國誌第 7 集——孔明舌戰群儒》，由臺北大華文化社出版。

11 月　兒童文學《畫集三國誌第 8 集——孔明激周瑜》，由臺北大華文化社出版。

12 月　25、27 日，〈臺灣的民謠〉以筆名「漫沙」連載於《民族晚報》4 版。

長篇小說《運河殉情記》由臺北大華文化社出版。

兒童文學《畫集三國誌第 9 集——合軍破曹》，由臺北大華文化社出版。

本年　小說《風流女盜》由臺北大華文化社出版。

1957 年　1 月　26～30 日，〈臘鼓聲裡話年俗〉以筆名「漫沙」連載於《民族晚報》4 版。

2 月　3～8 日，〈萬象更新家家春〉以筆名「漫沙」連載於《民族晚報》4 版。

10～13 日，〈香火處處饗春神〉以筆名「漫沙」連載於《民族晚報》4 版。

兒童文學《畫集三國誌第 10 集——火燒連環船》，由臺北大華文化社出版。

3 月　兒童文學《畫集三國誌第 11 集——劉備招親》，由臺北大華文化社出版。

6 月　兒童文學《畫集三國誌第 12 集——水滸七軍》，由臺北大華文化社出版。

8 月　兒童文學《畫集三國誌第 13 集——火燒連營》，由臺北大華文化社出版。

1959 年　1 月　22 日，父親吳仕添逝世。

1961 年　6 月　17 日，〈端陽節談閩臺風俗〉發表於《公論報》。

	本年	重返《聯合報》編輯部。
1964年	11月	長篇小說〈酒女〉完稿。
1966年	2月	19日，〈臺北西城故事——三百年艋舺滄桑史〉以筆名「吳南」發表於《聯合報》12版。
	10月	1日，〈臺灣藝旦滄桑史話〉以筆名「唐五」發表於《徵信週刊・現代知識》第1期。
		15日，〈貓來富狗來起大厝〉以筆名「沙丁」發表於《徵信週刊・臺灣風土》第3期。
		22日，〈臺北市西門今昔〉以筆名「唐五」發表於《徵信週刊・臺灣風土》第4期。
		29日，〈臺北酒家演變史〉（筆名幻余）、〈平劇在酒家〉（筆名玉燕）發表於《徵信週刊・臺灣風土》第5期。
	11月	5日，〈臺語話劇〉、〈民間故事——城牆與鋸齒〉（筆名江莉）、〈有光輝歷史的臺語話劇〉（筆名黃迺煌）發表於《徵信週刊・臺灣風土》第6期。
		12日，〈民間故事——無妻無猴〉以筆名「玉燕」發表於《徵信週刊・臺灣風土》第7期。
		19日，〈蹲三年賭三日〉以筆名「幻余」發表於《徵信週刊・臺灣風土》第8期。
	12月	3日，〈維護祖國文學的臺灣青年〉以筆名「黃迺煌」發表於《徵信週刊・臺灣風土》第11期。
		17日，〈臺灣的養女〉以筆名「曉風」發表於《徵信週刊・臺灣風土》第12期。
1967年	1月	14、21日，〈臺北的分類械鬥〉以筆名「唐五」連載於《徵信週刊・臺灣風土》第16期。
		21日，〈江山樓滄桑〉以筆名「幻余」發表於《徵信週刊・臺灣風土》第17期。

	2月	18 日，〈燈前婦女鬧元宵〉以筆名「曉風」發表於《徵信週刊・臺灣風土》第 20 期。 25 日，〈日據時代國片在臺灣〉（筆名江莉）、〈「第一好，張德寶！」〉（筆名迺煌）發表於《徵信週刊・臺灣風土》第 21 期。
	3月	18 日，〈林先生與八堡圳〉以筆名「曉風」發表於《徵信週刊・臺灣風土》第 24 期，「民間故事」專欄。
1969 年	7月	寫作劇本〈私生子〉。
	12月	寫作劇本〈鄉下姑娘拾金記〉。
1970 年	2月	4～5 日，〈臺省的年俗〉以筆名「吳南」連載於《大華晚報》7 版。 14 日，〈臺省元宵習俗〉以筆名「吳南」發表於《大華晚報》7 版。
	4月	10 日，〈臺灣民間故事——只差一筷子〉以筆名「吳南」發表於《大華晚報》8 版。
	7月	吳漫沙編劇；唐冀導演的閩南語電視劇〈日久見人心〉於中視播出。
	11月	寫作劇本〈鄉下姑娘赴宴記〉。
1971 年	2月	2 日，〈春節話神佛〉以筆名「吳南」發表於《大華晚報》9 版。 吳漫沙編劇；鍾世驊導演的閩南語劇〈鄉下姑娘〉於中視播出。 寫作劇本〈祖父的小男孩〉。
	本年	正式自《聯合報》退休。
1975 年	10月	25 日，〈臺灣光復三十年的回顧〉發表於《聯合報・副刊》12 版。
1976 年	2月	13 日，〈臺省元宵習俗〉發表於《聯合報・副刊》12

		版。
	7月	15日，長篇小說〈西北風雲〉完稿。
1977年	12月	22日，〈冬至・吃湯圓・祭祖先〉發表於《聯合報・影視》9版。
1978年	3月	6日，〈臺灣的民謠〉發表於《聯合報・萬象》9版。
	4月	5日，〈清明祭祖掃墓〉以筆名「漫沙」發表於《聯合報・萬象》9版。
		8日，〈臺灣光復前國片滄桑〉以筆名「漫沙」發表於《聯合報・萬象》9版。
	5月	13日，短篇小說〈歷盡滄桑一富翁〉完稿。
1979年	1月	26日，妻王玉燕病逝，作漢詩〈折翼之痛——悼亡妻王玉燕〉
1980年	8月	15日，〈臺灣民間七月普渡〉發表於《大華晚報》10版。
		17日，〈七夕在臺灣〉發表於《大華晚報》10版。
1981年	1月	20日，〈臺灣鄉野奇聞——臭味相投〉發表於《臺灣時報・副刊》12版。
		31日，〈臺灣鄉野奇聞——魔神仔〉發表於《臺灣時報・副刊》12版。
	2月	4日，〈年俗趣談〉發表於《臺灣時報・副刊》12版。
	3月	2日，〈臺灣鄉野迷信——乩童〉發表於《臺灣時報・副刊》12版。
		5日，〈臺灣鄉野奇聞——無某無猴〉發表於《臺灣時報・副刊》12版。
		26日，〈臺灣鄉野奇聞——大盜與海洋〉發表於《臺灣時報・副刊》12版。
	4月	7日，〈閒話閩南婚俗〉發表於《大華晚報》11版。

		28 日，〈臺灣鄉野奇聞——五十銀圓〉發表於《臺灣時報・副刊》12 版。
	6 月	1 日，〈臺灣的婚俗〉發表於《大華晚報》11 版。
	8 月	10 日，立書過繼外甥蔡培坤為子嗣，管理祖宅吳東川大厝。
		17 日，〈民俗漫談——臺灣的喪禮〉發表於《大華晚報》11 版。
		28 日，〈臺灣鄉野奇聞——先生的雞腿〉發表於《臺灣時報・副刊》12 版。
	10 月	8 日，〈臺灣鄉野奇聞——仙公的幽默〉發表於《臺灣時報・副刊》12 版。
	11 月	18 日，〈臺灣鄉野奇聞——七葉蓮〉發表於《臺灣時報・副刊》12 版。
	本年	當選傳統詩學會監事。
		榮獲行政院文建會優良詩人獎。
1982 年	1 月	24 日，〈概談《南方》〉發表於《聯合報・副刊》8 版。
	3 月	18 日，〈九星聯珠〉發表於《大華晚報》11 版。
	4 月	7 日，〈臺灣鄉野奇聞——雞肉與黃馬褂〉發表於《臺灣時報・副刊》12 版；〈閒話閩南婚俗〉發表於《大華晚報》11 版。
		23 日，〈臺灣鄉野奇談——彰化與朱山〉發表於《臺灣時報・副刊》12 版。
	5 月	11 日，〈我還在學習〉發表於《臺灣時報・副刊》12 版。
		新詩〈自立〉、〈新囚〉、〈心潮〉發表於《臺灣文藝》第 76 期，皆為日治時期舊作。
	6 月	13 日，〈臺灣鄉野奇聞——寶斗〉發表於《臺灣時報・副刊》12 版。

		新詩〈時代女性〉、〈呻吟〉、〈光明之路〉、〈流浪者的夜歌〉、〈期待〉、〈病室裡〉、〈鄉愁〉、〈雨〉、〈苦悶的呼聲〉、〈初秋之夜〉、〈女囚〉、〈豺狼當道〉、〈一碗米糕〉、〈皇民化〉、〈火的葬禮〉;〈詩與我〉發表於《笠》第 109 期。部分新詩為日治時期舊作。
	7 月	23 日,〈臺灣鄉野奇聞——田螺姻緣〉發表於《臺灣時報・副刊》12 版。
	9 月	26 日,〈臺灣鄉野奇聞——西廂外記〉發表於《臺灣時報・副刊》12 版。
	10 月	〈沉痛的回憶〉發表於〈臺灣文藝〉第 77 期。
	本年	加入「瀛社」、「天籟詩社」,積極參與詩社例會與命題創作。
1983 年	1 月	28 日,〈歷史的腳步——話說西門〉發表於《臺灣時報・副刊》12 版。
	2 月	27 日,〈元宵燈會〉、〈元宵話民俗〉發表於《臺灣時報・副刊》12 版。
	6 月	14 日,短篇小說〈暮年〉發表於《臺灣時報・副刊》12 版。
1984 年	6 月	10～12 日,短篇小說〈外公・外婆〉連載於《臺灣時報・副刊》12 版。
	10 月	26～27 日,〈歷史的腳步——臺北三市區〉發表於《民眾日報》12 版。
1985 年	1 月	〈臺北的藝旦〉發表於《聯合文學》第 3 期。
	4 月	1 日,〈三寸金蓮〉、〈打公館〉、〈往來無白丁〉、〈私塾啟蒙〉發表於《臺灣時報・副刊》8 版,「追昔集」專欄。 16 日,〈我的母親〉、〈洞房花燭夜〉發表於《臺灣時報・副刊》8 版,「追昔集」專欄。

	5月	1 日，〈貞女出閣〉發表於《臺灣時報‧副刊》8 版，「追昔集」專欄。
		7 日，短篇小說〈失足〉發表於《民眾日報》8 版。
		14 日，〈亂世夫妻〉發表於《臺灣時報‧副刊》8 版，「追昔集」專欄。
	6月	1 日，〈冒犯王爺〉發表於《臺灣時報‧副刊》8 版，「追昔集」專欄。
		6 日，〈避難〉發表於《臺灣時報‧副刊》8 版，「追昔集」專欄。
		27 日，〈渡海省親〉發表於《臺灣時報‧副刊》8 版，「追昔集」專欄。
	7月	25 日，〈霧社喋血〉發表於《臺灣時報‧副刊》8 版，「追昔集」專欄。
	8月	16 日，〈禍不單行〉發表於《臺灣時報‧副刊》8 版，「追昔集」專欄。
	10月	15 日，〈傻勁小子〉發表於《臺灣時報‧副刊》8 版，「追昔集」專欄。
		26 日，〈文壇附驥〉發表於《臺灣時報‧副刊》8 版，「追昔集」專欄。
	11月	16 日，〈被逐出境〉發表於《臺灣時報‧副刊》8 版，「追昔集」專欄。
	12月	17 日，〈不賣大燈〉發表於《臺灣時報‧副刊》8 版，「追昔集」專欄。
1986年	1月	2 日，〈革新《風月報》〉發表於《臺灣時報‧副刊》8 版，「追昔集」專欄。
		15 日，〈聲色之間〉發表於《臺灣時報‧副刊》8 版，「追昔集」專欄。

	4月	參加「文藝作家訪問團」，同行者有陳秀喜、林清文、王昶雄等。
	5月	25 日，〈僑鄉的城隍〉發表於《臺灣新生報・副刊》7 版。
	6月	18 日，〈風雨飄搖〉發表於《臺灣時報・副刊》8 版，「追昔集」專欄。
	8月	15 日，〈以文會友〉發表於《臺灣時報・副刊》8 版，「追昔集」專欄。
	9月	23 日，〈處境日危〉發表於《臺灣時報・副刊》8 版，「追昔集」專欄。
	10月	6 日，〈欲擒故縱〉發表於《臺灣時報・副刊》8 版，「追昔集」專欄。
		25 日，〈生死關頭〉發表於《臺灣時報・副刊》8 版，「追昔集」專欄。
	12月	3 日，〈黑獄八天〉發表於《臺灣時報・副刊》8 版，「追昔集」專欄。
		22 日，〈國土重光〉發表於《臺灣時報・副刊》8 版，「追昔集」專欄。
1987年	1月	15 日，〈尾牙香香〉發表於《臺灣新生報・副刊》7 版。
		28 日，〈春聯趣談〉發表於《臺灣時報・副刊》8 版。
		29 日，〈迎春接福〉發表於《臺灣新生報・副刊》3 版。
	2月	4 日，〈臺灣鄉野奇聞——登仙橋〉發表於《自立晚報》11 版。
		20～21 日，〈臺灣民間故事——殭屍追人〉連載於《自立晚報》11 版。
	5月	短篇小說集《七葉蓮》由臺北名流出版社出版。
	10月	24 日，出席傳統詩學會理監事會。

11月 12 日，出席詩人大會，作漢詩〈以文吟社六十五週年社慶〉。

21 日，出席於三軍軍樂部舉辦的天聲詩社成立大會，與會者有林荊南、方子丹、王友芬等。

來臺五十多年後，首次返回故鄉石獅省親。

1988年 1月 3 日，寫作漢詩〈回鄉詩〉。

9 日，參加傳統詩學會理監事會。

12 日，寧社詩友邀題，寫作漢詩〈早梅〉二首。

16 日，基隆詩學會邀題，為周植夫 70 歲徵詩，寫作漢詩〈千歲鶴〉。

21 日，寫作漢詩悼蔣經國，未題名。

25 日，寧社詩友邀題，寫作漢詩〈春夜社集〉。

28 日，〈依然一小兵〉發表於《臺灣時報》8 版，「文學之路」專欄。

3月 5 日，出席於臺北國軍英雄館舉辦之「中日詩人聯吟會」，與會團體有彰化兒童唱詩園、日本泰山流吟詩會等。

18 日，出席於福華大飯店舉辦的「《聯合報》•《經濟日報》•《民生報》退休同仁春節聯誼會」。

24 日，寧社詩友邀題，寫作漢詩〈春晴〉；網溪詩社友邀題，寫作漢詩〈碧潭修褉〉。

外出購物時不慎跌倒受傷，右腿骨折。本欲於六月返石獅探親，因傷取消。

4月 25 日，寧社詩友邀題，寫作漢詩〈減刑〉四首。

29 日，寫作漢詩〈病中吟〉六首。

5月 26 日，寫作漢詩〈生日感想〉兩首。

6月 14 日，參加「旅臺閩籍鄉親返鄉探親座談會」。

19 日，至立法院群賢樓參加網溪詩社詩會；至市立圖書館參加聯吟大會，擊缽律詩入選，寫作漢詩〈促進社會和諧〉。

10月 30 日，參加傳統詩學會於保安宮舉行的第五屆大會，當選監事。

1989年 8月 8日，短篇小說〈父親節〉發表於《臺灣時報》8版。

1990年 8月 亞洲晉江社團聯合會成立，寫作漢詩〈亞洲晉江僑團聯合會成立〉。

1991年 1月 28日，寫作漢詩〈迎春〉。

1993年 秋 赴中國觀光有感，寫作漢詩〈天津　二首〉、〈嶗山　二首〉、〈濟南〉、〈黃河〉、〈大明園〉、〈趵突泉〉、〈李清照故居〉、〈泰山〉、〈孔廟〉、〈孔林〉、〈孔府〉、〈梁山　三首〉、〈紫禁城〉、〈頤和園〉、〈瘦西湖〉、〈史可法紀念館〉、〈長城〉、〈北京車站〉、〈上海〉、〈西湖〉、〈岳王廟〉、〈錢塘觀潮〉、〈寒山寺〉、〈拙政園〉、〈姻緣石〉、〈中山陵〉、〈南京屠殺紀念場〉、〈莫愁湖〉、〈夜游秦淮河〉、〈福州鼓山〉、〈福州西湖〉、〈避暑山莊（承德）〉、〈太陽島（哈爾濱）〉、〈老虎灘（大連）〉、〈萬忠墓（瀋陽）〉、〈白玉山塔（旅順）〉、〈松花江（哈爾濱）〉、〈松花湖（哈爾濱）〉、〈磬錘峰（承德）　二首〉、〈瀋陽北陵〉、〈扭秧舞（吉林）〉、〈懸空寺（承德）〉、〈昭君酒店〉、〈蒙古草原〉、〈蒙古包（內蒙古）〉。

1994年 8月 弗雷特颱風侵襲，寫作漢詩〈弗雷特颱風〉。

12月 27 日，出席於清華大學舉辦的「賴和及其同時代的作家——日據時期臺灣文學國際學術會議」，與會者有巫永福、王昶雄、林亨泰等。

1995年 1月 30 日，〈過年在臺灣　開市大吉〉發表於《自由時報・生

		活藝文》29 版。
	2 月	13 日，〈元宵城開不夜〉發表於《自由時報．生活藝文》29 版。
	4 月	5 日，〈清明．祭祖．掃墓〉發表於《自由時報．生活藝文》29 版。
	7 月	24 日，〈圓山多災　半世紀兩場火〉發表於《聯合報．鄉情》34 版。
1998 年	7 月	25 日，出席前衛出版社於臺大校友會館舉辦的「臺灣大眾文學系列新書發表祝賀會」，與會者有下村作次郎、黃英哲、陳芳明等。
	8 月	長篇小說《韮菜花》由臺北前衛出版社出版。 長篇小說《黎明之歌》由臺北前衛出版社出版。 長篇小說《大地之春》由臺北前衛出版社出版。
1999 年	3 月	出席於國家圖書館舉辦的瀛社創立 90 週年紀念活動，與會者有張添財、洪玉璋、林正三等。
2000 年	12 月	《追昔集》由臺北縣政府文化局出版。
2001 年	4 月	接受林麗如訪談文章〈把文藝的種子灑在蓬萊島上〉刊載於《文訊》第 186 期。
	5 月	4 日，出席於國民黨中央黨部舉辦的五四文藝節紀念活動，與會者有杜潘芳格、劉捷、巫永福等。
	8 月	11 日，出席臺視節目部主辦的「江山樓常民文化座談會」，與會者有徐亞湘、邱旭伶等。
2002 年	10 月	5 日，出席於臺北縣政府文化局舉辦的「許玉燕、張萬傳、吳漫沙口述歷史出版發表暨展覽茶會」，與會者有李宗慈、柏楊、張香華等。
2003 年	10 月	文訊雜誌社主辦「文藝界重陽敬老聯誼活動」，於活動前夕拜訪吳漫沙。

2005年	8月	20 日，家人籌辦「漫沙先生九五華誕／文學賞析饗宴」[1]於臺北歐華酒店，廣邀親友張香華、李宗慈、邱旭伶、吳瑩真等。
	11月	10日，於長庚醫院病逝，享壽93歲。

參考資料：

- 吳漫沙，《追昔集》，臺北：臺北縣政府文化局，2000年12月。
- 吳瑩真，〈吳漫沙生平及其日治時期大眾小說研究〉，南華大學文學研究所碩士論文，2002年1月。
- 李宗慈，《吳漫沙的風與月》，臺北：臺北縣政府文化局，2002年10月。
- 國立臺灣文學館典藏之吳漫沙手稿、日記、剪報。

[1]編按：據家屬表示「九五」非以實歲或虛歲計算，可能係當時協力策畫友人計算有誤，或避諱「九四」。

輯三◎

研究綜述

吳漫沙研究綜述

◎黃美娥

一、重新發現「吳漫沙」

身為一位作家，吳漫沙（1912～2005）雖然是從福建跨海來臺的華僑，但他在正式來臺次年（1936），就憑藉文藝創作、編輯活動表現突出，很快被推許為日治時期臺灣文壇健將。[1]到了戰後，吳氏不僅活躍於報界和廣播界，相較於許多戰前著名通俗小說作家如謝雪漁、徐坤泉、林荊南的早已停筆或趨於沉寂，他仍持續書寫，甚至在 1950 年代還迎向了人生寫作生涯中的另一高峰。但，弔詭的是，1954 年臺北市文獻委員會召開「北部新文學・新劇運動座談會」，多位日治時期作家如王白淵、吳新榮、張維賢、楊雲萍、廖漢臣、吳瀛濤、龍瑛宗、吳濁流、郭水潭、呂訴上等人都受邀出席，或是王詩琅、黃得時亦以臺北市立文獻委員會委員列位座談時，卻未見吳漫沙蹤影。其次，在座談會回顧整個日治時代臺灣新文學和新劇運動的發展經過時，雖然吳氏曾經於 1937 年七七事變後，為歐劍窗「星光新劇團」供稿，因而受到日人注意和禁止演出所寫劇本[2]，不過在作家們座談會內容中，並未見到任何人談及吳氏參與臺灣新文學或新劇運動的角色和地位。值得一提的是，與吳漫沙同屬言情小說家翹楚的徐坤泉，王詩琅在與上述座談會內容同期刊登的一篇文章中，特別說及：「徐

[1]參見陳蔚然〈讀「我們文學的實體與方向」後感談〉，文刊《風月報》130 期（1941 年 5 月），頁 3。

[2]參見吳漫沙〈沉痛的回憶（代序）〉，收入氏著《追昔集》（臺北：臺北縣政府文化局，2000 年），頁〔11～16〕。

坤泉先生，……連續發表長篇連載小說〈可愛的仇人〉、〈靈肉之道〉等作，一時家傳戶誦，雖人力車伕，旅社女傭，也喜讀這些作品。徐氏在日據時期除發表了這些作品外，並且擔任過日刊報紙《臺灣新民報》學藝欄（即副刊）的編輯，因此他和臺灣新文學運動接觸最多，且這方面的朋友也最多，可是他本人始終和運動沒有發生過關係，這也算是臺灣文學界的一件怪事。」[3]從讀者反應熱烈和報刊編輯付出貢獻，以及人際活絡等視角，闡述了徐氏與日治新文學的密切關係。相形之下，在戰後初期或 1950 年代，都還積極筆耕的吳漫沙，無疑被同時代作家群體所遺忘，或者對其創作表現始終未放在心上。前述現象實在值得玩味，只是箇中原因為何呢？

到了 1982 年，《臺灣文藝》新闢「歷史的一頁」專欄，為臺灣新文學尋根，吳漫沙受到主編鍾肇政先生邀請，寫下〈沉痛的回憶〉一文，因而有了機會陳述自我在日治時代參與文學活動的歷程和想法。[4] 唯，即使如此，在三年後（1985）林本源基金會舉辦的一個公開場合中，聽眾聆聽黃得時名為「日據時期臺灣新文學運動」的談話，請教了有關吳氏在日治時代臺灣文學史中的定位時，黃氏表示：「吳漫沙也是我的好朋友，可是吳漫沙寫的東西不能算是純粹的文學，而且他是憑他身邊的雜誌寫出來的，並不是有什麼偉大的文學觀念。……今天要談純粹的文學，他還沒有資格談的，這是我關於吳漫沙的意見。」[5]顯然由於吳氏所寫作品不被認定為純粹文學，加上文學觀念缺乏偉大性質，以及寫作係參考身邊雜誌而來，種種因素導致吳漫沙雖然經歷日治時代和戰後階段的奮鬥過程，卻難以得到文藝界同好真正的肯定。

相關情況的獲致改觀，乃在 1990 年代之後。先是 1994 年於清華大學主辦的「賴和及其同時代的作家——日據時期臺灣文學國際學術會議」

---

[3]參見一剛〈徐坤泉先生去世〉，《臺北文物》第 3 卷第 2 期（1954 年 8 月），頁 136。
[4]參見吳漫沙〈沉痛的回憶〉，刊於《臺灣文藝》第 77 期（1982 年 10 月），頁 297～302。
[5]參見黃得時主講，〈日據時期臺灣新文學運動〉，第 43 回臺灣研究研討會會議記錄，文載《臺灣風物》第 36 卷第 3 期（1986 年 9 月 30 日），頁 146。

中，吳漫沙與其他如林亨泰、陳千武、葉石濤、楊千鶴、陳垂映、巫永福、王昶雄、周金波等人一同出席研討會，於是日治時期老作家們頓時成為各界關注焦點。其後，1995 年臺北縣立文化中心出版《海鳴集》，收錄了王昶雄、張我軍和吳漫沙等人作品；而更具影響力的關鍵，當是黃英哲、下村作次郎合力撰寫文章介紹日治時期臺灣大眾文學，並於 1998 年為前衛出版社企畫、合編「臺灣大眾文學系列」，當時吳氏計有《韮菜花》、《黎明之歌》、《大地之春》三部小說印行，自此「吳漫沙」在臺灣文學史上，逐漸成為眾人熟悉的名字。

只是，因為日治時代大眾通俗小說作品受到高度關注，吳漫沙一生中的其他面向反倒被疏忽，如戰後擔任報刊記者、廣播界編審，或是加入成為天籟吟社、瀛社社員[6]的漢詩人身分，大抵討論仍屬有限，且目前尚缺乏鳥瞰其人多元書寫，包括小說、散文、新詩、舊詩、劇本、新聞稿等成果的評價。以上顯示，吳漫沙的多重身分和畢生耕耘成果，仍然有待更多考掘。

二、吳漫沙文學概述

吳漫沙，本名吳丙丁[7]，福建晉江縣石獅人。他在 1929 年曾短暫來臺，1931 年回到福建，迄 1935 年底隨母親來臺和父親團聚，於次年在臺開始投稿至 2000 年未再對外撰文發表為止[8]，其文藝創作生涯總計長達六十餘年。回顧此一漫長過程，吳氏 1936 年先在《臺灣新民報》上發表〈氣仔姑〉，後又接連刊出〈臺北之夜〉、〈愛的結果〉、〈時代的女性〉、〈南國新秋〉等；1937 年 11 月底因為參與協助編輯《風月報》之故，便

[6]吳漫沙在 1981 年加入兩個詩社成為社員，並於同年獲得文建會優良詩人獎，參見吳瑩真〈吳漫沙生平及其日治時期大眾小說研究〉（南華大學文學研究所碩士論文，2002 年）附錄一〈吳漫沙生平創作簡表〉，頁附錄 25。

[7]因為吳丙丁原名偏「火」，故取「漫沙」為筆名時，遂特意從「水」，而其意義則是有感於中國人一盤散沙而來。以上是筆者於 2000 年 12 月 1 日訪問吳氏所知。

[8]參見李宗慈撰述《吳漫沙的風與月》（臺北：臺北縣政府文化局，2002 年）中的〈吳漫沙寫作年表〉所記，頁 170～183。

將主要發表園地改至《風月報》，其間也有少量投稿到《南方》與《臺灣藝術》[9]，而這之中尚且印行了許多膾炙人口的單行本通俗小說，如《桃花江》、《韮菜花》、《花非花》等。正由於這些小說內容頗多攸關男女戀愛言情之作，且深受讀者好評，因此得與徐坤泉並列最擅此類作品的通俗作家。當然，吳氏本身並非以此為志，他刊在《風月報》的〈暴雨孤鶩〉、〈小鳳〉、〈女兒淚〉等，通篇或旨於譴責封建觀念，或抨擊社會不公，鄉土性色彩較濃，言情敘事稍顯淡薄，這些毋寧更接近於他所欲倡議的「純粹藝術」的現代文學創作。[10]

進入戰後階段，他陸續任職《臺灣新生報》、《民族報》、《民族晚報》、《聯合報》記者，又曾投稿《公論報》、《大華晚報》、《高雄晚報》、《更生報》、《徵信新聞》、《臺灣時報》等，也擔任過臺灣廣播電臺編審，作品類型涵蓋通俗小說、電視和電影劇本[11]、新詩、漢詩，以及與臺灣民俗有關的散文書寫等，其中最為擅長者仍屬通俗小說。首先，他將日治時代即享有盛名的《桃花江》、《韮菜花》、《黎明之歌》、《大地之春》、《莎秧的鐘》、《花非花》等，予以舊作重刊之外，接著又有《女人》、《天明》、《小英》、《火花》、《白馬俠》的出版[12]；至於1950 年代，則有《香煙西施》[13]、《終身大事在臺灣》[14]、《舞海情孽》[15]、《臺北江湖傳》[16]、《運河殉情記》[17]、付梓。而在數種單行本之外[18]，

---

[9]如發表在《風月報》者如〈桃花江〉、〈暴雨孤鶩〉、〈俠女探險記〉、〈花非花〉、〈黎明之歌〉、〈小鳳〉、〈女兒淚〉、〈母性之光〉……等；在《南方》者有〈黎明了東亞〉、〈心的創痕〉；在《臺灣藝術》有〈繁華夢〉。

[10]吳漫沙述及在編輯《風月報》時，將徐坤泉封面所擬兩句標語「是茶餘飯後的消遣品，是文人墨客的遊戲場」改為「開拓純粹的藝術園地，提倡現代的文學創作」。參見《追昔集》，〈沉痛的回憶（代序）〉。

[11]如國立臺灣文學館收藏之吳漫沙手稿作品〈落花恨〉。

[12]《小英》、《火花》、《白馬俠》目前僅見於《心的創痕》、《花非花》等之書末廣告。以上所述參見拙文〈戰後初期臺灣通俗小說初探——從「作家論」到「場域論」的考察〉，《臺灣文學研究學報》第 26 期（2018 年 4 月），頁 196。

[13]吳漫沙《香煙西施》，收於婁子匡編《養女在臺灣》（臺北：東方文化供應社，1970 年複刊本〔1952 年初版〕），頁 1～85。

[14]吳漫沙、鍾中培、孫建中《終身大事在臺灣》（臺北：東方文化供應出版社，1952 年 5 月再版本〔4 月初版〕）。又，此書雖由三人執筆，但個別負責單元均有署名，故可知何者為吳漫沙之作。

[15]關於《舞海情孽》，筆者所見國家圖書館藏本缺乏版權頁，故無法得知確切出版時地，查李宗慈

吳氏長期都有連載於報刊之作，如 1945 至 1947 年間登載於《時潮》的〈血痕〉、《新風》的〈曙光〉、《臺灣之聲》的〈稻江的月〉、《臺灣營造界》的〈平章月〉等作；[19]至於 1950 年代，參照李宗慈《吳漫沙的風與月》中的〈吳漫沙寫作年表〉[20]所述亦有：1952 年刊於臺灣省黨部週刊上的〈鐵血情鴛〉[21]，1958 年《華報》之〈酒國愁城——姚春霞墜溷記〉[22]，而此作在 1964 年又彙整為〈酒女〉，今有手稿存世。[23]當然，在一般常見的言情作品之外，吳漫沙在日治時期也對偵探小說和兒童文學感到興趣，此在戰後亦見延續，如撰寫「臺灣偵探奇案」和「畫集三國誌」等便是代表作。

由上可知，吳漫沙其人作品型態，實包括單行本與單篇文章，且作品數量甚夥，詳細資訊參見本書所編吳漫沙作品目錄。又，針對他在戰前、戰後多種報刊上的作品，若要進行蒐羅時，必然會牽涉到其人筆名問題。

〈吳漫沙創作年表〉所記為 1956 年 2 月由興新出版社出版，收入氏撰《吳漫沙的風與月》，頁 174。但，本篇小說文末（頁 89）小啟，吳氏有特別說明是在大華文化社黃宗葵鼓勵之下出版，故可知李氏所記出版社有誤。又，因為本書附有《臺灣偵探奇案第三集》巨盜高金鐘專刊宣傳內容，經查《聯合報》1956 年 2 月 3 日報載：「惡行昭彰飛賊高金鐘，已由華華（按：乃大華之誤）出版社編著成書，定於今日出版。」，故據此判斷《舞海情孽》係由臺北大華文化社於 1956 年出版。

[16]《臺北江湖傳第一集》（新竹：興新出版社，1956 年）。又，此書原作者署名為肖南、火星合著，但因國立臺灣文學館將之列為吳漫沙作品，而由於吳氏曾任《民族晚報》記者，且此書由連載小說而來，故推斷為吳氏小說。只是，此篇作品文字風格與吳漫沙有所差別，或許確為二人合寫，但目前不知另一名作者之身分。

[17]《運河殉情記》（臺北：臺北藝術社，1954 年）。

[18]其實單行本也有由報刊連載小說合併而成，如《終身大事在臺灣》、《臺北江湖傳》等。又，依照國立臺灣文學館臺灣作家作品目錄所記，吳漫沙 1950 年代作品除了上述單行本之外，尚有 1954 年由臺灣藝術社出版的《綠園芳草》、1956 年由大華文化社出版之《風流女盜》，參見網址 http://www3.nmtl.gov.tw/Writer2/book_search_result.php，搜查日期 2017 年 3 月。不過，此二作品經查國立臺灣文學館並無典藏；另，關於文學館網頁所記吳漫沙 1950 年代出版作品時間與出版單位，有不少與筆者閱目者相異，本文以下所述，皆以親見版本為準。

[19]以上吳漫沙各篇連載小說之詳細出處與後來集結成書情形，參拙文〈後殖民與現代性的愛情——戰後初期臺灣通俗言情小說的時代意義〉所述，「東亞殖民地文化與現代社會的比較視野」國際學術研討會論文（美國加州大學聖塔芭芭拉校區臺灣研究中心主辦，2016 年 5 月 10～11 日）。

[20]參見李宗慈〈吳漫沙創作年表〉，收入氏撰《吳漫沙的風與月》，頁 174～175。

[21]國立臺灣文學館收藏有吳漫沙剪報作品。

[22]國立臺灣文學館收藏有吳漫沙剪報作品。

[23]國立臺灣文學館收藏有吳漫沙手稿作品。又，李宗慈〈吳漫沙創作年表〉，收入《吳漫沙的風與月》，頁 175，有敘及此篇小說篇幅為 600 字×190 頁＝114000 字，但文學館手稿顯示採用 24×25 字稿紙，並以兩面篇幅標記為一頁，共有 53 頁。

目前所知，他較常使用的有：漫沙、小吳、曉風、B.S.、湖邊客、沙丁、笨伯、唐五等，戰後時期則還會使用江東[24]、吳南、珊珊等。[25]於此，需稍加討論有二，其一有關「林靜子」之筆名，李宗慈《吳漫沙的風與月》將之視為吳氏筆名之一，然而依據《風月報》第 121 期所記，不僅有林靜子（即林朝銓女士）玉照和入社介紹，言其乃受羅秀惠推薦，將要擔任南部支社長、兼編輯員[26]，而同期所刊〈本報今年組織之陣容〉亦明確載出「南部支社長兼編輯員」訊息[27]，可證當屬二人。其二，有關吳氏署名簡荷生創作一事，由於簡荷生本身亦具有書寫能力，為了避免將簡氏作品全數當成吳漫沙所書，則對此亦宜謹慎處理。

綜上，吳漫沙實具有書寫各種文類之能力，但目前最受肯定的當屬通俗小說，尤其他從戰前寫到戰後的表現，更顯難得。筆者發現能夠順利通過「戰後」此一重大歷史轉折，由 1945 年跨越到 1949 年國府來臺，甚至在 1950 年代中，始終有作品傳世的通俗小說作家，其實知名人物只剩吳漫沙一人。[28]再者，他在此一時期，其所關注的女性身分、形象更與往昔作品有別。作為一位通俗作家，吳漫沙作品其實常常刻畫女性，例如日治時期的《韮菜花》或戰後初期的《女人》，單由書名已知女性在書中的必要性，唯此類創作，多半寫出男性易受外在世界誘惑，女性則在新舊社會思潮變遷之中，堅持毅力、奮鬥前進的身影，而作品旨趣所連結的往往是對於戀愛或婚姻真諦的思索。不過，相較前述情形，吳漫沙寫於 1950 年代之小說，大致重在關懷臺灣社會中女性的不幸命運與遭遇，進而反省社會制度或陋習，例如養女問題，且多採取寫實主義方式呈顯，有時直接取材自

[24]此筆名乃從其長子吳江東而來。

[25]以上整理自〈吳漫沙寫作年表〉，參見李宗慈撰述《吳漫沙的風與月》，頁 170～183。

[26]參見〈林朝銓女士入社介紹〉，《風月報》第 121 期（1941 年 1 月 1 日），頁 16。

[27]參見〈林朝銓女士入社介紹〉，《風月報》第 121 期（1941 年 1 月 1 日），頁 32。

[28]在戰後初期猶有創作的鄭坤五、林萬生、葉步月，進入 1950 年代之後也趨於沉寂；至於雞籠生和徐坤泉雖曾分別於 1953、1954 年在《豐年》雜誌發表〈嘉宋〉、〈牛〉作品，但目前僅見一篇。另，雖然尚可得見多部通俗小說作品出版，唯作者並非已知之日治時代臺灣本土作家，或屬身分不詳。

社會新聞。此外，女性在小說中的篇幅或角色扮演，相較男性更顯吃重，堪稱通篇靈魂所在，故可發現書寫方式的轉變，實與先前創作表現有所區別，且能充分反映國府遷臺之後，臺灣女性問題與時代脈絡的互涉關係，乃至建構出他在 1950 年代不同過往的書寫特色，以及和當代其他通俗小說發展有所共構、交錯和競逐的面目，值得細加玩味。

整體而言，吳漫沙通俗小說寫作的高潮，主要集中在 1936 年後至 1950 年代，1960 年代以後散文為多，1970 年代轉而致力電視與電影劇本寫作，而自 1970 年代後期至 1980 年代則關注臺灣鄉土民俗議題，此類作品或為小說或為散文，數量不少，如 1987 年名流出版社出版的《七葉集》堪為代表。此書雖然也屬通俗小說之作，但已非昔日言情主流敘事，而是綜合愛情、驚險、恐怖、詼諧等故事元素，具鄉土文學意味，想要讓人「體會到人性的天真，形形色色的命運安排」，各篇原在《臺灣時報‧副刊》專欄「臺灣鄉野奇聞」連載[29]，由此不難理解本書內容與特色所在。另外，需稍加說明的是，在 1982 年間，吳漫沙同時有漢詩和新詩寫作與發表，顯示其人重新找回寫詩的靈感與樂趣，且自此之後有了更多漢詩作品，並曾於 1981 年獲行政院文建會優良詩人獎。[30]到了 1990 年代至 2000 年，則僅見零星散作，但更重要的是，他在 2000 年出版了《追昔集》，彙整 1985 至 1986 年間於《臺灣時報》上的若干文章而成。這本自傳式散文的出版，終於能讓世人明白吳漫沙一路以來以文學發聲、從事書寫的心情，而當時策畫此書出版的鄭清文，對於這本書有如下評述：

> 吳漫沙先生……，他的身分比較特殊，是日據時代，在臺灣的華僑。他的《追昔集》，……寫的是遙遠的過去，但是有不少是過去臺灣人的真實生活。他從中國來臺經商，也參加當時的文學、文化活動，還因此受

[29]以上參見吳漫沙《七葉蓮‧自序》（臺北：名流出版社，1987 年），頁 7。

[30]參見吳瑩真〈吳漫沙生平及其日治時期大眾小說研究〉，附錄一〈吳漫沙生平創作簡表〉頁附錄 25、29。

到日本軍警的迫害。本書，在這方面也提供了不少寶貴的實事和見解。[31]

另外，吳漫沙則在書中選擇 1980 年代舊作〈沉痛的回憶〉代序，文尾作結如下：

日本人存心整我，於此可見。趁這個機會，把我積鬱胸中四十多年的憤懣，發洩出來，更高興看到今日文藝界新人輩出，一片蓬勃朝氣。[32]

可知二人都看重了曾被日本軍警迫害的際遇，而這無疑也是吳漫沙想要告訴世人認識其人、其作的重要鎖鑰。那麼，學界的研究又會從何著眼呢？

三、吳漫沙文學研究梗概與重要論著舉隅

若想通盤掌握吳漫沙的文學表現，進而摸索研究方針，則本書由編輯團隊蒐集、製作而成的研究資料評論目錄，便極具參考價值，相關內容包括專書、學位論文、作家生平資料篇目（含自述、他述、訪談、對談、年表）、作品評論篇目等。其中，吳氏個人回憶散文《追昔集》的重要性自不待言，如「作家生平資料篇目・自述」項下《七葉蓮・自序》、《大地之春・自序》等，則有助了解作者各階段的創作心境與各書成書旨趣。到了 1990 年代末期至 2005 年作者去世前，亦有邱旭伶、林麗如、李宗慈之訪談可供瀏覽，這涉及了吳氏的藝妲記憶、反日悲歌和文藝播種情形；而對於作者創作歷程的勾勒尤具意義者，當是生平年表或創作年表的編撰，此部分之資訊，既可見於《追昔集》中吳氏之自訂，亦見於吳瑩真碩士論文附錄之〈吳漫沙生平及創作簡表〉、李宗慈《吳漫沙的風與月》的〈吳漫沙年表〉、紀雯菁碩士論文的〈戰後吳漫沙已發表或出版創作總表〉，

[31]參見鄭清文〈樹影挺拔——編輯導言〉，收入吳漫沙《追昔集》，頁〔5～9〕。
[32]參見《追昔集》，〈沉痛的回憶（代序）〉，頁〔11～16〕。

可藉之一窺戰前到戰後吳漫沙的生平、創作和出版概況，而前兩份年表更是奠基於訪談吳氏之所得。當然，更值得一提的是吳瑩真碩士論文第三章〈吳漫沙生平概述〉，從日治到戰後吳漫沙生命歷程的描述，因為作者曾直接向吳氏諮詢和彙整，故所寫有其可信度。

有關吳漫沙文學前行研究情形，就論著數量而言目前並不算多，且多出於 1990 年代之後，但即使如此，1994 年南京大學出版的《臺港澳及海外華人作家辭典》卻很早就注意到吳氏文學表現，不過因為屬於辭書性質，故僅有簡略的介紹，倒是後來仍可見福建學者李詮林、朱雙一撰文討論。前者留意到吳漫沙是日治時期使用白話文寫作的通俗文學創作家，認為《大地之春》、《黎明之歌》雖有皇民化色彩，但在皇民化運動高潮下，以中國白話文寫作，本身就有守護中華文化的意涵；後者則在檢討臺灣多部書寫原住民作品中，判讀吳漫沙《莎秧的鐘》該篇小說明顯是呼應國策之作，不過有些細節卻透露了作為殖民地子民「面從腹背」的隱衷。

至於國內情形，目前也已累積些許成果，從研究視角來看，或在綜論日治時代臺灣通俗文學時論及吳氏，或專論吳氏個案；或分論吳氏作品，此又區分為單行本作品、多部單行本作品、單篇作品、多篇作品；或關注吳氏所編雜誌等，相關論著的作者和作品出處，可以參看後面所附評論資料目錄。而在上述成果中，首先最需留心者，當屬 1998 年下村作次郎、黃英哲為前衛出版社策畫「臺灣大眾文學」時，二人合撰的導讀〈臺灣大眾文學緒論〉。文中將吳漫沙視為日治臺灣通俗文學開拓者之一，並指出吳漫沙作品基本上相較於日本文學之影響，毋寧受中國文學影響較深；又說明「臺灣大眾文學」系列所收錄吳氏《韮菜花》、《黎明之歌》、《大地之春》，性質上是通俗戀愛小說，並言及身為華僑、使用中文書寫另類皇民文學的弔詭性，以及在戰後臺灣人努力學習中文之際，吳漫沙小說竟又成為人人愛讀、大受歡迎的作品，連鍾肇政也承認曾經受惠的種種複雜面貌。以上的觀察和評論，一方面確立了吳漫沙在日治時期通俗言情小說家的地位，另一方面也為學界勾勒了吳氏作家、作品特色，同時拋出若干尚待解答的迷津。

接續其後，李進益以「長篇小說」為探討點，強調吳漫沙與徐坤泉在日治時代從事長篇通俗小說的事實。他還進一步分析吳漫沙上述三部通俗小說的創作情形及其主題，並將徐坤泉與吳漫沙二人言情小說相較，認為二人對於臺灣舊社會落後的惡劣習俗和僵化道德束縛的批判如出一轍，不過徐氏批判態度較吳氏尖銳激進，且吳漫沙《黎明之歌》、《大地之春》有迎合時局、體制情況，這是二人不同之處。此外，文中還回顧吳漫沙自幼學習古典詩文和閱讀五四新文學的情況，及《韮菜花》、《大地之春》敘事和人物角色與《紅樓夢》相關處，由此確認吳氏通俗小說創作清楚受到中國文學較大影響。

至於陳建忠〈大東亞黎明前的羅曼史——吳漫沙小說中的愛情與戰爭修辭〉，則是意識到吳漫沙在臺灣文學史上的雙重邊緣性，其一因為通俗言情小說無法被編入反殖民或嚴肅的文學系譜中，其二是吳氏作品中讚揚「日華親善」的皇民化取向。再者，則又舉出吳氏作品中雖欲寄託啟蒙，但卻是反封建而不反父權的曖昧現代性，以及戰爭時期小說言情修辭與日華親善邏輯的遞換結果，遂淪為具皇民化色彩的黎明論述。不過，此文雖然釐析了吳氏上述情況，但實際目的乃在提醒應該檢討當前臺灣文學史觀和文學典律問題。而針對吳漫沙小說的戰爭修辭，稍晚數年，崔末順〈法西斯美學的小說形象化——以吳漫沙《大地之春》為例〉仍持續探索，她以《大地之春》為例，將此篇歸屬於積極呼應 1940 年代戰爭動員時局要求下的文學產物，因為時局緊張，文學會被官方認為是擔負時局論述的一種政治煽動工具，成為反映法西斯主義意識形態的重要手段，更以藝術性來美化當局的政治行為。於是，文章便從《大地之春》反應國策的形象化方式、敘事策略、內容主體，希望藉此就戰爭期政治和文學藝術的關係進行批判思考。

林芳玫〈臺灣三〇年代大眾婚戀小說的啟蒙論述與華語敘事——以徐坤泉、吳漫沙為例〉，與前面文章觀點不同，她認為吳漫沙作品在皇民文學鮮明旗幟下，其實暗藏中國民族主義；而吳氏之所以被邊緣化的原因亦非如陳建忠上文所述，關鍵在於吳漫沙本身是個奇特的組合，文化與國族認同是中國，卻又在小說裡極力表現日華親善。而為了能重新找出評價吳漫沙作品的方法，故試圖引入較大的詮釋框架和背景脈絡。其一，從新舊文學論戰後「我手寫我口」白話文學書寫變化，到 1930 年代大眾、大眾化問題，以及新興大眾傳播方式，作者說明吳漫沙多元工作角色和生命經歷，使其有機會受到演說、戲劇、電影的刺激影響，因此作品得以集結眾多表達形式，且在小說女性形象的描述上，書寫出多種行樣、多種性格，活動地點從鄉村到城市，故能勝過嚴肅文學女性形象的模稜。此外，有關於小說中常對女性道德說教而過於保守之嫌，作者認為該留意吳漫沙是為了呈現男女平等的理想。又，文中也分殊吳漫沙作品不是羅曼史小說，而是婚戀大眾小說，這可使吳氏作品特質更為清晰。

黃美娥〈從「日常生活」到「興亞聖戰」——吳漫沙通俗小說的身體消費、地誌書寫與東亞想像〉，同樣為了重尋評估吳漫沙作品價值的新可能性而發。思考策略是，選擇直視「通俗」小說的本質及其意義，如此作家得以遁開雅俗文學地位高低之辨。那麼，若以「通俗」作為一個思考向度，吳漫沙作品的通俗性究竟如何展現？他的那些充斥戀愛敘事的言情作品又有何特殊性面貌？文中先掌握日治時期吳漫沙所有小說作品，然後重新梳理其與雅文學白話小說作品的議題交涉與敘事修辭情形，結果發現其實雅／俗作家之間存有部分共同關懷的面向，尤其是女性的處境問題，而這之中最被吳漫沙所看重的是，爭取自由戀愛的過程及其後續反應。對此，吳漫沙聚焦情慾與靈肉之爭，以身體感官消費方式吸引讀者注意，將戀愛敘事日常生活化，並以地誌書寫方式，凝視現代感的建物街景與女性房間，還有寓居其中人們的愛慾情仇，他喜歡藉此來展現都會文明面向，並同時指出精神／物質之對立性，所以相較於 1920 年代以來雅文學白話小說家念茲在茲的文明啟蒙，從其寫於 1930 年代後期的小說來看，吳氏顯然更要強調「調整」與「修正」現代性之必要，小說之中因此寫出了臺灣社會的種種陷阱。於是，如果不從類型論的批評角度進行吳漫沙作品之審美與詮釋，而是將吳氏言情作品，當成一種對特定世界的反映方式，將會認識到其人的大量戀愛敘事，其實也是吳漫沙在日治時代特定時空下，所體會到的生活鮮明感覺以及時代感知，小說給予這些零散體驗一種文學結構的關連，而這之中更有著吳漫沙對當時臺灣社會文化與兩性關係的豐富情緒。另外，就日治時期臺灣小說史的發展而言，吳漫沙因為身為在臺華僑作家，故隨著 1937 年中日戰爭發生，他雖然並未出現國族認同的心靈困惑，然而在時局與國策影響之下，其人論述位置也受到干擾。因為需要周旋於臺／中／日三者的東亞地域政治張力關係之中，故不僅對於臺灣／中國之地位討論先後有所改變，而他在撰寫皇民文學《莎秧的鐘》之外，《大地之春》因為從初稿、刊登報上到正式結集出版，歷經了中日事變、大東亞戰爭，致使小說及其內涵思想，更在日本興亞文學、上海和平文學、戰爭文學、大東亞文學之間游移，形成一種奇特的大雜燴拼湊現象，這種創作樣貌更是過去臺灣文學作品未有之現象，值得深思。

　　而林姵吟在前面數篇文章發表之後，覺得應該仔細看待吳漫沙作品的女性角色，她發現小說顯現的「性別論述」與現代性之間的關係可再深究，另外則是對通俗小說的修辭策略感到興趣。因此，論文選由兩方面著眼，一是女性形象的說明，一為小說修辭的剖析。首先，看到《韮菜花》中女性總是和「薄命」、「怨命」概念攸關，且道德抒發、情慾書寫兩股敘述驅力之間形成折衝，遂顯現了通俗小說的獨特魅力。而在《桃花江》中，摩登女性與新女性成為對比，吳漫沙對於新女性雖有所期待，亦流露人道主義關懷，且有賦予女性多種社會角色，不過真正有關女性本身特質的探討仍屬有限。再者，指出小說具有一種誇張的通俗劇式的修辭，以此進行婦德表述和愛慾課題的辨證，尤其常見大段「反現代」教化修辭，這恰恰可當成是吳氏因應時變的「現代」特色。同時，小說裡還展現對現代性的欲迎還拒，對自由戀愛的愛憎，實是一種新舊摻半的曖昧視域。

四、結語

經由前面數篇重要論文旨趣的歸納，可以發現針對吳漫沙其人其作進行品評，包括作者或後來的研究者林林總總的陳述，無不集中在「通俗」和「皇民化」這兩個關鍵詞上打轉。而根據目前訪談紀錄或吳漫沙自己在生前所寫文章來看，其對通俗作家身分的高低實際並不在意，更重視對於日本殖民時期抗日形象的捍衛，以及當年創作心態和處境的交代。然而，儘管還有許多戰後作品未曾被闡述、分析，詮釋、評斷，隨著幾種舊作重刊，寫於戰爭期引人非議之作，終究成為紛紛擾擾的焦點。究竟，作家和評論者之間，有關文本解讀是否能真正達詁？作家心中所謂「不，是生存！為了要活著。」的亂寫說法，能否扭轉文學史的地位？本書特別收錄的吳漫沙女兒吳明月〈從《大地之春》談起〉，將是耐人玩味的一紙聲明。然而，面對父親，身為最親密的閱讀者，不只是想告訴大家所有攸關吳漫沙作品的創作背景、故事靈感來源，其更欲傳達出心目中「為祖國文化傳承的使徒」的父親偉大形象：「父親，吳漫沙先生，大時代裡默默耕耘的文字工作者。不意，卻成為祖國文化傳承的使徒，撫慰了在異族統治下的乾涸的人心。」

那麼，這是否就是當年從晉江來到臺灣奮鬥的華僑青年，最後終老於斯的通俗小說作家吳漫沙的真正寫照呢？

輯四◎
重要評論文章選刊

從《大地之春》談起

◎吳明月*

1997 年，前衛出版社來和父親談要再版父親日據時期的小說，他們提出三本。父親同意他們再版《韮菜花》，至於另外二本《大地之春》和《黎明之歌》，父親並不是那麼同意。

不久後，前衛送來三本小說，除了《韮菜花》之外，也印了其他的二本。還帶來了精美海報。

舊作在五十年後再版，父親當然是開心的，但臉上的表情卻是我從未看過的，要怎麼說呢？懊惱？沮喪？無奈？好像都不足以形容。感覺他好像掉入到一個深不見底的深淵裡。那裡喚出他心中深埋的某一種情緒。

父親是個與世無爭、溫和的人。我從沒看過他的這個樣子。我問為什麼不開心再版？

父親說：「那是亂寫的。」

「為什麼要亂寫？」

「為了生存。」

「是生活嗎？」

畢竟，父親初來臺灣，在那個戰時，生活是極其辛苦的。

「不，是生存！為了要活著。」

從沒聽父親說過失意的、痛苦的、傷痛的或不如意的過往情事。父親帶給我們的永遠是正向、陽光、開心的。

對於二戰時期，人們的苦難，我們這一代人是再怎麼想像都無法想像

---

*吳漫沙三女。

和體會出來的。

我沒有再問下去。因為我知道那一定是父親心中非常非常的痛。

（不料，後來研究家父的學者，在父親那麼多的著作裡，竟然大多以這二本父親為了「活下去」而亂寫的小說作研究。尤其是《大地之春》。是因為取得容易嗎？我很慶幸父親已在天家，否則一定會更加難過。）

父親非常健談，談吐優雅風趣。和他聊天是開心的。因為你聽不到他抱怨或批評別人，更不會口出惡言。看到我寫的恐怖的毛筆字時，沒有搖頭，沒有嘆息，更沒有罵我。他會幽默的說：「自成一家，自成一家。」他大多聊些詩詞書法、旅遊、歷史、習俗和美食等趣聞。父親喜歡流行音樂（他是葉蒨文的粉絲）、最愛國樂，但是不會唱歌。除了他最喜歡的〈蘇武牧羊〉，會彈會哼（還是不會唱）。

至於為何最喜歡〈蘇武牧羊〉？子女們都沒想太多。一直到他逝世前的最後一次生日，子女們為他舉辦的「漫沙先生九五華誕／文學賞析饗宴」，由子女們和他的幾位忘年之交張志廉、張香華、李宗慈、吳瑩真、邱旭伶等幾位作家，或分享他的文學作品，或朗讀他的詩詞。全場以韮菜花布置，並全程以〈蘇武牧羊〉音樂作配樂。那音樂，聽著聽著，腦中浮現出一幅荒涼無邊的悲淒畫面，蘇武獨自一人望向那沒有終點的天邊。家，回不了的家。

民國 76 年，在父親來臺五十年後，政府開放老兵返鄉探親。父親不是老兵，也趕在第一時間回去。帶了三大件、金戒指、美金和一大堆禮物回去。原訂停留一個月。卻在不到十天時就回來。不為什麼，只因人事已非，故鄉成了他鄉。而，臺灣，這個當初的異鄉，已然成為故鄉。

《風月報》時期

因著一篇投稿，徐坤泉先生邀請父親繼續寫稿，並給他一開了個 「晚江潮」專欄。更引薦父親加入《風月報》的編輯群。開啟了長達六年的編輯歲月。

《風月報》邀稿不濟時，父親就必須補齊篇幅。父親用了眾多的筆名，也會替別人用對方的名義寫。他的筆名（好像不能說是筆名，因為他是用不同的名字寫不同的文章）也因著不同的名字而有相對應的文章。算來應該是一人分飾多角吧！

漫沙、小吳、曉風、湖邊客、B.S.、沙丁、唐五、吳南、伯卿、笨伯、丁、湖光、玉燕……取的名字大多可以從興趣、屬性和家鄉地緣等找到聯想。至於珊珊、江莉……就不曉得是否為女性友人還是心儀的對象了。

父親加入後的《風月報》，內容文章，除了保留原本的一小部分古詩外，採用了大篇幅的白話文，散文、小說、歷史故事等，也加入電影的人、事和趣聞。可以看出編輯群的心意：希望寫給普羅大眾看。同時也加入多篇連載小說，吸引著讀者「追小說」。

《風月報》第 90 期的「卷頭語」可以看出：

> 誰都說：這個小小的刊物——《風月報》——處在這個興亞的時期，其存續已受社會人士的注目了。誠然，這小小的刊物，是和社會發生了密切的關係……現在本報對於新文學的創作，希望要多多介紹給諸君，這個時候已不是高唱那「子曰書云」的時代了。……
>
> 本島文學作家的先輩，恤紅生，林紫珊，蘇友章，洪舜廷諸君，曾經在《三六九報》，使讀者歡迎過的人物，本期「崁城淚跡」是恤紅生的近作，當然是讀者們所喜歡讀的吧。林紫珊君的筆墨看本刊連載的「花情月意」就會知道的，倒不用我的多贅。蘇友章君和洪舜廷君的「新聲律啟蒙」是不是普通人所能寫的。真不愧為當時《三六九報》的健將。
>
> 陳蔚然君別號凌漫，他是新近才開始創作的一位青年作者，本期的〈月名之夜〉是他的傑作。郭雨帆君，也是一位好研究文學的青年……還有一位沈日輝君，他是專事於譯著的，這三位都是本島文藝界的新星！……

為要使其普及讀者的起見，自本期起增設「兒童故事」一欄，每期一題，並加插畫，使小朋友們可以看圖識字。雞籠生又從上海寄來了許多稿子了，「咖啡館」的貨色又增加許多新鮮的夏天飲料了，這一點應該特別告訴讀者們。

從這「卷頭語」可以看出風月報不僅向諸多作家邀稿，也不吝於推薦新青年作家，更也增加了給兒童看的故事和插畫。

作為日據時期唯一的一本中文雜誌，和被日本人勒索恐嚇比起來，經費的辛苦籌措已算不得什麼（吃喝花酒後要父親去付錢買單是常有的事），誣告、隨意將人帶走拘留刑罰，經營之辛苦絕非現今的我們所能想像得出來。在日本人的種種壓迫之下，孤軍奮鬥，備嘗辛酸。終於在民國32年秋被日本政府強迫停刊。

父親被誣指為重慶間諜，藉小說傳播反日思想。

《追昔集》第92頁〈欲擒故縱〉，97頁〈生死關頭〉，103頁〈牢獄之災〉講的是民國31年父親被日本人誣陷抓去關，凌虐、鞭撻的經過。父親從沒對我們說起這些往事。即使在他的雙腿膝蓋上留著二大片，裂開再癒合的傷痕，分分秒秒的在提醒著他那椎心之痛，他仍然選擇讓他的子女們在溫暖快樂的環境下成長，希望他的孩子、家人可以在沒有恐懼的環境下過日子。而他的妻子，我們的母親，在訂婚當天，男主角因被日本人捉走，無法參加訂婚儀式，在生死未卜的驚恐之下，毅然決然照常受聘。接著，在新婚之時，夫婿再次被日本人捉走，一去八天，音訊全無時，仍然堅守著瀕臨生死絕望的家。父母親這對夫妻，在之後的三十幾年間，隻字未提這件事，將他們那在異族迫害下，生死不堪的往事全然藏在心底的最深處。

從小，父親教給我們的都是正面的、陽光的、開心的。若不是他在74歲時，將自己的經歷陸陸續續的連載發表在《臺灣時報》上，再於西元2000年由臺北縣政府出版單行本《追昔集》，作為子女的我們，可能一輩子都不會知道他的坎坷經歷，也不會知道原來電影和小說裡所描繪的慘無人道的殘酷迫害都是真實的。

就如父親《追昔集》自序〈沉痛的回憶〉：

> 那朝不保夕的恐怖，迄今尚有餘悸。……幾番生死……趁這個機會，把我積鬱胸中四十多年的憤懣，發洩出來。

詩詞小說

父親的小說題材眾多，大多以女性為主，也有不少是從社會新聞得到的靈感，或將社會新聞改寫成小說。像《莎秧的鐘》，就是 1940 年的社會新聞。當時受雇幫要去從軍上戰場的老師搬運行李的山地女孩莎秧，不幸摔落谷底身亡，只找到行李，卻找不到屍體的社會新聞所寫成的小說。

當時的日本政府以父親的這本小說作為將這「為上戰場」而發生的悲劇，渲染成愛國從軍故事，激勵百姓奮勇從軍。父親說被如此穿鑿附會，真是始料所未及。

1952 年的《香煙西施》，則是一位親戚的兒子為追求賣香菸的美麗少女，將少女軟禁起來的故事。後來，這位男主角的家人跟我說：「有什麼事情最好不要讓你爸爸知道，否則會被他寫成小說。」

至於父親在 26 歲時的成名作《韮菜花》，則是從他的堂姊妹們與她們的女性友人鶯鶯燕燕間的紛紛擾擾所編撰出來的。

父親受五四影響非常深。他提倡白話文，曾在《風月報》因「傳統詩大多是無病呻吟」之說，引起文壇筆戰，轟動一時。事實上，父親自己也寫詩，新詩、傳統詩都寫。寫風景、寫人物、更多見景思史的懷古詩作。尤其在《風月報》裡有為數不少的新詩。退休後加入「瀛社」、「天籟吟社」等詩社。還獲得行政院頒發的「優良傳統詩人獎」。

劇本

1939 年「新劇」盛行時，父親寫了不少劇本供劇團演出。還曾隨著「星光新劇團」全島巡迴演出，邊寫劇本邊供劇團馬上演出，一路上受到各地讀者和文藝界朋友的熱烈歡迎。但還是被日本人追殺，凡是父親的劇本一律禁審禁演。後來改掛別人的名字送審，居然全都順利過關。

1941 年 9 月，父親在《風月報》連載完畢的〈桃花江〉出版單行本，也被日本人以內容煽動臺灣人反日，不准發行，連帶沒收已印好裝訂成冊的三千本。

記者時期

光復後，父親擔任報社記者，靠著微薄的薪水當然無法養活一家九口人。遇見辛苦的需要幫助的人，常常忘記家中老小，直接慷慨解囊給與幫助。有那被家暴無人敢收留的女人和小孩，也毫不怕事的直接接到家裡住。也有那出外人暫時無處落腳，也帶回家來住。至於那吵吵鬧鬧解決不了的人和事，也都要找他評定公理。在這麼繁忙的情況下，父親必須利用夜半的時間，寫小說、劇本來增加收入。

延續《風月報》時期，從第 90 期起開始增設「兒童故事」，在戰後，父親也為學生用白話文改寫《三國演義》，每期一個回合，卷後附問答題，讓學生讀者有獎徵答。也參與當時的《學友雜誌》的編寫。

父親常說：「寫作，是為了要賺錢養家。」父親的忘年交邱旭伶小姐（《臺灣藝妲風華》和《浮塵花落》的作者）說：「若非十足的才情，豈能說寫就寫，還篇篇精彩。」

父親小故事

父親長壽且頭腦清晰記憶好，因著作家天性和記者本色，保持著隨時記錄的習慣，回家後再整理歸檔。

為人熱情、天真，待人真誠，喜歡籃球。受挫或委屈時默默承受不抱怨。

關心時事，追求新知，每日閱報讀書，看電影電視劇，喜歡美食旅遊。

他的趣事也一籮筐：

父親的幽默：幫許多新出生女嬰取名「美玲」， 曰：「美玲，美人是也。」

為何不老：出國時像小學生要遠足一樣，興奮到睡不著以至於睡過頭。匆忙間又忘拿裝護照鈔票的隨身包。

關心女性。尤其是社會基層的女性。

有一單親媽媽在樓上自家的客廳經營簡餐，用真空餐包淋在白飯上面，再加一杯咖啡。說真的，餐不好吃， 咖啡也難喝。父親卻看出她的難處，不但一再光顧，假日也要我一起去吃。

知道家中幫忙的印尼小姐年紀輕愛吃速食，就常帶出去吃麥當勞。

被父親養成樂觀開朗的子女們，只知陪父親吃喝玩樂，無一人進入他的內心世界。直到看了他的《追昔集》，才發現自己的父親雖然和人相處愉快，內心卻寂寞，是位只知獻出快樂的一面，把孤寂留給自己的了不起父親。

父親，吳漫沙先生，大時代裡默默耕耘的文字工作者。不意，卻成為祖國文化傳承的使徒，撫慰了在異族統治下的乾涸的人心。

——2019 年 8 月

吳漫沙生平概述

◎吳瑩真*

吳漫沙屬福建移民過來的華僑，18 歲（1929 年）第一次來臺，1935 年開始定居在臺之後不久，就展開他個人的文學生涯。在中國成長時期所受到的文學啟蒙，加上移民的身分，對母國（中國）的民族文化情感相當深厚。因此，在探討吳漫沙生平與文學歷程時，有必要適時將視點移到中國的時代背景，觀照日治時期兩岸的文學環境。在此前提下，以下將為吳漫沙生平作階段性的劃分，探索家庭背景對其人格影響，進一步了解其求學歷程與文學啟蒙，乃至如何與臺灣文壇建立關係，以掌握他在文壇的活動狀況。

第一節　日治時期

吳漫沙是位跨越新舊文學的文人，也是位福建移民來臺的華僑，1936 年以新文藝創作崛起於《臺灣新民報》，其成長背景、所受的文學薰陶與影響都有別於同時代在日人殖民政權下成長的臺灣作家，其個人生平與文學歷程也極為曲折。因此在探討吳漫沙日治時期大眾小說時，有必要先將他個人生平與文學活動作一番了解。本章將分日治、戰後兩時期，介紹吳漫沙的生平及時代，得知家庭背景對其人格影響、求學歷程與文學啟蒙，如何與臺灣文壇建立關係，其戰前、後在文壇活動情形各如何。

一、出身背景

吳漫沙[1]，本名吳丙丁，筆名漫沙、B.S.、小吳、曉風、沙丁，1912 年

*發表文章時就讀南華大學文學研究所，曾任國立臺灣文學館助理研究員，現旅居德國。

7 月 15 日出生於福建省晉江縣石獅鎮。[2]這是一個富庶的地方，幾乎每家都有子弟遠渡重洋到海外謀生，吳漫沙的祖父吳梅素也離鄉到臺灣經商謀生，在臺北開設一家規模龐大的茶箱工廠（當時稱為「茶箱館」），以「吳東川」為店號。雖然「臺客」不比「番客」吃香[3]，但十多年的經營，吳漫沙的祖父已是臺北有名的富商，亦能在家鄉置起田產，蓋一棟頗為宏偉的大厝，且以「吳東川」為大厝的名字，家鄉集會亦多借「吳東川」舉行。吳漫沙的祖父重義氣，所雇用的員工多從家鄉雇來，頗具濃厚的宗族觀念和追遠懷思的性格特質。

父親吳仕添聰穎秀異，是祖父第二個太太所出[4]，祖父對他寄以厚望，曾請私塾老師回來教導，盼能在科舉考試中出人頭地。不幸的是，祖父 40 歲時，因感染鼠疫病逝[5]，家道遂開始中落，因此，吳漫沙的父親很早就繼承家業，經常往來臺灣與晉江之間。

吳漫沙的父親為人謙和好客，有「小孟嘗」之稱[6]，性格亦像《三國演義》中的魯肅。由於經常居留臺北，家中大小事務便交由妻子黃年掌理。黃氏秉性儉樸，為節省家中開支，在奴婢出嫁後，家務便落在她一人肩上。

孩提時期的吳漫沙生性好動，因家中時有大人物往來，養成大方而且不畏權勢的膽量。1918 年前後，中國大陸軍閥割據，軍隊常占用民房駐軍，

---

[1]根據吳漫沙口述，因有感於中國有如一盤散沙，不夠團結，故筆名漫沙。

[2]這是身分證上登記的日期，並非真實的出生日。

[3]到海外謀發展的以前往菲律賓為多，這些人被稱為「番客」。一旦番客在海外稍有積蓄，便衣錦還鄉，在家鄉蓋起洋房大厝，非常吃香。見吳漫沙，〈追昔集——打公館〉，刊於《臺灣時報》，1985 年 4 月 1 日，8 版。

[4]吳漫沙的祖父有兩個太太，稱大媽、二媽。伯父、四叔父、大姑、二姑是大媽所生，他的父親、三叔父、三姑是二媽所生。見〈追昔集——我的母親〉，刊於《臺灣時報》，1985 年 4 月 16 日，8 版。

[5]因不顧自身安危，探望染患瘟疫的友人，結果被傳染亡故，逝世時才 40 歲，當時吳漫沙的父親僅 14 歲。見吳漫沙的手稿，此稿未寫題目，應是〈追昔集〉的草稿，但此稿內容部分在〈追昔集〉中未刊出。

[6]見〈追昔集——往來無白丁〉，刊於《臺灣時報》，1985 年 4 月 1 日，8 版。但手稿中有一段不見於〈追昔集——往來無白丁〉，即「我懂事時，家中經常有穿長袍馬褂或軍服者出入，父親亦由當時泉州革命黨人許卓然介紹，加入同盟會，參加革命，但是父親淡泊名利，不求官職，以超然之身從事愛國愛鄉工作」。

也就是所謂的「打公館」。[7]某次，北軍營長帶著衛兵要來占用吳家作為營部，因礙於民風保守，母親不便出門處理，吳漫沙便隨堂叔祖父去團部與蔡團長交涉。吳漫沙回憶當時情形：蔡團長悉知有人要去吳家「打公館」，不但「立刻下令調查，亦把負責的營長叫來責備一番，並拿一張名片交給吳漫沙，防止有人再到吳家騷擾。」[8]由此可知，吳漫沙的家庭應屬當地頗有聲望的仕紳階級，並擁有一定的地方特權；加上吳漫沙的父親不但熟讀詩書，研讀現代文學，在文化上也有相當涵養，使得吳漫沙很早就能親炙文學。父親廣泛的交遊，也養成他對人、事、物敏銳的觀察能力，以及外向且積極進取的人格特質，這都是日後影響他參與文學活動的因素之一。

二、少年與青年時代的學習

八歲那年春節過後，父親帶他去私塾拜師入學。[9]當時父親認為《三字經》已不合時宜，希望老師許文芳教吳漫沙《人、手、足、刀、尺》的教科書，但老師仍舊以《三字經》為教授內容，「人之初，性本善」成為吳漫沙啟蒙的第一課。過了半年，吳漫沙已將《三字經》讀到破爛，但不見老師教授其他的書籍，便將書本捏成一團，塞進牆壁破洞。老師發現後，不但未加責備，反開始教他那本《人、手、足、刀、尺》，接著是《千字文》、《千家詩》，第二年始讀《昔時賢文》和《論語》。兩年後，吳漫沙轉入小學三年級就讀，一直到畢業進入中學。讀小學時，吳漫沙曾在藥鋪與能書能畫的曾老師學習[10]，一面就近補習功課，一面研習中醫所開藥方的字體，因此，吳漫沙不但能看藥方檢藥材，亦認識不少草字，可見吳漫沙的父親望子成器之苦心。

兩年的私塾教育，奠定了吳漫沙漢詩寫作的基礎，雖然戰前罕見他古典詩的發表，且 1941 年春，曾於《華文大阪每日》半月刊裡撰〈我們的文

---

[7]見〈追昔集——打公館〉，《臺灣時報》，1985 年 4 月 1 日，8 版。
[8]見〈追昔集——打公館〉，《臺灣時報》，1985 年 4 月 1 日，8 版。
[9]見〈追昔集——私塾啟蒙〉，刊於《臺灣時報》，1985 年 4 月 1 日，8 版。
[10]曾老師的大哥是吳漫沙父親的好友，因吳漫沙父親極欣賞他的才華，便叫吳漫沙在曾老師家的藥鋪學習。見吳漫沙〈追昔集〉手稿。

學的實體與方向〉，抨擊古典詩文的弊病[11]，指出少數所謂的詩人「連普通信都寫不通，只懂得平平仄仄，填字式填一首七絕詩，作無病呻吟。」但戰後與古典詩社往來頻仍，亦有古典詩的創作。

少年時代，吳漫沙活躍於學校課外活動，籃球、排球、桌球等多項運動多有接觸，時而參加學校的辯論、演講、話劇，在校內小有知名度。[12]當時，中國備受列強欺壓，日本的侵略尤甚，全國學生反日情緒高漲，各校都有「學生反日救國會」、「反日宣傳隊」的組織，吳漫沙不但參與這些組織的活動，也曾有幾次走上街頭演講。1925 年 5 月 15 日上海發生「內外棉織工廠」罷工事件，日本主人命警察開槍鎮壓，激起上海大學學生仇日情緒，群起聲援，遂釀成「五卅慘案」，以致全國學生熱烈響應反英、反日活動。當時，吳漫沙不顧父親在臺灣工作的處境，參與學生抗議行列，可見他對時局有著相當程度的關心。

1929 年，因械鬥之風甚熾，地方不甚太平。[13]吳漫沙想與同學一同報考軍校，徵得母親同意後，便到臺北詢問父親意見[14]，不料，父親反對，只得暫時居留在臺北，直到 1931 年夏天，才又返回福建。此期間，吳漫沙為自己不能報考軍校而顯得憂心，但與伯父、叔父的孩子相處甚歡後，升學問題便無形中擱下。[15]到臺北後的一星期，在偶然的際遇下結識金玉（妹）的同學黃小姐，應黃小姐請求，教授中國白話文，遂逐漸發展一段青澀之戀。兩人交往時所遊歷的場景，屢屢出現在吳漫沙小說創作的情節中，且

---

[11]見〈追昔集——風雨飄搖〉，刊於《臺灣時報》，1986 年 6 月 18 日，8 版。

[12]見〈追昔集——冒犯王爺〉，刊於《臺灣時報》，1985 年 6 月 1 日，8 版。

[13]在〈追昔集〉手稿中還有一段，當時旅居在南洋群島的鄉親都會籌款買新式槍械彈藥運來支援，瀰漫「戰時」氣氛。而不論大小規模的械鬥，鄉長、族長和領導人物及壯丁都會聚集在「吳東川」發號施令，甚至「盟鄉」派人接洽「戰事」，也在吳漫沙家舉行，花園常常淪為訓練壯丁打靶之地，時吳漫沙正值 14 歲。

[14]見〈追昔集——渡海省親〉，刊於《臺灣時報》，1985 年 6 月 27 日，8 版。

[15]〈追昔集——渡海省親〉中雖未曾說明當時為升學問題困擾，但在小說創作中，似乎透露當時情境，「我長得 18 歲、還不認識我的姊妹兄弟、自然我的伯父叔父是久住 W 埠的、所以便和初見面的朋友一樣的從頭介紹、他們都很活潑天真、我很愉快、可是我那升學的問題已無形中擱下了！」見吳漫沙的剪貼簿，引自〈兩朵鮮花的沒落〉，1936 年 7 月 29 日脫稿，刊載日期不詳。吳漫沙的小說文本透顯強烈的自傳性色彩，包含著一些他實際生活周遭的人、事、物，及渡海來臺的懷鄉愁緒，關於文本分析，將於後面章節再討論。

不斷地在不同小說裡搬演，在〈兩朵鮮花的沒落〉中似乎可以捕捉到這段受於傳統陋習而未竟的姻緣所留下的苦楚。[16]

這段期間，除晚飯後說說武俠故事給叔父聽外，吳漫沙偶爾也到幾家專放中國電影的戲院看電影[17]，電影的情節也成了日後寫作的材料。居留臺灣期間，因家族長期訂閱中國書報，使他有機會接觸上海《申報》、《東方雜誌》、《小說世界》、《紅玫瑰》等報章雜誌[18]，吳漫沙閒著無事，終日閱讀家中書櫥的古裝書和近代書籍，這樣的閱讀經驗深深影響了往後吳漫沙小說創作的風格。

根據吳漫沙口述，幼年在中國受私塾教育，還不到高中就停止學校學習，其他時間，多半自己看書學習。早年喜歡看中國古典章回小說，例如《水滸傳》、《三國演義》、《封神榜》、《紅樓夢》，後來，喜讀魯迅、巴金、沈從文的作品，以及晚近的鴛鴦蝴蝶派小說，最喜歡的是巴金的作品，曾學習巴金的筆法來創作。戲劇作品亦有涉獵，在這方面的創作上，他深受曹禺影響。可見，從中國五四以後的作家作品，到上海的鴛蝶派作品，都是他閱讀的對象。

吳漫沙早年受過漢塾教育，因青少年時期在中國成長的關係，很早就接觸了以中國白話文創作的新文學作品，這也培養了他日後白話小說創作的基礎。但，除了部分五四新文學作家作品外，大量地閱讀鴛蝶派文學作品，則使得他的作品無法擺脫濃厚的鴛蝶派言情色彩。發表於《風月報》的「哀情小說」〈花非花〉，明顯可見吳漫沙的創作風格與鴛蝶派文學作品

---

[16] 1931 年吳漫沙回到家鄉廈門，與黃女士每一星期都有一封信的往來，1932 年夏天，黃女士到廈門探訪姨媽，兩人戀情漸篤，黃小姐回臺後，吳漫沙四叔母到黃家提親，黃母雖表贊同，唯獨黃女士乃獨生女，希望吳漫沙能「入門進贅」，但四叔父氣得暴跳說：「我們吳家若會絕三代，也不會賣大燈。」婚事不但告吹，兩人的戀情也冰消瓦解。但，在〈追昔集——不賣大燈〉（刊於《臺灣時報》，1985 年 12 月 17 日，8 版）中是說張小姐，手稿裡寫的是黃小姐。金玉妹的同學究竟姓張，還是黃，仍待查。

[17] 當時臺北有幾家戲院專映中國片，票價是三角或五角。五角的戲院是「大世界」、「國際館」、「臺灣劇場」，因為這三家都有冷氣，所以加收五分錢冷氣費。見〈追昔集——霧社喋血〉，刊於《臺灣時報》，1985 年 7 月 25 日，8 版。

[18] 上海《申報》、《東方雜誌》、《小說世界》、《紅玫瑰》這些報章雜誌都是當時中國鴛鴦蝴蝶派作品的重要園地。

淵源匪淺。[19]

吳漫沙來到臺北的第二年，正逢 1930 年「霧社事件」發生，吳漫沙回憶當年情況時，道：

> 這一天午飯過後，我到太平町（延平北路）的「日光堂書店」買書，「臺灣文化協會」在書店門前，掛一塊大黑板，用粉筆寫著：「軍方今晨派飛機在山區散布毒瓦斯，突擊霧社番人。」路過民眾駐足圍觀。不一會，兩個日本警察衝衝跑來，驅散民眾，把黑板的粉筆字擦掉。這條消息，報紙被控制，沒有刊載。[20]

在家鄉時，吳漫沙早已不滿日人作為，到臺灣後，又目睹日本人殘酷嘴臉，仇日情懷更深於以往。

由於父親希望吳漫沙能學得一技之長，因此託人介紹他到製造糕餅的詹師傅家學習製作日式糕餅。因與志趣相去甚遠，卻又不敢違背父親心意，一年下來，毫無所獲，加上思鄉情濃，1931 年夏天便決意回到泉州石獅的家鄉。

回鄉後，恰逢家鄉大事建設，商機蓬勃，不但擔任過百貨公司的財務管理，後來又自己嘗試開設「亞洲糕餅罐頭食品店」[21]，販賣廈門批來的外國產品和上海產品，但利不及費，不到一年，虧本結束營業。爾後與昔日同學組織「紅葉劇社」[22]，為宣傳抗日，編寫了以臺灣為背景的〈亡國恨〉[23]，

---

[19]鴛鴦蝴蝶派的興起橫跨近、現兩代，作者大部分出身於清代，成型於民國初年，它的興盛甚至稱霸文壇是在五四運動以前，五四新文學崛起後，鴛蝶派還占有一定市場，並出現繁華局面，和新文學對峙而逐漸衰落。在 1920 年代，當五四運動相當活躍的時候，新文學作家以「鴛鴦蝴蝶派」的稱號來抨擊當時極受大眾歡迎的舊小說，這些小說不僅包括愛情小說，還有「社會」小說、「偵探」小說、「武俠」小說、「黑幕揭祕」小說、「理想」或「幻想」小說、「滑稽」小說等。在 1920 年代之前，大部分流行的故事首先都出現在小說刊物裡，這些刊物高達一百多種，包括極受歡迎的《禮拜六》，這也是鴛蝶派小說被稱為「禮拜六派」的原因。

[20]見吳漫沙〈追昔集——霧社喋血〉，刊於《臺灣時報》，1985 年 7 月 25 日，8 版。

[21]見吳漫沙〈追昔集〉手稿。

[22]見〈追昔集——傻勁小子〉，刊於《臺灣時報》，1985 年 10 月 15 日，8 版。

[23]同前註，〈亡國恨〉描寫臺灣同胞在日人統治下被壓迫的悲痛。

在慶祝第十九路軍粉碎日本「三月亡華」美夢的石獅團黨部成立慶祝晚會上，「紅葉劇社」被邀參加演出[24]，紅葉劇團的參與經驗似乎也在他後來的作品〈一個青年的遭遇〉上有一段鋪陳[25]：

> 我因失業的結果、便和朋友在 T 校混飯、T 校的朋友又好演劇、所以在 T 校組織了一個紅葉劇社、大家都興奮十足地訓練著、倒也覺得有趣。
> 因為我被選為劇務主任兼大會記錄。為了劇務的責任和黃君冒險到 K 城去搜劇本、並請張女士表演歌舞、這也算是紅葉劇社初次的公演。

返鄉的這段期間，吳漫沙曾出資興辦民生學校[26]、擔任「磐石鎮」、「醒獅鎮」、「五權鎮」三鎮聯保主任，負責戶政調查。

三、邁進文壇的第一步

因地方派系分歧，環境複雜，1935 年，應母親要求陪同母親前往臺北，是吳漫沙第二次居留臺北。吳漫沙回憶當時：

> 陪母親到臺北時，恰逢日本人在臺北舉辦所謂「始政四十週年臺灣博覽會」，家鄉親友來臺參觀者頗多，多下榻我們之家。此時，我家經營的關係企業，受經濟不景氣影響，已亮起紅燈，還是盡地主之誼，招待供應來臺觀光的鄉親的膳宿。[27]

當時，吳漫沙協助管理新店火車站前的貯煤場，晚間在宿舍閒來無事，就閱讀書報。因夜裡寧靜，便開始嘗試短文的創作，處女作〈氣仔

---

[24]當時吳漫沙將電影《大學皇后》改編參加演出。

[25]見吳漫沙剪貼簿，〈一個青年的遭遇〉，脫稿於 1936 年 3 月 27 日，刊載於《臺灣新民報》，刊載日期不詳。

[26]當時華僑和地方人士集資興建民生路，但「民生學校」與戲院因資金不繼，沒有完工。後來吳漫沙重興民生學校，推王顯榮為校長。不久王顯榮前往菲律賓，校長一職便落在吳漫沙身上。見〈追昔集——傻勁小子〉，《臺灣時報》，1985 年 10 月 15 日，8 版。

[27]〈追昔集——文壇附驥〉，刊於《臺灣時報》，1985 年 10 月 26 日，8 版。

姑〉、〈劇後〉相繼誕生。[28]由於這兩篇作品得到《臺灣新民報‧副刊》編輯徐坤泉的賞識，第三天便收到徐坤泉的來信，鼓勵吳漫沙繼續創作、投稿，從此跟稿紙與筆桿結下不解之緣。不久，徐坤泉邀請吳漫沙在《臺灣新民報》開闢一個專欄，名為「晚江潮」[29]，在該專欄第一篇「見面的話」裡，吳漫沙說明了「晚江潮」的旨意：

> 在這裡我要說的，不是友誼的讚美，也不是謾罵的訾談。不過是把我目之所睹，耳之所聞的形形色色，以及自己有時心血來潮，隨意胡謅，不能稱為創作，更不能稱為文章、長篇和小品記實或偶言，拉拉雜雜，還是叫它作「什菜攤」排在這裡給諸君公餘酒後噴飯的資料。而且要請不客氣的指謬，因為筆者是沒有學力，未經世故的青年。要來把這小園地希望種植著美麗的花草，繁盛的果樹，這卻是很難的事！[30]

受到徐坤泉的賞識，進而成為「晚江潮」的執筆人，是吳漫沙邁入文壇的第一步。

四、在文壇嶄露頭角

1935 年冬，吳漫沙父親生意虧損過鉅，度不過年關而結束經營，獨剩煤礦生意與人合資，勉強維持。家族間開始自立門戶，吳漫沙一家五口，便暫時搬至煤礦宿舍棲身，吳漫沙與二弟仍留在礦區工作。由於當時煤價低廉，經營困難，父親不久就放棄煤礦經營，舉家搬回臺北，在淡水河畔的港町賃居。在這段期間，吳漫沙終日悶在家裡，只好藉由寫作打發時間。

1936 年，葉陶造訪吳漫沙，談論臺灣新文學要事，不料，翌日吳漫沙就

---

[28]在剪貼簿上的目次是將這兩篇創作歸為小說，但細究內文，應屬散文。〈氣仔姑〉主要是在描寫吳漫沙的姑姑，因名叫氣仔，故名之。〈劇後〉是描寫看劇後的心情，皆刊載在《臺灣新民報》，可見於吳漫沙自藏的剪貼簿。〈氣仔姑〉寫於 1936 年 1 月；〈劇後〉寫於 1936 年 2 月 1 日，刊於《臺灣新民報》，刊載日期不詳。

[29]見吳漫沙剪貼簿。

[30]見吳漫沙剪貼簿。

被叫去警局問話。因回答警察問題時，雙手插在口袋，被認為態度傲慢無禮，因此被押進「拘留所」拘留。拘留第三天，才通知要驅逐出境，不能再入境，要派警員押上船。吳父急求市議員陳清波，請准由吳漫沙自動出境，才被釋放。[31]恢復自由之身的當日，父親已為他買好回廈門的船票，由市議員陳清波出面擔保，准許自動離境。[32]在家鄉逗留半個月後[33]，再度重返臺北。回到臺北的第三天，便接到《臺灣新文學》的通知，不顧日本刑警的為難，吳漫沙毅然決然參加新文學座談會[34]，會中結識不少文藝界朋友。

此時，作品經常在《臺灣新民報》（1936～1937）上發表，因此認識了主編徐坤泉、黃得時，也因為徐坤泉的關係，才得以共同擔任《風月報》的編輯工作，徐赴上海後，便由吳接續徐擔任主編一職。

五、編輯《風月報》

中日戰爭爆發，「中國籍」人士在臺處境轉危，多數人紛紛準備回中國。吳漫沙一家人亦打算從高雄坐一艘英國客船回廈門，不料，欲搭的船隻無法前來，只好退票留下來。由於日本軍閥在中國瘋狂大屠殺，在臺灣的中國人一日數驚，吳漫沙因環境惡劣，無心寫作，但還是喜歡到書店看書解悶。一日，在書店架上發現中文半月刊《風月報》，讀罷，只覺「一半以上是舊體詩，也都是八股舊文，內容空洞，還是聊勝於無的閱讀下去」。[35]

1937 年 7 月，《臺灣新民報》主編徐坤泉因所編輯的漢文欄被廢，便答應接任《風月報》的編務，吳漫沙也受邀與徐坤泉合手編輯《風月報》。當時《風月報》的幾個重要成員，如簡荷生、林荊南等人，都是吳漫沙交友往來的重要對象。編輯《風月報》期間，因編輯部設在「蓬萊

[31]見〈追昔集——禍不單行〉和〈追昔集——被逐出境〉，分別刊於《臺灣時報》，1985 年 8 月 16 日和 1985 年 11 月 16 日。

[32]在日治時期，吳漫沙因中國籍的身分，被視為外國人，而當時被驅逐的外國人要由警察押上船，並且不能再到臺灣來。可參考〈追昔集——被逐出境〉。

[33]1936 年 3 月 13 日吳漫沙曾在廈門寫了一首新詩〈鷺江之風〉，刊於《臺灣新文學》第 2 卷第 3 期，1937 年 3 月 6 日。由此可知，吳漫沙應在三月左右停留在廈門。

[34]此座談會在 1936 年 12 月 6 日假臺北市太平町高砂西餐廳舉行，座談會由楊逵和黃得時主持，用日語發言，座談會的紀錄，收錄於《臺灣新文學》第 2 卷第 1 期，1936 年 12 月 8 日。

[35]《臺灣新文學》第 2 卷第 1 期，1936 年 12 月 8 日。

閣」的地緣關係，吳漫沙認識不少藝妲，這些藝妲與政商人士、文人的社交活動，豐富了吳漫沙小說的題材，不論是小說，或作家本身，都是見證藝妲的生活相當寶貴的史料。[36]

在日人殖民統治下，書刊雜誌的審查非常嚴格，所有欲發行的書刊雜誌必須印刷裝訂好送去審查。為防止檢閱當局的惡意曲解、禁止發行，或銷毀，送審時，還得附個紅包、禮品，或請日本刑警喝花酒，生存在這惡劣的環境下，加上來稿不豐，編務屢次出現危機。[37]1938 年秋，徐坤泉赴大陸發展，《風月報》資助者陳水田也抽腳，編輯部從蓬萊閣遷至太平町[38]，《風月報》的經營更加慘淡，擔任編輯的吳漫沙不得不疾呼：

> 多災多難的《風月報》，在風雨飄搖中，歷盡驚濤駭浪，園丁為重整這破碎的荒園，不畏艱難，再接再厲的掙扎、耕耘，而今已略現生機，急需文藝界人士協助灌溉，使其茁壯，開花結果。為不讓她再受風雨摧殘，只有文藝界人士，來共同維護，也是每一個臺灣文藝青年的責任。[39]

1942 年 2 月，以「中國間諜」、「聯合國派駐臺灣聯絡人」的罪名，吳漫沙被捕入獄，坐了八天的黑獄。所幸經由家人奔走，透過上層關係才被釋放。[40]出獄之後，更積極投入《南方》的編輯，直至 1943 年 10 月《南方》被迫停刊，才卸去編輯的職務。[41]

---

[36]戰後，吳漫沙曾為《聯合文學》「臺灣藝妲」專輯撰寫〈臺北的藝旦〉，刊於《聯合文學》第 3 期（1985 年 1 月）。

[37]參考吳漫沙，〈沉痛的回憶〉，《臺灣文藝》第 77 期（1982 年 10 月）。

[38]遷出蓬萊閣後，「漢詩欄」改由吳醉蓮負責。

[39]引自〈追昔集——風雨飄搖〉，刊於《臺灣時報》，1986 年 6 月 18 日，8 版。

[40]見吳漫沙〈追昔集——欲擒故縱〉，刊於《臺灣時報》，1986 年 10 月 6 日，8 版。

[41]編輯《風月報》和《南方》時期（1937～1943），吳漫沙活躍於各種文學活動，不但擔任編輯者的重任，其創作的數量亦更豐盛，此外，他亦參與戲劇活動的演出，大量生產舞臺劇本，供「星光」、「鐘聲」、「東寶」、「帝蓄」等團演出，大多以家庭倫理為寫作題材，也曾隨「星光」劇團巡迴各地。

第二節　戰後的文化活動

1945 年 8 月 15 日日本終結了在臺灣的殖民統治，中華民國政府順理成章從日本手中接收這塊被割離了 50 年的疆土。正當臺灣民眾為重返祖國而歡欣鼓舞之際，臺灣作家也從戰爭的激變下復甦，紛紛組織報刊雜誌，「繼續他們未完成的事業——建立富於臺灣色彩的臺灣文學及擠入世界文學之林。因此各種形態的刊物如雨後春筍不斷刊行，傳授一般民眾有關大陸的知識」[42]，作家楊逵幾乎在日本剛剛宣布終戰的一刻即闢立「一陽農園」，成立「新生活促進隊」，組織「民生會」創刊《一陽週報》，1945 年底以前，已有《民報》、《臺灣新生報》、蘇新主編的《政經報》、黃金穗主編的《新新雜誌》，以及《鯤聲報》等報創刊發行，吳濁流任《臺灣新生報》記者，楊雲萍任《民報》主筆，龍瑛宗、張文環、葉榮鐘等作家也從各種不同角落走出來。[43]據統計發現，1945 年至 1949 年間，臺灣出版的期刊有 43 種，其中日報 15 種，週刊和月刊 28 種[44]，而 1946 年 3 月至 9 月是臺灣民營報業的勃興期，僅臺北一地就有十幾家報紙發刊[45]，「這些報紙都是中文報紙，其中《民報》、《人民導報》、《新生報》、《中華日報》等都設有副刊或文藝版」[46]，「這說明了臺灣作家不僅積極投入報刊雜誌的創立工作，更嘗試以稚嫩的中文發表作品，作家藉語言轉換之無礙，表露其對現有政權的認同，及期望被認同」。[47]1946 年 2 月 20 日創刊的《中華日報》「日文欄」在延續新文學運動上扮演相當吃重的角色，關於日文版下的一塊文藝園地，提供只能看得懂日文或用日文書寫的臺灣民

---

[42]葉石濤，《臺灣文學史綱》（高雄：文學界雜誌社，1987 年），頁 72。
[43]彭瑞金，《臺灣新文學運動四十年》（臺北：自立晚報社，1994 年），頁 36。
[44]葉芸芸，〈試論戰後初期的臺灣知識分子及其活動〉，收入臺灣文學研究會編，《先人之血‧土地之花‧臺灣文學研究論文精選集》（臺北：前衛出版社，1998 年），頁 64。
[45]陳國祥、祝萍，《臺灣報業演進四十年》（臺北：自立晚報社，1987 年），頁 28。
[46]彭瑞金，〈肅殺政治氣候中燃亮的臺灣香火——戰後二十年間影響臺灣文學發展的主要因素探討〉，收入《現代學術研究專刊 VI》（臺北：稻香出版社，1991 年），頁 64。
[47]羅尤莉，〈鍾理和文學中的原鄉與鄉土〉（東海大學中國文學系碩士論文，1996 年），頁 25。

眾，一扇呼吸文藝的窗口，先後以不同風貌刊行的 40 期，其內容涵蓋了論說、書評、作品、作家介紹、藝評、小說、詩歌、隨筆、雜說等，龍瑛宗、吳濁流、吳瀛濤、葉石濤、黃昆彬、邱媽寅、王育德等作家，都是當時的一時之選。「他們的詩文充滿時代感、現實感，他們抨擊法西斯和封建餘孽」[48]，「他們也充滿理想和熱情，呼籲年輕人發出怒吼，推動文化建設」，延續日治時期新文學的精神傳統。

一、加入文化重建的行列

在這樣的文學氛圍裡，吳漫沙也加入戰後文化、文學重建的行列。8 月 17 日總督府安藤利吉發表談話：「呼籲人民各守崗位，努力增產，等候中華民國政府派員接收」[49]，在一片沸騰的歡樂情緒中，吳漫沙全家也於 8 月 18 日從疏散的石牌鄉下搬回臺北市，「『中國人』組織的『中華會館』恢復活動，籌備歡迎政府」[50]，福建省泉州、漳州組織「閩南同鄉會」，吳漫沙被推為該會發起人，草擬章程，為籌備事宜日夜奔走。

由於與祖國分離半世紀之久，對中國近代文化倍感疏離、陌生，1945 年至 1948 年間，大陸 1930 年代的著名作品也陸續輸入臺灣，從魯迅、茅盾、巴金到《紅樓夢》、《水滸傳》等古典白話小說到中共的政論雜誌《群眾》和《文萃》等，這些中國文學的輸入，「給臺灣民眾帶來一把解決問題的鑰匙，深刻地認知了大陸近代社會變遷的狀況。」[51]當時亦有些對中國國情不甚了解的民眾，誤以為中國的教育尚停留在私塾時代，教授《三字經》、四書五經、《千家詩》、《昔時賢文》、《尺牘》等書，釀成「書店大量翻印這些書，人人搶購回家自修，教導子弟」[52]的風潮，在這種「祖國熱」的情況下，臺灣民眾開始自覺學習，吸收有關中國的知識。處於國民政府未來接收的過渡時期，學校也鼓勵學生購買這些舊詩文書

[48]彭瑞金，《臺灣新文學運動四十年》，頁 40。
[49]吳漫沙，〈追昔集——國土重光〉，刊載於《臺灣時報》，1986 年 12 月 22 日，8 版。
[50]吳漫沙，〈追昔集——國土重光〉，刊載於《臺灣時報》，1986 年 12 月 22 日，8 版。
[51]葉石濤，《臺灣文學史綱》，頁 74。
[52]葉石濤，《臺灣文學史綱》，頁 74。

籍，但當時臺籍老師不諳中文，「只好用『現學現賣』的方式，利用夜間帶書本到昔日開『書房』的漢文先生處『惡補』，白天將所學教授學生。」[53]同時，一些國語講習所及補習班也紛紛成立，不論男女老幼對「國語」的學習趨之若鶩。早在中國受過白話文洗禮的吳漫沙，此時也被邀請至臺北帝國大學（今「臺灣大學」）教授「三民主義」[54]，傳遞祖國思潮。

1945 年 9 月，民營報紙《民報》創刊，邀請吳漫沙寫小說提供連載，這也是小說〈天明〉的創作由來，當時連載於《民報》上的篇幅大小，仍可從吳漫沙所收藏的剪報中得知。[55]

戰後最初一年半期間，臺灣文化界傾巢出動，「從《民報》、《人民導報》的本諸知識分子良知憂時憂民、淑世救族的建言，到文藝界，無論小說、詩、隨筆、評論、戲劇，目標一致朝向新文學，新臺灣的重建運動」。[56]值此時期，吳漫沙不但寫小說，不時為書店提供資料，也創辦一本月刊雜誌《時潮》[57]，並主編《新風》雜誌[58]，成為戰後新興氣象的一端。《新風》月刊旨在「發揚民族精神、宣傳祖國文化、灌輸民主思想、介紹祖國事情為宗旨」[59]，吳漫沙在〈卷頭語〉裡呼籲：「建設新臺灣，首要工作莫過於文化運動、宣揚民族精神、根除敵人的奴隸教育」，〈編後隨筆〉亦提到：

[53]葉石濤，《臺灣文學史綱》，頁 74。

[54]原是被邀教授國語、國文，但吳漫沙自認國語多年沒說了，沒有把握，所以只教「三民主義」。見〈追昔集——國土重光〉，《臺灣時報》，1986 年 12 月 22 日，8 版。

[55]吳漫沙收有〈天明〉在《民報》連載時的剪報，但不齊全，有（2）～（38），其中缺（31）、（32）、（34）～（37）。此外，吳漫沙仍留有〈天明〉（下）的手稿頁 1～67（未完）。《天明》（上）的單行本由大同書局出版。

[56]彭瑞金《臺灣新文學運動四十年》，頁 43。

[57]因資力不繼，《時潮》只出兩期便停刊。見〈追昔集——國土重光〉，《臺灣時報》，1986 年 12 月 22 日，8 版。

[58]從《新風》第 2 號的「本刊啟事」裡提到：「今欲使本刊耳目一新。以答各界之盛意。自本號起。聘請吳漫沙先生主編。先生為本省文藝界之名作家。今後多望讀者諸君，倍加愛護。」從中可知，《新風》第 2 號才由吳漫沙接手編輯，據吳漫沙口述，《新風》只出了三期便停刊。

《新風》月刊，自第 2 號起，由吳漫沙擔任主編，發行人：王清焜，發行所：昌明誌社，總經售：興盛書局，一部售價臺幣二元。

[59]見《新風》第 2 號的〈編後隨筆〉，1945 年 12 月 5 日發行。

《新風》已經出了一期、這個刊物的好壞、姑且勿論、可是我覺得她對於臺灣文化界、多少總是盡了一點義務了。但是最可痛心的、是我們在敵人統治下、不能接受祖國文化、因此、本省的國文作家、非常的缺乏、所以找不出好的作品、這不是臺胞的不努力、是敵人統治的政策！過去、我曾聯絡過幾位同志、都是本省知名的作家、可是受敵人的壓迫、罪之為反動分子、加以摧殘、於是我們失了聯絡、各自銷聲匿跡、雜誌被命停刊、國文壇消滅下去了！可幸、本省的光復、我的同志都在這萬劫之下、保存下生命、今後我們當秉其數十年的志氣、為本省文化界盡點義務、這是我所期待於同志們！[60]

從這些話語可知，吳漫沙一再為文化重建高聲疾呼，《新風》實際也負擔文化重建的要角。

剛剛擺脫日本殖民統治的夢魘，「回歸祖國」的熱望很快地就被臺灣行政長官公署的不當接收及處置所冰消。二二八事件對初萌芽的戰後文學無異是無情的摧殘，「自由、民主的憧憬像曇花一現似的掠空而去」[61]，「臺灣作家同殖民地時代一樣，被囚禁、被放逐、被處決，終於被迫沉默」[62]，文壇一片黑暗、死寂。臺灣行政長官公署在中國軍隊登陸後，進行「綏靖」為名的清鄉行動，為掃除臺灣人的文化意識，封閉作為人民喉舌的報社，《民報》、《人民導報》、《大明報》、《重建日報》、《中外日報》各以「刊登叛亂言論」、「擅發號外」、「尚未奉准登記」為理由一律予以查封。[63]行政長官公署的機關報《新生報》接替發言的位置，「藉

[60]見《新風》第2號的〈編後隨筆〉，1945年12月5日發行。
[61]見葉石濤，〈一個臺灣老朽作家的嘮叨〉，《臺灣文學的悲情》（高雄：派色文化出版社，1990年），頁15。
[62]見葉石濤，〈一個臺灣老朽作家的嘮叨〉，《臺灣文學的悲情》，頁15。
[63]參見臺灣旅滬六團體〈關於臺灣事件報告書〉，頁278。《二二八官方機密史料》，頁195。轉引自陳翠蓮《派系鬥爭與權謀政治——二二八悲劇的另一個面向》（臺北：時報文化出版公司，1995年），頁364。

掃除日本教育思想的毒素，實際進行臺灣意識清鄉檢查的行動」[64]，文學主導權也隨之落入執政者認同的外省人手裡。

二、時代的見證者——記者生涯

1945 年吳漫沙前往飯店會晤來臺的同鄉會友人，巧遇正在籌備《新生報》的創辦人李萬居，當場受社長李萬居邀請擔任《新生報》記者，日後因李萬居事務繁忙，多項活動多由吳漫沙代理參加，因此頗具知名度。[65]同時，吳漫沙不僅在《新生報》擔任記者一職，亦兼任臺灣廣播電臺編審。二二八事件發生時，吳漫沙照常跑新聞、寫新聞，當時《新生報》的號外都是他寫的，「那場由陳儀主持的協調會，他就在場報導了當時民眾的要求；在中山堂召開的二二八處理委員會他也參加了。他甚至還被推薦為新聞界的代表，『不出鋒頭』讓他逃過第二劫！」[66]1947 年吳漫沙遷居三重鎮，當選第一屆鎮民代表，並任電臺創辦的《臺灣之聲》的主編。[67]

1950 年代前夕開始進入戒嚴，文藝刊物也開始標舉「反共文藝運動」。潘壘的《寶島文藝》月刊、何欣《公論報》「文藝」週刊、程大城《半月文藝》等；官營、黨營的報紙也紛紛開闢副刊，《民族晚報》的孫陵、《新生報》的馮放民、《中央日報》的耿修業、孫如陵、《中華日報》的徐潛、《經濟時報》的奚志全、《公論報》的王聿鈞、《全民日報》的黃公偉，「他們不但全面占領、接收了臺灣文壇，也控制了全臺灣的言論思想」[68]，以上的報紙，吳漫沙多有參與，但主要以新聞採訪為主，在副刊發表的文章不多。1949 年，吳漫沙辭去《臺灣新生報》記者一職，轉任李萬居另辦的《公論報》；1950 年任《民族報》、《民族晚報》記者，同時，小說〈臺北

---

[64]彭瑞金《臺灣新文學運動四十年》，頁 45。

[65]據吳漫沙口述，因一次同鄉會的活動在臺北飯店舉辦，當時吳漫沙和李萬居巧遇，李萬居告知吳漫沙欲籌辦《新生報》，並邀吳漫沙任《新生報》記者。

[66]見新聞稿〈活著是運氣　老記者見證二二八〉，刊於《臺灣日報》，1999 年 9 月 1 日。

[67]編按：據吳漫沙，〈無冕之王〉：「新生報編印臺灣年鑑，我亦任編纂委員，負責部分編撰，乃辭掉《臺灣之聲》及《奮鬥》編務。」 經查該年鑑於 1947 年出版，綜上推測任《臺灣之聲》主編應在此之前。

[68]彭瑞金《臺灣新文學運動四十年》，頁 66。

江湖傳〉也在《民族晚報》上連載。戰後初期，臺灣工商業尚未起飛，景氣低迷，報紙經營不易，民營的《民族報》、《全民日報》、《經濟時報》三報決定聯合發行「聯合版」。[69]1952 年吳漫沙和鍾中培、孫建中在「聯合版」聯合執筆「終身大事在臺灣」的專欄[70]，「頗受讀者歡迎，單行本一版再版」。[71]此外，報社亦特闢一個「形形色色的婚變」專欄，由吳漫沙一人負責執筆。[72]暫離報社一段時日後，吳漫沙又重返報社跑社會線新聞，為取得新聞來源，「與幾位警界人士締結金蘭，稱兄道弟」，「由他們提供或祕密指引，而跑到幾條頗為轟動的新聞」。吳漫沙回憶數十年記者生涯，聊堪自慰就屬一則轟動一時的「舞師和富家女畸戀命案」，因吳漫沙取得死者日記，獨家報導刊出，使舞師難脫罪愆，案情大白。

三、文學活動

1950 年代的文學淪為政策附庸，「反共抗俄文學」大張旗鼓，排山倒海而來，但與「『反共文學』的虛構性，頗有同質之處」[73]的黃色小說、武俠小說、黑色、異色小說，卻成為「戰亂時代的精神避難所」，在民間廣為流傳，而致使 1954 年各報聯合發起「文化清潔運動」，厲行掃蕩「赤色的毒」、「黃色的害」、「黑色的罪」此三害。觀諸吳漫沙 1950 年代的創作，並未特地標榜「反共抗俄」，此時期的小說多揭發社會內幕或都會男女情事，似乎與擔任記者一職的社會經驗有關。如：小說〈鐵血情鴛〉

---

[69]1940 年 9 月 10 日下午二時，三報負責人與同仁假臺北市昆明街民族報社對面、基督教青年會二樓會議廳召開會議，由《民族報》王惕吾先生主持，16 日發行聯合版，辦公室設在臺北市西寧北路「全民日報社」二樓，地方狹窄簡陋，日間作為業務部，夜間作編輯部，印報則在《民族報》印刷場，編輯與採訪記者多為原《民族報》人馬。見吳漫沙，〈話說從頭〉張作錦主編，《一同走過來時路》(臺北：聯經出版公司，1991 年)。

[70]同年四月由「東方文化供應社」出版單行本。

[71]見吳漫沙，〈話說從頭〉，《一同走過來時路》，頁 120。

[72]報社營收不良，社會記者需裁減一員，為不使主任馬克任為難，吳漫沙自願留職停薪離開報社，收入頓減，生活立即遭受影響，所幸報社特闢一個「形形色色的婚變」專欄讓吳漫沙執筆，以及給幾本刊物寫稿，賺些稿費，才勉強維持。見吳漫沙，〈話說從頭〉，《一同走過來時路》，頁 120。

[73]葉石濤說：「沮喪和疲倦，使得 1950 年代部分逃避現實的作家，躲在象牙塔裡大作兒女私情的綺麗夢境，鴛鴦蝴蝶派小說於焉復活。其與『反共文學』的虛構性，頗有同質之處，卻不見容。」轉引自彭瑞金《臺灣新文學運動四十年》，頁 79。

（1952 年）在臺灣省黨部週刊連載；小說〈臺北十二星相〉連載於花蓮《更生報》（1953 年）。1954 年辭「聯合版」，專任《民族晚報》記者，民間故事〈運河殉情記〉在《高雄晚報》連載，由黃宗葵的「臺灣藝術社」出版，同年，並繼續出版《綠園芳草》、《舞海情孽》、《臺北江湖傳》；1958 年，小說〈酒國愁城〉連載於《華報》。[74]

從日治時期起，吳漫沙就相當鍾情於舞臺劇的演出，因此創作不少劇本供劇團演出。戰後，參與了戰後第一個本土性的戲劇研究團體──「臺北市電影戲劇促進會」[75]，與呂訴上、張芳舟、王詩琅、郭水潭、廖漢臣、賴明弘、朱點人、王白淵、陳逸松、黃啟瑞等人，積極推動臺灣劇運。1962 年 10 月臺視開播，電視成了民眾的新寵兒，致使舞臺劇發展遭受打擊，劇作家也開始趨向電視劇本的寫作，當時的本土小說家鍾肇政、廖清秀、文心、林鍾隆、鄭煥等人，都曾投入電視劇本的創作或改編，鍾肇政就回憶道：「記得那時臺語古裝劇好像偶爾會缺劇本，有幾次我被逼一天內趕出一個小時的劇本，趕起來時雖然痛快淋漓，粗糙與空洞卻也無可避免。」[76]作家的文學作品與當時電視劇本走的是大眾、通俗路線。此時，吳漫沙也開始熱衷電視劇本的創作，寄往電視臺的劇本選拔，當時的作品至今可見的有：《孤女情淚》、《私生子》、《三姊妹》、《柑園髗屍》、《魂斷秦樓》、《鄉下姑娘──拾金記》、《日久見人心》、《祖父的男孫》[77]等，只可惜，這些苦心之作只有閩南語電視劇《日久見人心》雀屏中選，曾於中國電視公司演出，其餘自是聊備一格罷了，而壓箱的電視劇本手稿無形中暴露了適應電視文化的商業目的。

投向商業化的電視劇本創作，似乎是吳漫沙 1950～1960 年代的另一條出路。如前面所提的，1950 年代是外省籍作家主掌文壇，「反共愛國」、

[74]根據吳漫沙口述，當時〈酒國愁城〉原稿題名為〈酒女〉，因名字不雅，改以〈酒國愁城〉刊載，只刊載一半，《華報》便停刊。
[75]見彭瑞金，《臺灣新文學運動四十年》，頁 61。
[76]鍾肇政，《鍾肇政回憶錄》（二）（臺北：前衛出版社，1998 年），頁 44。
[77]從吳漫沙個人收藏的文稿得知有這些劇本。

「展現戰鬥人生」的作品如洪流般四處氾濫；1960 年代現代主義思潮——佛洛伊德學說、存在主義哲學襲捲臺灣文壇，強調自我解放意識，作品深具「反叛」精神，不過，西化派的作家師法現代主義的形式和風格，致使作品內容貧乏蒼白。本土作家埋頭深耕，「緊緊地貼在臺灣這塊土地和他的人民一起成長，從中汲取創作所需的乳與蜜」[78]，延續日治時期新文學反抗精神傳統，在「反叛」和「反抗」潮流的夾擊下，不合時宜的吳漫沙自是孤立一旁。直至「1970 年代初期，日據時代的新文學運動從塵封的箱底被翻攪出來」[79]，戰後蒼白的大地上所迸發的綠芽，在吳濁流、鍾理和、楊逵等人努力下，深耕出一片沃野，新一代作家也以豐富的創作來展現鄉土文學具體的風貌，回歸寫實與本土化運動造成一股「尋根」熱潮，這股文學的脈流觸動了吳漫沙在 1980 年代初期在文壇的復甦。

經過一段長久時間的蟄伏，1980 年代初期吳漫沙的作品開始散見於《臺灣文藝》、《笠》、《臺灣時報》等堅持本土立場的雜誌刊物或報紙副刊上，如《臺灣文藝》革新第 23 號第 76 期（1982 年 5 月），刊載了「吳漫沙詩選」，計有〈自立〉、〈新囚〉、〈心潮〉，這些詩都是吳漫沙日治時期所寫，刊載於《臺灣新民報》上的詩作[80]；《笠》詩刊「臺灣新詩的回顧」，刊載吳漫沙一篇新詩創作回憶錄〈詩與我〉，並刊登詩作〈期待〉、〈豺狼當道〉、〈火的葬禮〉、〈女囚〉、〈一碗米糕〉、〈病室裡〉、〈鷺江之風〉、〈光明之路〉、〈呻吟〉、〈皇民化〉、〈流浪者的夜歌〉、〈雨〉、〈苦悶的呼聲〉、〈初秋之夜〉、〈時代女性〉、〈鄉愁〉。其中部分曾發表於日治時期的《臺灣新民報》或楊逵所創辦的《臺灣新文學》上，其中〈豺狼當道〉、〈火的葬禮〉、〈女囚〉、〈一碗米糕〉等幾首，都是對日人統治體制不滿的無聲吶喊，試引一首〈女囚〉[81]為說明：「一陣沉重的鐵蹄聲／警察來了／小販／挑的挑，

[78]《鍾肇政回憶錄》(二)，頁 114。
[79]見彭瑞金，《臺灣新文學運動四十年》，頁 155。
[80]詩末都附有創作日期，這幾首詩可見於《臺灣新民報》剪貼簿上的目錄。
[81]文末附註：1937 年 3 月 16 日於臺北被捕前後目擊。

推的推／慌張的紛紛逃避／那女販／顛躓的跌倒了／蔬菜、魚丸，灑滿地面／那女販／匍匐地亂撿／鐵蹄／拼命的亂踩／大人、同情、恩典／馬鹿，清國奴／找大人麻煩／無辜的魚丸壓碎在地上／大人，同情……／一把巨掌／餓虎撲羊／瘦弱的身體被輕盈地抓起／白晰的手腕，上了手銬，／淚水滾在地上……」。

除改編舊作發表外，《臺灣文藝》的主編鍾肇政也邀請吳漫沙在「歷史的一頁」專欄撰寫一篇回憶。在〈沉痛的回憶〉一文裡[82]，吳漫沙回溯了日治時期新文學活動的狀況：

> 我參加臺灣新文學活動，為時較晚，1935 年才開始……在大陸受教育的我，日文一竅不通，1935 年才長居臺北協助先父經商。閒時學習寫作，寫點散文，大膽地寄給《臺灣新民報・副刊》，想不到受到主編徐坤泉的鼓勵，結識徐坤泉和黃得時，因而興趣加劇地源源為《新民報・副刊》寫稿，偶爾在《臺灣新民報》發表新詩，而結識楊逵。黃宗葵創刊《臺灣藝術》，找我寫小說，因此在《臺灣藝術》發表〈繁華夢〉。以文會友，嗣後認識了林獻堂、陳逢源、陳炳煌（雞籠生）、施學習、張文環、劉捷、郭水潭、王白淵、王詩琅、廖漢臣、吳松谷、黃湘蘋諸先輩，獲益甚多。

〈沉痛的回憶〉中詳述當時《風月報》的沿革與運作情形，以及為「維護祖國文學於一天」遭日本刑警監視，屢遭險境，甚至被誣為「重慶和聯合國派駐臺灣的地下負責人，以《南方》雜誌為掩護，從事祕密搜集日本情報」[83]，其「積鬱胸中四十多年的憤懣」終得隨尋根熱潮湧現。

四、尋求精神依歸

---

[82]《臺灣文藝》第 77 期，1982 年 10 月，頁 301。復收錄吳漫沙，《追昔集》（臺北：臺北縣政府文化局，2000 年）。

[83]《臺灣文藝》第 77 期，1982 年 10 月，頁 301。復收錄吳漫沙，《追昔集》。

1985 年 4 月 1 日起，《臺灣時報・副刊》連載「日據時代作家作品展（之一）」，吳漫沙的〈追昔集〉開始在《臺灣時報・副刊》連載[84]，文中概述家世生平、中國經驗與來臺參與新文學活動的片段，是一篇意義深遠的回憶錄，依稀可見作家內心隱藏的痛楚。雖不似日治時期抗議文學作家那般鮮血淋漓，但是，歷史的夢魘仍屢屢纏繞於作家的筆下。

1980 年代對吳漫沙而言，是個尋求精神依歸的年代。吳漫沙以片段的回憶呈現他的境遇，與來臺灣寓居後所遭遇的困厄，對日本殖民體制提出若干批判，〈追昔集〉一連串的回憶都是真切的見證，足以讓我們了解吳漫沙在這些歷史情境下所懷抱的民族意識。此外，處於這個年代，吳漫沙的寫作也跳脫出男女情愛所衍生的戀愛、婚姻、家庭，歸於遲暮之年的生命觀照，展現完全不同的文學風貌，同樣發表於《臺灣時報・副刊》的〈暮年〉（1983 年 6 月 14 日）、〈外公・外婆〉（1984 年 6 月 10～12 日），都描寫到老年人在晚年歲月所遭遇的生活問題。以〈暮年〉為例，小說敘述一對老夫婦相當憂慮辭世後，兩個已經成了美國公民的兒子不會回來料理後事，最後，兩人決定先把自己的墓園做好，「以免草草歸土，遺憾九泉」，他倆請地理師找一處福地後，由黃先生親自監工完成墓園的工程。落成那一天，黃老太太買了很多冥紙在墓園焚燒，深怕兒子不能回來，沒有人為他們燒金紙，兩老便在清明節的茫茫細雨中，在自己的墓前獻花、獻五色紙、焚燒冥紙，「兩老佇立在墓庭瞭望，壘壘丘陵，葬塚重疊的墓場，慎終追遠的華夏子孫，扶老攜幼的成群結隊，虔誠地祭拜祖先墳墓，一片孝思，令人感動，回顧自己寂寞的暮年，卻來祭掃自己的墓，悲從中來，不禁相顧滴下老淚！」

上述所舉的兩篇小說都提到清明節追終慎遠的精神意涵，在另一篇〈清明・祭祖・掃墓〉中，也同樣抒發了清明祭祖時的感懷：「回顧淪陷在大陸上的祖先墳墓，只有唏噓遙祭，期望明年清明，河山光復，回鄉祭

[84]1985 年 4 月 1 日起開始連載，至 1986 年 12 月 22 日。

掃，以慰先人在天之靈」[85]，這恐怕也是作為一個在臺灣的「華僑」精神返鄉的一種儀式吧！

五、悠遊的晚年生活

戰前，吳漫沙與一些新舊文人雖偶有聚會、隨性吟詩唱和的活動，卻未曾加入任何詩社。甚至，他也曾為文抨擊舊詩的弊病。但是到了戰後，這情況似乎有了變化，1981 年，吳漫沙應詩人林錫牙、曾文新等人之邀，參加「瀛社」、「網溪吟社」、「天籟吟社」等詩社[86]，並曾當選傳統詩學會的監事，同年獲行政院文建會的「優良詩人獎」。而每年都會固定在生日那天，與詩友聚會聯吟唱和。

1998 年前衛出版社重新再版戰前大眾小說（十冊），吳漫沙《韮菜花》、《黎明之歌》、《大地之春》被選入其中，戰前大眾小說的議題引起學界注意的同時，吳漫沙也開始成為大家關注的對象。西元 2000 年底，臺北縣文化局出版吳漫沙回憶錄《追昔集》。這本以散文寫成的作品集，收錄了吳漫沙早期在《臺灣時報》、《聯合報》等處所發表的文章。繼《追昔集》之後，北縣文化局又決定再度為老作家吳漫沙出版傳記，文字和影像部分都預計在今年（2002 年）年底出版。

吳漫沙的文學生涯，至今已長達六十多年，可說是文壇中不老的長青樹。高齡九十多的他，對文學仍保持高度的熱清，且喜歡和人接觸。在筆者訪問經驗裡，吳漫沙一向以平和的態度，傾吐年輕時代的意氣風發，而這些口述內容，都是見證臺灣歷史文化變遷，彌足珍貴的史料。

——選自吳瑩真〈吳漫沙生平及其日治時期大眾小說研究〉
南華大學文學研究所碩士論文，2002 年 1 月

---

[85]漫沙，〈清明・祭祖・掃墓〉，刊於《聯合報》，1978 年 4 月 5 日，9 版。

[86]吳漫沙的古典詩曾刊於傳統詩學會的《傳統詩集》第二集（1982 年 9 月）、天籟吟社的《天籟詩集》（1988 年 10 月）、晉江同鄉會《晉江詩集》（1995 年 3 月 31 日）、《瀛社創立九十週年紀念集》（1999 年）等刊物，詩作有重疊刊載的現象，吳漫沙古典詩的創作、刊載狀況可見本論文附錄。

日據時期長篇通俗小說的創作及主題探究

以徐坤泉、吳漫沙作品為主

◎李進益*

一

學界對日據時期短篇小說作品的研究已取得相當豐碩的成果，至於長篇小說的探討，相形之下，顯得要遜色不少。而且，有些作品長期以來不被重視，更遑論探究其價值。本論文將針對產生於 1930 和 1940 年代的長篇通俗小說作一廣泛地討論，特別集中在當時已受歡迎和肯定的徐坤泉和吳漫沙。除了將對他們作品產生的背景加以探討，同時也將討論這些作品與其他國家文學作品的關係，以及寫作手法和主題思想，希望藉由詳細客觀的分析，能給予這些作品應有的評價，以彌補對這些作家及作品認識不足的缺憾。

二

1933 年林煇焜（1902～1959）〈命運難違〉長篇日文小說刊行，開啟了日據時期臺灣文壇出版長篇小說的風氣。1936 年 2 月，徐坤泉（1907～1954）《可愛的仇人》上梓，兩個月內，連續發行三版，其受歡迎程度，在當時恐怕難以見得。之後，陸續有吳漫沙（1912～2005）、張文環（1909～1978）、辜顏碧霞（1914～2000）等人創作長篇小說。當時在臺日籍作

*發表文章時為花蓮師範學院語文教育系副教授，現為東華大學華文文學系教授。

家庄司總一也有一部描寫臺日通婚、生活在臺灣大家族下的長篇小說《陳夫人》於 1940 年發行，另外，陳垂映（1916～2001）1936 年寫於臺灣，在東京印刷，最後卻由臺中張星建以臺灣文藝連盟代為發行的《暖流寒流》也是一部刻畫青年男女尋求自我、反抗舊社會禮教的長篇小說。1930 和 1940 年代的臺灣新文學發展，可稱得上是長篇小說的豐收期，而這一時期創作長篇的背景，與當時已漸普及的報紙和文藝刊物有相當大的關係。葉石濤《臺灣文學史綱》將日據時期臺灣新文學大概分為三期，而且各階段的臺灣新文學運動的展開，「當然是透過報刊雜誌的發行去實踐」[1]，由此可知報刊雜誌對於臺灣文學的發展具有強大的推動力與影響力。作為臺灣新文學作品的一環——長篇通俗小說，可說即是因應各種報紙之需而產生的，如林煇焜〈命運難違〉長篇小說即是在《臺灣新民報》上連載，而且被稱為「臺灣最初的新聞連載小說」。[2]

林煇焜第一本長篇小說作品《命運難違》的誕生，由出版「後記」可以知道是出自《臺灣新民報》的邀稿而執筆，作者本非從事文學創作的，而且專攻在經濟方面，因而此書的寫作是基於「希望臺灣人對所有的事多寄予關心」。可是作者「連續七個月，每天擠出兩個小時寫稿，實在痛苦。」這種長期交稿的壓力，連載了 170 回後，「竟沒接獲一封批判性的投書，」作者覺得真是遺憾，因而他在出書時，特別拜託讀者「不只對小說，甚至對所有的事都付出關心」，否則，照這樣下去，臺灣的文化永遠也無法發展。[3]

這部通俗小說為何引不起讀者們的熱烈討論？個人以為故事人物與背景都是設定在臺北都會，與中南部讀者有點隔閡，而且內容情節的安排也欠缺一般通俗小說常見的俗腔濫套，諸如煽情的場面，或者賺人熱淚的生離死別。全書以非常流暢的語言敘述，情節進度乾淨俐落，條理清晰，這

---

[1]葉石濤，《臺灣文學史綱》（高雄：文學界雜誌社，1998 年），頁 29。
[2]下村作次郎、黃英哲，〈臺灣大眾文學緒論〉，《淡水牛津文藝》創刊號（1998 年 10 月），頁 38。
[3]林煇焜著；邱振瑞譯，〈後記〉，《命運難違》下冊（臺北：前衛出版社，1998 年），頁 591～594。

本非缺點。但是反過來說，則少了通俗小說刻意製造的諸多偶然巧合的戲劇性，以及一波三折的高潮場景。在主題方面，作者關注家庭制度對青年男女的限制，尤其是對女性的影響至大，書中女主角陳鳳鶯一想到沒有自由戀愛的婚姻便「心情驀地蒙上一片陰霾」：

> 結婚是人一生中最至關重大的事，它影響著人的命運。婚姻的成敗關係著生存的意義。一個錯誤失敗的婚姻，將使生命枯竭，失去活力。婚姻生活是愛與愛的結合，是他人與自己合為一體。[4]

另一方面，男主角李金池本來被安排相親，對象即為陳鳳鶯，男主角希望能夠依照自由戀愛方式尋找伴侶，經由約會雖然找到了豪門閨秀，最後卻因個性不合引來家庭婚姻破裂的慘局，導致想以投河自盡了斷。女主角奉父母之命結婚，婚姻生活非常不美滿，因而想以死亡擺脫束縛，男女主角都因婚姻生活無法幸福美滿於是在求死之際，偶然相逢，最後，兩人互相鼓舞而死裡逃生。這一部小說雖然在當時未能引起讀者共鳴，不過，它是第一部以臺灣社會為背景，探討婚姻問題的長篇小說，對後來徐坤泉、吳漫沙等人的創作應具有啟迪作用。

阿 Q 之弟（徐坤泉）所寫的〈可愛的仇人〉也是長期在《臺灣新民報》連載，根據此書日譯本書前許炎亭所寫的序言：

> 《可愛的仇人》一書很受歡迎，可說是他（徐坤泉）的處女作，曾經在《臺灣新民報》連載，連報社的幹部都被嚇一跳。[5]

可知《可愛的仇人》在報紙連載期間即已廣受讀者所喜愛。再者，張文環第一部長篇小說〈山茶花〉也是在《臺灣新民報》紙面上連載。

[4]林煇焜著；邱振瑞譯《命運難違》上冊（臺北：前衛出版社，1998 年），頁 62。
[5]阿 Q 之弟作；張文環譯，〈序〉，《可愛的仇人》（臺北：臺灣大成映畫公司，1938 年）。

除了《臺灣新民報》連載多部長篇小說之外，徐坤泉曾經擔任過《風月報》主筆兼主幹，〈新孟母〉一文即先在《風月報》連載，其後轉為在《南方》雜誌連載。[6]另一位通俗小說作家吳漫沙，被視為與徐坤泉具有同樣重要「在臺灣文學之中，是一占有相當重要特異位置的作家」[7]，他在1939 年秋，開始寫作〈黎明之歌〉，同年 9 月 1 日連載於《風月報》，《風月報》廢刊後，改在《南方》雜誌刊載，至 1941 年春。其後，吳漫沙另一部為人所知的小說《大地之春》，原來命名為〈黎明了東亞〉，根據作者自言：「因為都是在黎明的時候寫的，就把它命名〈黎明了東亞〉。原作在《南方》雜誌連載至 1942 年 6 月止，其後應友人之請付梓刊行，改名為《大地之春》。[8]

儘管〈命運難違〉被認為是臺灣最初的新聞連載小說，不過，如果這是說日報連載的話，那就說得通，否則，創刊於 1930 年 9 月 9 日，以趙雅福為首的同人報紙《三六九小報》，三日刊行一次的連載小說，可就要比〈命運難違〉早了。《三六九小報》不但連載長篇小說，而且是多種一併連載，可說相當罕見。刊於此份三日刊小報的作品計有署名恤紅生〈蝶夢痕〉長篇章回小說，自 1930 年 9 月 9 日起，刊至 1931 年 2 月 16 日。浚南生所寫社會小說〈社會鏡〉則自 1931 年 2 月 19 日至 1932 年 7 月 26 日止，共計連載 149 回。署名坤五發表的小說〈大陸英雌〉，自 1931 年 2 月 19 日起連載，刊至 1932 年 10 月 23 日止，共載 176 回。〈大陸英雌〉與〈社會鏡〉同日連載。[9]

由目前所見文獻資料而言，1930 年至 1940 年左右的報章雜誌上連載眾多的文藝作品，對當時臺灣新文學運動的發展確實起了相當大的作用。作家能夠在報章發表連載長篇小說，對作家本身來說則是一項莫大的挑

[6]張良澤〈徐坤泉的作品〉，《淡水牛津文藝》第 7 期（2000 年 4 月），頁 233。
[7]下村作次郎、黃英哲，〈臺灣大眾文學緒論〉，《淡水牛津文藝》創刊號，頁 37。
[8]吳漫沙，〈自序〉，《大地之春》（臺北：前衛出版社，1998 年），頁 15。
[9]趙雅福，《三六九小報》複印本，一至三冊，（臺北：成文出版社）。

戰，張文環即在〈山茶花〉連載發表之前，寫了如下感言：

> 本來、寫這類鄉下生活時，最痛苦的莫過於有時無法以適當的日文來表達。一旦無法表現出來，筆下停滯不前，反而寫出奇怪的東西來。吾人常努力想寫出接近生活的文學，不過，如果沒有獲得讀者們的支持是很難完遂的事業。（中略）這是我第一次創作長篇小說，事實上是很愉快的，期待各位的指正。[10]

〈山茶花〉從 1940 年 1 月 23 日連載至同年 5 月 14 日，共 111 回。這種長期創作的辛苦，恐怕不是只有創作欲望即可達成。它尚需一種近乎天職的抱負與理想，亦即，光是刊物提供版面給作家是不能遂成事業的，作家創作的心態畢竟是有所寄託懷抱。日據時期的作家們對其自身所處的特殊時空下的種種社會黑暗面或民族矛盾，應有較他人更敏銳的觀點，文學創作正好提供了作家書寫胸臆、抒發塊壘、關懷人間社會、實踐抱負理想最佳方式之一。徐坤泉《可愛的仇人》一書即充滿作者對當時臺灣社會的批評與期許，誠如其友人葉諸沂在序言所說：

> 《可愛的仇人》至少在我的主見，是一部開始踏上成功之路的「先鋒隊」。以他豐富的情感、銳利的文筆、周密的思想、創作的天才，再添上平日的經驗、時代的背景、緊張的情節，將給一般讀了這部小說的人們，深覺得它是一部可歌可泣的人生（現社會階段的人）的寫照。是一部應想應觀的社會（現經濟基礎下的社會）的張影。（中略）人世間像志中、像秋琴這一類的痴男情女真是太多了，從他們的人生過程中，反映出這社會的可怕，和人類的罪惡，使我們不能不認識一點：「除了鋌而走險，就只有叛變！」[11]

---

[10]陳萬益等編，《張文環全集　資料輯（四）》，（臺中：臺中縣立文化中心，1998 年）。
[11]阿 Q 之弟，〈序〉，《可愛的仇人》，頁 17。

同時，本書也有許多對敏感時局的看法，如「心心相印」此節提及臺灣文化協會運動，「天春哭姐」則敘述了福建要獨立建國以及對日華親善的一些看法。

再者，徐坤泉在《可愛的仇人》大受歡迎之後，又提筆賡續前作主題，寫了後集《暗礁》，主題仍然是在強烈主張道德的重要性，以及批判拜金主義的惡劣風氣，當然，同情女性命運也是重點之一。至於另一部《靈肉之道》其實也可說是《可愛的仇人》的姐妹作，主題與寫作技巧近似。[12]

同為通俗小說作家的吳漫沙，其作品呈現的內涵與徐坤泉有所不同。吳漫沙的作品較易引來爭議。如他自認為是得意之作《大地之春》一書在故事情節安排上，明顯地以「吻合戰時娛樂的要求」，並歌頌日本皇軍的行為以及大和民族偉大的精神，「我們看到黃一平和黃秀子在皇軍野戰病院邂逅的那個場面，是多麼悲壯啊！在這個場面上，我們又可以看到大和民族精神的偉大了！」[13]另一部《黎明之歌》也一樣，他安排女主角素芬「臉上泛著興奮的光彩，對著鏡中自己說，可以逃避不自主婚姻的方法，那就是投入皇軍醫護行列：

> 對！目下是大東亞建設的時代，是臺灣青年奮起報國之秋，一個青年人都應該這樣的奮起，我也是一個青年，而且受了高等教育的女性，我就沒有像她們那樣有血氣的去志願嗎？[14]

這兩部小說的結尾都留了一條光明的尾巴，而且是無遮無掩，直言無隱，當然，文學技巧上的所謂隱喻或象徵手法也都省了，作家所處年代正值日本統治者下令禁止使用漢文，而且出版刊物的言論自由也受到極大的限

[12]阿 Q 之弟，《暗礁》（臺北：文帥出版社，1988 年），頁 22。另外一部署阿 Q 之弟，《靈肉之道》（臺北，前衛出版社，1998 年）。
[13]吳漫沙，〈自序〉，《大地之春》（臺北：前衛出版社，1998 年），頁 14。
[14]吳漫沙，《黎明之歌》（臺北：前衛出版社，1998 年），頁 242。

制，一切作為都需配合戰時體制的政策，迎合時的情節安排應是特殊時空背景所造成的，連早於 1937 年禁令頒布之前出版《可愛的仇人》作者都要感嘆在異族統治下的臺灣作家，處境相當險峻，他曾說出此中甘苦：

> 作者真是盲人騎馬，班門弄斧，不怕貽笑大方，妄於執筆，隨其心血來潮，用那鈍而且澀的筆，作成這部《可愛的仇人》，尤其是在這「下筆如有鬼」的臺灣，有時亦難免彎彎曲曲的違背良心描寫，為的是欲避惡魔的交纏。真的，在臺灣這種的環境，要寫成一篇能被認為「大眾化」的小說，是難上加難的事。[15]

徐氏所說「下筆如有鬼」、「欲避魔鬼的交纏」，不用想也知道所指為何。正因欲避當局檢查之耳目，《可愛的仇人》書中某些章節不得不言不由衷地讚美東京的繁華，及大和民族某些文化精神的優越，如「遊覽東京」一節即是。到了 1937 年七七事變爆發，戰笳頻催，吳漫沙的處境顯然是要比之前的作家來得吃緊，如果不加幾段歌功頌德的修辭文字，恐怕會惹禍上身，至少，書物刊行就無法那麼順利。如今面對歷史，我們可以不必為前人避諱，吳漫沙的作品的確有露骨的呼應「時局」、「國策」的描寫，與徐坤泉一筆帶過的輕描淡寫存有明顯的差異。讀了吳漫沙自作〈黎明了東亞〉詩歌，實在很難替他圓說：

> 和平的曙光／／映瀉在錦繡河山的亞細亞／黎明了東亞／亞洲慶更生／神州的烽火平熄了／大家莫效鷸蚌的相爭／我們豎起建設的旗幟／向著黎明的路上邁進／你們停戰，我們罷兵／同種同文，共存共榮／莫猜疑，莫躊躇／擁和平，永親善／放掉了槍和劍／拿起了鋤和斧／建設、建設／建設了明朗的亞細亞／東亞永安固／萬民齊歡唱／東亞黎明了／

---

[15] 阿 Q 之弟，〈序〉，《可愛的仇人》，頁 21。

黎明了東亞。[16]

以目前重新刊行吳漫沙的三部小說來說，第一部《韮菜花》脫稿於1937 年 5 月 2 日，作品內容在於敘述一群青年男女追求個性解放與自由戀愛，他們亟欲擺脫舊社會的羈縛，全書主題鮮明，語言通俗流暢，而且情節安排可看到是以《可愛的仇人》而成的。第二部《大地之春》於 1939 年12 月 22 日脫稿，1942 年 9 月出版，書前〈自序〉及〈弁言〉都很明白地交代此書寫作的目的，「《大地之春》原名〈黎明了東亞〉，係同譜弟漫沙氏的鉅作，洋洋數萬言，摹寫神州的烽火，東亞青年的熱血，吶喊東亞和平，實可做青年們的指南針，更可為南方開拓的精神，實非虛語，實非過獎的，是銃後奉公的新小說，是提倡武道精神的好材料。」[17]第三部《黎明之歌》則寫於 1939 年秋至 1940 年夏，出版於 1942 年 7 月。此書以女主角林氏與其女素芬兩位女性坎坷的命運當作主線，描寫臺灣舊社會下女性受到不平等待遇的慘狀，最後素芬為了擺脫舊社會婚姻的束縛，在偶然看到報紙徵召女性青年上戰場，參與為日本皇軍傷兵醫護的行列，全書以女主角懷抱著無比興奮與希望前往應召作為結束。此書印行時，書前「幾句前言，道出了作者希望作品走大眾化路線，亦即創作一部廣受讀者歡迎的通俗小說為其主要目標：

寫作的當時，就主張要給它大眾化，故多用鄉土色的筆法；故事也很簡直，曲節不致怎樣複雜，竟得到多數讀者的聲援，我是感激而且慚愧的！[18]

從這段寫於連載完成後，編輯成書前的自序，我們不禁要問這部通俗言情

---

[16]吳漫沙，《大地之春》，頁 294～296。
[17]吳醉蓮，《大地之春》，頁 17。
[18]吳漫沙，《黎明之歌》，（臺北：前衛出版社，1998 年），頁 13。

小說的結局，竟要以充滿濃厚的政治色彩結束，其因何在？中國古代才子佳人小說的結局俗套，大都是以男主角高中狀元，皇帝賜婚而得到圓滿結局，吳漫沙《大地之春》與《黎明之歌》則以日華親善，共存共榮以及吻合時局的尺度，響應號召，如此刻意安排的心思，要不說他是做了正確的政治選擇，那也真不知還該如何來評說，換言之，1940 年代前後，寫作時的心態已經是以統治者的政策為標準。

同樣刊行於 1942 年 9 月的通俗小說《流》，作者辜顏碧霞以一位女性身分，娓娓道出舊社會大家族門第的興衰滄桑，書中多處描寫女主角美鳳如何與舊習俗對抗，如何勇敢面對洶湧而至的種種惡潮烈流，逆流而上，終能克服現實的挑戰。情節緊湊，文筆流暢，全書展現作者對女性命運的關懷。此書前有日人田淵武吉所寫的序文，文中刻意穿鑿附會說這一部小說可當作臺灣皇民運動的強有力資料：

> 這部小說比任何卓越論說還要具有真實意味，是臺灣皇民運動強有利且佳好的資料，比任何研究調查還要生動、有味的臺灣風俗史[19]。

正如此書中譯者邱振瑞〈在漩流中離散的家族史〉讀後記說：「從小說的內容來看，我不認為《流》如寫序的田淵武吉所說『它是一部描寫臺灣皇民化運動的最佳資料。』」[20]《流》全書的確無一處涉及政治，序言所說與事實不符。應是為了能順利出版，不得不添幾筆歌頌時政的話語，以避檢閱。但這種以序言呈現，而非作品本文之中以幾近自白的方式表達，其與吳漫沙作品之間的差別甚大，所代表的意義自是不同。

---

[19]辜顏碧霞，〈序〉，《流》（臺北：原生林社，1942 年）。此書發行人署名田淵照，作序則為田淵武吉，依日本姓氏習慣，兩人應為親戚或家屬關係。此份資料由林啟瑞先生提供，謹此致謝。
[20]辜顏碧霞著；邱振瑞譯，〈譯後記〉，《流》（臺北：前衛出版社，1999 年），頁 187。

三

關於日據時期的通俗小說與其他國家文學作品之間的關聯，是頗值得吾人加以探究的課題。下村作次郎、黃英哲〈臺灣大眾文學緒論〉一文即指出，日據時期產生的所謂的大眾文學「嚴格來說是出自於日本近代文學，所以臺灣大眾文學可以說是在日本文學的影響之下產生的文學」，不過此時期的作家也有「像吳漫沙這種相較於受日本文學影響，毋寧是受中國影響較深的。」[21]雖然在這一篇緒論文章裡並未加以詳細論證，但是此點指摘道出長篇通俗小說並非無所依傍，自生而成，而是在受到中日文學的影響下而形成的。

就目前已見刊行的「臺灣大眾文學系列」等長篇通俗小說而言，的確存有上述指陳的傾向，以下試舉例證說明他們與中國文學的關係。徐坤泉《可愛的仇人》一書受到中國文學的影響，可從敘事手法得知。他善於運用古典詩詞來刻畫描摹人物內心的情感，或者鋪陳景物，或者作為情節進展之用，如在「山窮水盡」，這一回裡敘說女主角秋琴憶起青春時代於某某吟社讀漢文，「她的老先生曾教過她們些『棄婦詞』」，文中即摘錄曹丕〈出婦賦〉、顧況〈棄婦詞〉等古典詩賦來烘托秋琴身為臺灣婦女的悲慘境況，欲哭訴無門之傷嘆。「燈下埋頭」一節，秋琴面對男主角志中的兒子所提的漢文問題，猛然想起在吟社讀書時候的往事，並回憶起一首詩，「是她在青春時代與志中戀愛的詩：「夕陽西墜海波紅，獨坐青山對晚風。如此襟懷誰解得，萬千愁緒付流東。」這類藉由詩詞來襯托人物內心情感世界的寫法，在古典小說是常見的熟套。再者，徐坤泉應也讀了一些所謂才子佳人的小說，如「愁緒飛飛」一節敘說秋琴病懨懨，無限悲哀的情緒，作者以極其婉轉委曲的筆調描摹女主角思緒起伏不定，欲理還亂的情狀：

---

[21]下村作次郎、黃英哲，〈臺灣大眾文學緒論〉，《淡水牛津文藝》創刊號，頁 37。

今夜又使她腦海興波的愁緒飛飛，她回想舊時與志中戀愛時代的事蹟：舊砲臺的青草綠林、白色的石階、山下的波濤、竹筏歸航的晚景、青空與白鷗的點綴壽山上的白雲（中略），《紅樓夢》書中的黛玉。

這裡以黛玉自擬，正見作者是熟知《紅樓夢》的故事情節。此外，作者也嗜讀愛情小說。

吳漫沙也一樣是通俗小說寫作的高手，他的作品具有故事情節起伏有致、內容精采、人物形象生動活潑等特色，其中《韮菜花》這部以描寫一群青春男女熱烈追求自由戀愛，反抗舊制度對女性的迫害，希望能藉由小說喚醒讀者重視命薄如韮菜花臺灣女子悲慘的命運，作者在安排女配角之一月嬌與男主角智明幽會時，智明心神不寧，反倒月嬌已被財主萬財收為填房，頗解風情，因而故作輕鬆之狀，對智明說：

智明！你沒有看過《紅樓夢》嗎？我講一段給你聽，是第三十回的幾句，聽著吧！（中略）金釧兒睜開眼，將寶玉一推笑道：「你忙什麼？！金釧兒掉在井裡頭，有你的只有你的，連這句俗話，難道也不明白？」……寶玉笑道：「憑他怎麼去吧？！我只守著你。」……這一段的意思你知道嗎？智明！我是金釧兒，你是賈寶玉。[22]

吳漫沙以《紅樓夢》第三十回「寶釵借扇機帶雙敲　齡官劃薔癡及局外」中的金釧兒情挑寶玉情節作為《韮菜花》故事進展的一環，正見作者不但能掌握原書旨意，並能巧妙地放入小說中以增加文采。吳漫沙另一部長篇通俗小說《大地之春》也是對男女青春熱戀有所歌頌，小說男主角之一黃一平與表妹湘雲之間若即若離的情感是整部書的主線之一，由於都是正處於青春年少時期，難免會有自作多情或多愁善感的淡淡憂傷，「探表妹的

[22]吳漫沙，《韮菜花》（臺北：前衛出版社，1998 年），頁 7。

病」一節，作者刻畫一平對落花為雨摧殘的情景是如此寫到：

> 他看桃花給雨摧殘的殘影，他雖然不是女人，不是多愁多病的林黛玉，他也免不了嘆了一口氣。

之後，一平用完早飯，他的妹妹催促他趕快準備動身前往表妹家探病，妹妹嫵媚地對他說：

> 哥哥！你忘記了是嗎？九點鐘快到了，你的小說買了嗎？（中略）唔！小說？我倒忘記了！……這裡有一部《紅樓夢》，就送給她吧？可是，《紅樓夢》給湘雲看了，似乎不太妥當，還是拿《西廂記》去吧？

作者以《紅樓夢》書中人物黛玉作為某種性格的寫照，將此書與《西廂記》視為青年男女表達隱約情感的手法，並且還用了較為人所知的當代文學作品如廬隱《海濱故人》作為小說人物喜歡文藝的表徵；或者象徵性地將「小說」視為女性藉以消愁的讀物。其中，以《紅樓夢》一書出現的頻率最高，此書人物及內容被放入不同作品中，顯示吳漫沙喜讀此書，當然其創作受此書影響之大自不在話下。[23]

不過，必須提出一個問題，有些情節運用得相當貼切，也有的地方則稍欠妥當，如前述《韮菜花》所引一段就是個例子，如此一位卑微、養女出身卻被收買成為填房的角色，似乎是不可能有機會讀過且能倒背如流《紅樓夢》一書，這樣的安排是不太合乎情理。此外，吳漫沙在《韮菜花》中一再經由小說人物口吻說出通俗愛情小說是如何的受歡迎，其實，這也可理解為是作者自己嗜讀且熟知當時流行的愛情小說，如「我還認你

---

[23]《韮菜花》「我還認你是我的嫂嫂」一節亦以「你看，《紅樓夢》的賈寶玉和林黛玉若結婚了，《紅樓夢》還有這樣世世受人愛讀嗎？」作為對話和情節安排之用。吳漫沙，《韮菜花》，頁102。

是我的嫂嫂」一節說到女主角慧琴多愁善感，獨自忍受孤寂，面對保守封閉的舊社會無法與心愛的覺民結婚，一時興起一股無可奈何的惆悵之情，於是躺在床上讀小說解悶消愁：

> 慧琴正獨自躺在床上看一本小說《可愛的仇人》，她看到書中的秋琴給莊醫生侮辱的那段，已滴下同情之淚，她正看得入神，端美推開布幔而入，（中略）慧琴姐！妳又在流淚嗎？咳！端美姐！我們女人多數是薄命的，你看，《可愛的仇人》小說中的秋琴那可悲可泣的命運，實在使人落下同情淚！唉！我們的父親母親為什麼要把我們生做女子？[24]

從上述文可以看出吳漫沙亦受當時流行的作品《可愛的仇人》影響。至於引用或者自作詩詞，吳漫沙與徐坤泉一樣，在他們的作品中處處可見，如《韮菜花》「使她羞得滿面通紅」吟唱一闕詞，「你與我連枝比翼如鸞似鳳」一節則填一闕〈幸福之夢〉；另外，《大地之春》「遊玩西湖名勝」一節大量運用古典詩文，而且自作〈黎明了東亞〉新詩等。

徐坤泉、吳漫沙兩位作家深受古典詩文的影響是有特殊背景的，因為兩人都是自幼學習古典詩文，而且未曾受過日本正式高等教育，自然而然以中文寫作。所謂中文是相對於日文而言。日據時期的文藝思潮雖然有受中國五四運動的影響，然而臺籍作家除了張我軍、張深切少數作家滯留大陸時間較長而得以自如運用白話文作為創作工具，其他大多數臺籍作家，尤其是自幼小進入公學校學習日語，日後又有機會渡海前往日本留學的如林煇焜、陳垂映、張文環等人寫出的作品都是以日語為主。張文環雖然曾經在私塾學過一陣子，作品裡也偶爾會出現引用《論語》片斷，不過，總的來說，仍然是以日語作為表達方式。至於寫出生平唯一的一部小說《流》作者辜顏碧霞，由公學校至臺北第三女高畢業為止，所學的都是日

---

[24]吳漫沙，《韮菜花》，頁 100。

語，因而《流》一書能「以平易自然的日語和自傳式架構的敘述手法，揉和記憶、感嘆和瞻望」寫就。[25]這些以日語作為創作書寫的作家們，正因教育背景的關係，罕見引用中國古典詩文，當然更沒有徐吳二人作品中常見的才子佳人式俗套濫腔。

此外，另一值得注意的是這一時期有些作家廣泛涉獵西洋文學作品，徐坤泉《可愛的仇人》「人亡物在」一節說到女主角怨恨丈夫建華早逝之因乃在於尋花問柳，終至染疾而死，她狠狠咒罵：

> 建華，你真真是該死啊！你是易卜生《娜拉》戲中的郝爾茂，我是娜拉呀！你是《群鬼》（*Ghosts*）戲中的阿爾文，專在外面偷婦人甚至淫亂婢女的，我一生做你幾年的妻子，完全是一個你的玩意兒、叫化子的猴子、你的奴隸。[26]

眾所皆知，挪威作家易卜生（1828～1906）經由胡適等五四新文化運動提倡者在民國六年《新青年》刊物出了一個「易卜生」專刊，易卜生的作品及思想被引進中國，潘家洵譯《易卜生集》便收有易卜生最為國人所知的《娜拉》、《群鬼》、《國民公敵》等劇作。易卜生《娜拉》一書精神主要在揭露家庭對女性的束縛，批判男性自私自利。娜拉為了救先生郝爾茂，甘願違反法律，犧牲自己的名譽都在所不惜，然而先生卻說：「我日夜替你做事，忍窮忍苦，我都願意。但是世上沒有男子肯為了他所愛的女子犧牲自己名譽的。」（第二幕）娜拉最後終於想通自己的先生是那麼自私自利、假道德、懦怯沒擔當，而自己長期以來倚賴男人，無法擺脫作為男人的奴隸、附屬品，她覺悟了，她不願再做男人的「小雀兒」、「玩意兒」，她不再一味聽從先生，她再也不當叫化子的猴子，專替他變把戲引人開心，《娜拉》一書又名《玩物之家》其理在此。顯然，徐坤泉是看過

[25]王昶雄，〈序《流》──貼心之作，其流淙琤〉，《流》，頁19。
[26]阿Q之弟，〈序〉，《可愛的仇人》，頁88。

易卜生《娜拉》一劇，進而引用劇中對話當作「人亡物在」的情節。至於《群鬼》，也是徐坤泉在讀後加以運用在小說創作上，尤其是女主角丈夫建華死於花柳病的情節設計，其實正是《群鬼》女主角先生阿爾文境遇的翻版。徐坤泉構思此書時應是沿襲了易卜生的人物塑造和對男性優越、家庭婚姻不合理的批判精神。[27]

再者，「慧英的淚」此節安排女主角秋琴之子阿國已漸長大處於思春期，某日在家看「一部西洋小說的譯本《復活》，是俄國作家托爾斯泰的傑作，他的情人被妹妹麗茹邀至家中玩，於是兩人的對話就圍繞在這一部被作者形容為「是部極其淒慘悲哀的言情小說」上面，進而轉入彼此相戀之情無從坦率表達，尤其是阿國為了自己出身卑微，家中無力供應繼續升學，因痛苦萬分，徬徨人生。托爾斯泰（1828～1910）這位俄國寫實主義作家的三部曲之一《復活》的主題即為作者個人對於人生為何的意義探索及宗教能否給予安慰。徐坤泉為了呈現阿國內心對人生及社會的不滿，以及愧對女友，自認無法給她一個幸福的未來，於是以《復活》作為對話的內容，正見徐坤泉了解《復活》男主角涅夫勒獨夫的矛盾與掙扎的複雜心情。

張文環〈山茶花〉男主角賢也是在高等學校思春期覺得人生苦悔，為之徬徨不知去從，而男女感情又是不易捉摸，「復活」一節就男主角由學寮返鄉過寒假，行囊帶著他那時期耽讀的托瑪斯・哈代的作品，他特別對於作品中女主角的悲慘命運而暗自神傷。張文環雖然沒有舉出作品名字，不過哈代（1840～1928）這位名聞一時的英國寫實作家，主要為人所熟知的作品非《黛絲姑娘》莫屬了！黛絲姑娘的生命像一棵極其平凡的無名小樹，從萌芽茁壯、以至開花開果，最後凋零枯萎，雖是極其自然，但也受到許多外在的束縛，一如舊社會的女子受到惡劣舊俗習慣的限制。〈山茶花〉也是要對女性命運作一番探討，如此一來，《黛絲姑娘》應是張文環

[27]此處所引劇本，俱參考潘家洵譯；胡適校《易卜生集》（臺北：臺灣商務印書館，1991 年）。

所喜讀並從中學習的作品。同節又刻意提到男主角賢是一位熱愛文學的年青人，因此他還購讀左拉（1840～1902）的《娜娜》和《酒店》。

由上述可知，除了中日文學外，徐坤泉、張文環等日據時期的作家是通過對西洋文學的借鑑，尤其是在寫實主義手法的運用以及對女性命運的關注這兩方面很清楚地可以看出是受到相當程度的影響。

四

徐坤泉與吳漫沙的某些作品風格近似，尤其是對於臺灣舊社會的惡劣習俗以及落後的僵化的道德束縛加以強烈批判，兩人更是如出一轍，不過，細加比較一下，馬上可以發現前者比後者要來得尖銳且激進，毫不容赦地猛烈向舊社會發出砲擊，日據時期的作家中恐怕很難找出比他們兩人還要強調道德的闡揚與批評。

研讀這些通俗小說，一定免不了要思考一下：為什麼作家們那麼在乎道德問題？作家們之所以集中火力攻擊舊道德，卻又在小說情節的安排上宣揚男女主角能夠守貞、發乎情止乎禮，行為不逾越當時社會的禮教要求，這種看似二律背反的矛盾，正可以用來解釋為什麼作家們那麼重視道德，換言之，作家以作品之中涵攝愛情、親情與人情義理的倫理道德思想，其目的即在應用小說這種藝術形式來對道德教育作用加以肯定。小說家藉由對舊道德的批判，提出個人的超脫立場，同時，小說家也應用情節結構、人物形象塑造，以及對新道德理想世界的嚮往，以表現作家對道德命題的重視。

徐坤泉等作家所處的時代相當特殊，因而作品所欲探討的道德問題並不僅止於地域的層面，他們內心充滿激情，洋溢著對人性善良的謳歌，可以說他們是企圖通過眾多小說人物來呈現對複雜人性的探索，雖然今日人們冠以大眾小說之名，在創作的當下，我們可以肯定地說，他們是以從事啟蒙的文化先覺者立場在寫作，而且也是以社會先鋒的勇氣，揭發對社會種種病症或沉痾，用心可謂良苦。徐坤泉在「島都拾零」的專欄文章中也是一再廣泛針砭社會黑暗面的弊端，如〈他們的話〉一文即認為「生活即教育，是今後教育準確的原則」，然而因為臺灣的都會生活趨於浮華奢靡，拜金主義盛行，作者對此深感痛心。[28]〈忘情的一天〉則以反諷口吻嘲弄臺北——島都「無奇怪是個臺灣花柳界的發源地，妓女的高尚可愛，實非他處望塵可及的」[29]，藉此文表達他對臺灣婦女問題的關切。另外，《大都會之本色〉一文則對當時臺灣社會生活遽變，「真的變得一日千里，歐風東漸，物質文明日益發達」，人人爭權奪利，人心詭變，「爭！爭！爭！連道德、宗教都爭透過。」作者對社會拜金、道德頹廢得為感嘆。〈旅館訪友〉則談到婚姻問題，文中明言臺灣舊家庭制度下的青年們受到傳宗接代的壓力，在父母安排下實行早婚，不但未蒙其利，反而受到命運撥弄，下場淒慘。[30]上述所舉各文的觀點，在徐坤泉的小說作品亦可見得，這種明確的道德立場，不正代表作家的自覺主張，不也說明了大眾小說作家經由道德問題的探討，反映了作家個人的觀點以及肯定道德教育的功能，也因為有了道德思想這一層次的鋪排與論述，大眾小說在通俗簡單的情節進展之中，漸次展現小說內在深邃的肌理，小說的價值因而得以存在。

當然，作家們自覺地肯定道德的作用與力量，小說地位相對地提高，其影響力也可從作品受歡迎的程度得知。儘管作家創作態度嚴肅，感情飽滿，言辭犀利，然而不可否認的是，這些作品在藝術形式上存有缺陷，如張良澤即曾指摘，他說徐坤泉的小說固有其時代意義，「但結構鬆散，以現代小說論文，頗多弊病」[31]。其實，結構鬆散這個大問題外，徐坤泉的作品還有一個大的缺失，即為過度強調意識形態。在他筆下的主要人物，男或女都宛如道德的化身，小說作家強烈地凸顯道德是他所欲標榜與重視的價值標準。道德左右了小說的一切：主題思想、題材抉擇、人物形象、情

[28]阿 Q 之弟，《暗礁》，頁 106～107。
[29]阿 Q 之弟，《暗礁》，頁 110～112。
[30]阿 Q 之弟，《暗礁》，頁 121～124。
[31]張良澤〈徐坤泉的作品〉，《淡水牛津文藝》第 7 期（2000 年 4 月），頁 234。

節安排、語言修辭等。勸善懲惡這種古典式的道德說教如影隨身，原本精彩可期的愛情故事反而埋沒在教條陰影下，《可愛的仇人》、《靈肉之道》都是如此。

再者，語言的運用也出現嚴重的瑕疵，其敘述語言處處可見瑣碎零散、鄙俗粗糙；時而單調膚淺，時而濫情矯作。如《可愛的仇人》這部當時最受歡迎的通俗小說，全書存有上述所言之缺失，以第二節秋琴回想往事為例，她對稚子三人日後生活將維持不易，半夜淚垂傷心，作者寫道：

> 秋琴想到現在的生活問題、又是寸寸江海，未來的時間，又不知將要如何應付？她真的決心了！一定要忍痛割愛的把她的女兒麗茹和平時所溺愛的幼子阿生送掉、她想到堅決的時候，全身的血液，像電氣般的衝激著，俯身抱住阿生的首，用她那已經濕透了淚的腮部磨擦著阿生的臉，她不能自禁的放聲大哭了！

作者試圖以市井語言描繪寡婦心聲，充分地以通俗易曉的口語來刻畫情境，其用心可見，然而，明顯地缺少了去蕪存菁、拾鄙取美的精心提煉、通俗與粗鄙成為同一義、文藝作品所欲展現的精細雅潔和精采筆墨則嫌不足。至於濫情不知節制的場面則是俯拾皆是，如同書第八節寫男主角志中從日本回臺灣，在客輪上聽到同鄉雲錦告知舊情人秋琴喪夫，而自己也中年失妻，一時悲從中來，呼天搶地般地宣洩情感，哭喊無法自制：

> 唉！苦呀！世界最慘的事情，莫如中年失妻和幼時失母了！續絃嗎？斷然是不可能的，臺灣人的封建遺傳下來的惡社會，往往是因後母苦毒前人之子的緣故，弄成家不成家，萍兒又是一個聰明的孩子，萬一為了我續絃的緣故而使他陷入被後母冷情相待、到了他長大成人的時候，我是他的父親萬萬是對他不起的！而且亦對不起淑華、我亦年將半百又何必這樣呢？還是設法僱用一個日本婦人為萍兒照料一切……秋琴的丈夫亦

死了……她的境遇照雲錦所說，是那樣的吃苦……唉！……秋琴……世間真能愛你同情你者除了天地知道的志中以外都沒有了！但是如今你是一個寡婦、我是一個鰥夫，社會的「成訓」「信條」這樣的嚴密，我雖愛你同情你，我又何敢對任何人表示呢？（中略）我是始終愛你入骨的！唉！秋琴！你知道苦心人的時刻憔悴苦慮為你身上嗎？這個世界是殘忍的！紅顏薄命呀！秋琴！……唉！秋琴！

儘管徐坤泉的作品存有藝術上的缺憾，徐坤泉《可愛的仇人》一書創作的企圖可說相當宏大，頗有針砭時世的雄心。他以敏銳多感的筆觸寫出臺灣舊社會深層結構的弊病，對於廣大民眾無法擺脫舊習俗束縛而痛心而呼號。他是站在時代潮流的先端，卻又苦於整個社會尚處於封閉、愚昧及落後的狀態之中，他的內心一定相當痛苦、徬徨與苦悶，因而，除了雜文《島都拾遺》之外，小說創作便成了他發洩鬱悶心情的最佳管道了。小說之所以大力主張婚姻自主、呼籲青年男女擺脫禮教的箝制，其因在此；同時，小說也著墨於人性的善惡，無論是金錢、美色、七情六慾、人之所以為人的種種問題，他都毫不避諱地加以探討。徐坤泉自謙《可愛的仇人》「是以不文、不語、不白的字句造成的，其目的在於能普遍讀者諸君。」

今日而言，他的確是當時少數覺醒的作家，他受到世界思潮的洗禮，相當清楚追求個人獨立存在的重要性，希望舊社會不合理的習俗禮教能夠早日除去，並期待女性能有自主婚姻的機會。從這一個角度來看徐坤泉的作品，則應給予他一個公允的評斷。如此一來，小說過度強調道德問題，也就可以理解和包容。

至於吳漫沙的作品，目前只論三部。據說他寫有十餘種小說，如果只以這三部加以評斷，一定會有偏差。不過，僅以這三部，也已可看出他的作品色彩：既有徐坤泉作品般反映當時臺灣舊社會的弊端如《韮菜花》，也有迎合時局的歌功頌德作品如《大地之春》、《黎明之歌》。如今不管作者本人如何解說，後者的作品明顯具有「皇民化」色彩。這是吳漫沙受時代的限制而成，也是他與徐坤泉不同之處。

——選自《第三屆通俗文學與雅正文學全國學術研討會論文集》
臺中：中興大學中國文學系，2002 年 11 月

大東亞黎明前的羅曼史
吳漫沙小說中的愛情與戰爭修辭

◎陳建忠*

一、序論：吳漫沙小說在臺灣文學史上的兩重邊緣性

一直以來，臺灣新文學史的建構似乎有個不言自明的定律，那就是以「嚴肅文學」為前提的文學系譜成為主流，相對的則通俗或大眾取向的商業性文本便被主動排除。[1]尤其就日據時期文學史，以反帝、反封建為主軸的史觀來篩選、評價屬於「啟蒙文學」、「反殖民文學」的這一點而言，在很長一段時間裡大抵無人提出疑義。然而，文學史誠然是人為的建構，這裡就牽涉到一個文學與社會語境對文學史建構者的制約，相當多的文學現象與文學作品，可能在某一種史觀的視野中被遺落或貶抑，對臺灣新文學史而言，此一情況近年來則已不乏學者提出檢討並尋求新的文學史架構之可能。

由於本文不擬全盤回顧檢討文學史觀的問題，因此像邱貴芬從「性別」角度提出女性文學史的重置[2]，或是劉紀蕙從「文學潮流」角度提出現

---

*發表文章時為靜宜大學臺灣文學系助理教授，現為清華大學臺灣文學研究所榮譽退休教授。

[1]例如在葉石濤與彭瑞金兩位的文學史著作中，對諸如瓊瑤、金庸、張愛玲等影響重大、讀者眾多的作家便少有提及，雖然這有其史觀與立場的傾向使然，但對文學史的建構而言，「傾向」如何影響其將文本典律化的過程毋寧是一個值得探究的問題。兩位的著作請參考：葉石濤，《臺灣文學史綱》（高雄：文學界雜誌社，1991 年）。彭瑞金，《臺灣新文學運動四十年》（臺北：自立晚報社文化出版部，1991 年）。

[2]邱貴芬，〈再探臺灣文學觀：性別、族群屬性與臺灣文學史重構〉，「邁向 21 世紀的臺灣民族與國家研討會」（臺南縣私立吳俊傑慈善公益基金會、吳三連臺灣史料基金會主辦，1999 年 12 月 21～23 日）。

代主義（超現實主義）文學價值的亟待重估[3]，乃至於下村作次郎與黃英哲從「大眾文學」的角度要求正視另一階層的閱讀現象[4]，甚至是陳芳明以「後殖民理論」的角度來定義影響戰後文學甚巨的國府統治模式為「再殖民」。[5]凡此，都是對本文所謂「文學史重估」的相關提問，表示臺灣新文學應該正視新階段對文學史系譜新的認知要求，但這些卻不是本文所能細論。我想要提出的課題是針對作家吳漫沙的個案所突顯的文學史評價問題，如果說前此的論述希望以較宏觀的視野提出問題，此處的論題則希望以細部的分析進一步檢討既有的文學史形構之機制，這無疑也和前述的文學史傳統有著不可或分的關聯。

關於吳漫沙的文學史定位，依據筆者所見文獻，似乎是相當貧乏的。[6]這裡當然不是要為之「平反」而試圖抬高其文學地位，而是想藉此提出一個問題，即無論如何評價吳漫沙其人及其小說，其評選機制為何是我們更關切的。因而我們想問：是何種文學史傳統在忽略並排除這類的文學作品？此一機制的生產是否有公開的論辯與對話的可能？如今，在重估文學史建構的意識下，已無法將既有的文學史視為「自然化」（理當如此）的存在，我以為，檢討這個機制反能看到臺灣文學在這百年來的許多特質與盲點，應是值得正視的問題。

那麼，吳漫沙何以一直受到文學史家有意的忽視呢？我認為主要是吳漫沙的文學和其他具有相同「問題性」的作家一樣，具備了一些「準排除」的特質，吳漫沙尤其在這方面具有高度的「兩重邊緣性」。

---

[3]劉紀蕙，〈變異之惡的必要：楊熾昌的「異常為」書寫〉，《孤兒、女神、負面書寫：文化符號的徵狀式閱讀》（臺北：立緒文化公司，2000 年）。

[4]下村作次郎、黃英哲，〈戰前臺灣大眾文學初探（1927—1947 年）〉彭小妍編，《文藝理論與通俗文化（上冊）》（臺北：中研院文哲所籌備處，1999 年）。

[5]陳芳明，〈後現代或後殖民——戰後臺灣文學史的一個解釋〉，《書寫臺灣——文學史、後殖民與後現代》（臺北：麥田出版，2000 年）。或見陳芳明，〈第一章　臺灣新文學史的建構與分期〉，《聯合文學》第 178 期（1999 年 8 月）。

[6]在本文之前，多半是在一些論述或座談紀錄的角落提及吳漫沙，並且都未予太多評語。本文完成後未久，欣聞南華大學文學所吳瑩真的吳漫沙小說研究也已完成，應是近期較全面「開挖」吳漫沙個案的一個例子。本人撰寫期間承蒙吳瑩真小姐提供不少資料，不敢掠美，特此致謝。

第一重邊緣性就是其小說強烈的「通俗與言情取向」，這類通俗言情小說無法被編入反殖民文學或嚴肅文學的系譜中去自非意外。

第二重邊緣性則是其戰爭時期小說強烈的「皇民化取向」，無論出於何種理由，吳漫沙小說中讚揚「日華親善」、「興亞必成」、「銃後奉公」的話語，使他進一步被貶入文學史的暗角亦有跡可循。

其實，像通俗小說無法被正視的例子不只吳漫沙一人，這個問題尚可繼續延伸到諸如徐坤泉、林煇焜、建勳、林萬生、雞籠生、陳鏡波、鄭坤五[7]等通俗作家身上；而皇民文學的議題則同樣可和周金波、陳火泉、在臺日人作家等迭受貶抑的文學史現象並而思之。這些作者及其作品，有的在較早的階段已被當作「標靶」而多所討論，然而也有作者始終未得評家「青睞」。在我看來，通俗與嚴肅，皇民與志士，在臺灣的殖民地情境下能否一直像前此之論述那樣截然二分，恐怕是另一個重大的問題。像素來以寫小知識分子知名的龍瑛宗之連載小說《趙夫人的戲話》是俗是雅？而張文環的〈一群鴿子〉、〈頓悟〉諸作又如何辨其是虛應或協力？[8]因而，對上述這些作家的探討應能加深我們對相關議題的文學史重估工程之進行才是。

而和個別作家相較，吳漫沙的個案所以引起我的興趣，正是由於其文學具有特殊的「兩重邊緣性」，本文試圖嘗試在一個文學史傳統重估的角度下，對無法進入「正統」的文本進行與「被典律化」作品的對照閱讀。

由解讀吳漫沙小說中的愛情與戰爭修辭[9]，理解通俗小說家如何演繹其

---

[7]鄭坤五曾由「南方雜誌社」出版章回體歷史小說《鯤島逸史》（1943 年），這本戰爭末期出版的白話、文言相參的通俗小說，因內容於前列幾位較不同故少人提及，此處特加註明。現有高雄縣立文化中心的重排本，1996 年 5 月出版。

[8]關於張文環在皇民化時期活動的研究，可參考柳書琴的兩篇論文：〈殖民地文化運動與皇民化：論張文環的文化觀〉，江自得主編，《殖民地經驗與臺灣文學──第一屆臺杏臺灣文學學術研討會論文集》（臺北：遠流出版公司，2000 年）；〈活傳媒：奉公運動下臺灣作家張文環的異聲〉，《水筆仔：臺灣文學研究通訊》第 8 期，（1999 年 12 月）。

[9]這裡使用「修辭」（rhetoric）原指運用演講來規勸或說服聽眾的技藝，當代的「修辭學」則指的研究人如何運用包括演講、話語、象徵來影響人的行為與觀念的學問，於是有所謂的「修辭學批評」產生。但本文此處並未實際使用修辭學批評的理論來解讀小說，只是借用「修辭」一語來看吳漫沙如何操作愛情或戰爭語言，以達到其教誨或宣傳的功用。不過，當代修辭學批評（特別是

愛情或兩性觀，並進而觀察當時可能較嚴肅文學更廣大的讀者群之閱讀心理與社會情境；同時也將由筆者一貫堅持的本土主義視角對涉及皇民化主題的文學提出省思，吳漫沙有別於其他被視為「語言與思想奴化」的臺灣日文作家不同的是，他乃是一個中國白話文（漢文）作家，這點將提供使我們對所謂「皇民文學」的理解另一個重要的參考框架。[10]因此，關於吳漫沙在通俗言情或皇民化主題小說的探討，將有助於我們認識臺灣作家在創作上的複雜經驗，從而對文學史機制的形構過程有更深刻的理解。

二、臺灣通俗文學小史：環繞吳漫沙小說的文學語境

吳漫沙（1912～2005），本名吳丙丁，筆名漫沙、B.S.、小吳、曉風、沙丁，生於福建省晉江縣石獅鎮，在中國受完小學教育，1935 年來臺與父母定居。以中國白話文寫作的吳氏，日據時期出版有《韮菜花》（1939）、《大地之春》（1942）、《黎明之歌》（1942）、《莎秧的鐘》（1943）、《桃花江》（1941，被禁）等幾部小說。戰後也陸續創作了多部小說及劇本。[11]在吳漫沙的生平經歷中，較值得注意的應該是他「中國華僑」的身分[12]，當時臺灣已屬日本占領之領土，而他卻是以「中國人」的身分長居於此，並且他接受的教育與文學養成在他來臺之前已大致完成，他這一「異質」的文化背景與身分將會在日後的文學創作中日益突顯重要性與特殊性。

至於吳漫沙出現在臺灣文壇上時，已是新文學運動面臨路線與理論相當分歧的 1930 時代。吳漫沙是由於投稿到由徐坤泉主編的《臺灣新民報・

後現代派）中關於話語（discourse）、符號與權力的分析，也給我不少分析概念上的啟示，這方面的著作可參考博克（Kenneth Burke）等著；常昌富等譯，《當代西方修辭學：演講與話語批評》（北京：中國社會科學出版社，1998 年）；或大衛・寧（David Ling）等著；常昌富等譯，《當代西方修辭學：批評模式與方法》（北京：中國社會科學出版社，1998 年）。

[10]這點下村作次郎、黃英哲已先有提示，《文藝理論與通俗文化（上冊）》，頁 240、252。

[11]吳漫沙的著作頗多，詳細的發表情形請見吳瑩真，〈附錄一：吳漫沙生平及創作簡表〉，〈吳漫沙生平及其日治時期大眾小說研究〉（南華大學文學研究所碩士論文，2002 年）。

[12]吳漫沙曾在 1936 年冬因在臺居留過期被遣送回廈門，正是因為其「外國人」（中國人）的身分所致。見氏著，〈被逐出境〉，《追昔集》（臺北：臺北縣政府文化局，2000 年），頁 52。

學藝欄》上，徐來信鼓勵，且闢一專欄「晚江潮」給吳，這是他踏進文藝界的第一步。[13]由於提到徐坤泉，就不得不一提臺灣通俗小說在徐坤泉主編時期的發展，因為這一類型的文學作品頗有在徐主編日報時期興盛一時的態勢，只不過此一「次文類」自當時起以迄今日都被多數文學史家視為聊備一格而置諸篇末的邊緣文類。

事實上，文學的功能遠不止於啟蒙或反殖民而已。如同近現代中國通俗小說的研究者所指出的，1917 到 1926 年十年間，中國創刊的鴛蝶派期刊有六十種左右，而小報則創刊了四十餘種，說明在新文化運動的排擠下，通俗文學市場事實上沒有萎縮，因為「現代社會的讀者需要的不僅是五四式的批判文學和啟蒙文學，更需要既不標榜『為人生』也不標榜『為藝術』的以精神消費為指向的文學」；更何況，民間流傳所謂《好逑傳》、《玉梨嬌》、《平山冷燕》具有「私訂終身後花園，落難公子中狀元，奉旨成婚大團圓」等「三園律」程式的才子佳人小說，實具有「實際上是中國人愛情觀、人生觀、藝術觀等方面的集體無意識的忠實反應」的功能。[14]而或許正像豪澤爾（Hauser）所說的：嚴肅的菁英藝術常給人帶來痛苦的折磨，通俗藝術的目的則是安撫，「是使人們從痛苦之中解脫出來而獲得自我滿足，而不是催人奮進，使人開展批評和自我檢討」。[15]

由於臺灣通俗小說的文學與歷史研究尚未完全展開，即便關於「命名」與「界定」都存在許多尚待討論之處。根據下村作次郎、黃英哲的說法，認為只有從日本近代文學的演變，才能理解臺灣大眾文學的意涵，而日本近代所謂大眾文學除了是具有與純文學對立、娛樂讀物、大眾文藝等特性，包含推理小說、武俠小說、家庭小說、幽默小說等類別。[16]不過，認

---

[13]吳漫沙，〈文壇附驥〉，《追昔集》，頁 50。另外，吳漫沙的剪貼簿中亦有「晚江潮」相關資料，可參見吳瑩真，〈吳漫沙生平及其日治時期大眾小說研究〉，頁 55～56。

[14]關於中國通俗小說的意義及功能，本文參考了孔慶東，《超越雅俗——抗戰時期的通俗文學》（北京：北京大學出版社，1998 年），頁 43、190。

[15]阿諾德・豪澤爾著；居延安譯，《藝術社會學》（臺北：雅典出版社，1990 年），頁 212。

[16]彭小妍編，《文藝理論與通俗文化（上冊）》，頁 232。

為「臺灣大眾文學」要經由日本近代文學才能理解的說法，無論就這個詞彙本身或是文學史的傳承而言，恐怕未必如此。[17]固然有不少臺灣作家是深受日本近代文學影響而創作類似的大眾小說，但由實際的文學史看，臺灣作家從清末以來受到章回小說乃至鴛鴦蝴蝶派小說的影響者亦復不少（如《三六九小報》中的文言章回小說），這些通俗小說並非日本大眾小說的定義與脈絡可以涵蓋。是以，為避免將尚未有定論的命名問題再加擴大，本文將以「通俗文學」（popular literature）[18]來指稱非純文學的商業性文本。

以筆者現在掌握的資料所見，在新文學運動後開始的通俗文學，應由1930 年 9 月 9 日創刊的《三六九小報》中的小說連載算起。小報每月 3、6、9 日出刊，至 1935 年 9 月 6 日停刊為止，共出 479 號。這個由臺灣南社及春鶯吟社同仁發行的小報，共有四頁八開大小的版面，在其〈發刊小言〉中曾言其旨趣為「讀我消閒文字，為君破睡功夫」[19]，故每多文人墨客的奇聞軼事。這個屬於舊文化系統的小報，其文學趣味毋寧在新文學運動外自成一格，亦可見新舊文化之交替情況遠非「進化論」般可以簡化地解釋。

[17]中島利郎則更進一步認為，當時臺灣並不存在有閱讀、購買大眾文學作品，所謂定義下的「文學的大眾」，因此日據時期並不存在大眾文學。可參見氏著，〈日據時代臺灣文學關於臺灣的「大眾文學」(節錄版)〉，「文學傳媒與文化視界國際學術研討會」(中正大學中國文學系主辦，2003 年 11 月 8～9 日）。

[18]要如何在「文學類型」(genre）上明確區分「通俗文學」與「嚴肅文學」毋寧是有相當困難的，除了如論者鄭明娳所謂：准實用正文／虛構正文、直指式語言／文學語言、表面結構／深層結構、寫實／象徵、單意／歧意的區分外；另一位研究者林芳玫也由文學社會學的角度指出，題材、寫作手法、風格似乎未能有力地區分兩者，她把兩者的分野看作是象徵性權力的鬥爭，這關係到文化正當性（legitimacy）的問題：「知識分子藉著批評、攻擊通俗文學而能替社會整體定義出什麼是理想的、有價值的、值得追求的文化。」本文基本上亦認為雅俗之定義有很大的權宜性，但一般而言兩者代表的經濟價值、文化階層與文學品味仍有所不同，故仍把標明為商業與娛樂而作的文本稱為通俗文學，而新文學運動興起後出現的啟蒙與反殖民文學則稱之為嚴肅文學。不過，由文學史的建構過程來看，嚴肅文學陣營的知識分子往往也扮演批評或排除通俗文學的角色，這個鬥爭、詮釋的過程正是本文想初步探討的。以上定義兩種文學的說法，可參考鄭明娳，《通俗文學》(臺北：揚智文化公司，1993 年），頁 41～70。林芳玫，《解讀瓊瑤愛情王國》（臺北：時報文化出版公司，1994 年），頁 15～16。

[19]刀水，〈發刊小言〉，《三六九小報》創刊號（1930 年 9 月 9 日），頁 1。

《三六九小報》其中較值得一提的是長篇小說的連載，白話、文言皆有的連載小說作品，風格與精神上類似於鴛蝶派小說，可以說是《臺灣新民報》日文長篇通俗小說出現前的另一種中文通俗小說。其中像恤紅生的〈蝶夢痕〉、浚南生的〈社會鏡〉、鄭坤五的〈大陸英雌〉、綠珊盦主（許丙丁）的〈小封神〉、情網餘生的〈香國落花記〉，都是清末民初「鴛蝶——禮拜六派」通俗小說的遺緒。[20]

此後，《臺灣新民報》自 1932 年 4 月 15 日開始發行日刊，報社並成立學藝部，有文藝專頁，並分中、日文各一頁：「一向苦於英雄無用武之地的作家們，好像百花怒放一樣，爭向該報發表作品，加上該報的極力鼓勵，如連載長篇小說，徵募懸賞小說，使臺灣文學界呈現未曾有的盛況」。[21]於是日文小說如林煇焜「爭へぬ運命」[22]、賴慶「女性の悲曲」（連載一年以上）、陳鏡波〈落城哀豔錄〉、〈灣製十日談〉等皆連載與此。而白話小說方面則有徐坤泉以「阿 Q 之弟」為筆名發表的〈暗礁〉、〈可愛的仇人〉、〈靈肉之道〉諸作，並在日後由臺灣新民報社出版。文學史家河原功便認為，新闢中、日文各一頁「學藝欄」的成果便是「連載真正的長篇小說」。[23]

日刊期間，在徐坤泉的影響下，通俗小說的發展有了不同的面目，這種風格可說也延續到戰爭期他主編的《風月報》。徐坤泉實際主編的時間難以考定，大約在 1935 年春由菲律賓調回臺北本社後不久開始編輯學藝

[20]關於《三六九小報》的介紹最早可見許俊雅，《日據時期臺灣小說研究》（臺北：文史哲出版社，1995 年），頁 75～78。學位論文則有柯喬文，〈《三六九小報》古典小說研究〉（南華大學文學研究所碩士論文，2003 年）。另有相關論文可參見如毛文芳，〈情慾、瑣屑與詼諧——《三六九小報》的書寫視界〉，「文學傳媒與文化視界國際學術研討會」論文。

[21]黃得時，〈日據時期臺灣新文學運動概觀〉，李南衡編，《日據下臺灣新文學明集 5‧文獻資料選集》（臺北：明潭出版社，1979 年），頁 300。

[22]中譯名為《命運難違》的後記中提到該作是：「臺灣人以臺灣為題材，而且以日文寫小說」，顯示作者對臺灣人使用日文表達本土生活經驗有一定的自覺意識，引見林煇焜著；邱振瑞譯，《命運難違（下）》（臺北：前衛出版社，1998 年），頁 591。林煇焜為淡水信用合作社專務理事，這篇連載七月的小說是他的業餘處女作，據作者自云是臺灣第一部新聞長篇連載小說，此說應無誤。

[23]河原功著；葉石濤譯，〈臺灣新文學運動的展開（下）〉，《文學臺灣》第 3 期（1992 年 6 月），頁 226。

欄，1937 年 4、5 月時因日本政府禁漢文政策而離職，約有兩年的時間。但由徐坤泉主編的《臺灣新民報》雖說提供篇幅供文藝作品刊登，但其通俗化與休閒化的編輯取向，毋寧和同時在《南音》、《先發部隊》、《第一線》、《臺灣文藝》上展開的大眾化文藝論爭或鄉土話文論爭的文學運動取向相當不同。[24]所以新文學作家轉向文藝雜誌發展，導致《臺灣新民報・學藝欄》的沒落，除了說明徐坤泉等通俗作家之作品與新文學運動的宗旨有所隔閡外[25]，似乎也就顯現了當時通俗與嚴肅文學涇渭分明的文壇現象。1935 年 7 月，《臺灣文藝》的「二言、三言」欄中，署名「蔭口專問屋」者就說：

> 《新民報》的學藝欄越來越寂寞。以前誇稱島上文藝唯一舞臺的榮耀如今在何處？悲哉！相反地「中報」（按：指《臺灣新聞》）的學藝欄越來越顯活躍。真叫人欣喜。[26]

1936 年 2 月《臺灣時報》亦有署名河崎寬康的一篇文章，也指出《臺灣新民報・學藝欄》不發達與通俗化的惡劣取向：

> 從臺灣日刊新聞的方針來看，最令人感到費解的事實是，唯一由本島人發行的日刊報紙《臺灣新民報》對文藝問題毫不關心，對相當多數的本島人文藝愛好家也不屑一顧。既然在臺灣的文學主流是以本島人為中

---

[24]徐坤泉在《可愛的仇人》序中提及：「在臺灣這樣的環境，要寫成一篇能被認為『大眾化』的小說，是難上加難的事，老先生輩好古文，中年先生輩好語體，青年同志們好白話，既然所謂『鄉土文學』，有時亦當用臺灣鄉土的口音造句描寫，所以這部《可愛的仇人》，是以不文、不語、不白的字句造成的，其目的在於能普遍讀者諸君……」見阿 Q 之弟，《可愛的仇人（上）》（臺北：前衛出版社，1998 年），頁 20。但他所謂「大眾化」、「鄉土文學」之說，應指其文字淺顯具有鄉土色彩而言，並未涉入當時新文學陣營論爭中的路線之爭，然而可以思考：通俗作者以「易讀」而非「易啟蒙」的觀點進行大眾化，不知哪一方更能達成「普及」的目的？

[25]王詩琅就說，徐坤泉擔任編輯因此有不少新文學運動方面的朋友，「可是他本人始終和運動沒有發生過關係，這也算是臺灣文學界的一件怪事」。引見一剛，〈徐坤泉先生去世〉，《臺北文物》第 3 卷第 2 期（1954 年 8 月 20 日），頁 136。

[26]《臺灣文藝》第 2 卷第 7 號（1935 年 7 月），頁 131。

> 心，以本島人所辦的最有力的發表機關，而應該提供充分活動舞臺的新民報，竟對此毫無關心，令人不得不懷疑新聞經營者的頭腦。更何況設立學藝欄以介紹老朽影片或取刊低級的中間讀物，實在是荒謬絕倫。[27]

在一次「江山樓」的新年聚會上，徐坤泉便曾受到來自郭秋生的揶揄。郭認為《臺灣新民報》的學藝欄有如廣告欄的「補白」一般，言下頗有睥視其編輯能力的意味：

> 「現在《新民報》的學藝欄，是你編的，你有滿足沒有？」「沒有滿足。」「那麼有什麼新的打算沒有？像現在，做廣告欄的補白，豈不可憐？」「無法，總是比和文的學藝欄還差強人意（笑聲）。」[28]

然而，無論知識菁英如何批評通俗文學，讀者的現實需要卻提供它無法掩熄的生命力。1937 年後進入「戰爭期」的臺灣文壇，據黃得時回憶，隨著事變後戰事長期進行，以及「被朝鮮及滿州厲害的進展所刺激」，臺灣文學也想有所發揮，於是在黃得時主編下的《臺灣新民報》出現「新銳中篇小說」，作品有：翁鬧〈有港口的街鎮〉、王昶雄〈淡水河的漣漪〉、呂赫若〈季節圖鑑〉、龍瑛宗〈趙夫人的戲畫〉、陳垂映〈鳳凰花〉、中山千惠〈水鬼〉、張文環〈山茶花〉，共刊登八個多月。[29]這些作品也是運用日刊的優勢逐日連載，目前七篇作品雖無法全部寓目，但就筆者所見之龍瑛宗〈趙夫人的戲畫〉、張文環〈山茶花〉兩篇，並沒有涉及重大的時代議題，反而都顯示出較偏向庶民生活描寫的傾向。當然，它們

---

[27]原出河崎寬康，「臺灣の文化に關する覺書」，《臺灣時報》（1936 年 2 月），頁 35。此文筆者未見，譯文係轉引自吳舜鈞，〈徐坤泉研究〉（東海大學歷史學系碩士論文，1994 年），頁 49～50。

[28]郭秋生等，〈年頭放言的小集〉，《臺灣新文學》第 2 卷第 2 期（1937 年 1 月），頁 74。

[29]黃得時，〈輓近臺灣文學運動史〉，《臺灣文學》第 2 卷第 4 期（1942 年 10 月）。引見葉石濤編譯，《臺灣文學集 2》（高雄：春暉出版社，1999 年），頁 99。

與通俗作品有所不同，但這些逐日連載的小說少有「觀念小說」一般艱澀的思想表達則是事實，至於作者與報紙生存之間的關係是否影響到作品的寫作風格，恐怕是日後值得探究的議題。[30]

循著這一日據時期通俗文學發展的軌跡來看，《風月報》可能是成績較大的刊物。《風月報》前身是創刊於 1935 年 5 月的《風月》半月刊，原先即為「吟風弄月」而產生，故關於藝旦、女給的詠贈、寫真便成重點，說明其新興中產階級與舊式文人交混的文化趣味。而到了戰爭期，停刊後重新申請復刊的《風月報》，由於徐坤泉加入主編的緣故，稍稍向現代文藝的岸邊靠攏，但猶具有濃厚的市民通俗讀物的性質，《風月報》在徐坤泉時期的標語為：「是茶餘飯後的消遣品，是文人墨客的遊戲時場」，正是其刊物精神所在。

後來徐坤泉轉往中國發展，編務遂由吳漫沙接手，1939 年的 90 期開始，吳漫沙就另改標語為：「開拓純粹的藝術園地，提倡現代的文學創作」，似乎，吳漫沙對文學創作更具野心。[31]前此的徐坤泉將《風月報》定位在娛樂、消遣的通俗文藝雜誌上，但繼任的主編吳漫沙卻也沒有像他自己所擬的標語那樣，讓《風月報》在純粹藝術、現代文學的工作方面進步多少，有論者就說：「從以後的內容看來，不但少有新意，反倒是網羅了《三六九小報》主要稿源的舊文人，在刊物上連載小說〈花情月意〉、〈崁城淚跡〉以及〈新聲律啟蒙〉等作品」。[32]迨 1941 年 7 月 1 日發行第 133 期起，雜誌就更名為《南方》，仍由吳漫沙編輯，據其〈改題啟事〉則顯見更名實為配合日帝南方進出的戰爭方針而來，文中有曰：「我們願做點東亞共榮的宣傳工作，以名符其實，發揮我們南方的真使命」。[33]

---

[30]這方面的探討可參考陳薏如，〈報紙副刊連載小說的大眾性〉，《中國現代文學理論》第 19 期（2000 年 9 月）。

[31]關於《風月報》系統的沿革，可參看郭怡君，〈《風月報》與《南方》通俗性之研究〉（靜宜大學中國文學系碩士論文，2000 年）。

[32]吳舜筠，〈徐坤泉研究〉，頁 65。

[33]《風月報》第 131 期（1941 年 6 月 1 日）。

臺灣通俗文學小史既如上述，我們應該再由文學史上通俗作品的評價著眼，看看吳漫沙諸人面對的是何種文學評價傳統。日據時期就撰寫臺灣文學史的黃得時日後回憶徐坤泉小說時說：

> 該兩篇小說，是大眾小說，不能算是純文學作品，但是因為作者徐氏對於臺灣的傳統家庭生活和大眾的心靈非常熟識，加上文筆相當流利，所以很受讀者的歡迎。[34]

而就像當時連載後頑兒所評論的，認為這是「講古」多於「小說」的作品，無形中便顯現純文學陣營對通俗作家作品「文學性」的質疑：

> 〈可愛的仇人〉完結了。據說風評很好。可是講古呢？小說呢？難分！多望作者自重。[35]

然而即便純文學陣營如何蔑視或嘲弄，在讀者的接受度上，《可愛的仇人》、《靈肉之道》是頗受到當時讀者的歡迎的，有如王詩琅所形容的：「一時家傳戶誦，雖人力車伕，旅社女傭，也喜讀這些作品」。[36]因此從「讀者接受史」的角度看來，通俗小說具有的文學讀者若不被文學史考慮進去，顯見並不能反映臺灣文學發展的全貌，這裡存在著「菁英觀點」、「上層文化」與「庶民觀點」、「大眾文化」的衝突，而始終，掌握書寫權的都是偏愛嚴肅文學的知識菁英，所以才使得通俗文學難以為強調國族主義文學與純文學的文學史觀所接納罷！

---

[34]黃得時，〈日據時期臺灣的報紙副刊——一個主編者的回憶〉，《文訊》第 21 期（1985 年 12 月），頁 60。亦見〈輓近臺灣文學運動史〉，頁 101～102。

[35]頑兒，〈對佛講經〉，《臺灣新文學月報》第 1 號（1936 年 2 月），頁 12。

[36]一剛，〈徐坤泉先生去世〉，《臺北文物》第 3 卷第 2 期，頁 136。又據雞籠生（陳炳煌）〈畫者的話〉所言，〈可愛的仇人〉共有百六十回，每回有插圖一幅。單行本有書道家曹秋圃題簽，霧峰林獻堂先生、福州薩鎮冰上將、漢學家羅秀惠舉人題字，顯見徐坤泉之作亦不乏名人背書。見阿 Q 之弟，《可愛的仇人》(上），頁 24。

在日據時期較有聲譽的徐坤泉尚且如此，可以想見吳漫沙作品的命運恐怕也不可能受到正視。1980 年代在一次臺灣研究研討會中，有位林子侯先生認為吳漫沙等人在臺灣文壇相當於日本的大眾小說，卻無人提起。黃得時回應時對好朋友吳漫沙的評語是：

> 吳漫沙寫的東西不能算是純粹的文學，而且他是憑他身邊的雜誌寫出來的，並不是有什麼偉大的文學觀念，比方說臺北大稻埕的藝旦歌仔戲，他很愛聽，但是今天要談純粹的文學，他還沒有資格談的。[37]

如同陳鏡波在戰後的回憶所說，他的〈落城哀豔錄〉模仿日本的「時代物」，取材於日本攻臺南城時，守將如何抵抗奮戰，其理想終究不是啟蒙或反抗殖民統治，陳鏡波說他只是想藉由通俗讀物娛樂讀者，這是小得可憐的願望：

> 時「純文藝」理論正盛，我的這些作品是受不到一顧的。但我並不傷心，因為當時我的志望是想做通俗作家，以娛讀者。諸如日本的菊池寬、吉川英治、法國的「左拉」，都是我憧憬的目標，我的志望是小得可憐。[38]

然而即便通俗文學家自知無法受到史家正視，吳漫沙的小說也未在當時與日後得到評者相關的注目，但就像前述日據時期文學語境的描述一樣，我們可以發現通俗文學或大眾化的讀物，自有其需求的閱讀人口，而以嚴肅文學為「正統」的文學史卻常視而不見其意義。為了初步理解通俗小說的寫作方式與思想狀態，我們接著想要進一步透過其愛情修辭了解的

[37]黃得時主講，〈日據時期臺灣新文學運動〉（第四十三回臺灣研究研討會記錄），《臺灣風物》第 36 卷第 3 期（1986 年 9 月 30 日），頁 146。

[38]陳鏡波，〈軟派文學與拙作〉，李南衡編，《日據下臺灣新文學明集 5‧文獻資料選集》，頁 399。

是，吳漫沙小說中與文學主流意識形態的差異何在？而他帶有新時代氣息的羅曼史，又為我們理解臺灣青年的愛情心態提供了何種倒影或面貌？以下將以吳漫沙《韮菜花》這部言情小說為主，進入實質的文本討論。

三、女性的導師：吳漫沙言情小說中的啟蒙話語和道德教誨

> 「金錢」與「肉慾」的社會，時時刻刻都在互相追逐著，由這兩種的力，發生許多社會的罪惡。
>
> ——徐坤泉《靈肉之道》自序

在新文學運動的啟蒙小說裡，反對封建式婚姻是一種「政治正確」，因為這是關乎人權、自由的進步理念。當然，由男性作家所寫的女性命運，應該也是男性為女性安排出路，或者，男性的出路本身也暗示某種值得遵循的去向。從 1922 年追風（謝春木）的〈她要往何處去？——給苦惱的姊妹們〉中從封建式婚姻中覺悟的女性開始，經歷呂赫若〈婚約奇譚〉（1935）中有知識武裝的馬克思女性琴琴，到張文環的〈閹雞〉（1942）當中的月里受到鄉間封建式道德的囚禁而死。這些由男性代言的女性形象，多少都顯示男性對啟蒙理性的烏托邦想像。而另一方面，巫永福的〈首與體〉（1933）則暗指東京那豐富高雅的都會文化生活是臺灣青年的嚮往所在，正是故鄉逼迫自己回去相親而使「我」感到厭惡不已，這又顯示出，「鄉村」（臺灣）在新文學中似乎具有較多的封建渣滓，而「都市」（東京）反成為一種象徵自由與開放的空間。

這種空間與文化經驗雖說未必毫無例外，但都市能提供較好的生活條件與較自由的人際交往機會，相信有其真實性；至少，也暗示著鄉村與都市的自由差異程度。但曾幾何時，新興中產階級或小布爾喬亞階級的誕生，都市雖說有相對於鄉村的自由，但也有「惡化」成為罪惡淵藪的可能。至少，吳漫沙的小說就極力以「罪化都市」的心態，為新興的都市文明施打預防針；不，他針砭的對象或許僅是都市文明中的「女性」。《韮

菜花》中這樣申誡著：

> 都市的罪惡真是罄竹難書，人們都說，不良的社會，多半是由於女人而產生的。但——這是不能一般而論的，一味歸罪於女人的，青春少女的墮落，大多是家庭環境與不良社會的引誘，可憐一些清白的女子因此而失身墮落者，實在不知凡幾！（頁 142）[39]

> 綺麗的島都和我已絕緣了！那裡……那裡有噬人的豺狼、凶惡的猛獸，我怕！……我怕再見那不夜城的島都！（頁 295）

不過，相比之下臺灣的都市還不算最墮落，與此同時還有上海這個十里洋場：「上海是祖國最繁華的區域，東方的巴黎，獻媚撒嬌，美麗玲瓏的女人，是比臺灣多了幾十倍……」（頁 232），然而這一推論，無非更形加強了吳漫沙對都市文明可能暗藏罪惡的觀感，而女性之墮落尤為其焦點所在。

在女性主義者閱讀莎士比亞戲劇的過程裡，已指出莎士比亞的劇作顯示他的思想對既定秩序和既定法則的擁護和肯定，從性別問題上看，就是以父權文化的角度對既有的兩性角色與地位加以固定化，以避免世界或社會秩序的紊亂：「在他所建構的一個個破碎、崩潰、充滿殺戮、毀滅和死亡的黑暗世界裡，女性的超越規範往往是悲劇和不和諧的原因」[40]，像男人一樣固執心狠的麥克白夫人，就因為跨越了女性的性格範疇，而引發一連串殺機。

而閱讀吳漫沙的小說，同樣使我們感受到一種強烈的保守主義氣味，因為他總是在為女性「代言」，或者，以男性的角度來「勸諭」。無論代

[39]本文討論之吳漫沙小說皆以前衛出版社的版本為準（見參考書目），為求簡潔，引文後只列出頁數，謹此註明。
[40]陳曉蘭，《女性主義批評與文學詮釋》（蘭州：敦煌文藝出版社，1999 年），頁 124。

言或勸諭，吳漫沙有如「社會道德家」在進行宣教，當中有啟蒙話語和道德教誨的混和。扮演啟蒙者，尤其是女性的導師或啟蒙者的角色，充分顯現吳漫沙鞏固既有男性主宰之社會體制的保守性格，這多少是與所謂啟蒙的精神相違背的，是所謂「反封建」而不「反父權」的啟蒙。這種「曖昧」的「啟蒙現代性」，在啟蒙主義萬歲的臺灣現代化進程中自來似乎也少為人所質疑。[41]

吳漫沙作為 20 世紀臺灣或中國在（半）殖民現代性過程中成長的知識分子，基本上與各世代的人物一樣，從 1920 年代以來都共用了關於啟蒙主義所要宣揚的諸種理念：自由、平等、理性、科學等等，而把「愛情是神聖的」掛在口中的新式知識分子，「自由戀愛」成了他們辨識彼此身為時代弄潮兒身分的通行語，這似乎已成了不證自明的「常識」。

然而也就在知識分子圈圈裡迴繞著這種自由主義的時代氛圍中，整體社會經過前一階段反封建、反殖民的強烈意識鬥爭後，遭遇占主流的殖民體制強烈反撲後產生的惰性與疲態，使「封建體制」與「殖民主義」以重新整裝的方式在新的一代知識菁英腦中逐漸成形。所謂自由主義的「妥協性」顯現在反殖民鬥爭的倒退上，強調體制內折衝的結果，就是對激進反日意識形態（左翼、無政府主義）的自我閹割；而顯現在反封建鬥爭的倒退上，啟蒙者將批判指向傳統體制的單線思考，就是推倒舊父權但對男性權力始終無法忘情的自我腐化。

吳漫沙不涉入反殖民文學的範疇中已由他作品的文類屬性所昭告，但就從操作啟蒙話語的角度來看其通俗小說，不難看到小說中嫺熟地操弄啟

[41]例如在李進益教授的〈日據時期長篇通俗小說的創作及作品探究——以徐坤泉、吳漫沙作品為主〉這篇論文中，就相當肯定徐坤泉、吳漫沙等通俗作家除攻擊舊道德，並宣揚男女主角要能夠守貞、行為要不逾越當時禮教要求，並說：「他們是以從事啟蒙的新文化先覺者立場在寫作，……可謂用心良苦。不過可以商榷的是，所謂『當時禮教要求』者，究竟為何？是以誰的標準定義下的禮教？若衡諸小說的啟蒙對象，無非是『先覺的』男性作者與敘事者在對（有問題的）女性說教，而服膺的則無非是男性社會下的『新禮教』（自由戀愛但女性不能過於放蕩）。」李文觀點見，「第三屆通俗文學與雅正文學全國學術研討會」論文，中興大學中國文學系、臺灣省政府主辦（2001 年 10 月 19～20 日），頁 13。

蒙話語的段落，這可看作是此種「新才子佳人小說」與傳統章回小說在談愛情問題時的區別所在，從而使他的小說在某種層次上也具有反封建的意味。《韮菜花》當中就寫道：

> 親愛的智明哥！我這顆鮮血淋漓的心，老早就屬於你的了！我願永生做你的侍婢！但——社會的輿論太可怕了！我們要避免社會的惡批評，就得互相鞏固愛的防線，拚命地攻入我倆的根據地，過那同甘共苦的生活。我的明！（頁 37）

> 戀愛現代青年必經的階段，那種舊式的婚姻制度，在這 20 世紀已是破產了！我愛智明，而且也了解智明，同情智明，我非智明是不能生存的，我們的愛，是神聖光明正大的，不是那些以肉慾為主義的野雞戀愛所能比的。（頁 70）

比較起前述呂赫若等人的反封建小說，吳漫沙的通俗言情小說在啟蒙話語的修辭操作上未必較不純熟，但他卻是以更淺顯而煽情（如文中無數的「驚嘆號！」一般）的方式來呈現此一觀念，在這裡，通俗或嚴肅文本中顯然承載著類似的時代訊息。

然而，吳漫沙在整部小說中更想表現的主題其實是：「新女性為何會受到凌辱？」這也就使他時不時要帶著「道德教誨」的口吻，告誡想仿效男性一般解放的都市新女性：雖然可以由戀愛中得到傳統社會沒有的自由，但如果忘卻女性在家庭或社會中的期待角色，而妄想處處有如男人開放、自由（這使我們想到莎士比亞戲劇中男性化的女性之命運），恐怕就不免要受到不良摩登少年的欺騙或侮辱，男主角覺民便說：

> 咳！都市愈文明，愈進步，青年男女愈容易墮落，一些醉生夢死的摩登少女，已著了跳舞狂，每夜都有許多有聲望的紳士兒女到跳舞場去逍

> 遙，非為亂做，敗壞風紀，潔白如玉的少女，因之變成浪漫的蕩婦，還有弄到身敗名裂，大有人在。如果一些有子女的家長，不自加教督約束，將來社會的悲劇還多著呢！（頁 190）

在某些段落，吳漫沙索性也不假口他人，親自就躍出演繹其男性中心的啟蒙哲學一番：

> 可憐的閨女喲！這也是你自己討來的！你既受過高等教育，那一失足成千古恨的成語，你也該曉得，怎可繼續提供你的肉體，去滿足他的慾望，始能鑄成這千古不拔的遺恨！你要知道，現社會像你這樣遭遇的薄命女性正多著呢！？一些不良的青年，是你們周圍的豺狼，吃虧的，當然是你們這些失檢點的少女！但——你也要知道，你們女界中也有很多剝削男子貞操的不良少女存在著呢！？你只知怨恨自己，可憐自己，你是不能看到和你同命的男子的慘狀，你是不能聽到和你同命的男子哀呼哩！？（頁 215）

上引這段，不僅將解放的女性之受辱歸罪於「咎由自取」，甚至還認為有「男性貞操」也有受到剝削的情形，這樣的邏輯不僅和全書的女性命運描寫不搭調（因作者的重點原不在告誡男性），反而將矛頭指向「放蕩」女性的禍害，而這樣也更反諷地顯現作者對待「失足」女性的「批判性」態度。

吳漫沙的這種啟蒙話語，表現在自由戀愛上固然是時代使然，但他卻也同時在鞏固著男性既有體制的心理下，「反啟蒙」地以道德教誨的方式規勸、威脅女性切莫太過放蕩、自由，這無異於是一種男性啟蒙者發明的新道德箴言。他其實期待著女性在戀愛後像從前一樣，做賢妻良母，切莫做「黑貓」：

> 這種噬人的禮教，因不合時代，便把它推翻了！我們才有社會的地位，同時亦希望與男子並駕齊驅。因之就進出社會和男子爭地位、交際、應酬、敷衍。呀！就是這樣才創造這一塌糊塗的難以解決的社會問題！這一面固然可以歸罪於男子，但是綜合起來，我們女子也有同等的過失，雖然吃虧者是我們女子，誰叫我們去吃虧？就是我們意志薄弱、缺乏時代的眼光！（頁 286）

> 我把已定之主義，抱在心裡，雖然怎樣的犧牲、痛苦、寂寞，亦不願給社會批評為不貞潔的女子、楊花水性、朝秦暮楚、見異思遷或染著臺灣的不美名詞「黑貓」！（頁 287）

就是這樣的一種思想狀態，從吳漫沙小說中的思想呈現，可看到通俗小說作者呼應民間主流意識形態與倫理道德的現象。啟蒙話語雖是時代風氣使然，但歷史悠久而屬於現代男性無可或缺的教誨女性的權力，卻是作者透過殷殷勸諫而意欲護衛的，這樣的道德教誨透過通俗小說較強的滲透能力，或將更形加強其影響力。甚至，除了教誨其愛情，吳漫沙在戰爭期也以男性化的國族主義聲音呼喚女同胞要投入戰爭，否則就對不起沙場上的勇士，這裡「假奉公之名」透露的仍是一種擔心自由女性無法自制的男性宰制心理，至少，這份告誡不會「迴向」到男性身上，吳漫沙如是說：

> 不要以為那絲絨和化妝品的炫目和便宜，而一直向著那裡討生活；要知道那些美麗的衣服和脂粉珠寶，是變形的手銬腳鐐，男子爭錢的血汗，是不能洗淨你們頰上的脂粉的！你們要美麗，你們要同情男子的努力，你們要想到前線勇士們的面色。切實地告訴你們，見本廚裡那五花十色的光彩，是地獄中魔鬼的招徠——不但戰時，和平的時候也是這樣！[42]

[42]吳漫沙，〈秋風飄蕩下告訴女性的幾句話〉（卷頭語），《風月報》第 117 期（1940 年 9 月 17 日）。除此之外，在稍晚一期中，吳漫沙再度對女性發言，認為新女性被稱為玩物、禍水、尤

由此我們可以思索的應該是啟蒙理性的局限。如今或許必須質疑：啟蒙與理性會不會只是一種現代男性向傳統父權爭取權力的藉口，而女性依然沒有反傳統男權的啟蒙可能？還是終究這種反叛只是推翻了老子自己當老子？即便是占文學史主流的反封建小說固然具有男性出於解放女性的烏托邦想像，但女性的形象一樣是有待拯救、指導的，甚且也少有女性作家為自己造像，男性在家國的宰制性地位及其與女性在政經、階級上懸殊的資本差異，還看不到男性作家更具自我指涉性的反思。

而從吳漫沙通俗言情小說我們讀到的是曖昧的現代性，他既操作著啟蒙話語，卻也意識到下放權力給女性的「禍害」，比起嚴肅小說中男性為女性設想的烏托邦世界來（即便是想像的不一定會實現），吳漫沙的保守態度又是極顯然的。他的通俗言情小說的藝術性也許因為遷就大眾而略顯粗糙，但這裡面反映出來的新舊文化交替過程的問題絕不應只視為通俗小說的專擅，我更相信可以提供我們在反帝、反封建等一片光明的大敘述下，更細緻地去理解新文學史中文化權力的奧妙，並對向來崇高的男性啟蒙（女性）論述重新加以釐析，而不僅是以通俗與嚴肅這二元化的分野來區分高下而已。

四、黎明論述：日華親善與愛情物語的邏輯遞換

通俗言情小說是講新時代的兒女之情，其愛情修辭學已如上述。至於吳漫沙另一類同樣以通俗形式書寫的小說，由於是中日戰爭時期的反應時局與政策之作，當中充斥著大量的戰爭修辭，這類小說由於事涉皇民化議題而倍加敏感、棘手。究竟，吳漫沙是如何反映、思考這場日本帝國主義的「聖戰」？且由吳漫沙的自我解釋談起。

吳漫沙在戰後的回憶文章中未曾對自己當年的著作多加辯解，但他卻

物，是因為「人必自侮，而後人侮之」，並且誤解自由、平等的真諦，使解放變成墮落、放蕩，這段話亦很「經典」地反映吳漫沙一貫具有沙文主義的性別觀，文見吳漫沙，〈女朋友們來做個新時代的新女性〉（卷頭語），《風月報》第 118 期（1940 年 10 月 1 日）。

反覆提到他受到日警囚禁、懷疑，以及小說被禁之事，他的態度或許是不願再揭舊瘡，不過突顯自己忠心愛國（祖國）倒也頗見其苦心所在。例如提及 1941 年 9 月《桃花江》印行單行本時，三千本被禁止發行，因為日警：

> 指《桃花江》內容，煽動臺灣人反日，暗示中國要來重建臺灣。……一群青年建設四季如春的「桃花江」，就是臺灣。又指我在中國受教育，思想反日。[43]

另又指 1941 年 12 月被逮捕一事，日警認為吳是重慶和聯合國駐臺灣的地下負責人，以《南方》雜誌為掩護，從事祕密搜集日本情報，吳稱其忍受酷刑，堅不承認。在談及自己的劇作時，稱「劇情大多以我國家庭倫理為背景，宣揚四維八德，沒有歌頌日本精神，受到日本人注意、警告，繼則禁止演出我的劇本」[44]，如此說來，這樣的思想則受日警注意似乎不應意外。

關於《風月報》或《南方》在戰爭期的出刊，吳漫沙迴避了其他漢文雜誌無法發行的敏感問題，反而強調他們處在「非常時」的惡劣環境和日本苛政的壓迫孤軍奮鬥，有今朝未知有明天，不顧朝不保夕的危險，只知維護這僅存的祖國文化：

> 我怎能放棄《南方》雜誌呢！？為維護祖國文化，我繼續冒著生命的危險，工作下去，直到被迫停刊才放手。[45]

然而，這些戰後的回憶或許都「可能」是事實，但對於他所親為的另

---

[43]吳漫沙，〈處境日危〉，《追昔集》，頁 89。
[44]吳漫沙，〈沉痛的回憶〉（代序），《追昔集》。
[45]吳漫沙，〈牢獄之災〉，《追昔集》，頁 106。

一些事實，卻著實難以讓兩種敘述並存，因為史料昭彰，總有一些事實無法完全解釋得盡如人意。皇民化時期吳漫沙的皇民化話語在「卷頭語」中時常可見，恐怕無法解釋成是為保護祖國文化而文學奉公罷。像他在《風月報》第 113 期的卷頭語〈復刊三週年紀念談到日華文化提攜〉當中提到本島人適於介紹、流通日華文化以促進興亞大業的同時，就描述了與現實戰爭完全兩樣的和平、交融景象：

> 東亞新秩序的建設，日華文化的提攜，這兩面燦爛的大旗幟，在東半球飄盪了三個年了。在這三個年間，日華兩大民族的步調，一天一天的緊密和齊整。日華文化提攜的先決條件，是要兩民族間切實認識，誠心互相愛護和同情寬容。在兩民族的傳統習俗，更要互相尊重理解；把東亞固有的道德，宣揚於世界。[46]

又比如吳漫沙編輯的《南方》第 159 期之〈編輯會議錄〉中，便指出《南方》日後的編輯方向為：

> 一、宣傳日本文化的精粹，明徵國體的本義。
> 二、宣行教化，善導思想，期國民精神的醇化。
> 三、介紹南方事情，鼓舞南方進出，促成臺灣和南方各地域聯繫的緊密化。
> 四、本刊為學術研究的公開發表機關，促成學術的大眾化。
> 五、作大眾文藝的公表機關，促進臺灣文藝界——特別是戰爭文學，皇民文學，興亞文學的振興。[47]

這並非僅僅是一種編輯方向而已，事實上，吳漫沙正是據此方向創作

[46]《風月報》第 113 期（1940 年 7 月 15 日）。
[47]引自《南方》第 159 期（1941 年 9 月 1 日）。

了戰爭文學的作者之一，他的《大地之春》就是實踐文學奉公的成果。更何況，尚有總督府官員、臺北帝大教授成為發表者與支持者、臺灣仕紳的列名其中這種親官方色彩強烈的事實。[48]如果說，吳漫沙時至今日對相關著作的沉默是一種「悔其少作」的表現，而他對戰後統治者的「愛國心志」之告白是則多少讓人感到歷史的荒謬；只是，我們看待這些以通俗小說形式呈現的皇民文學作品時，無法不殘酷地進一步揭開這層歷史與文學史的紗布，進一步探究也許我們未曾發現的臺灣文學史議題。

吳漫沙的協力之作都具有「時代色」，黎明，隱喻著旭日東升、興亞必成、共存共榮的理想，這些充斥著「黎明論述」的作品像《黎明之歌》[49]、《大地之春》（連載時原名〈黎明了東亞〉[50]），都將鼓舞著前方的勇敢戰士或後方的熱血青年吧！只是，在民族大義的標尺下，符合了日本戰時精神的作者，不免要在日後受到我族關於忠奸順逆的道德審判。對這些日後所謂「皇民文學」、「戰爭文學」的作品及其作者，我們有何立場審判他們？或者，我們將在這種戰爭暴力試煉人性所留下的遺跡裡，找到何種關於文學史或精神史的黎明？

和《黎明之歌》比較起來，《大地之春》可說是一部不折不扣的「戰爭小說」或「皇民化主題小說」，因為《黎明之歌》除了提到主角們在閱讀《中國之夜》、火野葦平《麥與兵隊》[51]等關於戰爭文學的書有塑造一些

[48]楊永彬的研究指出，除了這些人物關係外，《南方》在戰爭期成為皇國民宣傳刊物後，更被推銷到南洋等地的漢文化圈，足見其與官方「密切合作」的事實。見楊永彬，〈從《風月》到《南方》——析論一份戰爭時期的中文文藝雜誌〉，《風月・風月報・南方・南方詩集——總目錄・專著・著者索引》（臺北：南天出版社，2001 年），頁 70。

[49]該作分 27 回連載於《風月報》第 93～123 期（1939 年 9 月 1 日～1941 年 2 月 1 日）。

[50]該作分 19 回連載於《南方》第 133～154 期（1941 年 7 月 1 日～1942 年 6 月 15 日）。又，根據吳瑩真的考察，《大地之春》係吳漫沙於 1940 年參加《華文大阪每日》長篇小說徵募活動獲得佳作的作品，因該報僅連載前兩名，故吳將之修改後發表於《南方》。值得注意的是，與《風月報》一樣，《華文大阪每日》也是華文的報紙，大阪每日新聞社在創刊號（1938 年 10 月 25 日）上就說其志在：「努力日華兩國民心情之交流，以資相互理解以及親善之目的」，故官方色彩極濃，足見漢文或華文仍在殖民者刻意限制下繼續被使用之情形。此處所論參考吳瑩真，〈吳漫沙生平及其日治時期大眾小說研究〉，頁 135～136。

[51]火野葦平（1907～1960）的《麥與兵隊》（一譯《麥與士兵》）為戰時著名的戰爭文學代表，他的「士兵三部曲」還包括《土與士兵》、《花與士兵》。詳細分析參見王向遠，《「筆部隊」和侵華戰爭：對日本侵華文學的研究與批判》（北京：北京師範大學出版社，1999 年），頁 182～203。

戰時氣氛外，它的光明尾巴是連載時所無，而為成書時為順應時局而加上去的，可以與全文無涉：

> 對！目下是大東亞建設戰的時代，是臺灣青年奮起報國之秋，一個青年人都應該這樣的奮起，我也是一個青年，而且受了高等教育的女性，我就沒有像她們那樣有血氣的去志願嗎？我應該這樣的為國效勞，獻身報國，然後再為自己打算。（頁 242）

> 過了幾天，已經星期三了，素芬寫著志願書，要到市役所去志願，恰巧在路上碰著秋紅。秋紅也要去志願看護婦的，兩人很快樂的，一齊到市役所志願，馬路上的播音機，唱著雄壯的軍歌，給她俩的熱血很急促地在流轉著，太陽在天空向大地微笑，大地明朗了。（頁 251）

但，《大地之春》卻是作者以青年奉獻於「日華親善」工作的主題出發所構設的小說，愛情仍然是有的，只是這種「小愛」不能不讓位給「大愛」，與此同時，「愛情物語」則讓位給「戰爭物語」。這種邏輯遞換，對吳漫沙來說似乎並沒有太大困難，從前述言情小說的思想狀態看來，因為他對既有體制順從、迴護的思想特質，使他可以是男權體制的擁護者，也可以使他服從於另一個更大的男權體制——國家。略嫌「保守」的性格使他「輕易地」（比起其他寫類似題材的臺灣作家尤然，詳下文之比較）越過民族道德的凝視，而幻想起大東亞黎明後的美麗與和平。

《大地之春》的男主角一平如此「教誨」但知小兒女之愛的表妹湘雲，先前言情小說的信誓旦旦已不見蹤跡，但依舊相同的是男性對女性的「指導姿態」，愛或不愛都有出於男性的一套道理：

> 戀愛是青年男女自己找來的枷和鎖！我們不是有閒階級的人們，更沒有談戀愛的資格，同時這個愛的牢獄，我們絕不能像那些盲從執迷一時的

> 青年自己鑽進去！我們的使命，是非常重大，這個時代，不是講戀愛的時代了，我們做這時代的青年；是要覺悟起來，向著建設改革的大路邁進，努力創造和平，這樣才是東亞青年的本分了！（頁 12）

在以中國大陸為主要場景的《大地之春》當中，主角一平雖為中國青年，但由於其弟一鳴曾到臺灣讀過書，而堂妹秀子則為臺灣人，所以在小說裡便扮演比較中、臺文化的角色，從另一個側面強化了「日本文化優越論」的說法，也間接提供讀者接受日本為進步國家來領導落後東亞諸國的思想背景：

> 臺灣才是一個神仙世界，夜不閉戶，路不拾遺，尤其是教育更普及，人民很親善，衛生又發達，我很願永久住在那裡。（頁 27）

> 臺灣的教育是多麼有系統，中國的學校和外國的學校，比較起來，是很慚愧的！中國的學校時常鬧風潮，外國的學校從沒有聽見有風潮的發生；中國這種教育制度，是應該一番的改革……。（頁 28）[52]

值得注意的是，雖然吳漫沙在小說中極力塑造日華親善的形象，但他並沒有從「日本人」或「臺灣皇民」的角度來認識這個問題，而是從「中國人」的角度深信，青年可以推翻中國封建落後的舊慣與惡勢力，日華親善、東亞共榮更是一切努力的目標。可以測知，在這種主題下他的白話文小說並不會受到查禁。是以，吳漫沙的這種角色塑造與書寫位置，恰恰突顯一個值得正視的問題：吳漫沙或許「自認」不是在協助日本侵略中國，

[52]在小說中另一處，一平也說出類似的話，但這段經驗似乎不是沒有到過臺灣的他應該會有的，可視為作者為求「美化（日治下）臺灣」所「硬塞給」主角的臺詞：「臺灣是完整統治的地方，在政府的領導下，向著明朗的路上邁進，人民都很安定地生活著，沒有社會思想的鬥爭，沒有地方土豪劣紳的占據勢力，自然是個優美的地方」（頁 158）。類似的情形像一平應不會說日文，但在某些段落他竟然能與日人溝通（見頁 253），這亦違背小說人物設計的原則。

而是為中國找一條「出路」；當然，也為他自己：

> 劍光君！你安靜，我們是絕對不退讓軟化的，我們的犧牲也要徹底的犧牲，我們如果須再流血，也要流遍全國，喚醒四萬萬的同胞，團結起來，聯絡全國的同學，奉行孫總理的遺訓，實踐我們堅決的意志。（頁129）

如果說，上述關於「移愛作忠」或「美化殖民」的描寫是屬於戰爭發生前氣氛的鋪陳、塑造，那吳漫沙的戰爭修辭主要表現在他對戰場上主角關於戰爭產生的心理變化描繪上。「議論」通常是較常見的方式，吳漫沙嫻熟地運用著日帝炮製關於東亞國家團結以對抗歐美的囈語，這被「美學化」了的戰爭不見中國人民或臺灣志願兵死傷的血腥，而聽見的是作者一再呼喊「和平」，想像大東亞烏托邦的黎明：

> 妹妹！我的志願入伍，是為東亞的和平。我以中日兩軍的激戰，是足以使英美人驚心喪膽，不敢藐視我們東亞民族的精神和力量。妹妹！我們要在戰線握起手，高唱東亞黎明之歌。（頁230）

> 我們東亞兩國這樣的戰爭，如果一齊對付英美，他們該不戰自走了！這次實在給英美人心驚膽喪，共服我們東亞民族的力量和精神！（頁234）

然而，歷史告訴我們，大東亞共榮圈的想像，無非是日本帝國主義為對抗歐美國家分食東亞權益所編織的狂想曲，歐美等西方諸國固然視東方為禁臠必欲瓜分之而後快（如中國租界地的範例），但日本妄想成為獨占東亞利益的帝國主義企圖，益發使東亞共榮的說法成了裹以糖衣的毒藥。這些反思或警覺，我們不曾在吳漫沙的任何話語中看到遲疑的表現。相反地，吳漫沙宣揚著日本的善意與理想，扭曲著血腥現實所能帶給人性的啟示，而荒謬地書寫下諸如：戰爭乃是為了和平，只與抗日軍為敵，日本為了建設新東亞才發動戰爭的諸般詭說：

> 日本這次的作戰，不是以中國為敵，不是以中國民眾為敵，是以抗日的軍隊為敵的。日本為要建設新興大東亞，實現東亞民族的團結，不惜莫大的犧牲，到中國來與抗日軍作戰。要使其達成目的而後已。你已為東亞民族的幸福而流血，你的勇敢，你的毅力，實在是一個東亞男兒的本性，誇示著東亞民族的光輝，這是東亞民族一頁不朽的光榮記載……。（頁 247）

在戰場上受傷而得到日軍照護的一平，終於「覺悟」到自己的時代任務，他要創刊宣傳和平興亞的雜誌：《和平》（頁 278）。公園裡，有皇軍和兒童玩耍，氣氛一片和睦；湘雲作了〈黎明了東亞〉的歌曲；僥倖不死的劍光與一鳴也重回故里，這種種「幻想」在戰爭中得到覺悟後的情節，顯示一切秩序似乎都在吳漫沙的魔棒下趨於和平。小說終於在一場「中日軍民聯歡大會」中合唱〈黎明了東亞〉而步入高潮：「你們停戰，我們罷兵，同種同文，共存共榮。莫猜疑，莫躊躇，擁和平，永親善。……」（頁 294）在歌聲中不知吳漫沙是否真的會望見大東亞的黎明？或者，不知曾有多少的臺灣人追隨著這歌聲志願趕赴沙場，為的是一睹黎明之光？

為日華親善之說張目的作品當然不獨以《大地之春》為然，同一時期，日本作家像林房雄的《青年之國》（1941）、佐藤春夫的〈亞細亞之子〉（1938）、多田裕計的《長江三角地帶》（1941）、太宰治的〈惜別〉等，都莫不是在為「亞細亞主義」、「大東亞主義」圓謊。而在中國境內由日本扶植的滿洲國裡，也有日本作家在為「日滿親善」、「勤勞奉仕」、「五族協和」、「王道樂土」等殖民主義謊說效勞。像八木義德的《劉廣福》（1943）就描寫了敘述者「我」和中國漢人雜勤工劉廣福超越民族的信賴。[53]以上這些，和《大地之春》所要表達的美化戰爭、美化異族的意圖竟有驚人的相似性。

和其他也與皇民化議題相關的作品合看，或許更能看出吳漫沙小說的特殊之處。比較而言，吳漫沙所創造的皇民化主題小說，和其他受日文教育成長起來的臺灣新秀作家一代不同之處，在於他是以「中國僑民」的身分在書寫這場戰爭，並且是以中國白話文寫作，而特別是他才會把中國內陸納入他的創作視野，從而虛構起日華親善以圖東亞共榮的世紀幻夢。可注意的是，他並沒有太多關於個人認同的掙扎，這種精神的「飛躍」，顯示一個重要的訊息：即所謂「皇民化」經驗對吳漫沙或其他臺灣作者而言並不完全相同。

對吳漫沙而言，他使用中國白話文寫皇民化主題並未使他因認同問題而「精神分裂」，相反地，那可能是一種為求「逼真」所做的精采表演。至少，無論從論述到小說，我沒有觀察到他與臺灣知識分子一樣的精神歷程。但對從小受日本教育長大的臺灣作家而言，不少人精神乃至文化上認同為一名「日本國民」，或者傾慕日本代表的現代文化優位性，他們用心學習、模仿乃至同化於日本文化，但卻依然無法受到平等對待，這種屈辱與惶惑讓他們用日文書寫皇民化主題的作品時，頻頻有落入精神分裂之危崖的掙扎姿態。陳芳明在論及戰爭期文學的現象時就特別強調，皇民化運動中的臺灣作家與日本作家其思想狀態與心理結構是不同的，因為：

> 日本作家的心靈裡並不存在著國族認同與文化認同的困擾。對臺灣作家而言，戰爭的發生全然不是殖民地人民所能夠左右的。要求臺灣作家支援戰爭國策之前，首先必須要克服國族與文化認同的障礙。[54]

---

[53]關於「滿洲文學」的研究，本文此處參考王向遠，《「筆部隊」和侵華戰爭：對日本侵華文學的研究與批判》，頁 74～75 及頁 233。

[54]引文見陳芳明，〈第八章　殖民地傷痕及其終結〉，《聯合文學》第 191 期（2000 年 9 月），頁 121。

我們可以發現，像龍瑛宗〈植有木瓜樹的小鎮〉中仰慕日本文化的陳有三雖力求上進，卻始終無法在日人掌控的社會階層中得到平等機會而酗酒、瘋狂。周金波的〈水癌〉寫殖民化知識菁英對臺灣庶民落後的心痛，其〈「尺」的誕生〉寫臺灣小學生被排除在日本文化標準前的無辜表情。而陳火泉的〈道〉也是在「血統論」的鴻溝前發出痛楚的哀嚎。王昶雄的〈奔流〉則更是意識到臺灣人追求帝國接納而叛逆倫常所付出的代價。凡此，使我們不得不嚴肅地思索，我們對所謂「皇民文學」的批判真正的合理性與正當性何在？

以民族主義之名進行的文學批評我們所見多矣，且不論是以中國或臺灣民族主義進行審判，身為後殖民時代的被殖民者後代，我們自家的父祖是否也純潔到使我們擁有審判他們同一代人的權力？一如吳念真所導演的電影《多桑》，類如這些具有「日本精神」的多桑可能都是我們的父祖。在那些作品中高昂的協力戰爭、尋求同化的叫喊聲中，能不能也聽到作家痛楚與掙扎的瘖啞聲音？如果沒有意識到戰爭暴力對被殖民者的壓迫性，我們就無法總結這場戰爭經驗而為臺灣的文化認同找到出路，而必須一再虛耗在比較純潔忠誠與強迫認同的歷史迷思之中。然而也必須強調，無權審判不代表無是非，因為壓迫本身不會事過境遷，反省與批判應該具有某種程度的包容，但卻不是遺忘或美化。[55]

所以，比較吳漫沙與其他所謂「皇民化主題」小說的作者，足以提供我們對這段創傷經驗做更深刻的理解。閱讀吳漫沙的《大地之春》，使我感到難以為他尋找到出於人性因素的屈從也是因為，吳漫沙似乎太容易和體制妥協的性格——如他在言情小說中對男權體制的鞏固，以至於我看到的較多是一面倒的樂觀的協力戰爭之言，而不是「人性」在戰爭中的掙扎與撕裂之痛。然而，作為一個沒有「國族」或「文化」認同危機的「中國

[55]筆者在另一篇文章中曾對應如何評價皇民文學的議題提出探討，可與此處互為印證，請參見〈徘徊不去的殖民主義幽靈——評垂水千惠的《臺灣的日本語文學》〉，《文學臺灣》第 29 期（1999 年 1 月）。修改後亦收入為本書第九章。

僑民」來說，他的思維方式又該如何受到臺灣人評價？換個角度看，他的作品卻又在臺灣普遍散布，其關於戰爭的「黎明論述」的影響力又將如何評估？

當然，在作品中不是沒有山河殘破的描繪足以使我們聯想到戰爭的殘酷，這，或者是「表演」效忠過程中的破綻所在。在作者的黎明論述當中，僅僅只有這些是難於遮蔽的暗黑，雖然，作者依然以選擇投降式的「和平」來拯救這場劫難：

> 吓！遭受了骨肉分離和家破人亡的悲運的，都是無辜的老百姓！你看，沿途都是無家可歸，徬徨在饑寒線上掙扎的難民；天又沒有憐憫，連連下著雪，蒙罩著他們那未絕氣的屍體，埋成一個個白色的墳墓；昔日的高樓，而今盡成焦土，茫茫萬里，無一炊煙，天災兵燹，接連的降在老百姓的身上。唉！什麼時候才得拯救老百姓於水深火熱之中！……（頁272～273）

再看吳漫沙另一部愛國小說《莎秧的鐘》裡，莎秧這位原住民少女被描繪成愛國少女，努力「銃後奉公」（後方義務勞動）、演出皇民劇，受到日本警察田北巡查的喜愛，由於送田北巡查從軍途中遇到意外中死去，死時還抱著田北老師的日本刀不放。[56]這篇小說同樣歌頌了原住民對皇國的忠心，但看不到忠心之外的犧牲，並且還有更多類似的犧牲。難道，「死亡」不過是再一次帝國戰爭勝利預言的祭品而已？而這竟是吳漫沙通俗小說高度「程式化」的一種反映！

吳漫沙的戰爭時期通俗小說「義無反顧」地協力於戰爭是難以否定的事實，他不像前述的幾位寫作皇民化主題的作家那樣有關於人性掙扎的描寫亦無法忽略，可是雖如此，前面提出看待皇民文學的正當性與合理性問

[56]《莎秧的鐘》中文原著未見，故事梗概可見下村作次郎、黃英哲，〈戰前臺灣大眾文學初探（1927年—1947年）〉，彭小妍編，《文藝理論與通俗文化（上冊）》，頁247～248。

題，不意謂在吳漫沙小說中不適用，因為我們依然沒有代替誰來審判誰的權力。吳漫沙的個案恰恰指出，我們對皇民文學議題的探討仍有不同的角度可以切入，因而加深我們對不同文化乃至國族立場的人在面對「文化認同」時的理解，並對文學中的人性表達方式多一層體認。

筆者一向關切皇民化主題文學的評價問題，主要的立場便是認為：殖民者及其體制的批判應該是被殖民者無可退讓的立場，此外，我們當然要在國族乃至人性的歷史上檢討協力戰爭者對臺灣群眾造成的傷害，從而尋求批判協力殖民者戰爭的「價值原則」（確立主體性的價值而非僅僅批判個別的皇民作家，畢竟，任何人都可能被迫協力戰爭），這種種「反殖民」的工作至今猶未完成，甚至，反殖民應該是一種永恆的姿態，永恆地指向任何壓迫的形式。[57]但如果動輒以漢奸、皇民來批判臺灣作家的論述，可謂忽略了歷史情境與人性的複雜；另一方面，協力戰爭者可以在被殖民情境下獲得理解，但不意謂可以在任何情況下合理化殖民體制（如現代化或統獨議題）。[58]

回歸到文學史上來看，歷史的評價再如何也不能刻意以「遺忘」作為懲罰，或者像對周金波的〈志願兵〉與陳火泉的〈道〉乾脆以不翻譯或不引介來避免再現這段痛史。從我們比較不同的皇民化主題作品便不難得知，許多經驗必須透過保留、探討這些作品以待來者的再審視，這樣，我們的皇民化主題文學的探討才不至於淪為民族道德審查，而無能深究其實。

---

[57]例如日本教科書中對侵略戰爭與南京大屠殺或慰安婦的「除罪化」行為，時至今日仍是日本與東亞各國角力的焦點，顯示反殖民的工作仍有待努力。

[58]在 2001 年 2 月發生的「《臺灣論》事件」裡，再一次暴露臺灣內部面對皇民化議題的分歧態度，其實這是向來「皇民」與「皇民文學」議題的再爆發，關於這事件兩種趨於極端的說詞，往往起源於「統獨情結」或對殖民現代性的評價差異，但卻未必真正得出有利於認同或和解的結論。相關論點可參見李壽林編，《三腳仔──《臺灣論》與皇民化批判》（臺北：海峽學術出版社，2001 年）。及前衛編輯部編，《臺灣論風暴》（臺北：前衛出版社，2001 年）。

五、結語

通俗文學歷來不被正視的現象似乎是相當「自然的」，像前述文學史家黃得時所言之「不是純文學」所以不討論，就是一個著例。我們可以看到，通俗文學在「文學性」或「思想性」方面，因為涉及到一般識字群眾的接受能力，表現手法或思想論辯不能太過激進或艱澀。然而，或者更應該說，因為程式化敘述或直線式議論，簡單化了的文學性與思想性表達方式，使得更廣大的群眾有意願接觸通俗文學，反使得文學影響力階層更廣闊。

然而在討論過吳漫沙的小說之後，我們可以發現，這些可能影響更為深遠卻不被列入文學史系譜的小說，其實具有相當豐富的議題性，不一定要用啟蒙、反殖民或純文學的評價標準來恣意貶抑。尤其吳漫沙小說具有高度的「兩重邊緣性」，可以藉此研究思考文學史形成機制的評價過程，使我們更接近臺灣文學發展的實相。

就像我們已指出的那樣，吳漫沙的通俗言情小說一方面具有啟蒙話語的時代觀念，另一方面也顯示作者愛情或兩性觀的父權保守態度，前者顯示就思想上言情小說未必沒思想性，但後者這曖昧的現代性可能也是新文學作品中尚未被深究的課題。至於吳漫沙的戰爭小說，我們指出吳的中國僑民身分在他書寫上產生的作用，而作者對壓迫性體制一般地易於屈從的態度，也使作者致力於協力編造「日華親善」、「東亞共榮」的戰爭謊言，這種中國白話文作者的皇民化主題小說使我們在相關文學史議題上，又開啟了另一種思索的可能。

我們相信，關於「通俗文學」與「皇民文學」的議題已到了重新定位、審視的階段，如同從其他方面漸起地對既有文學史觀的檢討一樣，吳漫沙個案的研究正是我們關於文學史重估的一個開端。

主要參考書目

- 下村作次郎、黃英哲，〈戰前臺灣大眾文學初探（1927 年—1947 年）〉，彭小妍編，《文藝理論與通俗文化（上冊）》，臺北：中研院文哲所籌備處，1999 年 12 月。
- 中島利郎，〈日據時代臺灣文學關於臺灣的「大眾文學」（節錄版）〉，「文學傳媒與文化視界國際學術研討會」，中正大學中國文學系主辦，2003 年 11 月 8～9 日。
- 王向遠，《「筆部隊」和侵華戰爭：對日本侵華文學的研究與批判》，北京：北京師範大學出版社，1999 年 7 月。
- 井手勇，《決戰時期臺灣的日人作家與「皇民文學」》，臺南：臺南市立圖書館，2001 年 12 月。
- 孔慶東，《超越雅俗——抗戰時期的通俗文學》，北京：北京大學出版社，1998 年 8 月。
- 李進益，〈日據時期長篇通俗小說的創作及作品探究——以徐坤泉、吳漫沙作品為主〉，「第三屆通俗文學與雅正文學全國學術研討會」，中興中國文學系、臺灣省政府主辦，2001 年 10 月 19～20 日。
- 范伯群主編，《中國近現代通俗文學史》，南京：江蘇教育出版社，2000 年 4 月。
- 林芳玫，《解讀瓊瑤愛情王國》，臺北：時報文化出版公司，1994 年 8 月。
- 林麗如，〈把文藝種子撒在蓬萊島上——專訪吳漫沙先生〉，《文訊》第 186 期，2001 年 4 月。
- 林煇焜著；邱振瑞譯，《命運難違》（上、下），臺北：前衛出版社，1998 年 8 月。（原 1933 年 4 月，自費出版）
- 邱旭伶訪談，〈臺灣文人吳漫沙的藝妲記憶〉，《臺灣藝妲風華》，臺北：玉山社出版公司，1999 年 4 月。
- 李歐梵著；毛尖譯，《上海摩登——一種新都市文化在中國（1930—1945）》，香港：牛津大學出版社，2000 年。

- 陳芳明，〈第七章　皇民化運動下的四〇年代文學〉，《聯合文學》第 187 期，2000 年 5 月。
- 陳芳明，〈第八章　殖民地傷痕及其終結〉，《聯合文學》第 191 期，2000 年 9 月。
- 楊翠，《日據時期臺灣婦女解放運動：以《臺灣民報》為分析場域（1920～1932）》，臺北：時報文化出版公司，1993 年 5 月。
- 楊永彬，〈從《風月》到《南方》——析論一份戰爭時期的中文文藝雜誌〉，《風月・風月報・南方・南方・詩集——總目錄・專著・著者索引》，臺北：南天出版社，2001 年 6 月。
- 許俊雅，《日據時期臺灣小說研究》，臺北：文史哲出版社，1995 年 2 月。
- 許俊雅，〈鳥瞰日治時期臺灣副刊——以《臺灣新民報》系統為分析場域〉，瘂弦、陳義芝主編，《世界中文報紙副刊學綜論》，臺北：行政院文化建設委員會，1997 年 11 月。
- 吳舜鈞，〈徐坤泉研究〉，東海大學歷史學系碩士論文，1994 年 7 月。
- 吳瑩真，〈吳漫沙生平及其日治時期大眾小說研究〉，南華大學文學研究所碩士論文，2002 年 1 月。
- 吳漫沙，《大地之春》，臺北：前衛出版社，1998 年 8 月。
- 吳漫沙，《韮菜花》，臺北：前衛出版社，1998 年 8 月。
- 吳漫沙，《黎明之歌》，臺北：前衛出版社，1998 年 8 月。
- 吳漫沙，《莎秧的鐘——愛國小說》，臺北：南方雜誌社，1943 年 3 月。
- 吳漫沙著；春光淵譯，《莎秧的鐘》（日文），臺北：東亞雜誌社，1943 年 7 月。
- 吳漫沙，《花非花》，臺北：五憲書局，1945 年 12 月。
- 吳漫沙，《追昔集》，臺北：臺北縣政府文化局，2000 年 12 月。
- 吳漫沙，《七葉蓮》，臺北：名流出版社，1987 年 5 月。
- 建勳、林萬生，《京夜、運命》，臺北：前衛出版社，1998 年 8 月。

‧阿 Q 之弟，《靈肉之道》(上、下），臺北：前衛出版社，1998 年 8 月。
‧阿 Q 之弟，《可愛的仇人》(上、下），臺北：前衛出版社，1998 年 8 月。
‧阿 Q 之弟，《暗礁》，臺北：文帥出版社，1988 年 2 月。（原 1937 年 4 月）
‧鄭明娳，《通俗文學》，臺北：揚智文化公司，1993 年 5 月。
‧郭怡君，〈《風月報》與《南方》通俗性之研究〉，靜宜大學中文所碩士論文，2000 年 7 月。
‧辜顏碧霞著；邱振瑞譯，《流》，臺北：前衛出版社，1999 年 4 月。
‧黃得時，〈日據時期臺灣的報紙副刊——一個主編者的回憶錄〉，《文訊》第 21 期，1985 年 12 月。
‧埃司卡皮著；葉淑燕譯，《文學社會學》，臺北：遠流出版公司，1990 年 12 月。

——選自陳建忠《日據時期臺灣作家論：現代性‧本土性‧殖民性》
臺北：五南圖書出版公司，2004 年 8 月

臺灣三〇年代大眾婚戀小說的啟蒙論述與華語敘事
以徐坤泉、吳漫沙為例

◎林芳玫*

一、前言

本論文以 1930 年代臺灣日治時期的大眾婚戀小說為探討對象，檢視 1930 年代小說與當時文化、社會、傳媒的情境有何互動關係。筆者首先探討「大眾」與「大眾文化」對不同發言者的分殊意義。其次，針對人們較為熟悉的類型化文學「羅曼史」或「言情小說」，筆者從內容、主題、人物、情節等方面分析徐坤泉與吳漫沙的作品何以不是已臻成熟的類型文學，必須視之為「婚戀小說」。臺灣自 1920 年代起有新文化啟蒙運動、新舊文學論戰、1930 年代有臺灣話文與鄉土文學論戰，這些似乎限於純文學與報刊論述的領域。其實，同時期的大眾文學也充斥反封建的啟蒙論述，而其語言文字特色又因人而異。徐坤泉試圖使用少數臺語詞彙，整體看來仍是中文白話文，而吳漫沙則展現更鮮明的話劇式五四白話文。徐坤泉認為自己書寫的特色是「不文、不白、不語」，這使得我們得以重新思考新舊文學論戰不只是新與舊的對立與協力，還包括純文學與大眾文學於 1930 年代的分殊。至於吳漫沙，陳建忠認為吳漫沙被文學史家忽視反映了兩重邊緣性。第一是通俗與言情取向，第二是皇民化取向。吳漫沙小說中充滿

*發表文章時為臺灣師範大學臺灣文化及語言文學研究所教授，現為臺灣師範大學臺灣語文學系教授。

「日華親善」、「興亞必成」等口號。[1]這些現象都反映出 1930～1940 年代文學一方面開始有純文學與大眾文學的分殊，但是到了 1930 年代後期，又共同面臨配合皇民化政策的壓力與挑戰。

二、大眾文學：「大眾」是誰？

（一）工業化社會與「大眾」的形成

下村作次郎與黃英哲把臺灣大眾小說的發軔歸諸於受到日本大眾小說的影響。[2]這樣的說法常被引述，卻未必被臺灣研究學者完全認同。中國本身就有歷史悠久的俗文學，如唱本、說書、章回小說等。此處所說的「大眾文學」、「大眾文化」與傳統社會的庶民文化（folk culture）不同，係指工業化社會初期，都市化程度提高、學校普及與識字率提高，再加上大量製造與複製技術而產生的傳播媒體（報紙、電影、廣播），如此而形成大眾文化。彼此並不認識的一群人，在街道、公園、火車站、工廠、百貨公司、戲院集結於一處，形成大眾。大眾文化經由創作者生產出來以機器大量複製，再由閱聽人以消費者身分付費購買。

相形之下，傳統社會的組織著重於面對面的互動，以親屬與地緣關係形成緊密的人際關係網。文化生產以贊助人制度（patronage）為主，觀賞者與使用者未必自己付錢。例如於廟會中演出的民俗戲曲，一方面由地方頭人出錢贊助，地方上每戶依據男丁人數出丁口錢支付廟會活動。特定一臺戲演出時，民眾聚集欣賞，不必再付錢。臺灣歌仔戲從草臺坐唱到廟會演出，短短二十年間於 1920 年代發展出觀眾買票進戲院的內臺戲，這就是商業化大眾文化的表現，但是其起源與美學呈現則是傳統社會的庶民文化。臺灣的大眾文化起於日治時期，這種說法大致上是正確的。以歌仔戲與布袋戲為例，這些本是廟會時舉行的活動，在 1910 年代出現觀眾付費買

[1]陳建忠，《日據時期臺灣作家論：現代性・本土性・殖民性》（臺北：五南圖書出版公司，2004 年），頁 213。

[2]下村作次郎、黃英哲，〈臺灣大眾文學緒論〉，收於吳漫沙著，《黎明之歌》（臺北：前衛出版社，1998 年），頁 1～12。

票的內臺戲，1920～1930 年代達於興盛，這也就是商業劇院的經營形式。[3]

若回到閱讀本身，前工業社會識字率低，大量印刷的技術雖早已發明，印行的書籍除了菁英階層的文人著作，大量印刷則以善書為主，以及章回小說、唱本等。這些文本雖然是普及與通俗讀物，人民本身並不會閱讀，必須依賴說書人為中介者。人民自己會閱讀而成為讀者，而且有足夠多的讀者形成「大眾」，這都有賴於工業化、都市化與現代化的社會情境。

在此社會情境下發展出來的大眾，又依菁英發言者本身的位置與意識形態而產生對「大眾」分歧的想像與定義。我們可大致分類為：1.從左翼觀點出發，認為文學與文化要能揭發普羅大眾的艱苦處境，進而提倡階級解放；2.將「大眾文化」追溯回傳統社會的庶民文化，思考知識分子如何善用人民熟悉的俗民文化形式，表達當代社會的啟蒙與革命思想；3.大眾文化泛指都會中產階級喜歡的通俗、休閒、娛樂文化。第三種觀點凸顯菁英典雅文化與通俗文化的區隔，未必有孰優孰劣之別，二者各有自己的特色與功能。而前兩種觀點，認為大眾文化應該扮演啟蒙與意識喚醒的功能。創作者學習俗民文化的特色，其實還是抱著工具論的色彩，以民眾熟悉的俗民文化來提倡階級解放。此處提倡者所想像的大眾，處境悲苦值得同情，基本上仍是無知、被動、愚昧，需要啟蒙者的教導。「大眾」，總而言之，意味著都會空間裡聚集著一群人，彼此不認識卻同處一個空間。這一群人不了解自己於資本主義社會的處境，需要另外一群文化人來啟迪民智。

1924～1942 年的新舊文學論戰，表面上確立了新文學「我手寫我口」白話文的主導地位，實際狀況則更複雜。例如 1930～1934 年的臺灣話文論爭，質疑白話文的運用，主張使用臺灣話文，並以臺灣勞苦大眾為對象，

[3]邱坤良，《舊劇與新劇：日治時期臺灣戲劇之研究（1895～1945）》（臺北：自立晚報社，1992 年），頁 69～77；徐亞湘，《日治時期臺灣戲曲史論：現代化作用下的劇種與劇場》（臺北：南天書局，2006 年），頁 88～96。

描寫臺灣的事物。1927 年文化協會分裂，左翼取得主導地位，至 1930 年代初期，出現多本左翼文學刊物，鼓吹以無產階級與普羅大眾能接受的大眾文化。[4]中國大陸於 1919 年由胡適提出白話文運動後，到了 1930 年代，由左翼作家瞿秋白開始挑戰五四白話文的新傳統，認為五四白話文歐化且是菁英語言，不是勞苦大眾可以了解的。瞿秋白主張改良舊式的民俗文化，以「俗話」來創作文學。[5]大陸與臺灣在 1930 年代都發生左翼取向的文學思潮，質疑歷史不過十多年的五四白話文。

黃美娥在論及新舊文學論戰時，提到兩者錯綜複雜的對立與協力關係；這其中不只是新與舊、文言文與白話文的爭論，還包括鄭坤五等人指出「北京白話文」與「臺灣在來文」的區別，並強調後者的重要性。[6]到了中日戰爭發生以後，新舊文學論爭的焦點，轉移到哪一陣營比較積極參與大東亞共榮圈。新文學陣營的林荊南責問舊文學對於大東亞共榮圈的論述有何貢獻？最後廖漢臣出來呼籲大家不要分新舊，整合的共識其一是大東亞共榮圈，另一項就是「漢文的重要性」。[7]

然而，另一股以都會資產階級為對象的大眾文化風潮擱置這些論爭，以其受歡迎的程度讓當代研究者重新思考「我手寫我口」的意義。

盛行於 1920～1930 年代的默片電影、話劇、大眾小說可放在一起思考文字與聽講的區隔。當時電影主要來自中國，配以中文字幕，由辯士以臺語發聲解釋劇情。話劇也是以臺語演出，劇本卻是中國白話文。徐坤泉、吳漫沙的小說，必須置放在演講與演出的公開場合聲音文化來理解。「我手寫中文、我口講臺語、我耳聽臺語、我眼讀中文」是當時大眾文化的實踐方式；聽說讀寫分別由中文與臺語各擅勝場。

---

[4]向陽，〈民族想像與大眾路線的交軌〉，收於陳大為、鍾怡雯主編，《20 世紀臺灣文學專題 I：文學思潮與論戰》（臺北：萬卷樓圖書公司，2006 年），頁 43～67。（此文原始出處《臺灣新文學發展重大事件論文集》，〔臺南：國家文學館，2004 年〕）。

[5]李孝悌，〈大眾文化與激進政治：一九三〇年代的文藝大眾化論爭〉，「文藝理論與通俗文化：40～60 年代」研討會，臺北：中央研究院中國文哲研究所籌備處，1996 年 5 月 24 日。

[6]黃美娥，《重層現代性鏡像》（臺北：麥田出版公司，2004 年），頁 124～125。

[7]此方面的原始資料與分析探討，請參見黃美娥，〈對立與協力〉，《重層現代性鏡像》。

徐坤泉與吳漫沙的作品不是左翼知識分子提倡的普羅文學，也不是民間俗文學，可說是上述第三種定義的大眾文學：都會中產階級閱讀的休閒讀物。兩位的小說一方面以通俗與休閒為主，另一方面卻也充滿啟蒙話語，且因為大眾小說寫作技巧未臻成熟，啟蒙話語成了教條式與口號式的公開訓話，小說中充斥著類似演講的情境，鋪陳出一群沉默但熱切的聽眾／大眾，樂意聆聽作者化身為小說人物所做的演說。在此場景之內，我們看到的是「大眾」（mass）而非「公眾」（the public），此點筆者會稍後段落詳述。以下我們先討論羅曼史與婚戀小說有何不同。

（二）羅曼史與婚戀小說

羅曼史（romance）起源於西方，以一男一女的戀愛過程為主題，這些小說於 18、19 世紀即已出現並廣為流通，於 20 世紀中葉以後，由特定出版社以系列方式出版。公式化與類型化的戀愛小說就稱為羅曼史，或是言情小說。羅曼史的特色是女作家寫給女性讀者看，男作家與男性讀者屬例外。[8]

徐坤泉與吳漫沙小說不是羅曼史，原因並非他們是男性，而是羅曼史從文本組織到核心價值觀——浪漫愛叢結（the romantic complex）都有獨特特色，而徐、吳兩人作品並不具有這些特色。[9]根據林淑慧研究[10]，日治末期《風月報》、《南方》所載女性議題小說主要有三大類內容：1.家庭父權干涉婚姻自主的困境；2.處於資本主義的經濟負荷；3.協力皇民化運動。這三個主題也都頻繁出現於徐坤泉與吳漫沙的小說。許俊雅對日治時期純文學作家的研究也指出類似主題。[11]純文學與通俗文學當時尚無學院建制化

---

[8]林芳玫，《解讀瓊瑤愛情王國》（臺北：臺灣商務印書館，2006 年）。Janice Radway, *Reading the Romance,* Chapel Hills: University of North Carolina Press, 1984.

[9]浪漫愛叢結意指將愛情與性整合於終生相守的承諾與婚姻制度。這方面觀念與現代性的關係，請參見 Anthony Giddens, *Transformation of Intimacy,* London: Polity, 1992. 此觀念與羅曼史類型小說的密切關係，見林芳玫，《解讀瓊瑤愛情王國》。

[10]林淑慧，〈日治末期《風月報》、《南方》所載女性議題小說的文化意涵〉，《臺灣文獻》第 55 卷第 1 期（2004 年 3 月），頁 206～237。

[11]許俊雅，《臺灣文學論》（臺北：國立編譯館，1997 年）。

的壁壘分明，主題上多有相通之處，表現手法相當不同，筆者稍後段落將會比較純文學與大眾文學在兩性關係呈現手法的差異。

羅曼史以女主角為中心，尋求真愛的過程其戀愛對象即男主角。故事人物以這一男一女為主（特別是女主角，分量又比男主角重要），有時會加上男配角或是女配角，形成兩男爭一女（或兩女一男）的三角關係。羅曼史可說是女性個人意識的啟蒙，先有了自我主體意識的萌芽，進而產生戀愛的對象與感覺，結合同一的慾望又與自我尊嚴與獨立的需求產生衝突。因此典型的西方羅曼史，小說大半篇幅在描寫男女主角彼此有意，卻又不敢或不願承認，甚至相互討厭，彼此嘲諷。到了小說後半部，甚至快要結束了，才出現兩人互相確認對彼此的愛。在兩人關係形成的過程中，不時出現第三者而使兩人關係更形錯綜複雜。羅曼史的人物因而是由 1-2-3（或 1-2-3-4）架構出情節發展。所謂「1」，就是女性觀點的個人主義與個人意識。「2」是雙人形成的愛情承諾與婚姻結合，但是達成此目標之前，會經歷三角關係的波折。即使沒有三角關係，戀愛本身都威脅著女主角的自我獨立慾望。1980 年代以前的女性主義批評者，對羅曼史採取較敵意而批判態度，認為羅曼史充斥著親善型的父權意識形態。1980 年代著名評論家史碧華克（Spivak）對經典名作《簡愛》提出精闢的分析，指出此書的主題是女性個人意識覺醒。針對羅曼史女性讀者進行深度訪談而寫成的著作 *Reading the Romance*，也同樣肯定閱讀羅曼史與女性爭取個人自主時間及空間的密切關連。[12]

徐吳二人的小說特色是多人物、多主題、多線發展。他們的小說即使有男主角女主角，分量並不重，而是多男多女，描述出一群人不同的遭遇與結局。吳漫沙《韮菜花》一書，男主角與女主角歷經波折，終於有了美滿的結局。女主角的同班同學或是朋友，有的因父親過世、家境貧窮而成

[12]G. Spivak, "Three Women's Texts and a Critique of Imperialism." In *Postcolonialism: An Anthology of Cultural Theory and Criticism.* Eds. G. Desai and S. Nair. New Jersey: State University of Rugers, 2005. Janice Radway, *Reading the Romance.* Chapel Hills: University of North Carolina Press, 1984.

為酒女，有的受到花花公子引誘失身，未婚懷孕，最後成為單親媽媽。小說結束時，曾經離散的好友與同學又重新在一起。中秋節時，眾人到臺北公園看菊花展覽會，公園中還有音樂演奏。除了新婚的男女主角，還有男主角的姊姊，她是單親母親，在大家鼓勵下也帶著小孩一起遊玩。徐坤泉《可愛的仇人》人物更涉及兩代，男主角與女主角都是已婚喪偶的中年人，他們彼此互相關懷，卻又僅止於精神層次的關係，他們各自的子女則發展出同學、朋友、戀人等關係。

徐吳二人作品可稱之為婚戀小說，以別於「羅曼史」此類型。婚戀小說多人物、多主題、多線發展；有別於羅曼史對於彼此是否相愛大加著墨，著重愛情的內部關係，婚戀小說對於戀愛本身顯得容易，但是有種種外部因素形成阻礙。這些外部因素可能是當事人受到肉體誘惑、或是本身中年喪偶而無戀愛再婚的勇氣、或是男主角因為關心國家民族前途，不敢陷入兒女私情。由於人物眾多，結局有的圓滿、有的淒涼；多主題則指婚姻與戀愛方面包含失婚、喪偶、結婚、戀愛、失戀、被誘騙等，此外還加上演講式的啟蒙訓誨。此時期的大眾小說對於自我探索與個人意識的抒發與同時期的嚴肅文學比起來，明顯不足；若與後來的羅曼史比起來，也顯得不足。多人物、多主題、多線發展的特色，使得此時期的大眾小說承續章回體小說的傳統，另一方面又預示了以後電視連續劇與肥皂劇的特色。

（三）啟蒙與娛樂兼具的 1930 年代文化：電影、話劇、與小說

清治時期與日治初期臺灣就已出現章回小說的寫作與出版。前面已提過，前現代社會正式學校制度尚未建立、識字率不高，章回小說依賴說書人來呈現給一般民眾。具有現代意義的新文學出現於 1920 年代，新文人也創立了許多同仁雜誌與報刊。然而，新舊文人與文學論爭並非涇渭分明。到了 1930 年代初期，臺南舊文人創立《三六九小報》（1930～1935），標榜休閒、大眾與通俗；不久又有臺北文人創立《風月》，之後又改名《風月報》、《南方》、《南方詩集》（1935～1944），徐坤泉與吳漫沙先後擔任主編。1930 年代因而是繼 1920 年代新文學與啟蒙運動之後，文壇一方

面有左翼傾向，另一方面又有標榜通俗的休閒報刊，誠如柳書琴所言，通俗成了一種發言位置。[13]

1930 年代的大眾小說並非只是以文字寫成供讀者閱讀，其寫作風格與語體呈現話劇的氣氛，或是電影的辯士說話方式：長篇大論、誇張、義憤填膺或是聲淚俱下。在大眾小說作者之中，吳漫沙可謂集結了眾多表達形式的文化工作者。他除了編輯《風月報》以及寫小說，自己曾演過話劇，也替話劇團寫劇本。小說也被改編成話劇演出。在 1920～1930 年代的情境下，電影、話劇、小說都兼具娛樂功能與政治功能。

日本統治臺灣不久後，電影放映技術被引進臺灣，也有日本人開設的電影院，放映日本電影，但是觀眾反應冷淡。本地人經營的戲院，具有演話劇、歌仔戲、放映電影等多種功能[14]，稱為「混和放映館」，自 1920 年代開始進口中國的電影。[15]可能由於題材取自民間傳說或歷史演義，臺灣觀眾較熟悉，中國電影比日本電影受歡迎。日治時期共進口三百多部中國電影，如《火燒紅蓮寺》。這些電影是默片，輔以中文字幕，現場有樂隊配音伴奏以及劇情說明者（辯士）。辯士是男性，一個人可以模擬劇中多種角色，男性、女性、老人、少年各種身分都由辯士模擬演出。男性辯士模仿少女說話如泣如訴的哀怨，堪稱一絕。這些配有中文字幕的中國電影，由臺灣辯士以臺語當場講解劇情，文字中文（白話文）、口說臺語，是日治時期很普遍的現象。話劇方面也是。吳漫沙的文字是五四白話文，他替話劇團寫劇本，演出時演員講臺語。新舊文學論爭以及臺灣話文論爭所爭辯的「我手寫我口」，在大眾文化上絲毫不受影響。觀眾習慣聽到臺語，但是他們閱讀時可以接受北京話的白話文書寫。

日治時期臺灣放映的的電影來自日本、中國、美國、歐洲，來源紛

[13]柳書琴，〈通俗作為一種位置：《三六九小報》與 1930 年代臺灣的讀書市場〉，《中外文學》第 391 期（2004 年 12 月），頁 19～53。

[14]徐亞湘，《日治時期臺灣戲曲史論：現代化作用下的劇種與劇場》，頁 109。

[15]黃聰洲，〈終戰前的臺灣電影活動〉。收入臺灣史研究會主編，《臺灣史研究會論文集　第一集》（臺北：臺灣史研究會，1988 年），頁 211～234。

雜。中國片仍屬最大宗。即使是日片，也使用臺語辯士，當時在臺日人因而覺得「日本電影開始看起來像個中國電影，感覺莫名其妙」。[16]此段話也顯示出，即使日本統治臺灣多年，仍把說臺語以及臺灣人廣泛的視為「中國人」。而臺灣人除了少數菁英具有閱讀日文書報的能力，一般民眾仍是以講臺語、讀中文為主。

電影放映除了商業管道，也被當成文化機構宣揚新思想的方式。1925年文化協會的蔡培火引進美國製放映機，以及各種紀錄片，巡迴各地放映，現場有一位辯士說明內容，放映團隊稱為「美臺團」，足跡遍及窮鄉僻壤。這些片子有《丹麥之農耕》、《丹麥之合作事業》、《北極動物生態》，半年後也開始放映劇情片。[17]美臺團是政治活動，有團歌，開演前團員合唱團歌，觀眾也一起唱，現場氣氛熱烈。這種歌唱文化，也可以從大眾小說中發現。徐吳二人的小說經常出現眾人集會場合歌唱情形，連歌詞也一起寫出來。不論是太平洋戰爭開始後推行皇民政策、或是中國地區的抗日活動，當時從事集體動員的方式包括演講、放映影片、演話劇與歌唱。

關於臺語電影相關發展近年來研究甚多。[18]1930 年代，《桃花泣血記》為無聲電影，使用臺籍辯士以閩南語講解，配上臺語流行曲，在當時大受歡迎。

回到日治時期的進口中國電影此現象。電影成為都會摩登男女的休閒社交活動，產生的影響有[19]：1.引起青年思慕祖國（中國）；2.引起青年對表演工作的興趣，一群臺灣人投身上海的電影產業；3.女性穿旗袍成為時尚。臺灣人偏好中國電影多於日本電影，可能是因為中國電影提供了漢人

---

[16]三澤真美惠，《殖民地下的銀幕：臺灣總督府電影政策之研究，1895～1942》（臺北：前衛出版社，2002 年），頁 294。這段話不是三澤真美惠的意見，而是作者根據《大阪映畫教育》整理出來當時日人的看法。

[17]黃聰洲，〈終戰前的臺灣電影活動〉，《臺灣史研究會論文集　第一集》，頁 218。

[18]呂訴上，《臺灣電影戲劇史》（臺北：銀華出版部，1961 年）；黃仁，《悲情臺語片》（臺北：萬象圖書公司，1994 年）；黃秀如，《臺語片的興衰起落》（臺灣大學政治研究所碩士論文，1991 年）。

[19]黃聰洲，〈終戰前的臺灣電影活動〉，《臺灣史研究會論文集　第一集》，頁 220。

形象與認同。[20]因此到了二戰開始，日本殖民當局禁止中國電影進口。

在 1930 年，日本籍辯士多於臺籍辯士。短短幾年內，日本電影改成有聲電影，日籍辯士人數下降；反之，臺籍辯士人數增多。[21]即使有聲電影出現多年，臺灣電影院的辯士文化依然存在著，到了 1950 年代的鄉下戲院都還有。

從默片電影搭配現場辯士，到話劇演出，形成了口說演講的口頭表達文化。這種口說文化並非庶民俚俗的生活對白，而是殖民現代性的大眾啟蒙與娛樂。啟蒙的內容無非是反封建、提倡自由與平等。男女戀愛自由成了最受歡迎的主題。到了二戰發生後的皇民化運動時期（1937 年以後），吳漫沙與當時其他大眾小說作者必須極力配合「國策」（皇民化與大東亞共榮圈），婚戀小說輕易成為政策宣導的工具。男女戀愛的主題不變，男女戀情的障礙變成男主角心繫國家民族前途而不敢輕易承諾愛情；愛情最後得以實現則是男女主角找到報國方式（男的上戰場打仗，女的當護士），小愛與大愛兩方面都圓滿了。

接下來的段落筆者將分別探討徐坤泉與吳漫沙兩位作者及其作品特色。

三、徐坤泉：不文、不語、不白

（一）生平與背景

徐坤泉（1907～1954）為澎湖望安人，別名阿 Q 之弟、老徐（筆名）。他是日治時期擁有最多讀者的小說家之一，其中以《可愛的仇人》這部長篇小說最為膾炙人口。從 1936 年初版以來，直至 1998 年仍有出版

[20]1955 年臺灣人投資，並以臺語演出的歌仔戲電影《六才子西廂記》、《薛平貴與王寶釧》大受歡迎，開啟十餘年臺語片的風光時代。臺灣民眾長期面臨多語言、多文化的環境，對文化產品的偏好不能單一認同或語言的方式簡化。

[21]1930 年有 56 個日籍辯士，至 1937 年由於有聲電影出現，日籍辯士完全消失。1930 年有 19 個臺籍辯士，1932 年增至 43 個。見黃聰洲，〈終戰前的臺灣電影活動〉，《臺灣史研究會論文集　第一集》，頁 221。

社為其重新再版。他曾於私塾就讀，接著進入廈門英華書院、香港拔萃書院及上海聖約翰大學求學。曾任《臺灣新民報》海外通訊記者、學藝部記者（副刊編輯）、《風月報》主編、臺灣省文獻委員會編纂，也代理虎標永安堂萬金油（湖南長沙）及經營臺北北投文士閣旅館。

除了《可愛的仇人》外，徐坤泉尚有《暗礁》（1937）、《靈肉之道》（1937）、〈新孟母〉（1937～1943 連載，未完）等多部長篇小說；小品文〈島都拾零〉（併入《暗礁》，1937 初版）；傳記報導作品〈中國藝人阮玲玉哀史〉（1938～1939 連載，未出版）；未集結之小品文、隨筆、詩二十餘篇。更有專論三部：《臺灣省通志稿》：〈學藝志——文學篇〉（與廖漢臣合纂，臺灣省文獻委員會，1950 出版）、〈臺灣早期文學史話〉（臺灣省文獻委員會《文獻專刊》，1951 出版）及《臺灣省通志稿》：〈學藝志——文學篇〉乾、嘉時期之前部分（臺灣省文獻委員會，1952 出版）。

根據徐坤泉於《可愛的仇人》自序中提到：

> 在臺灣這樣的環境，要寫成一篇能被認為「大眾化」的小說，是難上加難的事，老先生輩好古文，中年先生輩好語體，青年同志們好白話，既然所謂「鄉土文學」，有時亦當用臺灣鄉土的口音造句描寫，所以這部《可愛的仇人》，是以不文、不語、不白的字句造成的，其目的在於能普遍讀者諸君，內中定有許多的俗字俗句，希望讀者諸君加以斧正諒解！

由此可看出徐坤泉為頗具創作用心的臺灣鄉土文學前輩作家。在 1937 年統治當局下令禁止報章雜誌漢文欄之後，徐坤泉的創作維繫著以漢文寫作的大眾文學的生存與發展，他擅於描寫庶民心理，是擁抱大眾的文學作家。[22]

---

[22]以上資料整理自高啟進，〈澎湖望安小說家「阿 Q」之弟——徐坤泉（1907～1954）〉，收錄於《澎湖研究第一屆學術研討會論文集》（2002 年），頁 186～207。李進益，〈日據時期長篇通俗小說的

徐坤泉說自己的作品不文、不語、不白，十分傳神。他的小說以中國白話文為基調，有些地方加入臺語用語，但是不仔細看，看不出來。換言之，他並未能形成臺語的句型與語感，可能也沒有這方面企圖心。在《可愛的仇人》一書中徐坤泉的臺語用詞如下：

「生理（意）」亦……[23]

請你到敝處「奉茶」（同上註，頁 43；以下皆出於同一本書）

他又要「厝稅」（註：房租）了（頁 73）

另日再來「拜候」，「請了」。（頁 108）

由這一叢，穿過那一叢，顯出十分驚怕人們的「形影」一樣。（頁 270）

少見多怪的農夫，屢次「翻頭」過來。（頁 270）

一躍可以為社長，或是「頭家」。（頁 273）

全身起了毛猴。（頁 397）

紫紅色的「禮翁電光」照得奪人視線。（頁 293）

假如你有「靈顯」的話。（頁 326）

甚至在外與人「絞絞纏纏」（頁 336）

為的是太過於「耳空輕」（頁 355）

以徐坤泉的背景與工作環境，被視為與新文化運動關係密切，「身為編輯而未與聞臺灣新文學運動是一件不可思議的事」[24]，王詩琅認為「他和臺灣新文學運動接觸最多，且這方面朋友也最多，可是他本人始終和運動沒有發生過關係，這也算是臺灣文學界的一件怪事」。[25]

創作及主題探究——以徐坤泉、吳漫沙作品為主〉，《第三屆通俗文學與雅正文學全國學術研討會論文集》（臺中：中興大學中國文學系，2002 年），頁 93～113。

[23]徐坤泉，《可愛的仇人》（臺北：前衛出版社，1998 年），頁 16。

[24]陳薏如，〈在菁英與大眾之間——論徐坤泉《可愛的仇人》的革新意識及其通俗呈現〉，《育達人文社會學報》創刊號（2004 年 7 月），頁 245～256。

[25]一剛（王詩琅），〈徐坤泉先生去世〉，《臺北文物》第 3 卷第 2 期（1954 年 8 月），頁 136。

其實這並不奇怪。一個文化運動與風潮的發生，除了當時活躍於第一線的作者與運動組織的發起者，還有許多其他成員屬於第二圈的組織幹部與報刊編輯、記者等文化生產過程的支援人員。徐坤泉本人是記者與編輯，同時也是作者，大眾文藝的創作者。在當時 1930 年代的氛圍之下，大眾文藝一方面展現通俗與煽情的特色，同時也充滿訓話式與演講式的啟蒙論述。當時小說的特色是彷彿充滿聲音，人物的內心獨白讀起來不像是喃喃自語，而是有如話劇或廣播劇般嘶聲力竭的大聲喊出來給一群想像的聽眾傾聽。這些讀者／聽眾，以當時就學與識字率等相關資料來推測，極可能男性多於女性。[26]羅曼史作為女性作家寫給女性讀者看的性別化閱讀，這要到更後期才發生，可能是 1950～1960 年代。[27]1930 年代的大眾小說，即便主題是婚姻與戀愛，基本上仍是男性作家與男性讀者居多。大眾婚戀小說，在書寫形式上有如公開空間的大聲演講。這也與上面提及的電影辯士文化有關。

（二）公開空間的大聲演講

徐坤泉小說中很少有人物之間一來一往、往返數次的對話交談。一個角色一說話，必定是滔滔不絕。比如父親教訓女兒，父親長篇大論講完了，女兒開始回應，女兒也是長篇大論。又如夢境的情節，並無夢的神祕朦朧，而是另外一個場景，讓不在場的人物——特別是已經過世的人物，得以如泣如訴、或掏心掏肺大肆宣洩情感。《可愛的仇人》一書中，中年人志中與秋琴年輕時曾熱戀過，後來各自婚嫁又喪偶。小孩成長過程中，兩人彼此懸念，卻沒有真正互動的機會。作者以作夢的情節讓兩人互動。秋琴夢到志中，志中講的話猶如一場名為「天國革命」的演講：（頁186）

[26]當時臺中圖書館的資料顯示借閱讀者男多於女。見蔡佩均，〈想像大眾讀者：《風月報》、《南方》中的白話小說與大眾文化建構〉（臺中：靜宜大學中國文學系碩士論文，2006 年）。

[27]1950 年代就有多位女性小說家創作婚戀小說。瓊瑤出道於 1961 年，她早期的小說也是婚戀小說，出版多本小說後才確立公式化與類型化的羅曼史書寫。見林芳玫，《解讀瓊瑤愛情王國》。

天國要革命了，被金錢買收了的可惡月下老，我們要把他打倒。……中國的革命家孫中山亦是其中的一分子，他因革中國社會的命，革不成而死去，現時在天國運動革命，兵馬無數伏在南天門的一角，不久或者能與關雲長拼個生死，耶穌亦與他聯合戰線。他們以為天國的制度，須改為委員制，方合潮流。……孫中山和耶穌均舉上「博愛」旗號，孫中山在東方運動一切的鬼神參加革命，耶穌亦在西方運動天國的革命，或者能與世界的大戰同時發作。秋琴，我所至愛的秋琴。我們的結婚可以重再實現了。[28]

上述這段話很類似〈天宮會議〉這篇短篇小說。[29]小說內容描述靈霄殿開了一個御前會議，「玉皇主席」先致詞，觀世音菩薩等發言，會中針對世界局勢、消除貧富階級、促進男女平等諸議題加以討論。由此看出當時知識分子對於社會改革的投入，甚至連宗教與民間信仰也被拿來表述並連接（articulation）於啟蒙論述。

在故事裡，主角志中夢見過世妻子淑華與昔日戀人秋琴。志中對妻子淑華的話，有如公開告白與懺悔錄：「你又自己譴責自己命壞」。[30]秋琴對志中說的話，則是大聲的自我告白：「過去的我好比是易卜生傀儡家庭中的主婦……」[31]

除了以角色身分來長篇大論、發表演說，作者本人也會有如寫文情並茂的論說文般，對臺灣婦女悲慘處境大發議論。《可愛的仇人》中的一節，「蠻窟嘶聲」，整節約數千字，沒有人物對話與情節，完全是婦女處境的不平之鳴：（頁 65）

---

[28]徐坤泉，《可愛的仇人》，頁 186。

[29]〈天宮會議〉作者不詳，筆名貞，刊登於《三六九小報》第 142 期，1932 年（昭和 7 年）7 月 1 日，重刊於吳福助主編，《日治時期臺灣小說彙編 45》（臺中：文听閣圖書公司，2008 年），頁 183～191。

[30]徐坤泉，《可愛的仇人》，頁 29。

[31]徐坤泉，《可愛的仇人》，頁 36。

嗚呼！臺灣婦女的運命！身生為女子，已是不幸，為臺灣女子，更是不幸中之大不幸。翁姑拌嘴，罵媳婦洩恨；丈夫賭負，打老婆出氣；父兄商業做失敗，怨妻賠錢貨；家庭死了人，遷怒女子破月，說是不祥女。……秋琴沉思到這裡，不覺心寒。想自己目前所遭到的運命而推想到其女兒麗茹將來的運命，又不知將要如何設想，她覺得臺灣重男輕女和社會種種不幸慘劇，相繼而生，這畸形的社會，以一切的不是，都要歸過於女人。……嗚呼！臺灣的女同胞呀！我們的命苦啊！[32]

若將上述這些特色與嚴肅文學比較，似乎形成「公開空間的傾聽大眾」與「私密空間的個人主義與公共領域雛型」兩種不同形態的對比。嚴肅文學也充滿性、愛情與婚姻的主題，寫作風格與大眾小說大異其趣。翁鬧的〈天亮前的戀愛故事〉、巫永福的〈首與體〉都是臺灣文學中的經典作品。這些作品以第一人稱「我」來敘事，彷彿敘事者對著讀者的「耳朵」竊竊私語，聲音極其輕柔；這是一個敘事者對著一個讀者的喃喃自語。小說中雖也提及公園、百貨公司、劇場等公開空間，那是一對一私密閱讀活動中的第二層想像背景（第一層是敘事者要說的事）。讀者閱讀過程中，關心的是敘事者要說什麼；那些百貨公司、公園等地方本來就有很多人群經過，這些人除非作者特別描述，基本上是無形的；反之，徐吳二人的小說，經由作者化身為瘋子青年、夢中的思念情人等各種人物發表演說，製造了一群沒有自己聲音但是專心傾聽的大眾。換言之，大眾作為聽眾，被鑲嵌到大眾小說的文本中，而嚴肅文學則是個體化的讀者於私密空間進行閱讀。[33]

不論是電影院的辯士，或是社運分子辦的講演會，雄辯滔滔的口語演

[32]徐坤泉，《可愛的仇人》，頁 65。

[33]現代小說的興起以及閱讀活動的進行，昭示著個人主義的形成；由此個體化過程，在閱讀中想像共同的社會情境與國族、階級、性別的主體銘刻，因而集結為共同體。關於先個體化、再集體化的小說閱讀活動，相關研究可參考蘇碩斌，〈日治時期臺灣文學的讀者想像〉，《跨領域的臺灣文學研究學術研討會論文集》（臺南：國立臺灣文學館，2006 年），頁 81～116。

說文化扮演日治時期公眾娛樂與輿論的雙重功能。影響之大，也有人寫短篇小說諷刺部分演說者乃不學無術的文化騙子。[34]這種批評與諷刺之作，以負面方式應證了日治時期演說文化的普及。

嚴肅文學的小說先是個體化與私密化，整體的文學現象又形成集體化與公共領域的形成。小說中的人物展現猶豫躊躇，內心中有不同的觀點交戰著，也和其他角色於對話過程中展現質疑、反思、論辯、並且互相修正彼此的看法，因而具有公共領域的基本特色。

巫永福的〈首與體〉，以「我」和他的朋友 S 之間的簡短對話，展開家鄉臺灣與留學地東京的比較。讓兩人煩惱的事情與婚姻及戀愛有關，但是作者根本沒有著墨於戀愛的感覺與過程，而是以此開展家鄉與異鄉、蒙昧與進步、首（思想）與體（身體與行動）的糾結。

大眾小說與純文學比較起來，較缺乏知性的反思，但是若放在前面提及的大眾文化與大眾媒體的脈絡來看，大眾小說創造一個公開的場所，在此展演新的文化價值。讀者與觀眾雖然是沉默而被動傾聽，仍然可以經由小說、話劇、電影以感性方式接觸新舊價值衝突下的人物行動與生命歷程。大眾小說對於當時都會日常生活以及女性眾生相的描寫，比純文學更清晰立體。

當時的大眾小說也擔負傳播訊息的功能。由傳統社會過渡到現代化社會，由漢人社會過渡到被殖民、說寫日文的社會，大眾小說針對新興社會現象加以介紹，不只是滿足當時讀者的求知慾與好奇心；時隔數十年，我們現在也得以知道當時社會變遷的種種現象。例如金錢與學歷對年輕人的壓力，書中有一個瘋子，在大街上滔滔不絕講自己的遭遇，這又是一個演講式的場合：

諸位先生、小姐，你們看我做什麼？你們不久亦要和我一樣呀！我是姓

[34]棄人大王，〈演說的祕訣〉，《三六九小報》第 1 期，1930 年（昭和 5 年）9 月 9 日。重刊於吳福助主編，《日治時期臺灣小說彙編，45》，頁 5～13。

祖名負的，這不是我的本名，因為祖公的遺產負了我一生。……諸位兄弟姊妹呀！你們看我是生得一副何等的眉清目秀呀！豈不是完全沒有乞丐的相貌嗎？真的，如今我做乞丐了，可見一個人的面相，是全靠不住的呀！在我少時的那個當兒，瞎子先生都說我會做大官，但是竟然連做一個賣豆干的都不如呀！所以瞎子先生的話，是可不必信的，祖公的遺產是靠不住的呀！[35]

或是臺灣學生到日本留學的類型：

十二歲的時候就到東京留學，對於學業也有也無的虛度了光陰，十六歲的那一年我就開始嫖妓起來。事被學校當局發覺，遂被命令退學。三五年未透連連轉了五間學校。一年的花費總在萬圓以上，日本藝妓、中國、臺灣、西洋的妓女都是我嫖過來的；天津、上海、南洋外國都是我遊歷過來的。每次無論嫖妓、遊歷都有三、五個朋友伴我出門，所用的錢都是在我的身上，這樣的東遊西玩倒也威風得很，今日某處、明日那處，不過數年的花天酒地，我這個錢神、銀牛弄得一貧如洗了。[36]

小說中不只是人物講話大聲，作者在場景上，喜歡塑造黑夜中的狗吠、蟲鳴、烏鴉叫聲所形成的話劇式孤獨與淒厲氣氛。秋琴是一個多愁善感、焦慮、神經質的女性；到了深夜，對著明月星光百感交集。小說後半她抑鬱多年臥病床上，臨終前作者如此描寫：

烏鴉又在啞啞的哭叫了！好似叫著秋琴的樣子，室內的電燈，不知道什麼緣故，忽然熄去。室內變成漆黑的世界，點上燈火，室內更顯出慘淡，房門忽然被風打開，燈火亦被吹熄了，宅後的狗吠又不住的嗡嗡起

---

[35]徐坤泉，《可愛的仇人》，頁 95～97。
[36]徐坤泉，《可愛的仇人》，頁 96～97。

來了。麗茹和阿國，驚的神不附體的，全身起了毛猴，戰慄顫動不止，哭亦哭不出來，惟有忐忑而已。由廳裡忽然飛出一隻蝙蝠，麗茹驚得「唉！」了一聲。[37]

（三）孤兒及其日本母親

臺灣文學中常見到母親形象的書寫，以母親來暗喻家鄉臺灣，母親的苦難就是臺灣的苦難。《可愛的仇人》一書中較特別之處是「內臺聯姻」下的日本母親。書中的慧英出身良好家庭，愛慕她的阿國自認為高攀不上。慧英寫一封長信給阿國，表白自己的身世祕密。當年她父親到日本，認識一位日本女性，同居而生下慧英。慧英父親把她帶回臺灣，在臺灣和另一名女子結婚。慧英聽說生母後來淪落風塵，一直想要去日本找生母。

書中另一位年輕一輩的人物萍兒，他自小與麗茹兩小無猜，雙雙到日本留學。雖然萍兒與麗茹兩人彼此相愛，萍兒仍然抵抗不了日本女子君子的誘惑，發生關係而導致君子懷孕。萍兒最後仍然選擇和麗茹在一起，君子在醫院生下小孩沒多久病逝於醫院。萍兒與麗茹於新婚蜜月期心中滿懷罪惡感，麗茹也下定決心好好撫育嬰兒。

日治時期臺灣地區居民除了世居本地的臺灣人，也有日本人與中國人。《可愛的仇人》裡面的人物為了經商或求學，兩岸三地往返奔波。在這樣人口遷移與多樣化的情境下，日臺生子、中臺生子的案例在現實中所在多有。徐坤泉選擇了臺灣父親與日本母親的組合，而非中國父親、中國母親、或是日本父親。

小說中的兩位日本母親最後都被拋棄；慧英之母淪落風塵，而君子則是年輕時當過有錢人情婦。經由如此描寫日本女性／日本母親，徐坤泉以男作家的書寫位置，將陽剛強勢的殖民者逆轉為柔弱可憐的女性，一方面滿足了被殖民男性對殖民國家女性的情慾想像，另一方面也很弔詭的呈現

[37]徐坤泉，《可愛的仇人》，頁397。

出集體潛意識層次臺灣認同的焦慮：日本是一半的根源、卻又注定是被拋棄與失落的根源，臺灣父親則是既定的現實。

《可愛的仇人》男女主角志中與秋琴年輕時曾熱戀過，秋琴聽從父親安排嫁給別人，志中也娶了別人。兩人後來都喪偶，彼此互相思念卻沒有見面。他們的下一代成為好友與情人。日治時期婚戀小說包含了童年時代的友情、青春期的戀情、以及中年期的精神之愛。面向廣闊，與羅曼史專注於成年期的戀愛不同。

婚戀小說的另一個重要主題是弱勢女性在經濟壓力之下，保持貞操與接受幫助的兩難。志中暗中接濟秋琴不讓秋琴知道，對秋琴也無所求；即使如此，秋琴仍煩惱著寡婦的名譽。吳漫沙的《黎明之歌》，林氏因為丈夫坐牢生活陷入困境，鄰人居中牽線勸她當有錢人情婦賺取生活費。林氏思考一整夜幾乎答應了，後來還是不願意。後來林氏碰上都市裡的有錢人黃氏夫婦，買了她的女兒素芬當媳婦仔。黃氏夫婦善待素芬，供素芬上高等女校，期盼素芬最後與他們的癡傻兒子結婚。素芬高女畢業後也陷入恩情與自由的兩難。吳漫沙筆下的傻兒子並沒有到達智障的程度，還能寫出文情並茂的信，感動素芬放棄離家出走的計畫，成全了恩情。

這些婚戀小說鋪陳出女性的眾生相。雖然大致上作者們鼓吹戀愛自由，在情節安排與角色塑造上，仍有細節上微妙的變化。無法結合的愛情可以昇華為友情；缺乏愛情火花的婚約因為恩情而實現承諾。大眾婚戀小說一方面提倡新價值，另一方面也描寫人們在具體生活壓力下，道德與自由兩難之間如何抉擇。

徐坤泉是臺灣人，到香港及大陸求學。他的小說以臺灣、大陸、日本兩岸三地為背景。《可愛的仇人》對日本軍國主義略有微詞，書中人物志中也曾滔滔不絕提起孫中山先生。與吳漫沙比起來，徐坤泉的小說世界及其人物仍以臺灣人為主。以下我們介紹吳漫沙，他的小說努力配合皇民化政策，同時又流露強烈的中國人意識。

四、吳漫沙：五四白話文的華語敘述與大東亞共榮圈

（一）臺灣人的中國之子

吳漫沙小說特色經常被提及且被負面看待之處有兩點：第一是對女性的道德說教、第二是配合日本當局的「大東亞共榮圈」從事的皇民書寫。學者陳建忠指出，他的大眾通俗小說與皇民文學使其處於「雙重邊緣化」，難以在臺灣文學史占有重要地位。[38]筆者擬針對這兩點提出進一步深思。

吳漫沙的作品必須從他特殊的生平經歷來看。不像日治時期作家皆為出生成長於臺灣，粗通或嫻熟日文，吳漫沙的家鄉是福建晉江縣泉州附近的石獅，在此成長受教育至高中畢業。他在福建家鄉是個風雲人物，辦報、演戲、演講、編劇、組劇團等，樣樣都全，另外還組織籃球隊，算得上文武雙全，英雄出少年。所以他創辦「民生小學」（新湖中心小學前身），當過聯保主任，在動亂的年代裡，年輕、氣盛，經常一身雪白，行走在故鄉的街頭巷尾，連上衣口袋都還不忘放上一張香水紙。

根據吳漫沙自己多年後撰文回憶[39]，他的祖父早已來臺經商，往返臺灣與福建兩地。小時候父親也隨祖父在臺經商，留下他與母親在福建家鄉。當時他家可說是「陸商來臺」，家眷留在大陸福建。吳漫沙成長過程中一方面遭逢並參與各種學生團體的抗日活動[40]，另一方面中國內部各派系軍閥也輪番騷擾鄉民。

地方上各種大小軍閥引起的戰亂，使得吳漫沙父親決定把家人接來臺灣躲避戰禍。18 歲時吳漫沙就坐船來臺北。當時他的家族已經有多人定居於臺北，是個大家庭。家中訂閱各種書報雜誌，主要是以五四新文學為主：

---

[38]陳建忠，〈大東亞黎明前的羅曼史〉，《日據時期臺灣作家論：現代性‧本土性‧殖民性》，頁213。

[39]吳漫沙，《追昔集》（臺北：臺北縣政府文化局，2000 年）。

[40]民國 20 年發生九一八事變，全中國掀起反日風潮。

> 我家也附庸風雅，客廳掛著古今名人書畫，書齋的書櫥裡，有古裝書和近代書籍，長期訂閱上海《申報》、《東方雜誌》、《小說世界》、《紅玫瑰》報紙和雜誌，還有《胡適文存》，梁啟超的《飲冰室文集》，以及魯迅、巴金、郁達夫、沈從文、徐志摩、朱自清的作品，張恨水的《啼笑姻緣》，不肖生的《江湖奇俠傳》。這些書，在家鄉多數沒有讀過，我無事時，就讀這些書，生活很充實。[41]

他家經商，生活頗為優渥，但後來父親投資經營的煤礦經營不善倒閉，家中經濟陷入困境。吳漫沙和他弟弟「我們都不懂日文、日語，不容易找工作，終日悶在家裡，我動動筆桿，打發時間」。[42]從此他與臺灣報刊與文壇結緣。

吳漫沙在家鄉時即參與反日活動，來臺後又認識文化協會的人，也與楊逵、葉陶、林獻堂等人交往。因為日本刑警跟蹤監視楊逵夫婦，後來也把吳漫沙叫去問話。其後吳漫沙更因居留過期，先被收押在看守所，然後驅逐出境（1936 年）。他是中國人，在臺灣算是外國人。回到故鄉沒多久，第二年他又到臺北。1937 年在徐坤泉邀約下，參與《風月報》的編輯。

1930 年代的吳漫沙法律上是中國人，成長過程深受五四文學與抗日活動洗禮，心態與認同上也是中國人，這點在他的小說中相當明顯。筆者因而認為，他小說的特色及其被文學史邊緣化的原因，並非書寫皇民文學這個單一現象，而是他奇特的組合：文化與國族認同是中國，但是又極力於小說中表現「日華親善」。為什麼會這樣？筆者將於後續分析《大地之春》時詳述。

吳漫沙的伯父、叔父、父親、伯叔父的家人都具有臺灣籍，吳漫沙與其母親、弟妹則是中國籍。1937 年 7 月 7 日蘆溝橋事變發生後，在臺灣的中國人處境艱困，叔父、伯父等具有臺灣籍的親戚害怕被牽連，主張吳

[41] 吳漫沙，《追昔集》，頁 42。
[42] 吳漫沙，《追昔集》，頁 47。

漫沙要回大陸去。吳漫沙也買了船票準備回去，那班船最後取消未開。吳漫沙留下來。

他在《追昔集》中表示那段時間一日數驚，妹妹與母親皆因飽受驚嚇而臥病在床。度過這段危機，同年年底他應徐坤泉之邀擔任《風月報》編輯。

在臺灣總督府下令於 1937 年 4 月以後，新聞雜誌禁止使用中文的時期，一位不會寫日文的中文作家，竟然能夠編輯當時唯一的中文雜誌《風月報》，並出版一系列如《韮菜花》的中文小說。為什麼會有這種可能？在某種意義上說，依然是臺灣文學史上一個尚待解開的謎。[43]這在下村作次郎看來是一個謎，其實吳漫沙在《追昔集》說得很清楚，日本當局認為《風月報》是休閒娛樂刊物，而且刊物每一期出版前都要送審。為了擔心被禁止與沒收，每次送審前要附個紅包或禮物給審查官。有時候刑警到藝妓院消費完了，打電話請他們去付帳。[44]

戰後，日本戰敗退出臺灣，國民政府接管臺灣，1946 年 10 月 25 日下令禁止日語。臺灣人開始學習中文時，吳漫沙的中文通俗戀愛小說成為人人愛讀、大受歡迎的作品，連鍾肇政也承認，閱讀吳漫沙對學習中文很有幫助。[45]

從 1936 至 1944 年間，在戰爭與時代動亂下，吳漫沙與所有人一樣過著動盪不安的日子；但是他較特殊的身分——中國人在臺灣——使他面臨更多壓力。奇特的是他持續編輯《風月報》、寫小說、替話劇團（新劇）寫劇本；更奇特的是這些活動給他帶來持續的警察干預、數度出入拘留所。總體而言，他並未因為被送到拘留所遭受刑求而把自己定位為流血犧牲的抗日受難英雄；他也沒有因此退縮收筆。他持續編輯與寫作、刊物

[43]下村作次郎、黃英哲，〈臺灣大眾文學緒論〉，頁 1～12，收於吳漫沙著，《黎明之歌》（臺北：前衛出版社，1998 年），頁 6。
[44]吳漫沙，《追昔集》，頁 83～84。
[45]鍾肇政，〈吳漫沙先生與我〉。收於李宗慈，《吳漫沙的風與月》（臺北：臺北縣政府文化局，2002 年），頁 7。

送審、數度進出拘留所。我們若單看他的小說內容，口號式的「日華親善」、「大東亞共榮圈」等的確令當代讀者看了不舒服，文學手法也顯得粗糙。然而小說中的中國人意識又很強烈。這種看似矛盾的組合，必須從他的背景去了解。

前面提及 1936 年他因居留過期而被遣返回大陸，從大陸又再來臺北。1937 年 7 月蘆溝橋事變使得臺籍親戚希望他回去大陸，他繼續留在臺北，年底參與《風月報》。1939 年他替「星光新劇團」寫劇本，在臺北永樂座演出。

當時的話劇在收費劇場一次演出五至十天，每天劇情不同；次日要演出的，前一天才寫好。[46]劇本當然也要事先送審。後來，只要是吳漫沙寫的，都被禁止。當時的話劇講的是閩南語，吳漫沙寫的是五四白話文。由此可見新文學運動中「我手寫我口」的原則不一定適用。吳漫沙口講閩南語，文字中幾乎沒有任何閩南語用詞，這並不妨礙他替新劇團寫劇本。反過來說，那些企圖融入臺語於文學書寫中的新文學家，特別是嚴肅文學作者，不見得受劇團青睞受邀寫劇本。日治時期新劇有如大眾小說，富有啟蒙教化的使命，更需以大眾化及雅俗共賞來吸引觀眾付費支持。

1940 年《風月報》發行滿一百期，吳漫沙寫的「慶祝」文章充滿憂思，顯示出當時漢文出版的政治困境。他大聲呼籲：

> 這個被遺棄的孤兒——《風月報》——在悲傷的歲月裡，孤獨無助的，在遍地泥濘、荊棘叢生的荒野，不畏風雨、披荊斬棘、流汗流淚，在陡峭溜滑的梯岩，顛顛躓躓，一級一級的爬，爬上這一百級。展望未來，距離理想，還很遙遠，仍須繼續爬，要爬上最高峯，欣沐慈暉，重投慈懷。要達到這個理想，必須各界人士和文藝先進的鼓勵、協助[47]

[46]吳漫沙，《追昔集》，頁 87～88。
[47]《風月報》第 100 期特刊，轉引自《追昔集》，頁 90。

1941 年，吳漫沙將之前於報刊連載過的《桃花江》以單行本出版。既然之前連載沒事，出版單行本似乎也可行。但是，單行本被禁止發行。

1942 年，他被警察叫去，留置拘留所數日。罪名是「擔任中國特務，還替美軍蒐集情報」。在拘留所中每天被毆打，強迫他承認罪名。他的堂妹替他奔走，動用關係而放出來。那位警察的上司，自己也是日本人，和顏悅色的要他不要再從事編輯與寫作活動。吳漫沙雖然經過這個劫難，不改其志，仍持續寫作。

二次大戰後日本戰敗退出臺灣，國民政府接收臺灣。當時興起學國文（中文）、講國語（中文）的熱潮。由於教材缺乏，以〈三字經〉、〈千家詩〉為教材。吳漫沙也被邀請去教中文，他用的教材是〈三民主義〉。吳漫沙自承他多年沒說國語，沒把握教國語，但是他可以教國文。到目前為止，吳漫沙是一個講話用閩南語、寫作用中國白話文的作家；他對文言文與應酬式的舊詩，反感程度就如臺灣地區與大陸地區的新文學家。在日治時期，他持有中國籍、認為自己是中國人、不懂日文、討厭文言文與舊詩。

我們詳細了解吳漫沙寫作過程中持續受到日本警察關切、甚至進入拘留所被毆，不免會感嘆，近年來他的作品受到學界注意而加以研究，又被質疑為皇民文學。

（二）女子眾生相的描寫

吳漫沙的作品從當代人的眼光看來，似乎展現強烈道德訓示，特別是關於女子受到現代都會崇尚物質享受而墮落，他以情節安排來展現女子墮落的悲慘下場，並與端莊守貞的女子形成對比。隨著近年來日治時期大眾文學受到學術界重視，關於吳漫沙的研究也日益增多，研究者大致上趨向負面看法，指出他在女性議題上的保守。[48]筆者無意反駁這種看法，但是，我們可能必須避開以當代人的道德標準來評量不同時代的人，深入分析吳

---

[48]陳建忠、吳瑩真、蔡佩均等人多持此種看法。

漫沙書寫的特色及其貢獻。

吳漫沙的書寫方式，將不同社會位置與個性的男女群像，循著「向上提升 vs. 向下沉淪」的軸線，鋪排出社會變遷過程中的各種可能性。《韮菜花》這本小說，以七個女子的兩大類型，鋪排出提升與沉淪的兩種結局，因此可歸納成四種路徑。

這兩種類型，第一類是端莊賢淑的新女性，在《韮菜花》這本小說中有端美、慧琴、秋心、秀珠。這類女性一方面具有熱愛知識、追求個人人格獨立自主的時代新青年的特色，同時不被都會的聲色娛樂所惑。前面三位得到美滿結局，可說是「善有善報」。

第二種類型追求摩登，衣著打扮入時，出入都會消費娛樂場所，甚或縱情肉慾。《韮菜花》一開始就以視覺化方式描述月嬌時髦的打扮。月嬌年紀很輕就當有錢人的情婦，又因不甘寂寞而主動勾引各種男子。月嬌因為生活淫蕩，關係複雜，最後死於謀殺。這是典型的「惡有惡報」。假如吳漫沙的小說就是善有善報、惡有惡報，那麼的確缺乏文學價值。其實他的小說呈現善惡分明之外的灰色地帶，這才是吸引人之處。

第一類的女性秀珠，單戀不成而發憤求學，專心向學成為一名助產士。在當護士過程中認識醫生江明宗，她貢獻出自己的貞操與積蓄，醫生最後卻拋棄她，最終秀珠以自殺結束。秀珠可說是第一類女性的變異型。本質善良，有心向上，但是意志不夠堅定而被誘騙。

第二類女性以惡女為主，月嬌是代表人物。此外是摩登女，有碧雲與愛蓮。愛蓮是男主角智明的姊姊，出身家教嚴格的良好家庭。她聰明活潑，善於交際，被朋友形容成是「辯護士」。她在跳舞場認識花花公子而陷入熱戀，懷孕後被拋棄；之後在母親安排下到鄉下生產，成為未婚媽媽。碧雲是端美、愛蓮等人的同學，年輕時講究服飾打扮；後來因為父親過世，迫於經濟壓力成為女給。最後她也找到意中人而結婚。婚後生活仍然十分艱苦，但是夫妻恩愛。相較於害人害己的惡女月嬌，摩登女除了喜好時尚、注重打扮，並無明顯的惡意與惡行。然而，或因所遇非人、或因家道中落，都遭遇人生的曲折不幸。從表面上看來，這是吳漫沙的道德訓誡發揮作用：女性失身必定下場悽慘。細讀之下，他對這些女性仍充滿同情與接納。愛蓮未婚生子，昔日好友持續關懷她、鼓勵她；碧雲成為風塵女，還是有充滿正義感的男性喜歡她而和她結婚。

吳漫沙在《韮菜花》中描述的七位女子，兩種類型與兩種結局，鋪陳出四種路徑：1.善有善報（新女性端美、慧琴、秋心）；2.惡有惡報（惡女月嬌）；3.沉淪後力求提升與安定（摩登女愛蓮）；4.生性善良，但是遭遇挫折後自殺（秀珠）。

3.與 4.對稱而相反，也是耐人尋味之處。善良又發憤圖強未必有好的結果，只要意志不堅，被男人誘惑而失去貞操，下場就如秀珠般自殺。但是並非被騙失身就會自殺，如愛蓮把孩子生下來自己撫養；又如碧雲成為風塵女也慘遭客人詐騙，但她忍耐下來，最後也結婚。因此秀珠的悲劇主要是外在環境的誘惑 （遇人不淑），更是數度的軟弱與意志不堅。而愛蓮與碧雲則能在一時軟弱之後，重新站起來。

正面女性人物，也就是端美、慧琴、秋心，展現了殖民時期新女性的特色。筆者在此先借用後殖民理論家查特濟（Chatterjee）的觀點來討論被殖民處境下「新女性」的意義。[49]查特濟指出，19 世紀上半期印度知識分子急於西化與現代化，到了 19 世紀下半，開始有回歸本土的焦慮。在此情況下他們建構了印度「新女性」的論述，以女性為國族符碼，將世界分為「內在」與「外在」、「家」與「世界」。現代化與西化是外在與俗世的，印度的本土性則存在於「家」以及精神層面。女性是家與精神價值的守護者；同時，為了民族與社會的現代化，女性不能如傳統社會般局限於家庭而未受教育，女性應該走出家庭去上學，甚至於參與勞動市場，也可以到各處旅行。如果女性完全現代化與西化，那又如何區分印度女性與西洋女性？印度女性一方面要現代化，同時保有印度精神；女性保有印度精

[49]Partha Chatterjee. “The Nationalist Resolution of the Women’s Question.” In ed. Gregory Castle. *Postcolonial Discourses: An Anthology*. UK: Oxford University Press, 2001.pp. 151-166.

神，全印度就維繫了印度本土認同，反之，女性的淪落也是印度精神與本土認同的流失。

上述這種「新女性」的西化與本土性的嫁接，同樣可於臺灣 1930 年代大眾小說中觀察到。愛蓮與碧雲是「摩登女」而非「新女性」；摩登女有時髦的穿著，出入戲院、跳舞場等公共娛樂場所，但是他們沒有充分追求教育與工作的價值。新女性如端美、慧琴與秋心，融合傳統與現代。

作者如此描寫端美：

> 端美生成一副水汪汪的眼睛，兩道新月似的蛾眉，瓊瑤般的玉鼻。櫻桃般的小口，是個難得的美人。她的麗質，活像畫上的西施，她今年芳齡18，高中畢業，在讀書時代，夜間又專心研究古文，而今她亦會作詩。性情溫柔，為人端莊坦白，在她名字上這兩字「端美」，實名副其實，便可代表她的美麗與端莊了。[50]

作者如此描寫慧琴：

> 她生成美麗恬靜、聰明玲瓏。她卒業後，曾在某洋貨店做過女店員。在這時有許多黑狗黨的青年（太保青年），在她背後垂涎，所以她每在路上行走的時候，便有三三五五穿的不男不女的青年男子跟在她的前後，使她覺得羞澀而可怕可笑。[51]

作者如此描寫秋心：

> 秋心的小說在上海文壇也得了相當地位，得著女小說家的頭銜。她的父親是美國著名的華僑、財產也有百餘萬、只生秋心一人、愛如掌珠、凡

[50]吳漫沙，《韮菜花》，頁 15。
[51]吳漫沙，《韮菜花》，頁 71。

事都聽她自由、所以近來已住在秋心家裡。[52]

泉州的女性：

（泉州）來了一隊女中學校遠足隊，她們都有著健美的體格，飽滿的精神，穿著藍色粗布的衣服，沒有一個燙髮或抹胭脂的，絕無約束地天真地談笑著，有的橫臥在地上，有的登上高峰去折野花，天真爛漫、活像人間仙子。[53]

我們可以觀察到，大眾小說中的女性並非只是現實中各種行業、各種性格女性的描述，更是以女性形象的建構來象徵民族的整體性（national totality）。[54]關於日治時期女性形象的書寫，筆者認為這是大眾文學勝過嚴肅文學之處。嚴肅文學女性形象模糊，例如翁鬧的〈天亮前的戀愛故事〉或是巫永福〈首與體〉，以男性敘事者為說話主體，喃喃自語，女性根本就不在場，面貌遙遠模糊。寫作時代較早的賴和與楊守愚，著重社會壓迫的揭發，因此出現婢女、農婦等中下階層角色。大眾小說的女性，反而形貌清晰立體，遍布各種階層與行業，活動地點從鄉村到城市，人生的際遇更多樣化。翁鬧與巫永福的文學成就已有定論，此處並非比較大眾文學與嚴肅文學的優劣，而是強調吳漫沙與徐坤泉對於當時各種職業與處境的女性再現，更為具體與多樣化。

吳漫沙的寫作以當今眼光看來，固然有訓斥女性的意味，其實還是呈現出作者追求男女平等的理想。這其中最具體的就是男女一致的道德標準。男性貞操成為小說中經常出現的字眼。有了愛侶的男性，若又受到其他女性吸引而發生關係，心中充滿罪惡感與懺悔意識，這倒是符合當代文

[52]吳漫沙，《韮菜花》，頁 236。
[53]吳漫沙，《韮菜花》，頁 124。
[54]R. Radhakrishnan. "Nationalism, Gender, and the Narrative of Identity." In ed. Gregory Castle *Postcolonial Discourses: An Anthology*. UK: Oxford University Press, 2001.p. 191-205。

化產品對男性的呈現。至於那些一味追求肉體關係而朝三暮四的花花公子，則被作者單面向的寫成十惡不赦的壞蛋、惡棍。若拿男性眾生相與女性眾生相相比，吳漫沙還是對女性的個性與下場安排有較多變化並對大部分女性賦予同情；男性人物的善惡兩極反而較清楚。

（三）臺灣與中國的空間書寫與對比

吳漫沙在《韮菜花》這本小說中，對於空間與地點的描寫以臺北為主，旁及上海、泉州、廈門。不論是哪個城市，他的描寫欠缺具有當地特色的地方感。泉州等地詳細描寫，有如觀光指南（其情節也是臺灣來的人物到泉州、廈門觀光）；而故事主要發生地點在臺北，臺北本身的描述很少，而是以道德評價的方式將臺北描述為物質繁華、道德腐敗的罪惡之城。三個地方的描述（臺北、上海、泉州／廈門）與其說是空間與地方的描述，不如說是編織道德論述來建構中國與臺灣的區隔。

這其中有兩組對比。首先是城市與城市的比較：上海與臺北／臺灣。上海描寫不多，有正面也有負面。臺北則不斷出現「罪惡的臺北」、「罪惡的島都」等字眼。次數之多，令人印象深刻。

第二組對比是中國古都泉州與臺灣島都臺北的對比。《韮菜花》裡的人物，如男主角智明，被惡女玉嬌誘惑而罹患疾病。當他康復後，選擇離開臺灣，到上海求發展，重新出發洗面革新。而慧琴則因失戀來到泉州與廈門旅行散心，最後決定再到廈門求學。全書花了整整四章來發展「臺客觀光」的戲碼。吳漫沙詳加介紹泉州廈門的名勝古蹟，一個地點寫起來長長一大段，通常是古蹟的歷史與傳說。慧琴父親是當地商人，慧琴與母親居住臺灣，慧琴父親扮演起教導女兒中華文化的職責。慧琴父親介紹名勝古蹟中，也提及了近年狀況，這段描寫青年學生假借五四運動反封建之名，破壞文化古蹟，寫出新舊交替時代的現象：

> 這些石坊約有數百個之多，多數為旌表節孝。（雕像）盡皆斷頭殘缺、

因為五四運動以後，思想轉變，這裡的無知學生一呼百應。[55]

（四）皇民文學的中國認同

《韮菜花》描寫一群青年男女的遭遇，尚未涉及戰爭。到了 1942 年出版的《大地之春》、《黎明之歌》，內容充滿皇民書寫，這也是為後人詬病之處。

《大地之春》，原名〈黎明了東亞〉，小說中的人物以中國青年為主，地點在福建與杭州等地。男主角一平和他的同學們參加學生會，與當地惡勢力對抗。一平滿心報國思想，不願觸及兒女私情。中日戰爭爆發，他投入抗日的戰場，沒多久就受傷，被日本紅十字醫院拯救，接受日本醫生的治療。經過這些歷程，一平感念日本醫生的恩情，決定要學日語，返回家鄉從事日華親善的和平運動。

這本小說是本奇特的皇民文學。它寫的不是日本殖民統治下，臺灣人成為皇民的過程，而是寫中國福建的青年，具有濃厚的中國民族意識，基於恨鐵不成鋼的心理，批評中國地方惡勢力與落後的社會文化，推崇日本的進步。最後一平提倡日華親善與和平，但是他並沒有成為日本人的念頭。從頭到尾他很清楚的是一個中國人，提倡和平的中國人。

一平與家人、同學對話經常觸及中西或中日比較，發出中國落後的感慨：

一平道：「你們真是著了西洋的電影狂，怎麼中國的電影不看，偏要看西洋的呢？」

「哥哥你總這樣說，中國的電影是很幼稚的，那裡及得西洋的成熟優秀，」（頁 4）[56]

---

[55]徐坤泉，《可愛的仇人》，頁 122。

[56]吳漫沙，《黎明了東亞》，吳福助、林登煜主編，《日治時期臺灣小說彙編 27》（臺中：文听閣圖書公司，2008 年），頁 4。以下引言所標示頁碼之部分皆出自同本書籍。

「可是中國人的集會，總不遵守時間的。」（頁 9）

一平認為時代青年有建設改革的使命，這不是談戀愛的時代。仰慕他的表妹最後也從相思病中振作起來，鼓勵一平以國家民族為重：

> 一平站了起來，打了一個呵欠。笑道：「愛人？愛人是不容易找得到的，你們看了戀愛的電影，就以為戀愛是甜蜜，是很容易的事嗎？妹妹！我告訴你；戀愛是青年男女自己找來的枷和鎖！我們不是有閒階級的人們，更沒有談戀愛的資格，同時這個愛的牢獄，我們絕不能像那些盲從一時執迷一時的青年自己鑽進去的！我們的使命，是非常重大！這個時代，不是講戀愛的時代了，我們做這時代的青年，是要覺悟起來，向著建設改革的大路邁進，努力創造和平，這樣才是東亞青年的本分！」（頁 11）

> 子平：「誰要保衛東亞？……二十世紀的新青年……東亞的青年全體團結起來……救中國，建設東亞新秩序，保衛東亞！……」（頁 18）

> 一平：「雲妹！這個時代的中國青年，不是講戀愛的時代了；我們要先找自己的出路，和環境奮鬥，到那時候，一切都可以迎刃而解。我不是因為有了別的女性而放掉了你！我不能接受你的愛，不敢在你面前表示愛意，你可知道我的心是怎樣難過的呢？我是要征服環境，改造生活，在這個期間裡，是我努力的時刻。我想要到日本去留學，研究日本的政治和教育，以及交通衛生的設施。這個時候我不能有私慾占有我的心，使我的意志不能統一；因了這一切的緣故，我就該犧牲一切。但是，成功與否？我都不管，雲妹，你要同情我的苦衷，療養你的身體！」（頁 51）

「平哥，你真是一位有為有熱血的青年，日本是東亞的國家，那里的政治和教育，是很有研究的必要的，你要實現你的抱負！平哥！我是無關輕重的，你要向著你要走的路邁進，到那櫻花之國去研究，成功了，回來建設新中國。」（頁 51）

在《韮菜花》一書中，前面分析過，臺灣與都市上海或古城泉州比起來，是一個罪惡淵藪。到了《黎明了東亞》，住在大陸的一平，接待來自臺灣的堂妹，年輕人比較兩地，臺灣被賦予正面評價。但這不是因為作者或者他所塑造的人物認同臺灣，而是為了肯定日本殖民政策的成功，把臺灣寫成大東亞共榮圈的模範。相形之下，中國被土豪劣紳掌控，社會失序：

一鳴：「臺灣才是一個神仙世界，夜不閉戶，路不拾遺，尤其是教育更普及，人民很親善，衛生又發達，我很願永久住那裡。」（頁 25）

秀鵑：「我總不明白，中國怎麼會這樣的不及外國？凡到過外國回來的人，沒有一個說中國好！唉！這是什麼理由？」（頁 26）

一鳴：「孫總理四十餘年的奔走，磨盡了腦力和精神，歷盡艱險和危難，犧牲了無數先烈的血，流涸了無數同志的淚，完成了中國革命，是要領導民眾團結，建設完整的國家，而今竟成為軍閥的招牌，違背革命精神，壓迫民眾，擴張自己的勢力，把中國當作演武場，把民眾當作武器的試驗品，王劍光……，王劍光就是最近犧牲的一個了，今後不知要再流了幾許的血呢？我們怎麼不心痛呢？……」（頁 101）

子平：「臺灣！臺灣是個完整的統治地方，在政府的領導下，向著明朗的路上邁進，人民都很安定地生活著，沒有思想的鬥爭，沒有地方土豪

劣紳的占據勢力，自然是個優美的地方。」(頁 141)

在這本書裡，日本是先進國家，臺灣受到完整的統治，也隨之進步。不同於其他大眾小說喜談處境悲慘的臺灣婦女，這本小說則聚焦在勤勞認真的日本社會婦女：

春曼：「日本的愛國婦人會，就是一個很完整的婦女團體，他對國家社會的貢獻是很大的」(頁 171)

秀子：「日本有愛國婦人會，中國的婦女不是也有一個中國婦女協會麼？」
湘雲：「對，中國是婦女協會，婦女協會的組織，是；婢女救援，職業研究，學術介紹……種種。不過各省各縣雖然都有婦女協會的組織，都因各處的環境不同，所以成績不大好，沒有像日本那樣普及。」
秀子：「日本婦女都在社會上服務，他們是沒有分著職業的貴賤，都很盡責地工作，凡是男性所做的事，她們都要做；像學校的女教員，醫院的醫生，看護婦，產婆，商店的店員，汽車的車夫，車掌，書店的印刷工，報館的校對，旅館的招待（下女女中）再進一步，如酒場茶樓的招待，織布廠，菸公司，各工廠都有著多的女工，日本婦女在國家社會的貢獻很大。臺灣的女性也都互相謀職爭業，在日本領土內的女性，誰都可以獨立生活。」(頁 172)

中日戰爭發生後，一平志願入伍抗日，受傷後被日本醫生救治，大受感動：

一平：「我不知貴國人士這樣的義俠，這樣的和氣！我要怎樣來感謝？我承貴國軍官不以仇敵看待我，還這樣盡力為我治療，拯救我這將亡的

> 生命，現在又允許我自由行動，全不嫌疑我是一個敵人，或是譏笑我是貪生怕死的敗兵。」（頁 225）

歷經戰爭的恐怖，分散的一家人最後團聚。年輕人又開始恢復學生會活動。現在的組織叫做「青年和平救國會」：

> 青年和平救國會主辦的「中日軍民聯歡大會」和〈黎明了東亞〉之歌發表會，這一天盛大舉行開會，日華兩方的軍民多數參加，全縣的民眾都擁到會場來，把會場占得水洩不通；劍光也來參加，一平是更加高興了。（頁 257）

吳漫沙這本小說展現出「民族中國、政治日本」的奇特結合。情感上認同中國民族、批評中國人社會文化的落後、接受日本人統治的現狀。日華之間要親善、要和平、不要戰爭。但是「日」與「華」還是兩個不同的民族。這與周金波、王昶雄等出生臺灣、到日本受教育的作家之皇民書寫，極為不同。周金波等人筆下的人物，對於「臺灣人是不是日本人」、「臺灣人如何成為日本人」有很多猶豫掙扎。吳漫沙筆下的人物，十分「單一」且「平面」，一平是個中國人，對中國有批評但沒有中國人身分認同的懷疑。日華要親善，所以一平去學日語，這並不表示他要成為日本人。

《黎明了東亞》群眾聚會的結局，有如《韮菜花》的婚禮致詞的結局，都是一群人聚集公開場合，有人發表演說。由此可見 1930～1940 年代大眾小說是一個極富彈性的文類，可以表達個人情感與公共議題、描述都會摩登男女的穿著打扮與娛樂生活、描述比較兩岸三地（臺灣、中國、日本）的人民、以及作者化身為某個角色發表長篇議論。

五、結論

1924～1942 年的新舊文學論戰，表面上確立了新文學「我手寫我口」白話文的主導地位。而 1930～1932 年的臺灣話文論爭，則進一步質疑白話文的運用，主張使用臺灣話文，並以臺灣勞苦大眾為對象，描寫臺灣的事物。1927 年文化協會分裂，左翼取得主導地位，至 1930 年代初期，出現多本左翼文學刊物，鼓吹以無產階級與普羅大眾能接受的大眾文化。

然而，另一股以都會資產階級為對象的大眾文化風潮擱置這些論爭，以其受歡迎的程度讓當代研究者重新思考「我手寫我口」的意義。

盛行於 1930 年代的默片電影、話劇、大眾小說可放在一起思考文字與聽講的區隔。當時電影主要來自中國，配以中文字幕，由辯士以臺語發聲解釋劇情。話劇也是以臺語演出，劇本卻是中國白話文。徐坤泉、吳漫沙的小說，必須置放在演講與演出的公開場合聲音文化來理解。「我手寫中文、我口講臺語、我耳聽臺語、我眼讀中文」是當時大眾文化的實踐方式；聽說讀寫分別由中文與臺語各擅勝場。

本論文研究對象的徐坤泉小說在名詞部分使用臺語字，句子與段落並未形成臺語句法及語感；而吳漫沙更是徹底的以五四白話文書寫。他們的作品大受歡迎，可見華文書寫並未形成讀者的閱讀障礙。（而）吳漫沙的作品（則）顯現（了）兩種勢力奇特的組合：一方面極力配合國策，提倡大東亞共榮圈，另一方面書中人物與意識，又非常鮮明的流露中國人意識與民族文化情懷。徐坤泉與吳漫沙的華語白話文寫作，一方面不符合「我手寫我口」的主張——因為當時臺灣地區能講華語的人口不多，但是經由華語書寫以及引人入勝的戀愛情節，使得日治時期的漢文得以保存推廣。讀者在閱讀小說中接受了新思想的啟蒙，也於當時「國語」（日語）的環境中延續華語文的傳承。

1930 年代末期至 1940 年代初期的大眾小說，除了男女婚戀議題的呈現，更提供研究戰爭文學的一個窗口。這種「戰爭＋愛情」的雙重主題，由吳漫沙開啟先驅行動。而中國人抗日觀點的戰爭愛情小說，則於 1950 年代後期出現於香港出版界，並迅速風靡臺灣。這些作品有：《藍與黑》、《星星月亮太陽》、《風蕭蕭》、《未央歌》。四本小說作者都是男性，以男性觀點出發，回憶當年一男與眾女的感情。這些小說改編成電影或連續劇，持續於 1960～1970 年代受到歡迎。崛起於 1960 年代初期的瓊瑤，她早年的成名著如《幾度夕陽紅》、《六個夢》也可視為戰爭婚戀小說。經由持續而大量的寫作，瓊瑤逐漸確立了「羅曼史」這個西方文類的中文化。

從大眾文學與大眾文化的時代脈絡與發展過程來看，臺灣 1930 年代大眾小說具有意義重大的階段性角色。筆者從三方面來肯定他們的重要性。首先是女性人物的書寫。徐坤泉與吳漫沙的小說對女性眾生相的描寫比同時期臺灣純文學更具體清晰。他們以男作家身分，如實描寫出女性面臨的道德困境。雖然經常出現道德訓誡，卻以多重角色與情節的發展變化，提供讀者協商各種文化衝突的方式。若與徐訏等人的作品比較，後者以男性為敘事者，形成男性中心與男性觀點的愛情敘事；沒有道德訓話，讀者更加容易認同這種「一男與多女」的男性自戀的浪漫世界；徐吳兩人的故事中若有一男與多女的情節，通常此男被徹底描寫成惡棍。徐訏等人書寫時心中若有想像的女性讀者，恐怕是要女讀者去雙重認同男敘事者回憶中的某個女性以及男性敘事者本人。徐吳二人所寫的多人物、多主題，則缺乏明顯的單一人物讓讀者認同，因此他們的小說反而是創造一個文本空間，讓讀者在此進行各種文化與道德價值的協商。

其次，兩人的小說確立了中文白話文在臺灣的普及。在 1937 年日本殖民政府禁止漢文以後，《風月報》仍然能夠以中文出刊，經營者、編輯、作者的韌性與耐力令人欽佩。當時電影辯士文化及話劇演出時以臺語進行，與此現象一起考量，臺灣人於接受中文文字書寫之時，聽與說仍習慣臺語。這點也使得新舊文學論爭及臺灣話文論爭的核心議題失效。

最後，臺灣大眾婚戀小說，特別是吳漫沙小說，提供我們一個機會在未來進行比較研究。我們可思考中日戰爭之下，「戰爭與愛情」的雙元主題在不同地區的呈現方式。日本殖民地的臺灣人（以及吳漫沙這樣的中國籍臺灣居民），寫出日華親善，呈現出作家受限於政治的壓力與焦慮，描寫戰場的筆法固然粗糙，畢竟或多或少呈現了戰時氣氛。王藍等人沒有政治壓力，寫作年代是戰爭已經結束的 1950 年代，戰爭彷彿是讓愛情故事更吸引人的背景。王藍等人寫作技巧的純熟，以及整體的環境，都使得「抗日」成為戰後臺灣的主流歷史版本，臺灣人曾經努力成為「皇民」，使得臺灣人於戰時及戰後都處於雙重邊緣化的尷尬處境。吳漫沙看似特殊的身分，很弔詭的代表了臺灣大多數居民的處境。臺灣人處境的尷尬與焦慮，由吳漫沙與同時期大眾化皇民文學充滿「戰爭與和平」的省思可見一斑。本文以余若林小說〈哀戀追記〉結束[57]，並供讀者持續省思此議題：

> 「戰爭就是和平的前奏曲；安居樂業將久一定會變成戰爭的導火線！」
> 它又向我說道：「宇宙是為迎生送死而成的，又是和戰的角突地！』我沉吟未解，又叫我想起古人的話曾說道：「及時行樂！」又想起了杜秋娘詩裡告訴我說道：「花開堪折宜須折，莫待無花空折枝！」
> 想到這裡，我妄然自失也似的高聲喊道：
> 「戰爭就是和平的前奏曲，和平就是戰爭的導火線！迎生送死的宇宙，和戰角突的世界，釀成了血刃相持的社會！呵！人生！人生！這樣的人生，還有甚麼生存的意義？」

[57]余若林，〈哀戀追記〉，吳福助、林登煜主編，《日治時期臺灣小說彙編 26》（臺中：文听閣圖書公司，2008 年），頁 475。

參考文獻

（一）文學文本、歷史報刊重印與口述歷史

- 一剛（王詩琅），〈徐坤泉先生去世〉，《臺北文物》第 3 卷第 2 期，1954 年 8 月。
- 余若林，〈哀戀追記〉，吳福助、林登煜主編，《日治時期臺灣小說彙編 26》，臺中：文听閣圖書公司，2008 年，頁 423～481。
- 李宗慈，《口述歷史：吳漫沙的風與月》，臺北：臺北縣政府文化局，2002 年。
- 吳漫沙，《韮菜花》，臺北：前衛出版社，1998 年。
- 吳漫沙，《黎明了東亞》，吳福助、林登煜主編，《日治時期臺灣小說彙編 27》，臺中：文听閣圖書公司，2008 年。
- 吳漫沙，《追昔集》，臺北：臺北縣政府文化局，2000 年。
- 徐坤泉，《可愛的仇人》，臺北：前衛出版社，1998 年。
- 貞，〈天宮會議〉，《三六九小報》第 142 期，1932 年（昭和 7 年）7 月 1 日，重刊於吳福助主編，《日治時期臺灣小說彙編，45》，臺中：文听閣圖書公司，2008 年，。
- 棄人大王，〈演說的祕訣〉，《三六九小報》第 1 期，1930 年（昭和 5 年） 9 月 9 日。重刊於吳福助主編，《日治時期臺灣小說彙編 45》，臺中：文听閣圖書公司，2008 年。
- 鍾肇政，〈吳漫沙先生與我〉，收於李宗慈，《吳漫沙的風與月》，臺北：臺北縣政府文化局，2002 年。

（二）中文學術論著

- 三澤真美惠，《殖民地下的銀幕：臺灣總督府電影政策之研究，1895～1942》，臺北：前衛出版社，2002 年。
- 下村作次郎、黃英哲，〈臺灣大眾文學緒論〉，收於吳漫沙著，《黎明之歌》，臺北：前衛出版社，1998 年。

- 李孝悌，〈大眾文化與激進政治：一九三〇年代的文藝大眾化論爭〉，「文藝理論與通俗文化：40～60 年代」研討會，臺北：中央研究院中國文哲研究所籌備處，1996 年 5 月 24 日。
- 呂訴上，《臺灣電影戲劇史》，臺北：銀華出版社，1961 年。
- 余若林，〈哀戀追記〉，吳福助、林登煜主編，《日治時期臺灣小說彙編 26》，臺中：文听閣圖書公司，2008 年。
- 向陽，〈民族想像與大眾路線的交軌〉，收於陳大為、鍾怡雯主編，《20 世紀臺灣文學專題 I：文學思潮與論戰》，臺北：萬卷樓圖書公司，2006 年。
- 李進益，〈日據時期長篇通俗小說的創作及主題探究——以徐坤泉、吳漫沙作品為主〉，《第三屆通俗文學與雅正文學全國學術研討會論文集》，臺中：中興大學中國文學系，2002 年。
- 林芳玫，《解讀瓊瑤愛情王國》，臺北：臺灣商務印書館，2006 年。
- 林淑慧，〈日治末期《風月報》、《南方》所載女性議題小說的文化意涵〉，《臺灣文獻》第 55 卷第 1 期，2004 年 3 月。
- 邱坤良，《舊劇與新劇：日治時期臺灣戲劇之研究（1895-1945）》，臺北：自立晚報社，1992 年。
- 徐亞湘，《日治時期臺灣戲曲史論：現代化作用下的劇種與劇場》，臺北：南天書局，2006 年。
- 高啟進，〈澎湖望安小說家「阿 Q」之弟——徐坤泉（1907-1954）〉，《澎湖研究第一屆學術研討會論文集》，澎湖：澎湖縣政府文化局，2002 年。
- 柳書琴，〈通俗作為一種位置：《三六九小報》與 1930 年代臺灣的讀書市場〉，《中外文學》第 33 卷第 7 期，2004 年 12 月。
- 許俊雅，《臺灣文學論》，臺北：國立編譯館，1997 年。
- 陳建忠，《日據時期臺灣作家論：現代性、本土性、殖民性》，臺北：五南圖書出版公司，2004 年。

・陳薏如，〈在菁英與大眾之間——論徐坤泉《可愛的仇人》的革新意識及其通俗呈現〉，《育達人文社會學報》創刊號，2004 年 7 月。
・黃仁，《悲情臺語片》，臺北：萬象圖書公司，1994 年。
・黃秀如，《臺語片的興衰起落》，臺北：臺灣大學政治研究所碩士論文，1991 年。
・黃聰洲，〈終戰前的臺灣電影活動〉，收入臺灣史研究會主編，《臺灣史研究會論文集第一集》，臺北：臺灣史研究會，1988 年。
・黃美娥，《重層現代性鏡像》，臺北：麥田出版，2004 年。
・蔡佩均，〈想像大眾讀者：《風月報》、《南方》中的白話小說與大眾文化建構〉，臺中：靜宜大學中國文學系碩士論文，2006 年。
・蘇碩斌，〈日治時期臺灣文學的讀者想像〉，《跨領域的臺灣文學研究學術研討會論文集》，臺南：國立臺灣文學館，2006 年，頁 81～116。

（三）英文學術論著

・Partha Chatterjee, “The Nationalist Resolution of the Women’ s Question.” In ed. Gregory Castle. *Postcolonial Discourses: An Anthology.* UK: Oxford University Press, 2001.p. 151-166.
・Giddens Anthony. *The Transformation of Intimacy*. London: Polity, 1992.
・Radhakrishnan, R. “Nationalism, Gender, and the Narrative of Identity.” In ed. Gregory Castle. *Postcolonial Discourses: An Anthology*. UK: Oxford University Press, 2001. 190-205.
・Radway Janice. *Reading the Romance.* Chapel Hills : University of North Carolina Press, 1984.
・Spivak, Gayatri G. “Three Women’ s Texts and a Critique of Imperialism.” In *Postcolonialism : An Anthology of Cultural Theory and Criticism.* Eds. G. Desai and S. Nair. New Jersey : State University of Rugers., 2005. 362-402.

——選自《臺北大學中文學報》第 7 期，2009 年 9 月

從「日常生活」到「興亞聖戰」

吳漫沙通俗小說的身體消費、地誌書寫與東亞想像

◎黃美娥

一、前言

> 黃得時：吳漫沙也是我的好朋友，可是吳漫沙寫的東西不能算是純粹的文學，而且他是憑他身邊的雜誌寫出來的，並不是有什麼偉大的文學觀念。……今天要談純粹的文學，他還沒有資格談的，這是我關於吳漫沙的意見。[1]

> 吳漫沙：我只是寫消遣小說的，不想去重視這些事情，不重視別人稱什麼家的。[2]

關於以上的兩段話，前者是 1985 年 10 月在一個公開場合中，聽眾在聆聽完黃得時（1909～1999）一場名為「日據時期臺灣新文學運動」的回憶講演後，請教了有關吳漫沙（1912～2005）在日治時代臺灣文學史中的地位與貢獻時，黃氏親口說明自己在回顧日治時代臺灣重要作家時，何以未論及吳漫沙的原因；而後者則是 1999 年 10 月，研究者為研究所需，進行私人個別訪談時，吳氏針對黃得時先前之評價，在私下所做的回應與答

---

[1]參見黃得時主講，〈日據時期臺灣新文學運動〉，第 43 回臺灣研究研討會會議紀錄，文載《臺灣風物》第 36 卷第 3 期（1986 年 9 月 30 日），頁 146。

[2]此係吳瑩真於 1999 年 10 月 17 日之訪談，參見〈吳漫沙生平及其日治時期大眾小說研究〉（嘉義：南華大學文學研究所碩士論文，2002 年），頁 153。

覆。上述的談話頗堪玩味，尤其是在公開／私下、回憶／研究的情境下，二人措辭語氣竟有如此的天壤之別，那麼我們究竟應當如何去看待吳漫沙及其作品的意義？而設若今日吾人不要一味複製前人雅／俗高低對峙的評價，則對吳漫沙作品進行重新閱讀與再評價顯然勢所必需，而這也同時提醒了應該要在目前慣見的日治臺灣小說史研究趨向中，嘗試去關注賴和以降雅文學作家、作品之外，當時更受時人歡迎的通俗小說的存在及其繁榮現象。

但，究竟要如何展開日治時期臺灣通俗小說研究的嶄新思考？在日治時代同樣具有通俗小說創作經驗的陳鏡波（？～？），他在 1950 年代的一些回憶片段，提供我些許尋找新研究入徑的靈感。當他瀏覽《臺北文物》第 3 卷第 2 號「北部新文學新劇運動專號」，卻發現其中對於通俗文學一言不提時，不禁為之喊冤，並有如下之譬喻：「異花奇草雖然是難登大雅之堂，但亦有他的美麗和香豔。昔時雖遭儒家、士君子厭棄，然也頗受一般庶民所歡迎。」另外，他更坦誠自己昔年受到 20 世紀日新月異性學研究之刺激，因而「喜歡軟派作品，而對於那些高級文學，什麼『觀念小說』什麼『感覺派小說』或者『新興普魯列達利亞文學』和『純文藝小說』等都不敢領教。」並且曾在《臺灣新民報》發表通俗作品〈落城哀豔錄〉、「灣製デカメロン」(〈灣製十日談〉)。[3]以上，陳鏡波對於為何會選擇通俗小說來創作而捨棄純文學書寫，有著清楚的交代與說明，從中可知捨雅就俗攸關著個人的興趣與癖好，且其中更牽涉了創作態度與文學自覺意識。因此，現今在品評日治臺灣通俗小說創作時，倘若單從作品內容性質之通俗化便將作家之努力視若敝屣，這其實是忽略了作家的自我選擇與苦心經營。而在面對陳鏡波對通俗小說創作執著態度的自況時，也讓人無法不與吳漫沙所謂「我只是寫消遣小說的，不重視別人稱什麼家的」默默埋頭耕耘的苦幹形象產生連結，是故重新體會陳鏡波、吳漫沙者流的創作心

[3]關於陳鏡波所言種種，引自李南衡主編，《日據下臺灣新文學明集 5　文獻資料選集》（臺北：明潭出版社，1979 年），頁 398～400。

境，應是公允評斷其人相關作品意義與價值的一個起點。

而在作家創作心靈與精神態度的重新認識之外，另一點讓我感到好奇的是，陳鏡波提及了其作過去主要發表於《臺灣新民報》上，面對這條有關發表場域的線索，使我憶及吳漫沙雖然許多小說寫就於較具通俗色彩之《風月報》、《南方》中，但其最具情色意味的《韮菜花》，也是由臺灣新民報社出版，且在那之前，他已有多篇小說作品刊載於同一報端。為何《臺灣新民報》可以接受此類通俗小說？則如此一來，《臺灣新民報》的純文學性與通俗性要如何區辨？且既然二者的發表場域可以彼此共有，則顯然當時的純文學性與通俗性之間並非絕對的涇渭分明。那麼，要如何來審視這段純文學與通俗文學並置共存的狀態？而這除了是《臺灣新民報》源於因應左翼刊物與日文文藝場域繁榮的嚴峻挑戰，而不得不配合媒體場域運作經營環境，進行必要性的編輯策略調整之外[4]，倘若回到作品內涵或創作表現來看，顯然雅／俗二者之間應該有其可以相互溝通或連結之處，不然何以向來扮演臺灣人唯一喉舌，主要刊載反抗殖民意識較強的嚴肅新文學作品的《臺灣新民報》，終究願意登出此類通俗之作？而只單單為了提升銷售數量，便願意調整報紙本然的調性而降格以求？那麼，究竟在《臺灣新民報》場域之內，純文學性與通俗性之間可以相互磋商，達成平衡秩序的面目為何？斡旋的空間與基礎何在？

茲再以另一個更為人知悉的例子予以探討。有「臺灣張恨水」之稱的徐坤泉（1907～1954）[5]，他在 1935 年負責編輯該報學藝欄時，於一年多中陸續刊載了小說〈暗礁〉、〈可愛的仇人〉、〈靈肉之道〉等作，而〈可愛的仇人〉更是日治時期臺灣言情通俗小說的經典，雖然當時刊登之後也引發不少訾議，如郭秋生（1904～1980）、河崎寬康（？～？）或

[4]以上是吳瑩真參酌楊守愚日記所述之後的推測與觀察，參見吳瑩真，〈吳漫沙生平及其日治時期大眾小說研究〉，頁 47～48。

[5]語見葉石濤，〈臺灣的鄉土文學〉，參見《臺灣鄉土作家論集》（臺北：遠流出版公司，1981 年），頁 32。

《臺灣文藝》等均有批評[6]，但日後葉石濤（1925～2008）在論起臺灣的鄉土文學寫作時，卻特別標舉了徐氏小說「鄉土色彩的濃郁卻是特色」[7]，則如此不僅暗示了通俗小說與雅文學系統的白話小說，在「鄉土性」上兩者存有共通性，甚至更可能是因為「鄉土性」的共構，《臺灣新民報》遂同時接納刊登了雅／俗性質的作品。

至此，相近似的發問，或許可以用來轉向思索吳漫沙之情形。吳漫沙，本名吳丙丁，福建晉江縣石獅人，以華僑身分，他在 1929 年短暫來臺，1931 年回到福建，迄 1935 年來臺後開始展開在臺長期的文藝創作生涯。吳氏先在 1936 年於《臺灣新民報》發表〈氣仔姑〉，其後便接連刊出〈臺北之夜〉、〈愛的結果〉、〈時代的女性〉、〈南國新秋〉……等小說、新詩、散文作品，到 1937 年 11 月底因為參與協助編輯《風月報》之故，便將主要發表園地改至《風月報》，其間也有少量發表在《南方》與《臺灣藝術》上[8]，而這之中尚且進行了許多膾炙人口單行本小說的印行，如《桃花江》、《韮菜花》、《花非花》、《黎明之歌》、《大地之春》、《莎秧的鐘》等。那麼，前後創作橫跨純文學與通俗文學媒體場域的吳漫沙，其人小說作品之性質應該怎樣區分？雅／俗分野或創作歷程之分水嶺何在？可以依照《臺灣新民報》與《風月報》的媒體性質來做判別嗎？對此，吳瑩真曾由「編輯人的說話」、「實際的編輯行為」兩方面去考察在《風月報》時期，吳漫沙與徐坤泉的編輯理念與實際操作情形，最終獲致的結論是：「在徐氏擔任主編期間，《風月報》並非以純文藝創作為重點經營。……不過，同處於無法反抗的威權統治下，吳漫沙卻毅然將《風月報》的標語改為『開拓純粹的藝術園地，提倡現代的文學創作』，彰顯《風月報》的文藝特質，『小品文字以有鄉土色彩為合格』，這是吳

[6]參見吳舜鈞，〈徐坤泉研究〉（臺中：東海大學歷史研究所碩士論文，1994 年），頁 48～52。
[7]語見葉石濤，〈臺灣的鄉土文學〉，參見《臺灣鄉土作家論集》，頁 32。
[8]如發表在《風月報》者如〈桃花江〉、〈暴雨孤鶩〉、〈俠女探險記〉、〈花非花〉、〈黎明之歌〉、〈小鳳〉、〈女兒淚〉、〈母性之光〉……等；在《南方》者有〈黎明了東亞〉、〈心的創痕〉；在《臺灣藝術》有〈繁華夢〉。

漫沙有別於前任主編風格之處。」[9]換句話說，其研究結果顯示，提倡現代純文藝寫作是吳氏編輯《風月報》時期的目標與理想。

那麼，既然吳漫沙在《風月報》時期，是要往現代純文藝的寫作之路邁去，但何以黃得時最終並不認同其人創作為「純粹之文學」，而吳氏自己也自陳是寫「消遣小說」？姑不論吳漫沙是否屬於創作實踐上的失敗，上述的現象與事實恰恰指出，吳漫沙在創作理念與實踐結果之間，應存在著游移於雅／俗之間的混淆性。而如果如同葉石濤所言徐坤泉的作品，在鄉土性面向上有與純文學之間的共通性，那麼吳漫沙其人之作呢？他的小說是否也有可與雅文學小說相呼應或聯繫之處？因此，筆者以為與其再次評論雅／俗文學成就結果的高低，未若嘗試帶著雅／俗並觀比較的態度，進一步以「通俗」作為一個思考向度，去仔細檢視在雅／俗小說系統中，吳漫沙作品與雅文學小說之間的混淆性與模稜性，尤其是目前我們所可發現的，某些雙方面關照議題相近似的書寫，這含括自由戀愛、現代文明、封建社會、臺北／臺灣空間、國策呼應……等面向，然後再從中去感知形成雅／俗之別的可能臨界點與筆法差異所在，也許更能夠藉此而掌握雅／俗小說的差異性與互補性，則通俗小說本身的意義，便不止於供作消遣的娛樂作用，反而有其自我存在的殊異面貌。

以上是本文所欲進行的通俗小說研究的新方法論，至於為何會以吳漫沙作為討論個案，這除了是盱衡其在日治時代臺灣通俗小說創作界的重要地位，以及撰有豐富可觀的作品外，另一原因也在於考量其人特殊的華僑身分，他在書寫小說場景、空間時，經常在臺灣、中國跨界位移，因此小說具備了特殊的地誌書寫，顯現其人微妙的地域政治思考；其三，他在進入戰爭期後期，更同時涉入了皇民文學與興亞文學的寫作，且對戰爭文學、和平文學有所認同，而這相較同期雅文學小說系統下，臺灣本土作家偏向耕耘、發展皇民文學，其在創作形態上更加複雜而糾葛，有利於進行

[9]參見吳瑩真前揭文，頁 105。

更多比較性的探討，遂顯意義非常。

而最後要再補述的是，本文在進行吳漫沙通俗小說研究的分析時，還同時慮及其人作品多係言情類型，雖然這使得吳氏作品內容較為單一，但吾人若試著擱置慣見的小說類型論之研究模式，則吳漫沙依附在「言情」框架裡的相關書寫，便不妨可以當成是作家由「言情」視域出發，進行觀看臺灣時的某種獨特姿勢，於是此類作品就成了日治臺灣種種現象的化身，而吳漫沙所採取這種通俗／言情的殊異角度，便傳達、再現了其人殊異的臺灣感覺結構的文學操作與論述實踐。因此，本文以下所論，將不同於一般的作家作品論，而更有著特定的關注目的。

為求能解答上列各種疑惑，並針對雅／俗辨證互補，言情式的臺灣文學感覺結構命題，進行更深刻的回應，本文以下研究材料，將著眼於更具通俗／言情成分的作品，包括前述風行一時，在當時印有小說單行本的《桃花江》、《韮菜花》、《莎秧的鐘》[10]等六種，以及在《風月報》、《南方》、《臺灣藝術》上所發表的小說，而之所以除《韮菜花》外，不另將《臺灣新民報》上的作品納入，部分係因報紙亡佚無法尋獲，另也在於筆者以為在愈通俗之處，找尋與嚴肅雅文學系統小說的交混空間，愈有助於清楚釐析箇中的異同；而在越言情的氛圍下，越能顯現出其人所形塑的獨特臺灣文學感覺結構，所以本文所論吳漫沙小說並非全數，而將會視論述需要揀擇參酌，例如〈俠女探險記〉因屬偵探類作品；而〈暴雨孤鶩〉、〈小鳳〉、〈女兒淚〉……等，通篇或旨於譴責封建觀念，或抨擊社會不公，大抵鄉土性色彩較濃[11]，言情敘事稍顯淡薄，故一旦在真正討論臺灣通俗／言情視域下的感覺結構問題時，自非觀察對象，便會予以略去。至於所用之文本出處、來源，為方便計，苟能獲見單行本者，包括了原初刊本或前衛出版社復刻本，便會以此為優先文本，不然則將援用前述

[10]本文所見《莎秧的鐘》（臺北：南方雜誌社，1943 年再版），承蒙日本愛知大學黃英哲教授慨贈影本，謹此致謝。

[11]當然，如此也可以明瞭吳漫沙登載當時《風月報》上的小說，其實並不全然屬於言情通俗作品，尚有一類明顯較具鄉土色彩，此或更接近於所謂的「現代純文藝創作」。

報刊所載者，但如此將會出現版本內容差異之問題，而對於此點，若遇有情節重大改變者則予以說明，唯如屬不具關鍵性之行文更動[12]，或單純文字校勘上之錯誤，則不加深究。

二、吳漫沙通俗作品與臺灣雅文學白話小說之間的交涉現象

誠如上述，本文擬由吳漫沙通俗小說與臺灣雅文學白話小說相近主題的觀察入手，進以確認雅／俗小說間之差異性或互補性，而結果通過閱讀吳氏作品後，可以發現其與雅文學白話小說議題其實不乏交涉重疊者，這至少包括對女性命運與處境之留心、自由戀愛之鼓吹與思辨、城市現代性之書寫、臺灣鄉土性的刻畫與著墨、資本主義下貧困社會的反映、日本國策的呼應等面向，如此遂顯示了吳漫沙作品與臺灣雅文學白話小說之間存有交混地帶。

首先，在女性或自由戀愛相關問題方面，吳氏在〈桃花江〉中透過梅痕與東寧戀愛過程中的失意與挑戰，傳達出其以為能對自己愛情生活進行控制與管理，是女性自我主體認同不可缺少部分的看法，而在一番遭遇情變的創傷中，梅痕轉而寄情於建設新桃花江的工作，也終於真正轉變成為一名新時代下的「新女性」。另於〈韮菜花〉中，他鋪寫了作為人妾而沉溺於不倫戀的「蕩婦」月嬌，〈母性之光〉中則有抱持獨身主義、卻又勾引人夫的「不良女性」陳鷺英，以及接納丈夫婚變離婚卻能以家庭為重，終至重新回歸家庭照顧子女，具「現代母性」的賢妻良母王秀珍；至於〈黎明之歌〉中則有素芬之母林氏，在丈夫入獄後數度抗拒外在誘惑與脅迫，終能守節而與丈夫再度團圓，其女兒素芬則是陰錯陽差成為童養媳，但卻試圖藉由經濟自立與投入報國的途徑，漸次改變自我寄人籬下的坎坷命運。大抵，吳漫沙在其多篇小說中，由於能關注到「新」而「現代」的時代環境蛻變意義，以及現實社會中各類型女性形象（即新女性、不良女

[12]例如《大地之春》在《南方》刊載時，原名〈黎明了東亞〉，而在第一章之前原先出現有〈黎明了東亞〉的歌詞，但在易名為《大地之春》出版時，該歌詞已被挪移於末章之尾。

性、現代母性等）與相關兩性問題應運而生，故其作品便透過不同角色或職業，包括女兒、妻子、情婦、童養媳、寡婦、棄婦、舞女、女給、女學生、工人、女教師、女記者、女文學家、看護婦……等，去反思臺灣與東亞女性的命運與未來，而這類書寫從謝春木〈她將往何處去〉以來，也迭見於呂赫若、張文環……等人為數不少的小說中，故整體而言，堪稱體現了雅／俗系統小說書寫對於女性議題之共同興趣。

其次關於城市現代性的省思，吳漫沙主要描繪島都臺北之紙醉金迷，臺灣、中國資產階級的都會現代文明日常生活形態，以及刻鏤高度物質化消費空間的狀態，如其〈韮菜花〉、〈桃花江〉、《大地之春》、〈繁華夢〉等，而此與翁鬧〈天亮前的戀愛故事〉、巫永福〈首與體〉二者的東京書寫，或王詩琅〈沒落〉、〈老婊頭〉、〈十字路〉文中的臺北頹廢景觀，乃至朱點人〈島都〉、〈秋信〉從後殖民角度出發的島都觀察，足可相互參看。另外，在臺灣鄉土色彩之反映，或資本主義下弱勢階層百姓困境，與現實中無情社會的寫照方面，吳漫沙於〈桃花江〉中，藉由劉興、梅痕全家的貧病交加與生活掙扎情景，道出桃花江村裡貧民的不幸際遇，以及桃花江女性為何紛紛出走成為舞女、女給的緣由；〈暴雨孤鶩〉則是訴說弱小薄命孤女，先被大母脅迫賣給資本家作姨太太，逃出之後卻又被後來的僱主強迫嫁給其子的悲慘境況；而〈女兒淚〉中，小英因為父親病重，雖然百般不願，最終仍屈服於現實而被出賣為童養媳；〈韮菜花〉中賴愛蓮因未婚懷孕，遂避居姨母鄉間破宅，二人相互扶持，貧困度日。以上這樣的敘事情節，亦可見於賴和、楊守愚、呂赫若等人的相關書寫中。

至於小說與殖民體制或國策相呼應的部分，如其〈黎明之歌〉中寫及童養媳素芬為躲避成為元明之妻子，乃選擇前往戰線成為看護婦，戰爭於是成為她不幸命運的即時救贖與逃脫出口[13]，而這與張文環〈頓悟〉中為德

[13]按，此處的故事情節，原未見於《風月報》第 123 期（1941 年 2 月 1 日）所刊〈黎明之歌〉末回中，這是 1942 年後出的單行本因應時代性之需要，於是在原報端頁 24「她這樣默禱著，便慢慢地到了書桌前，拿起筆，要回信給元明。」文字之後，增補了素芬參與臺灣青年奮起報國的風潮，自願前往戰線擔任看護婦一事，但此與吳漫沙小說基調，本要訴諸期待素芬、達文、秀芬之

由於生活、工作與情感的不滿與停滯，因此選擇去當志願兵來尋求生命意義的突破，在結局安排上頗有異曲同工之妙。此外，其為宣揚日臺親善、盡忠報國而寫的《莎秧的鐘》，亦可與呂赫若、龍瑛宗、周金波、陳火泉有關皇民化運動、國策體制書寫的作品，進行連結思考。

以上，透過對於吳漫沙若干作品議題或小說敘事情節的說明，以及與其他雅文學系統小說作家作品的並置討論，可以得知所謂通俗作家吳漫沙，其實在創作內容或題材上，存有部分與雅文學雷同之處，但何以其仍被歸位於通俗作家之列？而吳氏終究也自稱是「寫消遣小說的」？但既然如同本文「前言」所述，陳鏡波與吳漫沙都以專注態度耕耘通俗文學寫作，則可知其非以「消遣態度」來從事書寫，那麼究竟同中之異何在？有關此一分野，會是黃得時信口所說：「他是憑他身邊的雜誌寫出來的」，正是因為受制於小說創作靈感與材料來源的非獨創性，因此遂無法晉身於純文學家之列？又或者是吳漫沙在《黎明之歌》〈出版前言〉中所曾言及的，他談到自己的小說：「故事也很簡直，曲節不致怎樣複雜，竟得到多數讀者的聲援，我是感激而且慚愧的！」[14]則簡單而不複雜的敘述故事的方式，也有可能是其人作品予人通俗化印象的重要關鍵。此外，陳建忠認為吳氏作品，在思想上呈顯了啟蒙的局限性與對父權思想的鞏固，此與雅文學作家所致力追求與宣揚的現代性思想的純粹度有所不同，則如此亦可視為一種分殊。[15]不過，在上述種種觀察之外，本文擬另闢蹊徑，嘗試選由作品文體特質與敘事成規的殊異性著眼，去試著關注吳氏之作是否存有某種書寫特徵或行文風格，遂因而形成了雅／俗文本性質之分？

重逢而結束一部受運命之魔桎梏的血淚史不同，反倒沾染了文學報國的色彩。

[14]參見吳漫沙，〈幾句前言〉，收入《黎明之歌》（臺北：前衛出版社，1998 年），頁 13。

[15]參見陳建忠，〈大東亞黎明前的羅曼史──吳漫沙小說中的愛情與戰爭修辭〉，文章收入氏著《日據時期臺灣作家論──現代性、本土性、殖民性》（臺北：五南圖書出版公司，2004 年），頁 209～249。另外，在陳氏文章中，也曾注意到了吳漫沙華僑身分所寫戰爭小說與臺人皇民文學作品側重國族認同痛苦經驗的書寫傾向不同，但其未將之與興亞文學、上海淪陷區和平文學進行連結思考，且該文雖然也呼籲省視這些通俗小說作者、作品之文學史意義，但其乃從當時學界所重視的啟蒙現代性與後殖民研究之反思入手，故與本文研究取徑並不相同。

而在釐析雅／俗之分的可能敘事判準後，筆者還要另從「通俗」的分析向度出發，接續去考究吳漫沙通俗小說創作表現的整體意義與價值，尤其具「華僑」身分的吳漫沙，相較本土作家會為日治臺灣小說發展史，又會引入何等駁雜性？如何擴大而複雜化臺灣小說史的邊界？在繞過雅／俗優劣高低之分後，本文希望能開拓更寬廣的日治臺灣小說研究視野，從中發現更多屬於吳漫沙通俗小說創作的特殊性面貌。以下，便由吳漫沙通俗小說的身體消費、地誌書寫與東亞想像諸面向，來呈顯筆者目前的觀察所得。

三、自由戀愛、身體消費與日常生活

（一）

正如前述，吳漫沙作品既然與雅文學小說有不少相近似處，但為何會被視為通俗性創作？下列的這段話，或許可以提供想像空間：

> 我們不能像過去那樣地寫些優越的文章。那風月場中的故事，不是我們執筆的材料了！……我們要覺醒，那些香豔和肉感的文字，不但不是現社會所要求的東西，而且會影響於後代的！我們懇求同志們，把筆桿兒轉換轉換。……我們團結起來，實踐我們高唱的口號，復興東亞文藝，建設東亞新文藝。[16]

以上是 1941 年 5 月《風月報》第 129 期的卷頭語，文章標題是〈建設東亞新文藝〉，這篇文章的撰稿人正是吳漫沙，而他自 1937 年 11 月以來其小說作品主要發表處便是《風月報》，換句話說，此處引文中的「我們」，不妨可以替換成「我」，則一切就變成了吳氏的自白與自勉了。亦即其人過去筆桿所寫的是優越的文章、風月場中的故事、香豔和肉感的文字，而

[16]文載《風月報》第 129 期卷頭語〈建設東亞新文藝〉，1941 年 5 月 1 日，不記頁次。

爾後則需要轉換成有益於發展、復興東亞文藝的作品了。

如果上述是一種提示，當我們回頭審視吳漫沙的小說時，會發現與之發生緊密連結的，正是其在《風月報》上一系列的言情作品，這包括了〈桃花江〉、〈花非花〉、〈黎明之歌〉、〈母性之光〉，還有編輯期間出版的《韮菜花》，和另刊於《臺灣藝術》上的〈繁華夢〉等。[17]在這些長篇或短篇的作品中，不時夾雜風月、香豔和肉感的情慾，釋放出令人好奇、迷茫而為之心神蕩漾的文章氛圍。而其修辭策略，常是先出以一極具曖昧之標題，如最早刊出、連載甚久的〈桃花江〉，在小說標題方面，就頗不乏啟人疑竇或讓人想入非非者，如：「她的反抗和他的追逐」、「燈紅酒綠下的她們」、「我為什麼要這樣下賤呢」、「你有真的愛我嗎」、「你為什麼老是看著我」、「你的身世淒涼極了」、「不會快樂的便是傻子」、「她是前天搬來的舞女」……；而稍後出版、更具風月調情色彩的是〈韮菜花〉，其文標題有：「他已全身溶化在肉的溫柔裡」、「她的眼光更進一步地注視他」、「他的靈魂已被月嬌攝去了」、「他們是破壞女界名譽的毒蟲」、「是近代臺灣戀愛史上的新紀元」、「是你傳給我的心愛的心血」、「她們追求異性的目標」、「我願永恆在你的懷裡」、「上帝！我已犯罪了」、「她定是遭了愛的打擊」、「她的櫻唇才稍離了他的香口」、「她是我們愛情的毒蛇嗎」、「你與我連枝比翼如鸞似鳳」……等。而在聳動標題之後，接著就是在文本裡露骨、挑逗的男女對白，或極度浪漫激情的書寫，促使情愛為之鼓動，性靈因而徬徨、甚而漫衍出肉慾橫流的情節。

而在進行這類寫作時，吳漫沙通常將之置入了各式各樣打著「自由戀愛」神聖名義所展開的愛情故事中，並以男女情愛為經、日常生活為緯，

---

[17]有意思的連結是張文環「辣薤の壺」小說，此篇乃刊載於通俗性較強的《臺灣藝術》上，文中描繪一個徐娘半老的下階層女性，不僅擁有經濟獨立權，且出入自由，行為自主，能任意裝扮自我，滿足美感需求，以及挑逗掌控較其年輕近二十歲男子的情慾，達到收放自如的情感表露，這篇小說是張文環創作中少數流洩情慾氣氛的作品，而其之選擇刊載於《臺灣藝術》上，是否也代表著因為意識到小說情慾書寫的通俗性習氣，得與發表場域相扣合。

鋪延出形形色色正當的或非正常的戀情。之後，吳漫沙便會對時下正興的自由戀愛思潮，進行相當程度的辨證與討論，透過男女主角或其他人物的自白與對話，傳達出其所認可的正確訊息，遂使得這些言情小說彷彿戀愛教科書一般。這些具有啟發性或思考性，乃至制約性的話語如下：

> 愛！愛的魔力、愛的罪惡、就是這麼厲害！誰不知道是一個青年人的陷阱、卻盡是聰明人才會踏入的！唉！……上帝！你既創造人、為何又要有男女的愛情哩！……戀愛、戀愛是上帝懲罰青年男女的甜蜜毒藥！……我不相信愛的魔力是這麼巨大、什麼都不能勝過它！前途遼遠的青年人、竟甘心為它而犧牲一切偉大的未來！……他已狠心把你放掉，違背過去的約言、我們就該加倍努力、為我們的事業而奮鬥、……這樣才是現代的新女性、[18]

> 我們女子既然和一個男子發生戀愛、認為他值得做我們的愛侶、就該用真誠的心來對待他、不過、求婚的口頭禪、是由男的先要求、我們在那熱戀的過程中、是無所不應允的。我和他也是這樣形式而已、可是、我到了現在還認他是我心目中唯一的人。[19]

> 媽！不是我不順從你老人家的話！你要明白婚姻大事、是關係我自己終身的幸福、這 20 世紀的新時代、是不能再由媒妁之言、父母之命而盲從的。[20]

> ……萍哥！我終始是你的人、無論他們有如何的尖銳的口舌、都不能除卻我私慕你的心、我雖不能因病而死、也要為愛而犧牲、[21]

[18]吳漫沙，〈桃花江〉，《風月報》第 84 期（1939 年），頁 11。
[19]吳漫沙，《韮菜花》（臺北：前衛出版社，1998 年），頁 51～52。
[20]吳漫沙，〈花非花〉，《風月報》第 91、92 期合刊（1939 年），頁 29。
[21]吳漫沙，〈花非花〉，《風月報》第 93 期（1939 年），頁 14。

從上述引文，便可知道處身於一個要與舊封建體制衝撞，與新時代文明觀念接軌的時代裡，倡議自由戀愛，或身體力行自由戀愛，顯然需要一番學習、冒險的過程，於是吳漫沙將一切戀愛的歡喜悲苦都寫在小說裡，不管是自我勇敢尋愛的艱辛，或受制父母封建觀念的阻撓干涉，或是歷經波折終成眷屬的苦盡甘來，小說中將社會每日出現的各類戀愛狀態、戀人心情與生理反應，包括牽手、初吻的肌膚接觸，深情目光相接的緊張心跳，或被迫分離的失眠、痛苦與煩惱，種種甜蜜的熱戀、被棄的失戀、受挫的苦戀，百般情緒俱具呈顯，而且還不時提出忠告與引導，以使人能認識愛情、駕馭愛情、享受愛情，卻不致陷溺於情愛的失序之中。姑不論這些具指導性意義的戀愛話語，在思想上究屬先進、前衛或實際保守、迂腐，對於自由戀愛的歌頌，顯然是吳漫沙言情小說中最為重要的靈魂樂章。

為了讓曲調鮮活感人，並因應 1930 年代後期漸趨成形的現代資本主義社會，吳漫沙賦予許多前曾述及的擁有新職業、新身分的女性迥異的命運與性格，小說便藉由一具具煥發異樣神采的女性的輪番上陣，展開與現代社會、道德輿論之纏鬥，因為當時係處於 1930 年代後期至 1940 年代間的臺灣社會，故對這些女性們進行凝視與顯影，無疑仍是小說極大的商業賣點。而對女性的窺探與好奇，在小說中除了揭露女性內心幽微的萬般思緒外，不能缺少的是攸關女性身體的展演，如〈桃花江〉中的下列描述：

> 麗華獨自在房裡，她掩著房門沒有下鍵，因天氣炎熱，她把窗扉開放，脫掉襯衣，只穿一條短短的褲子，露著雪白的肌肉……爽快地微微入睡。恰巧書空事務完了，慢步在馬路上兜風，順道要來看她，他見房門掩著，知道她在睡覺，便輕輕地推開房門，走到床前，見她半裸身體，睡得很濃，那種使人陶醉的睡態，誰的胸懷都要撼動，他一時神經受了

> 很大的刺激，眼睛幾乎要花，呆立了半晌……[22]

閱讀此段文字，大概當時臺灣的部分讀者，多少都會神經受到很大刺激。

而除了一般性感女體的展演之外，在言情通俗小說中，最引人側目的便是攝人神魂的摩登女子，這包括了個別聚焦與集體群像的寫照。當這些女子從小說中浮顯出來時，其身影多半透過一種極富感官式的描寫技藝來刻畫，且多數被寄身於充滿高度現代文明感的都會城市空間裡，這幾乎已成為定型化的場景與人物描寫模式，在吳漫沙多篇作品中不時可見，故無形中更加誘發了讀者的物欲嚮往與情慾想像。例如在〈韮菜花〉中勾引小說男主角賴智明的月嬌，於小說首次現身時，其摩登而妖嬈形象，吳漫沙如此描摹著：

> 蓬萊島上的陽光、更來得美麗、和暖溫柔、尤其是臺北市、一受了這可愛陽光的點綴、更使這些興奮的群眾、增了不少的遊興。戲院是大告滿員、凡是娛樂的去處、沒有一處不是擁滿了人。這時的 C 街的一座洋房裡、走出一個約有二十二歲的摩登少婦、打扮得如花般的美麗、穿著一件紅緞花的旗袍、外面披上一件黑色的大衣、腳上著一雙入時的高跟鞋、頭髮燙得好像小洋狗的毛一般、花枝招展、立在門口、啟開櫻唇、喊著對面的人力車。……她一手拉著大衣、一手攀在車上、徐徐地坐下去、……才在一家百貨店的門口停住。她給了車錢、便咯吱咯吱地登上樓梯。樓上已圍著許多人在叉麻雀了、……她連連微笑點了幾下頭、便在那放著一盆百葉水仙花的几桌邊的沙發上坐下……[23]

這是極具畫面性的定格書寫，就像拍攝電影一般，對女性髮型、穿著、動作有細緻的分割畫面，使如花的都會少婦身影映入讀者眼前。

---

[22]吳漫沙，〈桃花江〉，《風月報》第 65 期（1938 年），頁 9。
[23]吳漫沙，《韮菜花》，頁 2。

再者，情慾與性慾的流洩，也是小說肉感香豔風格形成的要素。茲再以〈韮菜花〉為例，小說繼前述月嬌美麗而摩登的女體出現之後，吳氏藉由一場打麻將的娛樂情節，旋即掀開一場不倫的畸戀，作為人妾的月嬌與其乾兒子賴智明陷入了桃色愛慾之中：

> 月嬌也不遲疑地拉著智明一齊叉下去。恰巧智明坐在她的對面。打了兩圈、她的眼睛時時向智明呆視微笑、桌下的腳也時時打他的皮鞋、上下誘惑、百般嫵媚。他也微笑答他、她有時假作掉下牌子、俯下身在桌下拉他的褲尖、使他感到一種莫名的愉快和局促的不安！他倆再也無心打牌了、兩顆心只是卜卜地跳動。[24]

此段敘事，讓人聯想起《金瓶梅》第四回中潘金蓮背著武大郎與西門慶偷姦的乾柴烈火，其間筆法有其相近處。

大抵，從月嬌現代摩登而美麗性感的女體，到和智明二人愛慾縱橫的性體，小說中的「身體再現」，其實是提供讀者一種「身體消費」的感官快感，吳漫沙洞察到資本主義與自由戀愛之風興起後，現代人對於情慾的著迷，於是以「身體消費」狀態去構成其人眼中的現代性社會的形態，這也是他對當時臺灣社會的特殊感知，小說將其人之思想與感知具體化、形象化。於是在吳氏多本小說中或多位角色中，便不乏男性的出軌、外遇，或女性之受迷惑、誘拐，如〈桃花江〉之東寧、〈母性之光〉的雪滄，或〈韮菜花〉的賴愛蓮等，他藉此勾勒出一個現代化下的畸形社會，而在傳達男女之間的性別與性關係的同時，更昭示了身體的慾望其實攸關著身體秩序的管理；他賦予身體一種介入社會的語調，此即身體的表現性（expressiveness），而這正是他個人從通俗視角所體認的臺灣感覺結構，流露了其人介入臺灣空間與那個具現代感的時代之後，所感覺到、或意識

[24]吳漫沙，《韮菜花》，頁 5～6。

到的社會／精神風格。

（二）

經由前述的說明後，相信有助於理解吳漫沙小說的通俗性成因，及其背後與當代時空所交涉出的特殊感覺結構意義；不過，前述的推斷是針對其人在《風月報》時期作品的通俗性而來，然而如此卻不免忽略了《風月報》以外所登作品，尤其是在改名為《南方》之後，那些已經留意到現實環境或國策需求而寫的作品，例如〈心的創痕〉、〈黎明了東亞〉（單行本出版時，改題為《大地之春》）、《莎秧的鐘》是否會因為作品內涵時代性色彩增強，而不再隸屬於通俗作品？而事實是，即使書寫了這類作品，但黃得時直到 1985 年還是將吳漫沙視為非純粹文學作家，難道作為同時代的作家，他沒有察覺到吳漫沙後來的改變嗎？又或者是因為曾經刊登過富含大量香豔肉感文字所導致的終生刻板印象？還是仍有其他影響因素？則《南方》時期小說的通俗性何在？細譯〈心的創痕〉等作，雖然已經披上時代性外衣，但其實作品的內在仍時時聯繫著兩性戀愛的情愫，各篇仍然保留了相當程度的談情說愛的風花雪月浪漫情懷，也就是說，《南方》時期的這三部作品的「言情」成分依舊存在，且就各文的篇幅比例而言，實際更高過所欲強化的「時代性」精神；一言以蔽之，這三篇作品依然是在「言情」框架中完成的。只是，指出這些作品的言情基調後，卻不免又陷入另一論述邏輯的迷思中，因為從「言情」所牽扯出的「戀愛」命題，早已是 1920 年代以來臺灣雅文學小說不曾缺席的關注事項，則前述所做的雅／俗之辨豈非失效？則是否還有其他伴隨「言情」或「自由戀愛」命題而存在的通俗要素？那麼在香豔肉感文字風格，以及言情敘事框架的強調之外，是否尚有其他成因？而這顯然需要從吳漫沙在《風月報》、《南方》上的所有小說，去做一更為通貫的爬梳與考察，甚至重新回到與雅文學小說的戀愛書寫模式進行區辨。

對於此一問題，我發現到：一般雅文學作品雖然也鼓吹自由戀愛，但在小說中，「自由戀愛」是文明啟蒙工程的一部分，與其說新文學家在爭取兩性的戀愛，不如說更大的關懷意識是在力爭與喚起主體的個人自由，而自由戀愛雖是啟蒙的目的，但其實也是一種手段、目標或口號，這從謝春木〈她將往何處去〉所開啟的戀愛書寫史便可略窺端倪。其次，在雅文學小說系統中，正因為「自由戀愛」是一種引發啟蒙的手段，因此在後來更多的作品中，「自由戀愛」可能只是小說中的背景，或其中一個場景，甚或是故事引子而已，即以較為浪漫抒情的新感覺派作家翁鬧〈天亮前的戀愛故事〉、巫永福〈首與體〉來看，前者似乎通篇著墨「戀愛」一事，但不僅戀愛對象具虛擬性與空洞性，通篇實際更在回顧個人三十歲以來人生的種種心境變化，及其與外在社會環境間的孤獨感，以凸顯其人對都市文明的嫌惡，反現代性與對世界幻滅的孤獨感，展現個人自我的頹廢意識；而後者則從佛洛依德精神分析學說獲得養分，將夢、潛意識與慾望之間的關係予以文學具象化，透過羊與獅子、人的首與體、敘述者我與S的進行對話，在真實／幻影的詰辯中，進以詮釋人類追求生命個體自主的慾望及其困境。大抵，在這兩篇充滿現代主義美感的作品中，戀愛之存在雖實而若虛，戀愛的徹底實踐情形也似有而實無，戀愛的追尋或失落其實是幌子，真正關注的實體是人自我存在意義的問題。

相對地，若以吳漫沙作品來看，通俗文學作家在言情戀愛書寫上，他更重視「自由戀愛」自身的存在現象，並將之上綱為作品內容的主體，因此戀愛書寫被散入字裡行間，占據了各處的篇幅，在文本世界裡，自始至終，無所不在，由此可知吳氏與雅文學小說家的不同看待態度。另外，關於自由戀愛，雖然與雅文學作家一樣被視為重要的文明啟蒙目標，作品同樣也彰顯了戀愛與現代性間的高度相關性，不過在付諸書寫時，吳漫沙在意的是對「自由戀愛」這件事本身的實驗與體會過程，其所欲強調與再現的是，當事人男女雙方在進行戀愛中會遭遇的種種問題，以及因之所產生的實際生理與心理的總體身體反應，尤其如同前述，他更將這些身體反應予以感官化，以使成為通俗作品引人遐想或娛樂消費的標的物。那麼，吳漫沙如何把上述體會進行實地操作呢？究竟人們進行自由戀愛的身心狀態如何？為了說明人一旦身陷戀愛，則戀愛的情緒就會如影隨形，以及戀愛之於人們就如同呼吸一樣自然而重要，吳漫沙所用的展示方法是，直接把戀愛提升進到日常生活中，並讓自由戀愛為之正常化、日常生活化。是故，在吳漫沙的通俗小說中，自由戀愛與日常生活實是表裡兩面，相互依存與共生；亦即，對吳漫沙而言，其人之言情小說，便是去書寫「自由戀愛」如何轉化成為日常生活的一部分，即展現戀愛與日常生活的關係性。

那麼，小說裡的狀況又是如何呢？其實，人類的日常生活原本充滿著各式事件與元素，聲音與作息，時間與空間，物質與感覺，故除了職業性的例常工作之外，日常生活的作業檔案還包括常態化的走路、烹飪、飲食、休閒等。而吳漫沙在表現戀愛與日常生活的相為表裡時，他一方面除了展現各種小說中人物的起居坐臥、生活點滴之外，更不忘讓小說人物的「日常生活」與戀愛發生關係，如其以為在日常生活所處的各種場所與場合裡，都有可能是愛苗滋長的地方與時機點，例如在〈桃花江〉裡，許東寧與劉梅痕相識相戀於酒場中，麗華則是在被抓獲救後躺於醫院中，而對書空的搭救與照顧心生愛意；在〈韮菜花〉中，賴愛蓮與朱楚才則是在電影劇場發生感情；在〈繁華夢〉裡，葉心影因與平秋月在同一銀行共事而心生愛慕。至於男女談情說愛的所在更是多元化，〈桃花江〉裡東寧與梅痕漫步桃花江畔一訴衷曲；〈母性之光〉中，雪滄與鸞英在北投「完成愛的使命，達到愛的目的」；〈花非花〉裡劍萍與痕青在公園，彼此暢快吐露心聲；《大地之春》中，湘雲的臥室，成為了她和一平表達私密情感之處；《莎秧的鐘》裡，巴采在森林內告知莎秧自己的情意。正如同上述，當愛情的來臨，以及談情說愛表白場所是如此多樣化時，自然也就說明了自由戀愛的「自由化」[25]與「日常化」了。

此外，吳漫沙有時乾脆以「言情／戀愛」作為日常生活中的「日常性」的化身，小說中的現代男女情愛糾葛關係，就是日常生活的重心，因

[25]當然，即使男女想隨意或放肆的自由戀愛，有時也會有封建社會或輿論道德的壓力，這也是小說中不能忽視的重要面向。

此文本內容多半描述邂逅、交心、受挫、復合的過程，這是最常出現的敘事成規。故隨著愛情來臨時，在日常生活中，非唯白日裡心繫對方，更會在夜半、凌晨思念對方，或見面吐真情，或以情書傳心緒，戀愛成為日常生活中的一部分。而實際的生活感覺，更會因為有了戀愛的滋潤而倍感愉悅，例如《莎秧的鐘》裡，於演劇大會閉會後的第二個晚上，在明亮月光灑落的森林裡，巴采走到莎秧面前道：

> 「莎秧！今夜的月色很好，她照著你的臉。」……「莎秧！這幾天我感覺很快樂！」……「田北先生和田北夫人，以及青年團裡的人們，都說我倆很要好！」……「田北夫人曾對我說，說我倆應該像前日我倆所扮演的貴美子和神田正雄那樣的……」「那樣的結婚是嗎」[26]

原住民巴采吞吞吐吐、含蓄醞藉地展開因愛而欲婚的告白，莎秧則大方而明快詢問巴采是想結婚嗎？二人的對話，清楚傳達了巴采與莎秧置身愛河的快樂生活片段。

不過，戀愛所帶來的不全然是歡笑，愛情一旦滲透進了日常生活，更會對生活作息的常態性與秩序性產生干擾，吳漫沙清楚洞悉這種戀愛與日常生活的密切關係，所以他小說行文的另一要點，就是更加著重於人在日常生活中受到戀愛刺激之後，個人觀念、心態及身心為之變化與反應現象的描繪，亦即處理日常生活與愛情之間的擾動關係。例如〈韮菜花〉裡端美的生活重心幾乎都與賴智明串連在一起，隨著智明的墮落、生病、振作、鴻圖大展，端美的生命形態與精神狀態也因此而不同；而〈花非花〉中，劍萍與痕青更因自由戀愛遭遇強力遏阻，二人被迫分離之後，雙方相繼生病，後來劍萍甚至因此死亡，小說寫出二人的哀情生活／生命史。

綜上所析的是，吳漫沙小說將戀愛變成一種日常生活敘事的技藝化過

---

[26]吳漫沙，《莎秧的鐘》，頁 87～88。

程。而一旦戀愛躍升日常生活的主體，並在小說文本裡隨意流竄時，儘管不是通篇出以肉感香豔的風格，或夾雜風情萬種的女體與情慾感官消費，但小說因為談情說愛的痕跡斧鑿過深，甚至成為全篇靈魂所在時，遂終究只能成為一部「言情」寶典了，即以後來《南方》時期的作品來看，為了鼓吹日華親善、倡導東亞新建設的《大地之春》，在時代性色彩的外衣下，仍可明顯察覺書中戀愛書寫比重之高，遠遠超過後來真正觸及所謂省思戰爭、重啟和平的文學敘事，所以在艱險的戰爭中，黃一平仍然不時憶起表妹湘雲，情牽伊人。至此，便可豁然明白，為何聲稱要進行革新的《南方》時期作品，依然更接近於通俗言情之作，而非雅文學系統之列。

不過，耐人尋思的是，在日治時代的臺灣，因為比起談情說愛更為重要的事情太多，尤其在反抗殖民的大纛下，愛情顯然只能占有微不足道的地位，因此吳漫沙之作終究無法成為純粹文學。然而，其將戀愛日常生活化的小說敘事技藝，是否比起新文學小說家的啟蒙手法，更有助於「自由戀愛」觀念的落實與實踐，甚至普及與推廣？設若自由戀愛的啟蒙也是日治時代臺灣新文化運動所要改造的一環，則這些朝向自由戀愛全力探索，最終卻只能被列為次級的通俗小說，其意義與價值是否有待重新估量？

以上，在進行一番吳漫沙作品雅／俗性質的釐別與辯證之後，以下則要特別思考吳漫沙通俗作品的殊異性，這主要是有鑑於吳漫沙的華僑身分，其與當時臺灣本土作家相較而言，顯得殊異許多。然而，吳漫沙在當時的確是被視為臺灣作家，曾多次在《風月報》上刊出作品的陳蔚然（？～？）以為：「吳漫沙先生他是臺灣文壇的健將，他的作品價值已被一般人所公認」[27]，那麼作為華僑的臺灣文壇健將，究竟如此特別的身分，在1937 年後，尤其在臺歷經中日戰爭、大東亞戰爭之後，其創作上的思想視野，是否會與臺灣本土作家存有不同的思考視野或感知結構？以下將由其人小說中複雜糾葛的地誌書寫與東亞想像談起。

[27]參見陳蔚然，〈讀〈我們的文學的實體與方向〉後感談〉，文載《風月報》第 130 期（1941 年 5 月 15 日），頁 3。

四、小說的地誌書寫及「臺灣」、「中國」的對位關係

（一）

吳漫沙作為一位華僑，他於 1935 年真正來臺定居，並就此展開長期書寫工作，那麼遠從福建而來的他，臺灣土地對其而言究竟意味著什麼？他如何從事臺灣地誌書寫，並形成其人的臺灣認識論？有趣的是，若吾人翻閱吳漫沙通俗小說時，將會對於其中故事所發生地理空間的極度清晰化與空洞化的兩種極端展現模式，留下強烈印象。但為何會有如此南轅北轍之現象呢？而何者清晰？何者空洞？

其實吳氏小說作品中地誌書寫的清晰或模糊，乃至空洞、虛無，實際攸關著其人創作的問題意識。吳漫沙作品真正最大關懷點在於女性，他積極設想女性置身現代社會中的種種問題，然而女性的問題，並不僅存於臺灣女性，還含括了中國、日本女性，故是整個東亞的跨地域性問題。而正由於察覺到女性問題的普遍化，故吳漫沙似乎認為行文重心更應在於昭示女性形象與不幸命運的交錯，因在此類作品中，相關地誌風土空間性的彰顯反倒較為貧瘠。例如最早刊登於《風月報》上的〈桃花江〉，故事主要描寫距離 N 城數里遠一條風光明媚小江「桃花江」美麗貧女劉梅痕，在惡劣環境中為愛、為理想而奮進，終於成為人人尊敬的現代新女性的故事。文中，吳氏僅以 N 城和桃花江作為通篇的地理標的所在，然而 N 城和桃花江究竟在哪裡？如果不是因為小說起首引用了黎錦暉在 1928 年所作風靡 30 年代中國的著名流行歌曲〈桃花江是美人窩〉中的詞句：「桃花江是美人窠，桃花千萬朵，比不上美人多！桃花江是美人巢，桃花顏色好，比不上美人嬌！」[28]便很難理解桃花江其實是在中國湖南境內；然而，如此遙遠

[28]按，此與原歌詞有些小差異。又，吳漫沙在其通俗小說中夾用了大量的流行歌曲，藉以增益小說的通俗色彩，究竟其中有多少屬於自創？又有多少援用或改寫自中國流行歌，此部分有待更進一步的比對與考證。但從〈桃花江〉一曲的引用，以及轉而改寫成通俗小說來看（目前筆者還不知當時中國是否已有將「桃花江是美人窩」改成小說或電影者，則如此又要再查索吳漫沙小說與這些文本間的關係），吳漫沙的華僑身分，使其懂得善用中國藝文資訊、資源，更甚者則能成為一個引介／仲介角色，這若併觀《大地之春》中其對上海和平文學的跟進，就更可理解其人在臺扮

的地方，對於臺灣讀者而言，與其理解該地空間的地標性意義，似乎遠遠不及關照小說中的女性生命與生活變化，因此他選擇將小說的中國地誌空間性隱沒起來，讓原本可以具有真實地理意義的桃花江，變成一條浪漫美麗的江水而已。相似的情況，亦可見於〈暴雨孤鴛〉、〈花非花〉、〈梅雨時節〉等篇，這些作品同樣缺乏真實的地誌書寫。

不過，雖然出現地誌書寫的空洞與虛無現象，但吳漫沙卻極在意某些具特殊意義的場所或地景，並予以竭力描寫，因此在通篇彷彿失去地理座標的飄渺場域中，這些刻意渲染與強化的描寫，反倒顯得十分搶眼。例如女性的房間便是焦點之一，在〈桃花江〉中，梅痕離開桃花江來到 N 城裡，她住進小紅與阿桃的租屋處，對於三位女性的臥房，吳漫沙如此形容：

> 一座三層洋樓第三階的一間小小的臥房、陳設著一張半新舊的鐵眠床、一座舊式梳妝臺、四隻籐椅子、靠著洗臉架身傍的棹上、放著一個小留聲機和唱片、竝一個小時計、近床和洗臉架的旁邊、立著一個衣架、衣架上掛著幾條旗袍、[29]

透過女性房間擺設的一一勾勒，藉以激發男性讀者更多的想像慾望，滿足偷窺的好奇感。[30]此外，具物質現代性消費意義的街景、建物，也是吳漫沙

演角色。

[29]吳漫沙，〈桃花江〉，《風月報》第 57 期，頁 11。

[30]而對於女性房間，要加補述的是，這並不僅止於沒有清晰地理座標的小說文本中，即使是在若干確切註明了故事發生地的文本亦然，例如以臺北為故事場景的〈除夕之夜〉，文中記述涼子和她家人共度除夕之夜的情景，小說呈顯她在臺北 AP 酒場擔任女給後為家庭帶來的經濟改變，而年稚的幼妹因為除夕到來與姊姊恩客所贈禮物而歡欣不已，但卻無法體會涼子心中的蒼涼與對真愛的渴望。小說中，關於涼子的房間，以及其母走進去房內的狀況，書寫如下：「走進涼子的房裡，一張銅眠床圍著一條雪白的床巾，梳妝臺上陳列著各色的化妝品，香味瀰漫了全室；她把一隻小圓桌罩上一條白紗桌巾，然後拿一塊白瓷的茶盤放在中央，……自己便整一整衣服對準洋服橱的大鏡照一照全身……（〈除夕之夜〉，《風月報》第 124 期，頁 17）。以上是成為女給而使家庭富裕的涼子臥房的寫照。而在小說中之所以被清楚顯現，吳漫沙除了提供對於女性閨房的凝視之外，也意在烘托出一個充滿現代性的都會感，故除了展示房間布置擺設的現代感外，更透過多種雪白顏色的施用，來進行更為強烈的表達。

用力著墨之處，例如離開桃花江而成為舞女與女給的阿桃、小紅與梅痕，她們穿起「時式的服裝」，前往男人銷金窩裡上班，而她們上班的地點空間環境如下：

> N 城的十字街、高聳洋樓的屋尖、一明一熄地閃爍著、連珠般的電炬、霓虹燈下的大馬路、擁滿著如潮的行人、馬路的一角、那座三層建築裝飾著五色電球美麗屋裡、漏出一陣肉麻抑揚的爵士樂、你若站在對面的路上、便隱約可以從窗裡窺到裡面那一陣紅一陣綠的光線、爵士音樂裡、又隱約送出一陣陣嬌笑聲和喝采聲、[31]

關於這一座落在 N 城十字街口的高聳洋樓，吳漫沙一方面描述電炬、霓虹燈如何造就洋樓的氣派新穎的炫麗外觀，一方面則道出樓內正在醞釀的男女聲色情慾交媾的情景，於是一個浮華繁榮的銷金窟與美人窩便立刻顯現。

而對於女性房間，或現代感建物、街景的描繪興趣，要加補述的是，這並不僅止於這些沒有清晰地理座標的小說文本中，即使是在若干確切註明了故事發生地的文本亦然，如此便可知道此類具強調性意義的地誌刻畫，顯然有其深意；蓋因此一手法之運用，有助於浮顯現代性社會的已然形成，而能映襯人與物質文明之間的密切緊張關係，乃至於最終指出物欲、情慾與社會墮落的連動現象。於是，如此一來，便會發現，布爾喬亞資產階級與家庭，是吳漫沙言情小說中經常出現的人物對象（如〈韮菜花〉中賴智明與陳端美家庭皆是，而《大地之春》黃一平與湘雲雙方家庭亦然，〈繁華夢〉章家亦復如此），從上述幾篇小說，可以發現這些人平日居住於豪宅之內，家中擁有大花園，甚至私人自動車，而家居臥室與客廳具有強烈現代感，平日生活可能會飲用咖啡、牛乳，凡事有傭人服侍，

[31]吳漫沙，〈桃花江〉，《風月報》第 57 期，頁 12～13。

也會從事運動休閒，看電影、讀小說與觀戲，或著美服逛街採買服飾（〈繁華夢〉是最為明顯的例子，小說中對於章家的日常生活，從飲食坐臥到休閒娛樂的細節，有著極為詳細的鋪陳，從其鉅細靡遺程度，更可知吳漫沙之刻意為之）。但具嘲諷性的是，在這種高度現代性的住居環境背後，不是只如小說所寫，親人或朋友常常在屋內閒聊談天，交換心情、言及近況（這種日常性的閒談，在吳漫沙多篇作品中也不時可見，如上引〈韮菜花〉、《大地之春》、〈繁華夢〉皆是，而這也說明了對於資產階級的日常生活而言，「無聊」是一個重要的時間與行為特徵），其背後所上演的則是一齣齣男女出軌，愛慾沉淪，或為愛傷神而迷失自我的戲碼。吳漫沙在其小說中雖然對文明啟蒙繼續肯定（例如自由戀愛）、對高度物質現代性發出讚嘆，但卻也流露出現代性社會下人類情感的混亂與迷失，他為此感到焦慮不安，這說明了其以為在 1930 年代後期更該在意的是，現代性其實需要被「修正」與「調整」的反思。

（二）

以上筆者所述的是，若干在小說中雖缺乏清晰的地誌書寫，但卻出現強調若干具象徵性意義空間、建物、場所刻畫的情形，與這類空間描寫所反映的物質性與精神性日常生活的意義，以及其與現代性之間相生相剋的關係。至於那些具有明確地誌書寫的小說[32]，在地理風土人情上又是如何被表達？吳漫沙到底關注了哪些地方與區域？

鳥瞰吳漫沙的作品，可知最早出現標誌有明確地理座標的，該是 1937 年 5 月脫稿、1939 年 3 月由臺灣新民報社出版的《韮菜花》，此篇作品係聚焦島都臺北而發；其次，吳漫沙在《風月報》上發表〈黎明之歌〉時，據其所撰〈作者的話〉：「為迎合讀者的心理，所以取材在臺灣，文字亦多用些鄉土語言」，則如此〈黎明之歌〉亦當歸列於具有清楚地誌書寫之

[32]吳漫沙在《風月報》上發表〈黎明之歌〉時，撰有〈作者的話〉：「為迎合讀者的心理，所以取材在臺灣，文字亦多用些鄉土語言」，則如此〈黎明之歌〉亦可歸於具有清楚地誌書寫之作，然而實際觀看該篇作品，可以發現鄉土所指為何地，其實並不清楚，為此遂更顯示吳漫沙真正能夠從事臺灣地誌書寫者應該仍屬臺北島都，引文參見《風月報》第 93 期（1939 年 9 月），頁 25。

作；再如〈除夕之夜〉、〈母性之光〉亦取材臺北，而《莎秧的鐘》則是有關宜蘭縣南澳鄉原住民莎秧之故事，則作品所述地理座標亦甚清楚，然而揆諸〈黎明之歌〉與《莎秧的鐘》，可以發現小說中的鄉土究竟所指為何地，其實並不清楚，而南澳鄉之山地風光亦極抽象，二者缺乏實際之地理語境，因此統括起來，能夠較為細緻描摹者殆數數篇與臺北地誌有關之作。而這其中，因為《韮菜花》乃長篇作品，發揮空間較大，亦雕鏤較深，故以下以此文本進行剖析。

在小說中，他先描摹了臺北市內進步熱鬧的空間景象，筆下包括戲院、洋房、百貨店、咖啡館、豪宅、公園、花園、旅館，此外還述及男女約會聖地臺北橋、草山、臺北公園等，由於對許多景物有具象式的說明，因此甚能傳達臺北之繁榮面向。不過儘管島都臺北的空間分布狀態已經有其輪廓，但若相較慧琴因與覺民戀愛受挫，故與父親王清風、母親林氏到廈門散心，之後吳漫沙開始進行鉅細靡遺的進行當地地誌介紹，則實在遜色許多。倘若參照慧琴的行程，則小說依序出現的地名、地景大致如下：抵達第一夜，便去了新世界看戲，次日去中華戲院看電影，之後從中山路漫行，到市政府門口，順道看到了中山公園的南門；第三日則去鼓浪嶼日光巖、水操臺，而後前往南普陀寺，並參觀廈門大學。接著次日又搭船從安海往泉州前進，抵達泉州，慧琴一行人便住進皇后飯店，飯後在南大街散步，行至南門新橋，而後往金魚巷大光明戲院看電影，翌日則到承天寺，接著轉往開元寺，看東西二塔，之後又到彰福寺。[33]以上對於福建泉、廈兩地風光的陳述，吳漫沙共計花去 15 頁篇幅，則細微程度不難想見，而文中歷數廈門、泉州重要名勝之餘，更對各地自然景觀或人文典故進行清楚說明，娓娓道來，竟使小說內容宛如導覽手冊一般。兩相比較之後，繁簡程度立刻判見，終究福建是吳漫沙之故鄉，其之熟稔自然可以想見。不過，在生疏或熟悉印象之外，更引人側目的是，小說在臺北島都地誌景觀

[33]吳漫沙，《韮菜花》，頁 105～120。

書寫之外，吳漫沙其實更想傳達的是，一種對於臺灣總體印象的不滿：

> 臺灣的社會，尤其我們這臺北島都的富翁！青年的摩登男女！都迷醉在燈紅酒綠的圈裡！醉生夢死、陶醉虛榮……[34]

> 臺灣真糟了！出了這些敗類的男女！[35]

> 我的明！你要真誠地愛護我、別讓我倆這時的情景、變成小說中或電影中的一頁或一幕！因為臺灣的社會已捲入艱險的漣漪裡！[36]

顯然，吳漫沙在描寫臺北地誌之餘，更在意的是住在其上的人情表現，所以島都臺北的頹廢，在小說中直接被化約等同為糟糕的臺灣，這是吳漫沙此際臺灣認識論的體現，也是其人的臺灣文學感覺結構。然而值得玩味的是，這是吳氏的個人之見嗎？如果我們順道參看連橫在 1931 年至 1933 年寫給其子女連震東等人的家書中，將會驚訝於在總數 87 封的書信中，共計 27 封提及臺灣經濟敗壞、民德墜落、信義全無，是一居之令人甚厭之地，茲舉數例如下：

> 震東：吾不欲汝為臺灣人，尤不欲汝為一平凡之人，此間青年毫無生氣，所謂大學生者，娶妻生子，前途已絕，其活動者，則呼群集黨，飲酒、打牌、跳舞而已，墜落如此，可憐可憫！[37]

> 余居此間，視之愈厭，四百萬人之中，幾於無一可語，生計既絀，信義

[34]吳漫沙，《韮菜花》，頁 57。
[35]吳漫沙，《韮菜花》，頁 67。
[36]吳漫沙，《韮菜花》，頁 37。
[37]連雅堂，《雅堂先生家書・二三》（臺中：臺灣省文獻委員會出版，1992 年），頁 23。

全無，可痛可憫。[38]

不圖此數月來，不時煩悶，輙作歸國之計，則為環境之所迫，臺灣無望，臺之青年更無望，此等小天地，豈容我輩飛躍哉！[39]

歸國之計，籌之已久，……臺灣經濟日窮，文化日落，寔不可居，……[40]

連横眼中的臺灣，其實亦與吳漫沙相去不遠，只是連氏兼及經濟嚴重敗壞的窘況，而吳漫沙則更彰顯情慾臺灣的沉淪與墮落；換言之，吳氏是專從言情視域與框架，去顯露他的臺灣印象論與認識論。

而儘管情慾臺灣的書寫，因為背景人物多是過著高檔消費日常生活的資產階級，以及擁有現代感十足的家居住房，故經濟困境的問題，常常不是小說焦點所在（但這一點恰是雅文學白話小說家高度關注者），例如以臺北為背景的〈韮菜花〉、〈母性之光〉皆如此。然而，如同連横之自訴，想要從臺灣離去，視中國為希望所在，此點在吳漫沙〈韮菜花〉中亦然。中國，在小說中對於臺灣人具有多重意義，例如小說中陳端美曾對賴智明說：

你說我們臺灣是美麗的、而且給外國人愛慕。但——我聽了我的哥哥覺民、從上海讀書回來、他說離上海不遠的杭州、是世界有名的天然公園、……西湖比我們臺灣更給予人們嚮往。[41]

就天然美景言，端美經由哥哥轉述，進而體認中國天然景觀有比臺灣更勝一籌之處，而憑添仰慕之情。但不僅如此，當賴智明因為過分耽溺性慾而

---

[38]連雅堂，《雅堂先生家書・三一》，頁 31
[39]連雅堂，《雅堂先生家書・三九》，頁 40。
[40]連雅堂，《雅堂先生家書・四六》，頁 47。
[41]吳漫沙，《韮菜花》，頁 26～27。

引發肺疾時，陳覺民勸告他：「況且在這個時代，我們青年人應該及時走進社會為國宣勞、到海外去為國爭光、哪能永遠株守家園呢？」[42]那麼，「海外」是指哪裡？離開家園又該往何處去？如果回到《韮菜花》一書，將會發現在肺病痊癒後的賴智明去到廈門、上海發展，而治療情傷的慧琴亦往廈門去，覺民喪妻之後展赴廈門工作，而啟明與秋心則是相識於上海，並成就了小說中唯一沒有發生情海波瀾的佳偶。小說中的中國，是避風港，也是新天地，比起雖然已進入高速度繁華境地，卻充滿險惡黑暗的臺灣，中國顯然成了吳漫沙筆下的天堂樂園。

不過，臺灣這種視中國為救贖出口的優位情況，在《大地之春》小說中有了幡然的改易。這篇原題〈黎明了東亞〉，後更名為《大地之春》的作品，於 1942 年 9 月正式出版，全書經由青年黃一平的平時與戰時的公／私表現與際遇，去探討其與表妹湘雲因戀愛所觸及的愛情與民族主義的關係，以及另一方面則著墨於中日戰爭前後中國三個時期的社會變化：包括事變前中國學生們為改造社會而與土豪劣紳宣戰的挫敗；第二階段事變爆發後，青年走上戰場而親自見證的日華親善情誼；第三時期則強調由戰爭而走入和平的新文化與新秩序建設的意義。此書最為耐人玩味處在於，由於吳氏撰寫初稿之際，他自言當時中日已經作戰[43]，則如此一來，作為在臺華僑的吳漫沙自然顯得位置尷尬，究竟要如何在日／臺／中三者之間的政治關係取得和諧平衡？吳漫沙最終選擇不由臺灣入手，他嘗試將戰爭背景化，而以中國空間與中國位置出發，但又設法兼顧臺灣殖民地身分，並達成宣揚日本國威、翼贊國策目的之小說，此即吳醉蓮在小說〈弁言〉所說：「這部《大地之春》，實可做青年們的指南針，更可為南方開拓的精神，……是銃後奉公的新小說，是提倡武道精神的好材料。」[44]從吳氏之讚語，便可體會在南方開拓、銃後奉公、提倡武道的國策之下，華僑吳漫沙

[42]吳漫沙，《韮菜花》，頁 60。
[43]參見吳漫沙〈自序〉：「寫作的時候，正是神州烽火熾烈的當兒，那時候大陸也萌拙著建設新秩序的花苗」，文見《大地之春》（臺北：前衛出版社，1998 年），頁 13。
[44]參見吳醉蓮〈弁言〉，收入吳漫沙，《大地之春》。

自然無法迴避日本殖民政權的期待與壓力。

因此，這部《大地之春》中的地誌書寫便全力朝向中國南方寫起，他不同於《韮菜花》中對廈門的偏好，此文主角黃一平乃寓居於杭州，故小說中曾有一小節敘及一平與妹妹秀鵑、堂妹秀子、表妹湘雲[45]共遊西湖勝景，除了觀看三潭印月的美景，還歷數各相關古蹟之對聯；此外，小說所言及的地理空間尚有上海、南京與吳漫沙故鄉福建晉江……等。而一如《韮菜花》裡所言，在《大地之春》中，吳漫沙透過來自臺灣的黃秀子的親身感受，仍然肯定中國景致之自然超過臺灣，臺灣景物多由人工造成；但除此之外，吳漫沙在《大地之春》中對於中國批判轉多：如評及中國人集會不準時之國民性[46]，而且「國運不興，科學不振，反日見退化」，中國女子很癡，仍受禮教遺毒[47]，甚至在小說前半篇幅早就出現了「我總不明白，中國怎麼會這樣的不及外國？凡到過外國回來的，沒有一個人說中國好！」[48]這樣絕決語氣的評斷結論。

那麼，原本充滿烏煙瘴氣情色之地的臺灣，在《大地之春》又將如何？由於小說原本所寫係中日戰爭，然臺灣並非戰場，則本來屬於虛位、缺席的臺灣地誌或其他種種，將如何被引入小說之內？尤其，吳漫沙在此際既已被認為是臺灣作家，則他又該怎樣發出屬於臺人所該扮演角色的聲音？於是，吳漫沙在作品中刻意創造出生長在臺灣的堂妹黃秀子一角，她與黃一平之妹秀鵑宛若孿生，無論是自家人或旁人，莫不誤認，藉此吳漫沙暗示了臺灣與中國之間的血脈相連，拉近本是同文同種的親密關係。但值得一提的是，秀子雖是臺灣人之代表，但其實已具皇民靈魂，而臺灣當然也是被日人統治已久的殖民地。

此刻的臺灣意象與《韮菜花》一書全然不同，不再只是情慾漫溢，卻

---

[45]小說在情節與人物部分多處模擬《紅樓夢》，一平猶如寶玉，平日置身眾家姐妹間；而湘雲之染肺疾，纖細敏感如黛玉。
[46]吳漫沙，《大地之春》，頁 9。
[47]吳漫沙，《大地之春》，頁 64。
[48]吳漫沙，《大地之春》，頁 28。

更顯朝氣，書中對於臺灣的相關介紹，主要共分兩次呈顯，其一是秀子剛到黃家時，因為一平兄妹對於臺灣的好奇，因此秀子為之介紹臺灣現時狀態，小說並且採中／臺比較方式加以陳述，所論包括：日常用語稱謂名稱[49]、警察服飾與配備[50]、學校課程[51]、文字語言[52]；而第二次的說明，則是在湘雲家中，因與一平多位友朋相遇而提起，她談到：「臺灣的人民的生活和廣東福建大同小異，人民比較善良，生活很安定，現在都極力皇民化。」[53]並簡介臺灣八景十二勝[54]、臺灣女學生概況[55]等。大抵，此時的臺灣或可以如下評述作結：「臺灣才是一個神仙世界，夜不閉戶，路不拾遺，尤其是教育更普及，人民很親善，衛生又發達，我很願永久住在那裡。」[56]結果是，在這本《大地之春》裡，新希望的出口是在臺灣，而從《韮菜花》到《大地之春》，在吳漫沙筆下，臺灣與中國之間竟有了如此奧妙的對位與錯置關係。

當然，討論了臺灣與中國位階高低的變化，其所不能忽略的是，臺灣在小說中其實更被當成認識日本的一個直接管道，具有展示日本統治技術與日本文化的前鋒性與中介性；不過，真正具有最高形象位置者自然非日本莫屬，但現實世界中，此刻日本已對中國作戰，則為了小說的真實性，中國人難道不對日本產生仇恨嗎？不對戰爭進行控訴嗎？則小說該如何正視這些問題？

其實，環顧全篇既未見吳漫沙對於日本侵華進行負面書寫，且連中日之間也未有敵對關係之顯現，他不只肯定日本之國民性[57]，也極力讚揚日本

---

[49]吳漫沙，《大地之春》，頁 80。
[50]吳漫沙，《大地之春》，頁 82。
[51]吳漫沙，《大地之春》，頁 87。
[52]吳漫沙，《大地之春》，頁 89。
[53]吳漫沙，《大地之春》，頁 190。
[54]吳漫沙，《大地之春》，頁 191。
[55]吳漫沙，《大地之春》，頁 192。
[56]吳漫沙，《大地之春》，頁 27。
[57]吳漫沙，《大地之春》，頁 255～256。

女性的愛國與獨立性格[58]，並標榜日本是東亞的現代國家，可以前往取經，進以建設新中國。[59]至於日本侵略者的形象，吳漫沙並不予以面對、進行批判，而是去問中日戰爭的必要性問題，尤其是對本要和睦親善的中日兄弟之國，最後卻引發一場戰爭的弔詭性做出合理解釋，他重申事變之起是為東亞民族和平而戰[60]；而日本在中國所對抗的是反抗日軍的抗日分子，他更以日本軍官佐野對一平傷勢的照顧與呵護，表達強烈的日華親善提攜之意，進以建構後來的和平遠景。至於，在戰爭中，因為弟弟、堂妹回到臺灣又轉往戰線的關係，同一家族在中國戰場相逢時，竟然成了仇敵，而且還有友人因此而死去，則那些已經戰死沙場上的眾人，要如何看待這個相互為敵的殘酷事實與結果呢？荒謬的是，他因為不能面對與回應，最後是選擇安慰了事：「人已死了，哀悼痛哭哪有益處？」還是摒棄前嫌，一同打造和平樂園為上。[61]而小說最後的結局更顯示，在戰爭前，學生無法打倒土豪劣紳的惡勢力，最後因為一場戰爭，惡勢力消失得無影無蹤，戰爭促使中國有了新的改變。戰爭與和平，原來真的就在一線之間！

五、興亞文學、和平文學、皇民文學、大東亞文學的游移

（一）

如同上述，「戰爭」促使吳漫沙對於臺灣／中國兩者產生對位關係的思考與詮釋，而戰爭同樣也是促使吳漫沙小說創作調整風格的重要關鍵原因。但，這種改變，又會為吳漫沙通俗小說創作面貌帶來何種文學史的意義呢？

若我們回顧 1937 年戰爭期以來吳漫沙小說中的文學世界，將會驚訝發現 1937 年時，當臺灣如火如荼展開皇民化運動，臺灣本土作家開始面對要成為日本天皇子民的新生鍛鍊過程，而滋生蔓延出國族認同糾葛情緒時，

[58]吳漫沙，《大地之春》，頁 193～195。
[59]吳漫沙，《大地之春》，頁 58。
[60]吳漫沙，《大地之春》，頁 226。
[61]吳漫沙，《大地之春》，頁 284～285。

作為華僑的吳漫沙，當時他正在《風月報》上發表著靈感來自於中國愛情流行歌曲〈桃花江〉的美麗故事〈桃花江〉。而真正讓他產生創作面向與文體風格較大變化的，恐怕是在 1941 年，此時日本戰事逐漸吃緊，《風月報》被迫改為《南方》，吳漫沙對於時代轉變別有感受與體認，甚至有所配合，這可從其所撰寫的〈南方文化的新建設〉一文獲致理解，他說道：

> 我們所處的地位，是帝國的南端，和華南只隔一衣帶水；所以在文化溝通的原則上，為南方文化的據點，就是提攜的第一線。「文化」更是日華親善的唯一根本要素，我們是發展這民族固有的靈魂的鬥士。……但是這個重責大任，我們不敢自己擔任，不過只一個發端，冀望南方人士，與友邦同志來共同努力開拓建設。……何海鳴先生在〈中日文化的新建設〉一文裡，有這樣說：「……結束事變，實現和平，調整中日兩國的邦交，建立東亞新秩序，還須從中日文化上謀根本的與再度的融合溝通……」米內山庸夫先生〈在日本對華文化事業論〉一文也這樣說過：「……所以政治的協力與經濟的提攜雖為必要，然僅此決不足以達成日華滿三國確固不移的親善提攜。此無他，蓋因缺少內心的提攜。……然則如何才能求得三國國民的內心提攜呢？」就是我們這件工作稱為文化事業……[62]

透過上列引文的幾個關鍵字，包括南方、戰爭、日滿華親善與和平，便可掌握到，顯然從 1941 年起，吳漫沙所謹記在心的，自是這一類的文化親善工作。

然而，應該要如何去展開相關工作內容，並落實於小說文本的創作中？《黎明之歌》出版時對原稿的改動增補，便是最佳例證的說明。他在《黎明之歌》出版時，於書前寫了〈幾句前言〉：

---

[62]參見吳漫沙〈南方文化的新建設〉，《南方》第 133 期（1941 年 7 月 1 日），頁 8。

> 本書是昭和十四年秋，開始寫作，同年九月一日連載於《風月報》，……寫作的時候，就主張給它大眾化，故多用鄉土色的筆法，故事也很簡直，曲節不致怎樣複雜，竟得到多數讀者的聲援，我是感激而且慚愧的！本書刊完的時候，有許多讀者寫信來叫我再把它續下去。我這時心境已經轉變了，著實已經沒有勇氣再把它續下，真對不起愛護我的讀者諸君。印成單行本的事，更不敢去想它。而今因本社出版部成立，又兼多方面的慫恿，故不自量地把它整理付印。在群眾尋找健全的精神食糧的今日，本書的問世，對於戰時後方的六百萬同胞，也許有點貢獻了。……假如讀者更要知道書中那幾個人的悲歡離合情境，有機會我再用現時代的色彩，吻合戰時娛樂的要求，把它續下去，那就是《黎明之歌》的續篇了。話雖然這樣說了，還要請讀者給我指導和同情。[63]

這篇寫於 1942 年 6 月的出版前言，他先說明小說原本寫於 1939 年，當時考量到通俗小說與讀者大眾之間的緊密關聯性，因此還特別從鄉土性色彩與大眾化書寫入手，雖然故事簡單直接，情節不曲折複雜，但深獲讀者共鳴，不過這樣簡單而不複雜的作品，在 1942 年正式出版時，卻成了有助於為戰時六百萬同胞所提供的「健全的精神食糧」。而為何會是如此的結果呢？如果去比對《黎明之歌》報紙文本與正式出版本，便可知小說末回在《風月報》第 123 期刊登時，其結尾情節與單行本有別，單行本因應時代性之需要，在「她這樣默禱著，便慢慢地到了書桌前，拿起筆，要回信給元明。」[64]之後，增補了素芬參與臺灣青年奮起報國的風潮，自願前往戰線擔任看護婦一事，而如此遂與吳漫沙小說基調，本要訴諸期待素芬、達文、秀芬之重逢，而結束一部受運命之魔桎梏的血淚史不同。

但，明白了自我的戰時任務與立場，他清楚知道小說應該要涵蓋臺／日／中三者之間的互動性與協力性，但作為一位在殖民地臺灣發展與活動

[63]吳漫沙，《黎明之歌》（臺北：前衛出版社，1998 年）。
[64]參見《風月報》第 123 期（1941 年 2 月 1 日），頁 24。

的華僑，其論述主體該在何處呢？而這種主體的曖昧性與不定性，最後更成為吳漫沙後期小說極為耐人尋味之處。我們試著瀏覽他在 1941 年後所寫數篇作品，便能發現這種怪異現象，例如〈心的創痕〉裡，黃雄與楊英因愛而結婚，返回北方老家後，卻在不久爆發戰爭，黃雄前往前線擔任戰地記者，楊英留在家中卻因戰事而流離逃難，雖然後來得與丈夫相遇，並於臨終前產下一子，但終究病逝，無緣一家共享天倫之樂，而成為心中永遠的創痕，此文全力控訴戰爭的毀滅與破壞。然而，在本文前一單元的論述中，可知《大地之春》並未對中日事變猛烈砲轟，吳漫沙甚至視之為中國與東亞和平的起源，顯然二文對於中日戰爭之態度差異懸殊。

（二）

不只是對於中日戰爭評斷的不一，戰爭更為吳漫沙小說的創作活動、內涵思想、文類邊界帶來極大的混雜性與游移性。例如，此時期他寫有為配合總督府鑄造紀念鐘與藝術界蠭出的愛國熱潮所撰就的《莎秧的鐘》，並以此緬懷因送別恩師徵召不幸溺斃激流之中的原住民少女莎秧，而文中除了詳細描繪莎秧死亡事情始末，藉之喚醒國人的盡忠報國之外，他更用力描寫臺灣原住民如何促使自我日化、皇民化，轉化而為日本臣民，而日籍老師田北與夫人則是對臺灣原住民萬分親善，如同家人；另外，小說亦透過原住民參與皇民化運動的種種事蹟，包括原住民協助皇軍慰問袋之裝作、強化銃後增產工作、縫製千人針等，顯示了原住民之順從性與認同度，而莎秧更鼓勵巴采從軍報國，並告以「不能因自私而忘了報國，……等到東亞和平了……我倆就舉行結婚，這是多麼有意義哩！」[65]而小說末了所述，莎秧直到死去之際都還緊握田北老師的日本刀，則臺灣原住民之耿耿忠心，自是清晰不過。這篇作品就其內容而言，攸關了皇民化運動的翼贊協力與皇民心靈認同問題，就其表現，自可歸屬於臺灣皇民文學，只是比起陳火泉、周金波等人之作，並未見原住民認同困惑之書寫。

[65]吳漫沙，《莎秧的鐘》，頁 90。

而以上皇民文學之撰寫，自然是從臺灣作為殖民地之位置著眼，然而《大地之春》卻不同於《莎秧的鐘》之單純化，由於選從中國視域入手，故連帶複雜糾葛許多；其次，這篇原於 1939 年 12 月寫畢，1941 年 7 月至 1942 年 6 月間連載於《南方》，到 1942 年 9 月正式出版的小說，因為從初稿、刊於報端到集結出版，其間歷經了中日戰爭與大東亞戰爭，時局的轉變，而東亞（乃至大東亞）關係也隨之產生微妙變化，故小說文本也經歷增補與更改，這可從《大地之春》頁 234 窺出端倪：「一平等鎗聲稍鬆了，又轉頭對劍光道：『我們東亞兩國這樣的戰爭，如果一齊對付英美，他們該不戰自走了！這次實在給英美人心驚膽喪，共服我們東亞民族的力量和精神！』」因為原稿既寫畢於 1939 年，但當時美國尚未加入二次大戰，且所謂對付英美也應該是在大東亞戰爭產生後的宣戰主軸，而此時小說背景所寫乃 1937 年之中日事變，故知此處「對付英美」等文字當係後來所添入，以求符合 1942 年出版時的國家體制與國策需求。但也因為這些話語的強調，剎那間極易讓人認為此文正欲體現以英美為敵的東亞一體信念，故可屬於大東亞文學之創作。不過，細繹其中屢可獲見的戰爭／和平之主張，包括鼓吹日、支親善，日本協助中國繁榮的問題，以及文中以日本為最高戰爭主體的敘述模式，此又與 1938 年日本「興亞院」設置，並在中國張家口、北京、上海、廈門等地設立聯絡處，以強化日滿華親善共榮之理念相符，則此文所寫正為興亞大業而發，戰爭也為興亞之和平而起，則小說亦成了日本興亞文學創作之一脈。[66]

此外，小說中對於事變前南華社會情形的描寫，尤其是占去大量篇幅所寫黃一平等中國青年積極對舊勢力展開對抗與革命，以及強調建設新秩序的情景，似又與 1939～1941 年間上海「和平運動」、「和平文學」的若

[66]關於「興亞院」與「興亞文學」之關係，參見王敬翔，〈「興亞文學」在臺灣：試以《風月報》、《南方》為探討中心〉，收入若林正丈、松永正義、薛化元主編，《跨域青年學者臺灣史研究第三集》（臺北：政治大學臺灣史研究所，2010 年），頁 354。另該文頁 362 亦從吳漫沙在《風月報》中所寫「第一百期紀念號發刊感言」中，提及吳漫沙有將自己的文學活動與興亞運動連結在一起的現象。

干主張有所符應[67]；而小說末尾秀鵑所唱歌曲：「和平的曙光，映瀉在錦繡河山的亞細亞，黎明了東亞，亞洲慶更生！神州的烽火平息了，大家莫效鷸蚌的相爭；我們豎起建設的旗幟，……同種同文，共存共榮。莫猜疑，莫遲躇，擁和平，永親善。……黎明了東亞！」[68]亦與汪精衛政權之「和平運動」、「東亞新秩序」、「日華親善」口號相呼應，尤其歌中所特別強調的莫「鷸蚌相爭」，恰與 1939 年 8 月 26 日上海《中華日報》為倡導和平所推出的一幅名為「鷸蚌相爭」的漫畫相同[69]，然則《大地之春》這一篇對於戰爭刻畫的戰爭文學作品，也轉而成為連結於上海和平文學之實踐了。如此一來，因為吳漫沙此作關係，臺灣文學因之得與原屬於上海孤島的文藝體系產生聯繫。

過去陳建忠曾敏銳留意到，此篇作品與臺灣本土文人的皇民文學不同，其間沒有出現國族認同困境問題；而今再仔細分析，更發現其中還存有若干文學大雜燴的拼湊現象，而這到底是如黃得時所說，吳漫沙是憑他身邊的雜誌寫出來的所致？抑或是因為時局變遷，以及初稿到結集出版因應時事變化所做的文字改動緣故，卻意外造成了上述微妙的文學跨界與小說體類質性游移的情況？又或者是因中國華僑在臺灣的特殊身分，所誘發的文學位置與作品主體屬性的錯亂？不管答案為何，這已足以說明吳漫沙的創作表現，比起臺灣雅文學白話小說側重皇民文學書寫的面向更顯複雜、歧異許多。

---

[67]劉心皇〈漢奸文學〉一文中對於「和平文學」背景與理論，有所說明：「汪精衛脫離重慶逃到河內，發表『豔電』主張和平之後，便發起『和平運動』。而『和平文學』是緊隨著『和平運動』而來的，最先開始於香港的《南華日報》，次為上海的《中華日報》，當汪偽政權成立於南京後，『和平文學』配合大東亞文學會議的決策，強調和平才是建國的唯一方略，所以文化人須為東亞與世界的和平奮鬥。」文章收錄《夏潮》第 3 卷第 2 期（1977 年 8 月），頁 12。此外，有關上海和平文學之創作梗概與特點，可以參見李文卿《共榮的想像—帝國・殖民地與大東亞文學圈（1937-1945）》（臺北：稻鄉出版社，2010 年），頁 437～447。

[68]吳漫沙，《大地之春》，頁 294～296。

[69]王敬翔〈「興亞文學」在臺灣：試以《風月報》、《南方》為探討中心〉舉出了其間的類似關係。吳漫沙，《莎秧的鐘》，頁 373～374。

六、結語

吳漫沙究竟是一位怎樣的作家？其作品的通俗性如何展現？若以「通俗」作為一個思考向度，這些充斥戀愛敘事的言情作品又有何特殊性面貌與價值？其在日治臺灣小說史，或社會文化史上有何意義？這些盤旋在我腦中的問題，我從雷蒙・威廉斯以感覺結構（structure of feeling）的概念解釋文化的方式獲得靈感，因此本文選擇不從類型論的批評角度進行吳漫沙作品之審美與詮釋，而是將吳氏言情作品，當成一種對特定世界的反映方式，於是認識到其人的大量戀愛敘事，其實也是吳漫沙在日治時代特定時空下，所體會到的生活鮮明感覺以及時代感知，小說給予這些零散體驗一種文學結構的關聯，而這之中更有著吳漫沙對當時臺灣社會文化與兩性關係的豐富情緒。亦即，吳漫沙係以其作品來幻想、煉製一種合於現實的印象，並以通俗／言情作為一種臺北／臺灣認識論和感覺結構。那麼，如果說一個時期的情感結構，就是那個時期的社會文化，則他從自由戀愛的思想視域入手，所呈顯的便是 1930 年代後期到日治末的近十年之間，臺灣在情慾／身體／物質／精神現代性之間的糾葛關係。

而在考察吳漫沙言情作品的實際書寫實踐中，為了尋找吳氏作品的通俗性面向與特質，我一方面藉由重新梳理其與雅文學白話小說作品的議題交涉與敘事修辭情形，結果發現其實雅／俗作家之間存有部分共同關懷的面向，尤其是女性的處境問題，而這之中最被吳漫沙所重視的是，爭取自由戀愛的過程及其後續反應。對此，吳漫沙聚焦情慾與靈肉之爭，以身體感官消費方式吸引讀者注意，將戀愛敘事日常生活化，並以地誌書寫方式，凝視現代感的建物街景與女性房間，還有寓居其中人們的愛慾情仇，他喜歡藉此來展現都會文明面向，並同時指出精神／物質之對立性，所以相較於 1920 年代以來雅文學白話小說家念茲在茲的文明啟蒙，從其寫於 1930 年代後期的小說來看，吳氏顯然更要強調「調整」與「修正」現代性之必要，小說中因此寫出了臺灣社會的種種陷阱。

此外，就日治時期臺灣小說史的發展而言，吳漫沙因為身為在臺華僑作家，故隨著 1937 年中日戰爭發生，他雖然並未出現國族認同的心靈困惑，然而在時局與國策影響之下，其人論述位置也受到干擾。因為需要周旋於臺／中／日三者的東亞地域政治張力關係之中，故不僅對於臺灣／中國之地位評價先後有所改變，而他在撰寫皇民文學《莎秧的鐘》之外，《大地之春》因為從初稿、刊登報上到正式結集出版，歷經了中日事變、大東亞戰爭，致使小說及其內涵思想，更在日本興亞文學、上海和平文學、戰爭文學、大東亞文學之間游移，形成一種奇特的大雜燴拼湊現象，箇中意義實在耐人尋思。

那麼，我們應該要以怎樣的態度來評價、看待，這一位來自福建，作品面向涵蓋了「日常生活」到「興亞聖戰」的在臺言情通俗小說家，以及他為日治時代臺灣所留下的文學遺產呢？

（原發表於臺灣大學臺灣文學研究所，《臺灣文學研究集刊》第 10 期，2011 年 8 月）

——選自《臺灣文學的感覺結構：跨國流動與地方感》
南投：暨南國際大學中國語文學系，2015 年 9 月

性別化的現代性*
徐坤泉與吳漫沙作品中的女性角色

◎林姵吟**

隨著印刷媒體的普及，1930 年代日治下的臺灣報刊蓬勃發展，成為現代性的有利表述媒介。除分據北、中、南的《臺灣日日新報》、《臺灣新聞》、《臺南新報》三大報刊外，以消閒趣味為主的同人雜誌如《三六九小報》與《風月報》的發行提供了通俗小說的連載空間。此類通俗作品有別於日本關東大地震後的經典文學的廉價大量發行，也有別於 1930 年代臺灣左翼論者所提的以無產階級為主的文藝大眾化理念，而是強調風雅、具讀者意識（商業考量）、為當時城市中數量日增的識字人口而寫之作。在諳日語人數持續攀升的 1930 年代，至 1937 年的報刊漢文欄被禁，《風月報》在禁令頒布後得以持續以漢文發行，值得注意。圍繞此刊物的漢文文人群體們除寫作語言與殖民者的國語（日語）政策背道而馳外，其創作中所折射出的關於文明或現代性之論述亦顯其道德觀的曖昧。在這些期刊上連載的長篇多聚焦於女性角色，辨證婚戀自由的利弊，說明了作者群們試圖在社會激變下重建一套值得推崇的價值觀。故多部小說在修辭上呈現文以載道的教化傾向。

學界迄今對 1930 年代通俗小說中的現代性視域的研究已積累若干成果，討論觸及島都臺北或中國其他城市之地誌、《風月報》中偶有的女作

---

*本文初稿曾於 2014 年 5 月 26 日至 28 日香港中文大學中國語言及文學系主辦之「今古齊觀：中國文學中的古典與現代國際學術研討會」上宣讀。感謝與會黃美娥老師的提問，使我獲益良多。也感謝兩位匿名審稿人提供寶貴的修改意見，讓本文的論述能進一步地深化。在此謹致謝忱。

**發表文章時為香港大學中文學院助理教授，現為香港大學中文學院副教授。

家作品、抑或作者們的啟蒙意圖。[1]這些前行研究的貢獻在於切入點的多元，以及將文本分析與當時的日治臺灣文化史相結合的趨勢。其中有三個面向別具開創性。分別為：對通俗小說中經常出現的婚戀敘事之文類探討、對讀書市場與受眾意識的考察、對戰爭體制下漢文書寫位置的細究。第一類的代表性論文有陳建忠的〈大東亞黎明前的羅曼史——吳漫沙小說中的愛情與戰爭修辭〉及林芳玫的〈臺灣三〇年代大眾婚戀小說的啟蒙論述與華語敘事——以徐坤泉、吳漫沙為例〉。陳文探究吳漫沙擅長經營的愛情故事在戰爭總動員的極端狀態下產生的質變，而林文則聚焦於羅曼史中挾帶的社會教化。[2]第二類可見柳書琴以《三六九小報》為例，釐析其在 1930 年代臺灣文壇所占的市場位置，或她的另一篇對《風月報》讀者的探勘之論文，以及筆者對《風月報》的研究論文〈閱讀受眾之想像：戰時臺灣中文小報的商業動機〉（Envisioning the Reading Public: Profit Motives of a Chinese-Language Tabloid in Wartime Taiwan），當中提出《風月報》編輯們的讀者意識體現在風月傳統與西方異國情調的結合、對婚戀議題的挪用和渲染、讀者投書等策略之運用。[3]第三類可見柳書琴對戰爭期間漢文文藝雜誌如何在當時日文主導的文化生產場域中倖存的考察。[4]然而，儘管前人研

[1]關於地誌書寫，見筆者的〈「文明」的磋商：1930 年代臺灣長篇通俗小說——以徐坤泉、林煇焜作品為例〉，《臺灣文學研究集刊》第 8 期（2010 年 8 月），頁 1～3，尤其是頁 21～24；黃美娥，〈從「日常生活」到「興亞聖戰」：吳漫沙通俗小說的身體消費、地誌書寫與東亞想像〉，《臺灣文學研究集刊》第 10 期（2011 年 8 月），頁 1～38。關於女性主體性，見歐陽瑜卿，〈準／決戰體制下的女性發聲——《風月報》女性書寫與主體性建立的關係探討〉（嘉義：南華大學文學系碩士論文，2006 年）。

[2]參見陳建忠，〈大東亞黎明前的羅曼史——吳漫沙小說中的愛情與戰爭修辭〉，《臺灣文學學報》第 3 期（2002 年 12 月），頁 109～141；見林芳玫，〈臺灣三〇年代大眾婚戀小說的啟蒙論述與華語敘事——以徐坤泉、吳漫沙為例〉，《第四屆文學與資訊學術研討會會前論文集》（臺北：臺北大學中國文學系，2008 年），頁 1～26。

[3]參見柳書琴，〈通俗作為一種位置：《三六九小報》與 1930 年代的臺灣讀書市場〉，《中外文學》第 33 卷第 7 期（2004 年 12 月），頁 19～55，以及〈《風月報》到底是誰的所有？：書房、漢文讀者階層與女性識字者〉，《東亞現代中文文學國際學報》第 3 期（2007 年 4 月），頁 135～158。Lin, Pei-yin, “Envisioning the Reading Public: Profit Motives of a Chinese-Language Tabloid in Wartime Taiwan”, in Pei-yin Lin and Weipin Tsai ed., *Print, Profit, and Perception: Ideas, Information and Knowledge in Chinese Societigs 1895-1949* (Leiden: Brill, 2014), pp. 188-215.

[4]柳書琴近年持續關注日治臺灣漢文通俗文藝在東亞的脈絡下之跨文化流動。相關論文可參考其〈傳統文人及其衍生世代：臺灣漢文通俗文藝的發展與延異（1930-1941）〉，《臺灣史研究》第

究在質與量上皆十分可觀，筆者認為這些通俗作家們以現代性論述為主的、似乎已被廣泛認可的「啟蒙論述」中的性別面向，以及其中的通俗劇式（melodramatic）修辭等部分皆仍有值得深究的空間。[5]故本文將以 1930 年代漢文通俗小說中的女性角色塑造與敘事模式為聚焦點展開討論。

早在 1990 年代，學者們即提出「女性」並非一既有的物體（pre-given object），而是在特定歷史時空與社會脈絡下被建構出來的。[6]就性別和現代性 （或國族主義）的關係而言，前人研究大多指出中國的現代性（或國族認同）中的男性本質[7]，但女性在國族建構和現代性表述中亦為重要面向。回顧現代中國和日本的歷史進程，婦女解放和國族的生成息息相關[8]，

---

14 卷第 2 期（2007 年 6 月），頁 41～88。

[5]黃美娥可說是較早關注通俗小說中的女性形象的研究者。關於李逸濤作品中的女性角色，可參見其〈二十世紀初期臺灣通俗小說的女性形象：以李逸濤在《漢文臺灣日日新報》的作品為討論對象〉，《臺灣文學學報》第 5 期（2004 年 6 月），頁 1～48；李毓嵐，〈日治時期臺灣傳統文人的女性觀〉，《臺灣史研究》第 16 卷第 1 期（2009 年 3 月），頁 87～129。李文利用傳統文人的詩文創作和日記來探究其（主要個案為林獻堂、張麗俊、林癡仙）對女性的看法。文中指出儘管這個群體間存有個別差異，且觀念也因時制宜，日趨進步。但大致來說，其女性觀圍繞著賢妻良母的標準，有所局限。

[6]見 Adams, Parveen and Elizabeth Cowie ed., *The Woman in Question: M/f* (Cambridge, Mass.: MIT Press, 1990)。這部書為數篇 1978～1986 年間在英國女性主義雜誌 *M/f* 上發表的重要文章選集，探討馬克思女性主義者對性別差異（例如生育與女主內等）的想法、電影與色情刊物的女性再現、以及心理分析與女性主義的跨學科分析。其中較重要的為採取建構式觀點來看待女性特質，即女性是被塑造出來的，而非生而如此，也因此當述及佛洛伊德（Sigmund Freud）與鍾斯（Ernest Jones）對女性特質之爭議時傾向前者。而 Floya Anthias 和 Nira Yuval-Davis 則認為性別與種族、階級、族群等社會分類一樣，均是特定歷史條件下的論述，在兩人合著的 *Racialized Boundaries; Race, Nation, Gender, Colour and Class and the Anti-Racist Sfruggle* (London: Routledge, 1993) 中則分析了種族與種族主義的建構，以及種族、性別、階級、國家之間既重合但又互相抵觸之關係。若專就現代中國文學而論，劉禾（Lydia Liu）曾指出在五四時期的小說中，女性（在男作家如郁達夫筆下）常被描繪成不是現代便是傳統的兩個極端的意符。見其 "Narratives of Modern Selfhood: First-Person Fiction in May Fourth Literature," in Liu Kang and Tang Xiaobing ed., *Politics, Ideoloy, and Literary Discourse in Modern China: Theoretical Interventions and Cultural Critiqueg* (Durham: Duke University Press, 1993), pp. 102-123。

[7]見 Barlow, Tani ed., "Introduction," in *Gender Politics in Modern China: Writing and Feminism* (Durham: Duke University Press, 1993), pp. l-18；Gilmartin, Christina, Gail Hershatter, Lisa Rofel, and Tyrene White ed., *Engendering China: Women, Culture, and the State* (Cambridge: Harvard University Press, 1994) 含括了不同關注點，如女性的再現、「中國婦女」這一類別、女性的能動性（agency）等。此書儘管結構有些鬆散，但不時出現關於性別以及國族的形成與政策制定之間的關係的探討，此主題提供了探討生育計畫、對婦女勞動者的保護、中國婦女的建構系譜等共通之焦點（如其中 Tani Barlow 的文章即爬梳了現代中國的「婦女」、「女性」、「女人」等三種性別化的類別建構史），有其參考價值。

[8]日本的「良妻賢母」概念在 20 世紀之交為教育部所推崇，詳見 Nolte, Sharon H. and Sally A.

臺灣亦不例外。作為殖民地，民族主義在臺灣的發展難免因日本統治而受掣肘，但在以文化啟蒙為導向的刊物上，婦女課題與民族解放運動常被相提並論。[9]如在 1920 年代，彭華英即呼籲在一次世界大戰結束的新時代裡，知識分子需重新思考勞工、種族、和女性等新的社會議題。[10]留日的王白淵在 1926 年發表〈偶像之家〉描寫中產家庭的妻子出走、追尋自我，與易卜生被譯為〈玩偶之家〉的名作異曲同工，流露對女性議題的關注，其中女主角對個人自由的求索可被視作民族解放的一環。[11]進入 1940 年代，張文環的〈閹雞〉、呂赫若的〈廟庭〉不約而同地探索女性命運。[12]洪炎秋的〈復讎〉則賦予了離婚的女主角經濟獨立，「大肆放浪」的自由，以報復耽溺女色的男人。[13]其中對男人薄情暴力之描寫或許有些矯枉過正，開放式的結局也讓女主人翁是否真正獨立產生疑問，但〈復讎〉至少為「娜拉」母題之演繹提供了一個相對性別平等的可能性。

除了短篇小說，報刊上的討論和連載故事亦多與女性議題相關。不論是 1920 年代的啟蒙刊物《臺灣青年》，抑或是 1930 年代的通俗雜誌《風月報》，均充斥著對「新女性」的各種想像。在文學作品（多數出自男作家之手）中，男主角常在現代女性和傳統女性之間擺盪不定，而女性角色的型塑上則多呈現蕩婦和賢婦的道德兩極化。[14]無獨有偶，中國在五四以來

Hastings, "The Meiji State's Policy Toward Women, 1890-1910," in Gail Lee Bernstein ed., *Recreating Japanese Women, 1600-1945* (Berkeley: University of California Press, 1991), pp. 151-174。文中指出當時日本的明治政府對女性採取傳統軟硬兼施的舉措，一方面讚揚女性的生產力、孝順、勤儉等良妻賢母之美德，但一方面又限制其參與政治與發表作品，而當時政府的政策則主要奠基在家庭為國家結構的根本，以及家務的管理越來越操之在女性手裡這兩大前提上；陳姃湲的《從東亞看近代中國婦女教育──知識分子對「賢妻良母」的改造》（臺北：稻鄉出版社，2005 年）則比較了此概念在中、日、韓的發展。

[9]例如：紅農，〈婦女解放與民族解放運動〉，《臺灣民報》1928 年 8 月 5 日，8 版。

[10]參見彭華英，〈臺灣有婦女問題嗎？〉，《臺灣青年》1920 年 8 月 15 日，頁 60～67。

[11]王白淵著；陳才崑譯，〈偶像之家〉，《王白淵．荊棘的道路》上冊（彰化：彰化縣立文化中心，1995 年）；易卜生著；潘家洵譯，《玩偶之家》（北京：人民出版社，1963 年）。

[12]張文環，〈閹雞〉，《張文環集》（臺北：前衛出版社，1991 年）；呂赫若，〈廟庭〉，《呂赫若小說全集》（臺北：聯合文學出版社，1995 年）。

[13]洪炎秋（芸蘇），〈復讎〉，《藝文雜誌》第 1 卷第 5 期（1943 年 11 月），頁 15～22。

[14]關於 1920 年代啟蒙雜誌如《臺灣青年》與 1930 年代後半留日臺灣作家小說中的性別議題與現代性的關聯，Hsin-yi Lu 指出臺灣 1930 年代末的小說常將日本女性描繪成反映臺灣所欠缺的被渴望

歷經 1920 年代如火如荼展開的新女性論述後，在 1930 年代中期左右也呈「緊縮」之勢，特別是配合 1934 年的新生活運動和因應第二次中日戰爭，賢妻良母也漸成訓政時期國民黨著意強調的婦女形象。以下將以《風月報》的兩位主編——徐坤泉（1907～1954）的《可愛的仇人》[15]與《新孟母》[16]，及吳漫沙（1912～2005）的《韮菜花》[17]與《桃花江》[18]為例，分析兩位作家以女性角色為基礎的「性別化」現代性論述。在進行文本分析前，筆者將先簡論 1930 年代的臺灣文壇，概述小報如《風月報》作為婚戀態度的表述場域。然後檢視徐氏和吳氏兩位作家小說中的女性形象，及其共同的敘事風格。結語則對所選文本中所折射出的現代性視域提出看法。

一、《風月報》作為婚戀論述場域

1930 年代的臺灣文壇為新文學與通俗小說並置發展、左翼與消閒刊物各行其道之時期。隨著 1930 年掀起的臺灣話文之爭，新文學創作者雖有白話文的共識，但卻面臨了語言媒介的選擇。除臺灣話文、中國白話文之外，亦有年輕一輩作家如楊逵、龍瑛宗、呂赫若、楊熾昌等以日文為創作語言之作家崛起。《風月報》的創作主體多為受傳統漢文教育出身者，詩詞小說各有所長，文言白話兼有，但大抵以漢文為主。[19]《風月報》前身為 1935 年 5 月創刊的漢文半月刊《風月》。《風月》為風月俱樂部會刊，成

的對象。詳見 Lu, Hsin-yi, "Imagining 'New Women,' Imagining Modernity: Gender Rhetoric in Colonial Taiwan." in Catherine Farris, Anru Lee and Murray Rubinstein ed., *Women in the New Taiwan: Gender Roles and Gender Consciousness in a Changing Society* (New York and London: M. E. Sharpe, 2004), pp. 76-98。

[15]《可愛的仇人》於 1935 年開始在《臺灣新民報》連載 160 回，自 1936 年 2 月出版單行本，到 1938 年 8 月推出由張文環翻譯和文版的兩年半期間創下約一萬本的銷售率。見張文薰〈『可愛的仇人』と張文環〉，《天理臺灣學會年報》第 12 號（2003 年 6 月），頁 63。此論文援引《可愛的仇人》，收於下村作次郎、黃英哲主編，《臺灣大眾文學系列》（臺北：前衛出版社，1998 年）。

[16]徐坤泉，《新孟母》，收於吳福助、林登昱主編，《日治時期臺灣小說彙編 23》（臺中：文听閣圖書公司，2008 年）。

[17]吳漫沙，《韮菜花》，收於下村作次郎、黃英哲主編，《臺灣大眾文學系列》。

[18]吳漫沙（沙丁），《桃花江》，收於吳福助、林登昱主編，《日治時期臺灣小說彙編 24》（臺中：文听閣圖書公司，2008 年）。

[19]為吸引日文讀者，《風月報》曾延攬張文環闢日文欄，但為期不長。

員主要為一群喜以漢詩唱和的仕紳。刊物與當時大稻埕的藝妲文化關係密切，常刊載藝妲的寫真與小傳，甚至有為女給（或舞女）而辦的人氣投票以刺激刊物之訂閱，可謂名符其實的「吟風弄月」。[20]儘管在報刊漢文欄被禁後得以繼續發刊可被視作一抵殖民姿態，但筆者更感興趣的是《風月報》編輯團隊如何在當時新文學漸成主流的場域下與之競逐，爭取讀者。[21]

《風月報》（尤其是前身《風月》時期）之編輯成員多為臺北的詩社成員，刊物趣旨主在「維持風雅」，不乏當時文人們的青樓冶遊經驗，幾乎自成一套「妓女知識學」。[22]筆者所選的兩位編輯／作家以白話文書寫為主，雖受過漢文教育，但嚴格說來不算典型的歷經乙未割臺，在新舊文學論爭中又敗北、柳書琴的界定下所謂被「雙重舊化」的「舊文人」。[23]徐坤泉雖曾受教於高雄旗津舊文人陳錫如（1866～1928）門下，也參與旗津吟社活動，卻是以白話文「新銳作家」之姿被簡荷生從湖南敦請回臺（徐氏當時已因《可愛的仇人》而享有文名），擔任《風月報》編輯，並成為該刊物改走文藝路線的推手之一。而吳漫沙則為福建出生，臺灣成長的「華僑」。在投身《風月報》編務前，已於主要刊登新文學作品的《臺灣新民報》發表多部創作。兩位混身新舊文學交雜之漢文小報場域的白話文作家，比起漢詩詩人們在文體上略「新」，但又不見新文學作家之反殖人道書寫，反倒是進步中帶保守之半新不舊的價值觀，不啻為探究新舊文化轉型之個案。[24]此半新不舊的價值觀之成形受不同因素影響。筆者認為，與其

---

[20]從這點來說，《風月》與《三六九小報》（1930～1935）頗有延續關係，尤其是《風月》創刊於1935年。然《風月報》階段有漸朝純文學靠攏之姿，兩份小報之關係非單純地消長可解釋。

[21]關於小報在當時臺灣文壇的操作可參見學者對《三六九小報》的討論。毛文芳認為《三六九小報》因詼諧瑣碎和情慾美學反而「歪打正著」地吸引讀者，柳書琴則認為《三六九小報》策略性地自稱「小」，反成就其背後整合漢文圈之「大」。見毛文芳〈情慾、瑣碎與詼諧——《三六九小報》的書寫視界〉，《中研院近代史研究所集刊》第46期（2004年12月），頁159～222；柳書琴，〈通俗作為一種位置：《三六九小報》與1930年代的臺灣讀書市場〉，《中外文學》第33卷第7期。

[22]趙孝萱，〈臺灣《風月報》中的青樓想像與社會建構〉，「第一屆兩岸歷史文學與歷史創作研討會」論文（佛光大學文學系與歷史系，2002年11月）。

[23]「舊文人」定義見柳書琴〈《風月報》到底是誰的所有？：書房、漢文讀者階層與女性識字者〉，一文中的註33。

[24]關於在雅俗辯證中如何看待徐坤泉的書寫位置，見黃美娥，〈一九三〇年代臺灣漢文通俗小說の

說僅是作者自身身分（如生辰年代、是否受漢文私塾教育、加入詩社等）使然，不如說是作者本身身分與他們當時面對的寫作環境交相影響下之結果。以徐坤泉為例，其視域的生成與當時漢文文言至白話的過渡、日語文學崛起有關。若純以婦女解放的角度來看，在當時激進和保守兩極價值觀的磋商中，這些小說中以女性為主的現代性論述雖不乏開創，卻也不免有其局限。從另一方面來看，作家們以當時流行的議題（如婚戀自由與兩性關係）吸引讀者本無可厚非，甚或是必要的市場策略。在女性解放的呼聲中有所質疑，或略見保守倒也別樹一幟。

1937 年 4 月總督府下令廢止報刊漢文欄，短暫停辦的《風月報》於當年 7 月復刊，在審查制度下倖存，與其打出「茶餘飯後的消遣品，是文人墨客的遊戲場」[25]之非關政治的、以趣味為主的編輯宗旨攸關。徐坤泉被延攬回臺擔任編輯後（自 59 期始），則期待能「新舊兩翼並飛」，流露出對優質文章的渴求。[26]90 期至 132 期在封面更見「開拓純粹的藝術園地，提倡現代的文學創作」之標語。[27]隨徐氏轉往中國發展，編務逐漸落至吳漫沙身上。113 期後，任主編的吳漫沙增闢「文藝欄」，鼓勵短篇小說創作。131 期元園客（即臺北詩人黃文虎）發表〈臺灣詩人的毛病〉，重燃之前張我軍揭開的新舊文學論爭。[28]兩者皆可見滲透《風月報》中的「非通俗」元素，以及編輯們對刊文品質的期待。但編輯方針與市場取向畢竟仍有差距。徐坤泉接手後曾批評《風月》時期為特定階級讀者所壟斷，盼《風月報》能成為「大眾的園地」。[29]但礙於銷量之考慮，儘管徐氏宣稱《風月

「場」における徐坤泉の創作の意義〉，《言語社會》第 7 期（2013 年 3 月），頁 7～27。

[25]《風月報》第 50 期（1937 年 10 月），封面標語。

[26]徐氏當時以出版《可愛的仇人》白話小說之單行本，頗為人知。加以曾在《臺灣新民報》工作，在編輯方面亦有其人脈。徐坤泉語「新舊兩翼並飛，雙管齊下，今後之篇幅一新」，《風月報》第 50 期，廣告辭。

[27]《風月報》第 90 期至第 132 期（1939 年 7 月至 1941 年 6 月）。

[28]元園客，〈臺灣詩人的毛病〉，《風月報》第 131 期（1941 年 6 月），頁 8。

[29]徐坤泉，〈卷頭語：臺灣的藝術界為何不能向上？〉，《風月報》第 59 期（1938 年 3 月），卷首。

報》「絕非營業性質」[30]，卻也承認為了廣增讀者，只得繼續刊行桃色文章，沿襲先前的花柳遺緒。事實上，為擴展讀者群，《風月報》編輯們採取多種策略，對話題性議題（如女性在社會變遷下之角色與婚戀自由等）的利用即為其中之一。[31]

女性作為現代性的載體或作家們特定意識形態的投射在文學作品中屢見不鮮，即便已被文學史家經典化的新文學作家們如呂赫若、龍瑛宗等人亦不例外。[32]綜觀《風月報》，觸及女性形象或婚戀問題之文章比重頗大，不難看出當時作者對理想女性形象的憧憬與對婚戀自由的游移態度。與新文學作家筆下的女性角色相比，《風月報》編輯們透過長篇連載小說所建構的女性論述顯得格外是非分明，且敘述上充滿誇張、道德訓諭式的修辭，尤以賢妻良母典型的建構最為明顯。以下將依序分析徐坤泉與吳漫沙兩人的婚戀小說中的「現代」版賢妻良母形象。[33]

二、「現代」版賢妻良母之型塑

徐坤泉《可愛的仇人》或可被化約為賢妻良母與花心男性之對比。小說以男主角志中與女主角秋琴這對有情人未能結合的遺憾為主軸，進而發展兩人下一代的情感糾結。通篇出現至少三組賢妻良母型女性與用情不專男性的對比。第一組為貞烈的單親母親秋琴和其出沒花街柳巷的亡夫建華之對比。第二組為淑華與其丈夫志中。淑華對志中百般支持，但志中心繫

[30]徐坤泉，〈卷頭語：談「精神」與「物質」〉，《風月報》第65期（1938年6月），卷首。
[31]關於《風月報》「商業策略」之討論，此不贅述，見 Lin, Pei-yin, "Envisioning the Reading Public: Profit Motives of a Chinese-Language Tabloid in Wartime Taiwan" .*Print, Profit, and Perception: Ideas, Information and Knowledge in Chinese Societigs 1895-1949*, pp. 188-215.
[32]林姵吟，〈沉默的她者——重探呂赫若、龍瑛宗與翁鬧作品中的女性角色〉，《現代中文文學學報》第 10 卷第 2 期（2011 年 12 月），頁 60～73；及 Hsin-yi Lu 的論文，Imagining 'New Women,' Imagining Modernity: Gender Rhetoric in Colonial Taiwan."，特別是頁 88～91。
[33]在前衛出版社的單行本中，《可愛的仇人》與《韮菜花》以「臺灣舊時代社會家庭生活愛情倫理悲喜劇」之名被推介給讀者。其他常見的歸類如「通俗小說」因含括文類較廣，而「言情小說」在臺灣常指 1980 年代以降由林白或希代出版社發行的愛情小說，「羅曼史」則有其源自西方的特殊歷史語境，故本文以「婚戀小說」稱之，強調題材中對婚姻與戀愛等世變中的男女關係的處理。

秋琴，當妻子為洩慾的工具，待其病逝後才為淑華「守貞」。第三組為第二代萍兒和麗茹之對比。萍兒因日本女性誘惑而出軌，但麗茹對其感情始終如一。

此外，全書也多次突顯柏拉圖式精神戀愛和肉慾之愛的對比。[34]志中與秋琴從頭到尾無實際接觸，只在夢中相會。儘管夢中兩人靈肉合一，美夢卻因淑華的幽靈出現，以「奸夫淫婦」的說教收場。秋琴對志中的綺想也同樣被打斷。秋琴病歿後，志中大嘆他與秋琴「體離神合」的感情在「肉慾」橫行與充斥「金錢」的現今社會的神聖。此壓抑情慾的書寫亦見於麗茹和萍兒身上。如〈深夜煩悶〉一章，麗茹的蠢蠢「慾」動即刻被她對亡母的思念情緒和她為人姐的責任感覆蓋，只能抱著萍兒的照片入夢。當寫及萍兒垂涎君子的肉體時，徐坤泉讓君子的影像突然消失，萍兒只得到夢中鑑賞，再次以夢境收筆。在日文版的序中，譯者張文環和另一寫序者許炎亭更不約而同地表示此部作品的暢銷是因其巧妙地捕捉了當時臺灣社會封建價值觀，以及由核心人物秋琴和志中之間純樸愛情展現出的人情美。[35]循此思考，中文版得以受讀者歡迎與其中所折射出的相對「保守」婚戀態度關係匪淺。

與《可愛的仇人》相比較，《新孟母》更聚焦於女性角色的型塑。[36]從《風月報》事先推出的廣告辭已可得知，此書為「一部純家庭社會可歌可泣的新小說，描寫新女性受舊家庭社會摧殘的慘史。」又，「臺灣現社會的男女青年不可不看……是舊社會的一面照妖鏡！」[37]循此作者創作旨趣來閱讀，女主角秀慧如何與舊家庭規範苦鬥可說是《新孟母》的主要賣點。秀慧出生舊家庭，卻接受新教育，為其之後夾處新舊交替的倫理制度之悲

[34]類似的靈肉對立論述亦見於徐氏的《靈肉之道》（1937），請參考徐坤泉，《靈肉之道》，收於下村作次郎、黃英哲主編，《臺灣大眾文學系列》。因其與《可愛的仇人》主題同為愛情糾葛，未納入本文討論。

[35]參見張文環〈譯者序〉以及許炎亭〈序〉，收於阿Q之弟著；張文環譯；河原功監修，《可愛的仇人》復刻本（東京：ゆまみ書房，2001年），頁1～2、1～3。

[36]《可愛的仇人》在婦德論述外，亦有探討男性人生課題之段落。

[37]見《風月報》連載推出時的廣告辭。《風月報》第50期，廣告辭。

運埋下伏筆。她雖得以自由戀愛結婚，但婚後飽受翁姑虐待與小姑誹謗，加以丈夫的誤解，鄰右的諂害，甚至自己的孩子亦因她的緣故遭到歧視。徐坤泉在此小說中屢次強調家庭和睦幸福之重要，並將維持家庭和諧的重任交付於媳婦（秀慧）身上。因此，秀慧被描述成一位苦情媳婦，面對婆婆「如猛虎的咬人」（《新孟母》，頁 199）[38]般的權威，秀慧仍自勉：「忙到死是最幸福的」、「應該絕對服從」，並告誡自己：「女人的美不在外觀，乃在其德」（《新孟母》，頁 176）。如此近乎愚孝的價值觀將徐氏欲建構的賢妻良母形象推到極致。

在 1937 年 10 月到 1943 年 1 月長達五年多的連載後，小說仍未完結，但不難看出女性婚姻與婆媳關係為其中的兩大主題。有別於秀慧的婚姻自主，《新孟母》中的另兩位女主角（碧霞和月雲）則是聽從家人的安排而步入婚姻。看似嫁入經濟狀況較好的家庭，但實則未必幸福。碧霞的丈夫婚後出軌，她毅然與先前情人逃至日本，但赴日後情夫卻過起花天酒地的日子。故事開頭即充滿數段碧霞對自己從事伴舞的自責，字裡行間不時流露「男尊女卑」的雙重標準。例如：「你的對敵絕不是你的丈夫……你的真正敵人是女人」，男人的逢場作戲「當然是你們女人的罪惡的，你們為什麼不禁止你們女子保守自己的貞操呢」，最後更出現「天下男子的犯罪，大都是女子害他的，如聖經裡所說的，亞東的犯罪是為了夏娃的誘惑，可見女人是天下罪惡的種子」等字眼（《新孟母》，頁 74～76）。類似的近乎「女性原罪論」在《新孟母》甫開頭女主人翁們的中學（高校）校長畢業訓辭即可看出。校長再三強調昔日賢妻良母持家的美德，痛斥一味追求外表與玩樂，自以為走在時代尖端的新女性。

儘管徐坤泉對秀慧在舊家庭中的地獄般生活提出批評，他對新女性也頗不以為然。在《新孟母》第 27 回開頭，他自言「欲矯正現代新女性的錯誤」，希望藉此紙面塑造一個典範人物——即一位現代的「孟母」，故名

[38]《新孟母》徵引頁數以吳福助、林登昱主編版本為主。吳福助、林登昱主編，《日治時期臺灣小說彙編 23》。

為「新孟母」(《新孟母》，頁 222）。換言之，徐氏感嘆昔日孟母般的婦德在現今社會已不復見，對現代新女性的行徑頗有微詞。在其《島都拾零》，他批判了女學生濃妝豔抹之拜金主義，「以讀書為名，實為結婚之廣告」，這類以嫁入豪門為目標的女學生一旦達到目的，罔顧倫常，與「高等遊民」無異。[39]

值得注意的是，徐氏性別化的現代性想像與其都會敘述息息相關。在他筆下，島都臺北之所以成為青年男女（特別是女子）墮落的淵藪源自其繁華的物質生活基礎，尤其是娛樂文化（如電影和流行歌曲）的發達。徐氏《可愛的仇人》中，男女主角約會是去電影院看《金色夜叉》，小說本身原本亦有籌拍電影之計畫。流行歌曲則為這些小說中鑲嵌的另一娛樂文化。《可愛的仇人》中出現日本流行歌曲。周添旺在 1938 年曾根據《新孟母》創作「秀慧的歌」，以簡譜發表於《風月報》第 16 期，均說明了這些小說中性別化的現代性想像與都會影音娛樂形式間的關係。[40]電影在日治下的臺灣不啻為新興的都會消閒形式，加上臺灣的第一首流行歌曲〈桃花泣血記〉於 1932 年方才產生。徐氏小說中將這些當時時興的流行元素一併納入，亦顯示了此類連載小說與時共進的鮮明時代性。

在徐氏的現代性視域中，不論男女都無法倖免身處都會的負面誘惑。面對不惜以肉體換取物質生活的女子，徐氏在散文〈風流的夫人〉中諷刺地點出：「全臺的『女給』、『娼妓』，大都是由島都批發出去的！……男盜女娼，真是島都的一種特殊怪現象呀！阿修羅的都市，令人可怕而難提防其被腐化的地方」。[41]對於臺北的男性，徐坤泉也同樣提出批判。在其另一篇散文〈閒談島都〉中，徐氏指出當下青年意志薄弱，沉迷博弈女色

---

[39]〈他們的話〉，《島都拾零》，收於徐坤泉，《暗礁》(臺北：文帥出版社，1988 年），頁 107。

[40]吳漫沙的作品亦是如此。以《韮菜花》為例，其中諸位女主角在臺北相約去戲院看阮玲玉主演的電影《青春的路上》；廈門一段也出現看電影片段；碧雲回想自己受騙過程則「彷彿如電影中映過一般」(《韮菜花》，頁 149）。《韮菜花》末尾則有多處唱歌片段的描寫。

[41]〈風流的夫人〉，《新孟母》，頁 136～137。

的危險，再次以「阿修羅之世界」來諷喻所謂「文明」的青年男女對世俗慾望的執著和感官享樂的耽溺。[42]《新孟母》中秀慧之（醫生）丈夫馬清德即為一例。馬清德原本忠誠，人如其名，道德清高。但長期夾處母親與妻子的紛爭中，終陷酒場，走向墮落。後又迷戀女病患豔秋，引發婚外情。

然而，儘管男性在島都敗壞的社會風氣中難免失足，但歸根結底多是受女性的引誘，或是外在的環境（如島都的墮落歪風）使然，顯得情有可原。《新孟母》中，徐氏即將馬清德的道德腐化歸咎於世故的風月場所女子豔秋。作為具貶義的新女性代表，豔秋提出清德必須離婚、離開母親掌控、允諾銀行存款等三條件。馬清德則一味搪塞，要豔秋不要在意夫妻的名分，並認為自己母親已是「風頭之燭」，不成問題。馬清德矛盾的說辭突顯了其道貌岸然的假象，也流露出徐氏在現代性的道德論述中的雙重標準。反觀小說中的女子，則都選擇有限。煙花女子如豔秋始終期待夫妻名分，而碧霞失婚後與昔日情人私奔至中國終無出路，暗指了新女性與孟母典範之女子同樣都難逃婚姻的機制。

與徐坤泉類似，吳漫沙在《風月報》上刊載不少以臺灣婦女命運為主題的長篇。《韮菜花》呈現了臺灣女性在社會轉型之際的追求與掙扎。[43]文本中勾勒出的臺灣是個道德渙散的畸形社會，而受害者幾乎清一色全是女性。女主人公如愛蓮、浣芬、秀珠等均因嚮往（新式）的浪漫愛情，墮落失身而悔恨不已。慧琴和覺民雖兩情相悅，婚姻卻因覺民父親的攀權附貴而好事多磨。藉由其中女性角色之口，《韮菜花》流露出對女人難為的感嘆。如女主角之一的端美暢言：

> 最不幸就是我們臺灣女子、出世就給人輕視、咒詛、鄙夷、罵為賠錢貨、我們還不得天垂憐，而過這崎嶇險巇的生活、還不夠、甚至於要墮落做娼妓、出賣靈魂、或因不堪其苦而自殺解決自己、實不勝枚

[42]〈閒談島都〉，《新孟母》，頁125。
[43]引文以下村作次郎、黃英哲主編的《韮菜花》為據。

舉！……在這畸形的社會、萬惡的世間、做個人真很不容易、尤其女人！（《韮菜花》，頁 285）

端美的二嫂（上海女子）秋心亦是《韮菜花》中道德論述的主要傳聲筒之一。在端美作了開頭後，秋心緊接著說，固然舊時三從四德式的禮教已不合時宜而被推翻，但因應而來的社會問題不能完全怪罪男性。女性不該因男子的一點物質誘惑便誤以為是自由戀愛而與其敷衍，最終釀成悲劇。秋心接著讚美端美作為一個能成功征服環境，面對外界的刺激誘惑而不作「亂愛」的浪漫女性，堪稱為女界模範。慧琴也順勢呼應，提出女子不該終日無所事事，不理家務，像商品般活著。言下之意，已婚女子有幫夫持家的「義務」，女子的悲命則需仰賴自身的奮鬥方能解決。新民也加入這場關於臺灣婦女問題的議論，批判養女制度的不合理。[44]這段長約七頁的婦女問題「論述」在最後一章「願一切之有情人皆成眷屬」中端美和智明的婚宴中又繼續延伸，強調媒妁之言的過時，但也再三規勸青年男女婚前需「潔身自愛，保守個人的人格」、「野雞式的戀愛是社會罪惡的創造者」（《韮菜花》，頁 303），呈現有限度地追求婚戀自主。書中的道德教化亦延伸到國家的範疇。在《韮菜花》的前五分之一左右（「心裡是讚嘆著端美的綺麗」一章），覺民已告誡養病中的智明，青年人應走進社會為國宣勞，到海外為國爭光，不要永守家園（《韮菜花》，頁 60）。

《韮菜花》的道德訓諭以鮮明的善惡對比呈現。儘管在對月嬌的描寫段落呈現了這位地方仕紳萬財的妾的情慾自主（例如她主動對智明調情），但相對於小說中的其他女性，月嬌的角色塑造仍頗為負面。黃美娥曾提出吳漫沙作品中的女性身體展演，並認為吳氏對情愛及其在日常生活的實踐之強調為吳與「雅文學」迥異之處。[45]筆者同意《韮菜花》描寫月嬌

[44]徐坤泉散文〈談養女〉亦抨擊此風俗的慘無人道。《新孟母》，頁 119～121。

[45]見黃美娥，〈從「日常生活」到「興亞聖戰」：吳漫沙通俗小說的身體消費、地誌書寫與東亞想像〉，《臺灣文學研究集刊》第 10 期。

和智明的肉體之歡的情慾書寫十分細膩，而《桃花江》中同樣也不乏女性身體側寫片段。放眼當時的文壇，這些段落除了讓小說添了相對新穎前衛的實驗性質，也透露了這些通俗作品中意符（文本本身的文字）與意指（文本的指涉和意義）之間的落差與張力。意符與意指兩者之關係並非固定不變的，而是隨意而多元的。而這些側重情慾描寫的段落與作者本身對島都生活墮落之批判形成了弔詭的矛盾，兩者互相補充，但同時也互相抵消。筆者以為，這可被視為是吳漫沙的文字風格，以及對性別／情慾議題的既非全然譴責，亦非徹底放縱的不置可否。此「雙軌」敘述雖不時顯得模稜兩可，卻也透露了吳漫沙為了吸引各類不同閱讀受眾之嘗試。換言之，香豔縱慾與教化節制兼顧，可讓讀者們各取所需，自選其認同的女性觀，也自行拿捏一己的道德分寸。但總的來說，這些較為露骨的情慾描述在小說篇幅上所占的比重不高，與動輒長篇大論的道德論述相比，不成比例。再者，月嬌一角最終並沒有進一步的在情節上發展成為對女性情慾自主的宣揚。吳漫沙對其刻畫雖讓她的出軌顯得情有可原（如：她原為人家的養女，雖有萬財為其贖身，納其為妾，但慾望終難滿足，才致使她婚後因春情難耐而出軌），但卻沒有針對其淪為養女和被迫從娼的悲劇提出反思。加以其他對月嬌淫蕩行徑的著墨，讓她終究在文本中成了「負面教材」而收場。

與月嬌「同流合汙」的情夫張天順可說是小說中的另一位反向人物。他多次拐騙女性的金錢與貞操，與月嬌兩人最終被月嬌先前的情夫刺死。對此兇案，「各報紙都大書特書地揭載著，街頭巷尾議論紛紛……如此下場，亦是罪惡昭彰，因果報應。」（《韮菜花》，頁 207）似乎讓文本的意指傾向了保守的道德訓諭之一端。[46]相對於沒有克盡母責的月嬌來說，其夫的好友曾少卿對其孩子的領養更突顯月嬌的失職。而書中的另一位花花公子朱楚才最後遭警察盤問，被押至警局定罪，大快人心，也有異曲同工的

[46]以輿論來強調禮教亦可見於徐坤泉的《可愛的仇人》。書中安排一名地方巡查對秋琴的事蹟做調查，然後藉輿論力量使她的貞烈美名傳播開來。

報應教化之用。儘管此一文本可有不同的詮釋角度，筆者也沒有情慾開放勝過保守的預設，更無意以今鑑古，但單從文本結構來談，情慾自主的段落可說是幾近保守論述之下偶來的靈光乍現和文字展演（performative）。另一讓《韮菜花》情慾論述向保守一方傾斜的面向，可見於書中對多位女性近乎宿命地接受生活中的磨難之描寫。不論是否恪守婦道，諸多女性在情節鋪陳中總與「薄命」、「怨命」等概念攸關。例如：慧琴在失戀之餘，自嘆「我們女人多數是薄命的」(《韮菜花》，頁 100），「我是個命薄如花的可憐蟲……自恨命莫怨天尤人！」(《韮菜花》，頁 102）碧雲同樣自憐是個「時運不濟、命途多舛」(《韮菜花》，頁 167）的「薄命女子」（《韮菜花》，頁 185）。家世好的愛蓮也難逃命運之捉弄，當她因失身懷孕而痛不欲生時，端美如此安慰她：「……萬般是命運，你要忍耐著和命運之神掙扎奮鬥……」(《韮菜花》，頁 226）這或可被視為當時普遍來說女子出路有限的社會現實，經作者加工後之反映（即作家受到社會環境的制約），但筆者想強調的是小說的建構性（constructedness）。換言之，作者們在想像、再現臺灣當時社會的現代性時，將之挾帶而來的各種正、負面的重層衝擊加諸到所創作的文本女性角色身上。也因此，女性的角色塑造上常有趨向兩極的傾向，使得烈女與蕩婦的形象格外鮮明。兩類女性在文本中交互出場，互相角力，也互有消長，一如作者在道德抒發與情慾書寫兩股敘述驅力間的折衝，從而構築了此類通俗小說獨特的文字魅力。

儘管作家在道德的收放之間大抵傾向前者，但吳漫沙對其筆下女性角色卻流露出人道關懷。從他將她們的墮落歸罪於惡劣的外在環境即可略見端倪。在吳氏與徐氏的小說中，筆下所及的地理背景主要皆為作家們親身遊歷過的地點。如徐坤泉的作品出現了港、澳、汕頭、廈門等地，而吳漫沙作品出現了他的出生地福建石獅市。雖然吳氏在小說中對廈門和杭州的描寫相對正面，但對大都會的敘述則充滿批判。類似徐坤泉，吳氏亦將女性的墮落和都會繁華表象背後的腐敗作連結。《韮菜花》中刻畫的島都臺北因充滿誘惑，引人失足，被貶為一處「有噬人的豺狼，兇惡的猛獸」之地。小說中如此描述：「都市的罪惡真是罄竹難書，人們都說，不良的社會，**多半是**由於女人而產生的。但——這是不能一般而論的，一味歸罪於女人的，青春少女的墮落，大多是家庭環境與不良社會的引誘」（《韮菜花》，頁 142，粗體筆者所加），可見都市的環境被視作人們步向墮落的主因，且女性需負起大半以上的責任。《韮菜花》中不乏對臺北的摩登男女「醉生夢死」（《韮菜花》，頁 57）的負面描寫。而書中提及的另一都會上海，同是具天堂般的表面，但實則是暗藏罪惡的地獄，與鄉間的淳樸形成強烈對比。例如愛蓮因未婚懷孕，被安排至鄉下與獨居姨母同住，避人議論，所接觸的人多是心性純良的農民。雖然當地的青年男女也會唱情歌，但「心裡是沒有邪念的」（《韮菜花》，頁 230），突顯島都的道德敗壞。而對泉州石獅市的描寫則強調了當地中學女生的樸素與天真浪漫，「純然是新世代的女性」（《韮菜花》，頁 124）。面對她們，慧琴為自己的追逐時尚（施胭粉、燙髮、著緞旗袍）感到慚愧，再度流露出吳漫沙對都市的物質現代性所抱持的遲疑態度。

除了探討女性悲命，《韮菜花》亦對「20 世紀新青年」提出定義。從上海姑娘秋心的口中，讀者可得知所謂「新」青年是「沒有那嫁近嫁遠的迷信，而且也沒有省籍的隔膜與界限」（《韮菜花》，頁 283），在觀念上相對開放的一群年輕男女。而受過教育的年輕男女則更應洞悉金錢與女色兩方面的虛榮之害。與《新孟母》中，徐坤泉對受教育的女子的虛榮行徑大肆撻伐，吳漫沙對有識階級之態度顯得較為正面。不過與徐坤泉大同小異，吳氏對「誤入歧途」的青年雖頗有微詞，但仍筆下留情。例如對智明的與有夫之婦有染，即藉由另一男主人翁覺民之口，道出：「你（智明）是受社會的不良誘惑、執迷一時。我們對你是抱著十二分的同情！」（《韮菜花》，頁 59）甚至遭背叛的端美也替智明緩頰，認為他的墮落是因其情婦引誘男人的手段，不能一味歸罪智明，不惜因此與父親決裂。

約與《韮菜花》發表同時，吳漫沙以筆名「沙丁」發表《桃花江》，再度以女性角色為主探討當時的現代性情景。[47]此故事描述四位漁村出生的女性，為了生計而投入舞女、女給一行，與一群資產階級男性與文藝青年相識、戀愛而結婚，並共同發展家鄉桃花江之經濟的故事。小說中有大篇幅描寫當時男女自由約會情景，一方面寫出了自由戀愛的美好，如：「枯燥的心田，頓時好像給甘露潤澤般的快慰！」(《桃花江》，頁 172）另一方面也寫出男女關係的危機重重。如女主人翁梅痕的情人即受到娼妓引誘而友人見梅痕傷心墮落的模樣，痛陳愛情為：「青年人的陷阱」、「戀愛是上帝責罰青年男女的甜蜜毒藥！」(《桃花江》，頁 229）

在型塑理想與負面女性形象時，吳漫沙的用詞與徐坤泉時有不同。在《新孟母》中，徐坤泉稱行為舉止需要糾正的對象為「現代新女性」，然而在散文〈淡水河邊〉中，徐氏則改用「摩登女」一詞來稱呼。相較之下，吳漫沙作品中的「負面」角色被稱作「摩登女孩」，而「新女性」反倒是類似上述受過教育、思想進步的頗為正面的女性。[48]也因此，「摩登女性」和「新女性」在吳漫沙的創作中常互為對照。《桃花江》即出現（摩登女性）千里香與（新女性）梅痕的對比。吳氏曾在 1938 年發表的短文〈放掉摩登吧〉中對「摩登女性」下了負面定義，認為她們「把自己的人格降格到舞女，女給的水平線上」，不過是講究外表，受「虛榮心的驅使，而至於把自己做玩物看待」的女性。[49]《桃花江》中的千里香即被冠以一連串的貶義，如：「摩登騷氣十足」(《桃花江》，頁 235）、「14 歲就跟人發生曖昧」(《桃花江》，頁 200）、「實行一馬兩鞍的主義」(《桃花江》，頁 199）等。她用情不專，甚至與情夫合謀意圖騙取東寧的錢。毫不意外，其行徑終被「導正」，千里香被捕，與情夫一起入獄。

反之，吳氏在刻畫小說中的正面「現代新女性」形象時，則添了許多期待。梅痕礙於家計而到都市投身舞女業，但卻潔身自愛。即便她已心灰

[47]引文以收錄於吳福助、林登昱主編的《桃花江》版本為依據。

[48]徐坤泉，〈淡水河邊〉，《暗礁》。吳漫沙與徐坤泉的另一差別為前者對母性愛似乎更為強調。雖徐氏《新孟母》對秀慧的母性多所著墨，吳漫沙則另有多篇作品觸及母性之光。

[49]吳漫沙，〈放掉摩登吧〉，《風月報》第 58 期（1938 年 2 月），頁 12。

意冷，仍不忘回桃花江參與建設，或為雙親幼弟設想，「既不幸生為女子，就該和環境奮鬥徹底」(《桃花江》，頁 228)。與徐坤泉筆下的女性大同小異，她們往往具正反兩面的特質。既是社會道德淪喪的同謀，也是社會建設不可或缺的一環。不論褒貶，都不脫女性被賦予的社會角色，對女性本身特質的探討仍屬有限。梅痕之外，其他幾位女性角色在歷經重重磨難後，終究有情人終成眷屬。而桃花江在眾人努力下，也呈現嶄新的市容，故事以皆大歡喜收場，符合善惡分明的原則。

三、誇張的通俗劇式修辭

綜觀上述小說，其中一個共通點便是誇張的通俗劇式（melodramatic）修辭。[50]通俗劇式一詞並非在當時用來指稱此類家庭／婚戀小說的名詞。1976 年 Peter Brooks 將「melodrama」從法國大革命後不久興起的戲劇概念延伸至 19 世紀末的小說想像，指出通俗劇修辭在特定歷史脈絡下所蘊含的道德或倫理視域。[51]換言之，在先前的價值結構受到挑戰，倫理關係在劇變的環境下需被重新擬定。通俗劇流露、並戲劇化一般日常生活中隱含的道德要素，具鮮明的社會功能（social functions）。Brooks 同時也為通俗劇提出一些基本定義：如：正邪善惡的對比。正因其明顯的兩極化視域（如保守與開放、貞烈與墮落），通俗劇修辭在舊價值體系破產，新價值體系尚待建立之際試圖對道德價值提出辨證。[52]筆者以為，Brooks 對通俗劇的相

[50]Melodrama 亦有譯為悲喜劇和情節劇。本文採通俗劇以強調此修辭背後作者（如徐坤泉）盼能普遍老、中、青三代讀者之「大眾化」期待。

[51]Brooks 是將通俗劇這個戲劇觀念延伸到文學範疇的先行者，參見 Brooks, Peter, *The Melodramatic Imagination: Balzac, Henry James, Melodrama and the Mode of Excess* (New Haven: Yale University Press, 1976)。Brooks 書中的一個重要觀點為通俗劇是傳統的權力（如教堂和君主專政）崩壞，道德與真理受到質疑，亟需真理和道德的年代所衍生出的一種現代感知形式，其功用在於呈現現實中的「隱性道德」(moral occult)，代表了「再神聖化」(resacralization) 之需求。繼 Brooks 之後，通俗劇概念又被延伸至電影的範疇，例如 Singer, Ben, *Melodrama and Modernity: Early Sensational Cinema and Its Contexts* (New York: Columbia University Press, 2001)。Singer 以美國 1880 至 1920 年間充滿感官刺激的早期通俗劇電影為主，探究其中的對資本主義經驗、大都會物質環境和尋求刺激等現代文化表述。

[52]Elsaesser, Thomas, "Tales of Sound and Fury: Observations on the Family Melodrama," in Bill Nichols ed., *Movies and Methods*, Vol.2 (Berkeley: University of California Press, 1985), pp. 165-189；Thomas

對廣義的界定、對歷史脈絡與道德元素的強調十分適用於分析臺灣 1930 年代漢文連載小說的修辭特色。[53]

瀏覽徐坤泉與吳漫沙的諸篇小說，不難發現其字裡行間充斥著的情感的過度、誇張化之敘事模式，特別是觸及新時代的婦德和具爭議性的愛慾課題時。20 世紀初期的臺灣社會，靠媒妁之言的包辦式婚姻漸受挑戰。例如 1925 年《臺灣民報》上有論者對「只許男子三妻四妾，就不許女子更嫁」的雙重標準提出質疑。文章更直指那些一味推崇節婦烈女的「自命為道學家的，是殺人不眨眼的劊子手呀！」[54]然而，部分青年男女假自由戀愛之名，耽溺肉慾或玩弄感情卻也令一些知識分子敬謝不敏。[55]是否支持戀愛自由，抑或支持到何種程度在報刊上不時有論者各自表述，1926 年在《臺灣民報》與《臺灣日日新報》上展開的圍繞彰化戀愛事件（七名年輕男女計畫私奔廈門但被查獲）的討論即為一例。[56]儘管為何通俗劇修辭在當時臺灣會成為受歡迎的承載社會議題的敘述風格是個值得研究的課題，但囿於篇幅，此不詳述。不過從上述分析可推論，應與作者們自身的知識分子道德使命感攸關，以至於他們想藉由小說重新勾畫、敘述社會秩序。當然，

Elsaesser 在他的專書論文曾指出通俗劇的受歡迎通常與社會和意識形態充滿眼中危機的歷史時期相對應。研究維多利亞時期通俗劇小說的學者 Martha Vicinus 在其 "Helpless and Unfriended': Nineteenth-Century Domestic Melodrama," *New Literary History*, Vol. 13, No. 1 (1981), pp. 127-143 當中將維多利亞時期的通俗劇（家庭倫理劇）與 19 世紀英格蘭的社會轉型相鏈接，她認為儘管當時的通俗劇因情節乏善可陳、修辭過於誇張而為人詬病，但對當時無助而孤單的閱讀受眾卻起著心理上的試金石（psychological touchstone）的重要作用。類似的將通俗劇與當時特定社會脈絡結合的論述也可見於 Ken Ito 對明治時期日本通俗劇小說研究的專書，*An Age of Melodrama: Family, Gender, and Social Hierarchy in the Turn-of-the-century Japanese Novel* (Stanford: Stanford University Press, 2008)。在書中 Ito 論證了當時的通俗劇如何利用善惡兩極的道德觀在社會轉型中建構一道德的穩定性，也分析了當時受歡迎的通俗小說如何回應被日本政府視作是社會控制的工具的「家庭」這一觀念。

[53]林芳玫曾以「對讀者演說與訓誡」來闡述吳漫沙在作品中對讀者宣揚當時社會應有的價值觀與道德觀。見其〈日治時期小說中的三類愛慾書寫：帝國凝視、自我覺醒、革新意識〉，收於宋如珊、魏美玲編，《2010 海峽兩岸華文文學學術研討會論文選集》（臺北：秀威資訊科技公司，2010 年），頁 189～228，特別是頁 197。

[54]張麗雲，〈親愛的姐妹們呀、奮起！努力！〉，《臺灣民報》，1925 年 6 月 21 日，第 12 版。

[55]較《風月》／《風月報》稍早發刊的《三六九小報》上亦有多篇對戀愛自由提出批判之文章。

[56]在此兩大報紙上涉及此事件的相關討論可參見蔡依伶的碩士論文〈從解纏足到自由戀愛：日治時期傳統文人與知識分子的性別話語〉（臺北：臺北教育大學，2007 年），附錄三。

這也與因殖民主義所挾帶而來的現代性情境相關。以下將各選徐氏和吳氏兩位作家的一部長篇之段落來檢視其中的通俗劇修辭。

徐氏《新孟母》中，近乎說教的通俗劇式修辭多表現於秀慧和其婆婆國嫂仔之間的齟齬。如面對惡劣的婆婆，儘管丈夫看不過，秀慧卻認為因婆婆未受過教育，故其行徑「情有可原」，更進一步自責高女畢業者（如她）的女性「目空一切的……在家管父母，出嫁管翁姑。這完全是錯誤的思想！」（《新孟母》，頁 157）也是導致家庭大亂之因。面對婆婆拒絕進食的無理取鬧，秀慧跪地認錯等片段亦十分誇張。例如面對兒子清德想從中調停勸和，國嫂仔變本加厲，啼哭道：「天啊！地啊！……**你們看罷！**這樣無有天理的兒子，那有好的結果呢？……**苦勸**世間的人們千萬都不可養飼兒子呀！」（《新孟母》，頁 189，粗體筆者所加）此段可被視為徐坤泉藉由小說人物對讀者們（你們）的直接道德訓諭。而婆婆越是不可理喻，秀慧則越想扮演好順情的媳婦一角。對國嫂仔的惡行刻畫與對秀慧的賢良刻畫可說是一體兩面。在某程度上來說，清德與秀慧皆為國嫂仔威壓下的受害者，但徐氏卻只賦予了男主角決定權（如：清德要秀慧回娘家，直到國嫂仔逝世），與拋開禮教投向自己私慾的權利。儘管在散文〈臺灣目下的婦女〉中，徐坤泉揶揄了假道學男子對墮落（失貞）女子的大獻殷勤，但其對女性墮落的批判仍顯得比男性來得嚴厲。[57]

吳漫沙的《韮菜花》亦有不少例子。例如：描寫端美和智明兩情相悅，但智明因與有夫之婦春嬌發生「不倫之戀」而感情生變的伏筆一段。敘述從全知的視角寫景，過渡到第一人稱端美的視角，原文如下：

> 這兩顆心溶化在愛河裡過那幸福的生活時，一片緊急的烏雲，浮在天空，光輝的月姊受黑雲的籠罩，而現出一絲絲慘淡的碎影，一滴滴的秋雨，猛熱地向地下傾注！……呀！社會的狂風，淫婦是秋雨，它吹散我

[57]見徐坤泉，《暗礁》，頁 143～145。

> 倆的蜜情，她打汙，剝削，蹂躪他的身體，使他陷於生命危篤。唉！他亦給畸形的社會征服而墜落犧牲了！唉！智明！你雖於執迷不悟之時，想要奪我的貞操，我雖嚴格地拒絕而痛罵於你，但——我的心是始終不變的，原諒同情於你的。你，你為什麼這樣的不自加警省，致有今日之誤己誤人呢！？（《韮菜花》，頁 38）

類似的通俗劇修辭段落也見於另一女角浣芬在被朱楚才玩弄後的懺悔。吳漫沙以 12 行的篇幅，讓浣芬自責自己因「不顧廉恥」，與「惡魔」朱楚才發生肉體關係，而「死有合該」，「遺下這汙穢的殘軀，是要藉火車輪來解決了！願天下一切同性的女人，以我浣芬是鑑，別踏我之覆轍」，「只有死了才能洗清爸爸的名譽」（《韮菜花》，頁 242）。這段浣芬呼父叫母的懺悔本已充滿是非分明的道德訓諭，吳氏又在浣芬準備臥軌之際，安插了由曾與她交往過的正人君子文淵上演一齣英雄救美。長篇幅的浣芬懺悔，文淵的再度表白，兩人重修舊好，情節上峰迴路轉。高度戲劇化的情節也見於男主人翁覺民婚前的多角戀情。覺民與慧琴兩情相悅，秀珠意外地來信表白，可惜覺民最終屈就媒妁之言，娶富家小姐秀月為妻。但吳漫沙又安排秀月生子後病逝，為之後覺民和慧琴的結合埋下伏筆。縱觀整部小說，女性角色相繼在愛情上受騙，欲以自殺了結亦可被視作通俗劇敘事之表現。秀珠被江明宗拋棄後企圖自殺、碧雲受花心男士哄騙，人財兩失、愛蓮和浣芬失身後均生自殺念頭等，彷若情節安排上的既定套路，皆為《韮菜花》中通俗劇修辭的例證。

上述引文中的通俗劇修辭除了角色本身的自思自語外，亦常以長段對話的形式呈現，以突顯角色之間的衝突和情感張力。有時也會以書信（如情書）或歌唱的方式表述。若是自言自語或對話，小說中多以引號標註出來。而若是書信或是唱歌的歌詞的部分，則以和原文不同的字體區分。這些形式（特別是歌唱的部分，和大篇幅的人物之間夾議夾敘的對話）相對來說頗為新穎。有鑑於在這幾部聚焦探討的長篇中電影媒介的數度出現，或可大膽推測此對話和歌唱的形式與當時的電影的時興有關。中國與臺灣也的確於 1930 年代之後先後進入有聲電影階段，而號稱臺灣第一首流行創作歌曲〈桃花泣血記〉也同樣出現於 1930 年代（1932 年）。這些線索或許純屬巧合，但卻也為這些小說中的通俗劇修辭和電影媒介之關係留下值得繼續追蹤的註腳。

四、結論

本文中所討論的徐坤泉與吳漫沙的婚戀小說均流露對新社會或現代文明的曖昧態度，和對自由戀愛的愛恨交加。作品的主題上常緊扣著當時臺灣女性的命運，呈現出新舊參半的性別化現代性視域。縱觀《可愛的仇人》和《韮菜花》等小說，不難找到對女性角色的關懷段落（例如：對臺灣重男輕女的畸形觀念的撻伐、對傳統價值將媳婦當作生育工具的不合理），和希冀女性們能掙脫不合時代的禮教束縛，征服環境的制約，與男子並駕齊驅的懷想。但這些人道的、崇尚個人自由的改革論調在更長篇幅的賢妻良母的反覆辨證之文字下顯得單薄，難以拼湊出一完整的趨向女性解放的理想藍圖。反之，從文本中善惡分明、道德意味濃厚的修辭裡折射出的是曲折、仍持續被建構中的過渡現代性視域，而女性則成為承載（男）作家們這一游移的現代性視域的文本符號。這群男作家們為了型塑現代版的賢妻良母形象在字裡行間不斷斟酌、辨證，在語言文字上不時自我消解，在激進與守舊的兩端擺盪而呈現落差、矛盾，甚或帶有某程度上的重申保守的性道德的「反現代」意味。但換個角度來說，這些作品的「反現代」（例如：反「墮落」的都會文明、在當時追求婚戀自由的語境下流露修正、趨緩取向）正因呈現了這群作家們在新舊社會轉型之中層層疊疊、迎拒褒貶皆有的肆應歷程，在敘事的內容（如上述雙軌敘述之間的張力）和形式（如夾議夾敘的風格、歌唱方式的表述等）上倒也別具一番另類「現代」特色。

以《可愛的仇人》而論，徐氏對秋琴的描寫同情有餘，但煽動性不足。秋琴回憶昔日學的〈棄婦詞〉詞，最終歸罪於「東方之禮教遺毒過深」，顯示婦女解放只流於表象，實際上容易成為奢侈逸樂的託辭。也因此，在舊有的道德崩壞，新道德尚未建立的過渡階段，女子總要吃虧。[58]而〈蠻窟嘶鳴聲〉一章則從女主人翁秋琴的個人處境，帶出為眾女性抱不平的複數呼求：「臺灣的女同胞呀！我們的命苦呀！」小說中雖對女性抱以同情（如將女性的不幸歸因於惡劣的金錢社會），但諸多女性角色約出路有限——麗茹和君子皆依附於萍兒的愛情於金援下；慧英的生母在神戶淪落花柳界也是因被男性（慧英父親）拋棄所致；大膽示愛的慧英，只換來其表白對象的躊躇不前。

從文本來看，徐坤泉對婦女命運的關注並不等同其對女性解放的無條件支持。其字裡行間不時流露強調婦女貞操的保守態度似乎更為寓意深遠。在徐氏作品中，婦女的悲運和金錢掛帥的物質現代性密不可分。前者可被視作徐坤泉用來批判後者的主要切入點。《新孟母》亦是如此。當中力扮賢婦的女主角秀慧與《可愛的仇人》中的女性模範秋琴可謂互為置換。然而，與秋琴的折衷新舊價值觀相比，秀慧對其婆婆權威無條件地信服之舉措顯得老舊。但也因秀慧的「愚順」，反而使《新孟母》在婆媳關係的刻畫上更形誇大、戲劇化。

除了婆媳問題，「母親」的形象對這些小說中現代性的建構亦起著關鍵作用。徐氏的《新孟母》對母親形象即多所著墨。秀慧的母親觀念保守（如深信「女大不中留」，並一再告誡女兒婚後要以家庭聲譽為重），而其婆婆視秀慧為瓜分其兒子清德感情的競爭者，對媳婦刻薄寡恩，兩位「母親」均無法提供年輕女主角適當的情感撫慰，徒留女主角秀慧獨自掙扎。而儘管秀慧在哺育自己孩子時充滿母性光輝，但此母性美與秀慧婚後的媳婦難為構成一緊張關係（如：為夫家傳宗接代，與順從婆婆皆是婚後女性需要遵守的「女德」）。由舊家庭禮教束縛而來的女德標準，卻是導致

[58]徐坤泉，《可愛的仇人》，頁 68～69。

秀慧被休，拋夫棄子、獨返娘家之因。

吳氏的《韮菜花》和《桃花江》同樣呈現過渡性的道德觀，與對「現代」版的賢妻良母的表述。自由戀愛或婚姻自主雖然備受肯定，但吳漫沙對其可能引發的社會問題表示擔憂。與徐氏對「新女性」有所保留類似，吳漫沙對「摩登」女性的一些行為舉止頗不以為然。吳氏雖推崇婚戀自由，但此個人自由仍需以「發乎情，止乎禮」為準則。《韮菜花》對個人慾望雖有細膩描寫，但最終仍以失身與敗德收場。而《桃花江》對自由戀愛亦呈現兩面評價。其中來自漁村的窮苦女孩也因得到資產（或知識）階級男性的垂愛，而得以「躋身」幸福行列。她們對家鄉桃花江的建設似乎已為吳氏後來的女性投身戰事、從「家園」走向「國族」之理想形象轉換埋下伏筆。與其說這些小說宣揚了個人反抗，倒不如說它們試圖在舊禮教規範下尋求通融的空間。作品中對自由戀愛既迎還拒，也不時摻雜情慾書寫。與當時的其他眾多文本相比較，其直面地描繪生理慾望自有其創新與突破，但多數時候，小說在結尾處似乎都趨向了保守的基調，此一開放與保守之間的參差對照，或可被視作日治中期臺灣社會，以及作家們文學語言的特色。而通俗劇式的修辭則提供了徐坤泉、吳漫沙等作家論述道德矛盾，提出社會教化，又可兼具市場功效（即受到讀者歡迎）的敘事模式。

如前所述，《風月報》因其強調消閒的口號而屬小報性質刊物，但這並不意味著其編輯作家們與其他新文學作家們截然兩分。基於拓展讀者，徐氏和吳氏通俗劇式的婚戀小說可說是其美學趨向和商業考量交互影響下的折衷之道。其中折射出的視域充滿倫理訓示，卻少直接觸及殖民政治（吳漫沙後期的小說除外），揭示了作者們在道德教化和讀者（市場）兩大驅力下持續地折衝、角力之痕跡。儘管在歐美的研究中常指出通俗劇敘事和女性消費者之間的關聯，但回到當時的歷史脈絡，《風月報》的主要讀者群和供稿者仍是男性，說明了這些文本呈現出的更多是當時漢文男性知識分子藉由對「現代」賢妻良母的各自表述，以及「自由戀愛但不亂愛」的價值觀，對時變下日趨物質主義的臺灣社會之肆應，而非是針對女性而書的啟蒙範本。這些小說中以女性形象為主的性別化論述奠基於當時個人婚戀與家庭、婆媳生活等日常生活經驗，從社會學的角度來看，不啻為現時讀者開啟了一扇管窺 1930 年代臺灣通俗現代性的窗口。但若從女性的角度作為詮釋的出發點，那麼其中暗含的雙重標準，和文本中道德論述遠大於情色書寫的不對稱結構則使可能的啟蒙意蘊顯得模稜兩可。

參考書目：

一、小說文本

- 王白淵著；陳才崑譯，〈偶像之家〉，《王白淵・荊棘的道路》上冊，彰化：彰化縣立文化中心，1995 年。
- 吳漫沙（沙丁），《桃花江》，吳福助、林登昱主編，《日治時期臺灣小說彙編》第 24 冊，臺中：文听閣圖書公司，2008 年。
- 吳漫沙，《韮菜花》，收於下村作次郎、黃英哲主編，《臺灣大眾文學系列》，臺北：前衛出版社，1998 年。
- 呂赫若，〈廟庭〉，《呂赫若小說全集》，臺北：聯合文學出版社，1995 年。
- 易卜生著；潘家洵譯，《玩偶之家》，北京：人民出版社，1963 年。
- 洪炎秋（芸蘇），〈復讎〉，《藝文雜誌》第 1 卷第 5 期，1943 年 11 月，頁 15～22。
- 徐坤泉，《可愛的仇人》，收於下村作次郎、黃英哲主編，《臺灣大眾文學系列》，臺北：前衛出版社，1998 年。
- 徐坤泉，《島都拾零》，收於《暗礁》，臺北：文帥出版社，1988 年。
- 徐坤泉，《新孟母》，收於吳福助、林登昱主編，《日治時期臺灣小說彙編》第 23 冊，臺中：文听閣圖書公司，2008 年。
- 徐坤泉，《靈肉之道》，收於下村作次郎、黃英哲主編，《臺灣大眾文學系列》，臺北：前衛出版社，1998 年。
- 徐坤泉著；張文環譯，《可愛的仇人》和文版，臺北：臺灣大成映畫公司版本，1938年。
・張文環，〈閹雞〉，《張文環集》，臺北：前衛出版社，1991年。

二、專書

・陳妊湲，《從東亞看近代中國婦女教育——知識分子對「賢妻良母」的改造》，臺北：稻鄉出版社，2005年。
・Adams, Parveen and Elizabeth Cowie ed., *The Woman in Question: M/f.* Cambridge, Mass.: MIT Press, 1990.
・Anthias, Floya and Nira Yuval- Davis, *Racialized Boundaries: Race, Nation, Gender, Colour and Class and the Anti-Racist Struggle.* London: Routledge, 1993.
・Brooks, Peter, *The Melodramatic Imagination: Balzac, Henry James, Melodrama and the Mode of Excess.* New Haven: Yale University Press, 1976.
・Gilmartin, Christina, Gail Hershatter, Lisa Rofel, and Tyrene White ed., *Engendering China: Women, Culture, and the State.* Cambridge: Harvard University Press, 1944.
・Singer, Ben, *Melodrama and Modernity: Early Sensational Cinema and Its Contexts.* New York: Columbia University Press, 2001.
・Ito, Ken, *An Age of Melodrama: Family, Gender, and Social Hierarchy in the Turn-of-the-century Japanese Novel.* Stanford: Stanford University Press, 2008.

三、論文

（一）期刊論文

・毛文芳，〈情慾、瑣碎與詼諧——《三六九小報》的書寫視界〉，《中研院近代史研究所集刊》第46期，2004年12月，頁159～222。
・李毓嵐，〈日治時期臺灣傳統文人的女性觀〉，《臺灣史研究》第16卷第1期，2009年3月，頁87～129。
・林姵吟，〈「文明」的磋商：1930年代臺灣長篇通俗小說——以徐坤泉、林煇焜作品為例〉，《臺灣文學研究集刊》第8期，2010年8月，頁 1～32。

- 林姵吟，〈沉默的她者——重探呂赫若、龍瑛宗與翁鬧作品中的女性角色〉，《現代中文文學學報》第 10 卷第 2 期，2011 年 12 月，頁 60～73。
- 柳書琴，〈通俗作為一種位置：《三六九小報》與 1930 年代的臺灣讀書市場〉，《中外文學》第 33 卷第 7 期，2004 年 12 月，頁 19～55。
- 柳書琴，〈《風月報》到底是誰的所有？：書房、漢文讀者階層與女性識字者〉，《東亞現代中文文學國際學報》第 3 期，2007 年 4 月，頁 135～158。
- 柳書琴，〈傳統文人及其衍生世代：臺灣漢文通俗文藝的發展與延異（1930～1941）〉，《臺灣史研究》第 14 卷第 2 期，2007 年 6 月，頁 41～88。
- 張文薰，〈『可愛的仇人』と張文環》，《天理臺灣學會年報》第 12 號，2003 年 6 月，頁 61～70。
- 陳建忠，〈大東亞黎明前的羅曼史——吳漫沙小說中的愛情與戰爭修辭》，《臺灣文學學報》第 3 期，2002 年 12 月，頁 109～141。
- 黃美娥，〈一九三〇年代臺灣漢文通俗小說の「場」における徐坤泉の創作の意義〉，《言語社會》第 7 期，2013 年 3 月，頁 7～27。
- 黃美娥，〈從「日常生活」到「興亞聖戰」：吳漫沙通俗小說的身體消費、地誌書寫與東亞想像〉，《臺灣文學研究集刊》第 10 期，2011 年 8 月，頁 1～38。
- 黃美娥，〈二十世紀初期臺灣通俗小說的女性形象：以李逸濤在《漢文臺灣日日新報》的作品為討論對象〉，《臺灣文學學報》第 5 期，2004 年 6 月，頁 1～48。
- Martha Vicinus “ ‘Helpless and Unfriended’ : Nineteenth-Century Domestic Melodrama,” *New Literary History*, Vol. 13, No. 1,1981, pp. 127-143.

（二）研討會論文

- 林芳玫，〈臺灣三〇年代大眾婚戀小說的啟蒙論述與華語敘事：以徐坤泉，吳漫沙為例〉，《第四屆文學與資訊學術研討會會前論文集》，臺北：臺北大學中國文學系，2008 年，頁 1～26。
- 林芳玫，〈日治時期小說中的三類愛慾書寫：帝國凝視、自我覺醒、革新意識〉，收於宋如珊、魏美玲編，《2010 海峽兩岸華文文學學術研討會論文選集》，臺北：秀威資訊科技公司，2010 年，頁 189～228。
- 柳書琴，〈事變、翻譯、殖民地暢銷小說：《可愛的仇人》日譯及其東亞話語變異〉，收於山口守主編，《第八屆東亞現代中文文學國際學術研討會論文集》，東京：日本大學，2011 年，頁 293～321。
- 趙孝宣，〈臺灣《風月報》中的青樓想像與社會建構〉，「第一屆兩岸歷史文學與歷史創作研討會」論文，佛光大學文學系與歷史系，2002 年 11 月。

（三）專書論文

- Barlow, Tani ed., “Introduction,” *Gender Politics in Modern China: Writing and Feminism*. Durham: Duke University Press, 1993, pp. 1-18.
- Elsaesser, Thomas, “Tales of Sound and Fury: Observations on the Family Melodrama,” in Bill Nichols ed., *Movies and Methods*, Vol.2. Berkeley: University of California Press, 1985.
- Lin, Pei-yin, “Envisioning the Reading Public: Profit Motives of a Chinese-Language Tabloid in Wartime Taiwan”, in Pei-yin Lin and Weipin Tsai ed., *Print, Profit, and Perception: Ideas, Information and Knowledge in Chinese Societies 1895-1949*. Leiden: Brill, 2014, pp. 188-215.
- Liu, Lydia, “Narratives of Modern Selfhood: First-Person Fiction in May Fourth Literature,” in Liu Kang and Tang Xiaobing ed., *Politics, Ideoloy, and Literary Discourse in Modern China: Theoretical Interventions and Cultural Critiqueg*. Durham: Duke University Press, 1993, pp. 102-123.

- Lu, Hsin-yi, "Imagining 'New Women,' Imagining Modernity: Gender Rhetoric in Colonial Taiwan." in Catherine Farris, Anru Lee and Murray Rubinstein ed., *Women in the New Taiwan: Gender Roles and Gender Consciousness in a Changing Society.* New York and London: M. E. Sharpe, 2004, pp. 76-98.
- Nolte, Sharon H. and Sally A. Hastings, "The Meiji State's Policy Toward Women, 1890-1910," in Gail Lee Bernstein ed., *Recreating Japanese Women, 1600-1945.* Berkeley: University of California Press, 1991, pp. 151-174.

（四）學位論文

- 歐陽瑜卿，〈準／決戰體制下的女性發聲——《風月報》女性書寫與主體性建立的關係探討〉，嘉義：南華大學文學系碩士論文，2006 年。
- 蔡依伶，〈從解纏足到自由戀愛：日治時期傳統文人與知識分子的性別話語〉，臺北：臺北教育大學，2007 年。

四、報紙雜誌

- 《風月報》第 50 期，1937 年 10 月，封面標語、廣告辭。
- 《風月報》第 90～132 期，1939 年 7 月至 1941 年 6 月，封面標語。
- 元園客，〈臺灣詩人的毛病〉，《風月報》第 131 期，1941 年 6 月，頁 8。
- 吳漫沙，〈放掉摩登吧〉，《風月報》第 58 期，1938 年 2 月，頁 12。
- 紅農，〈婦女解放與民族解放運動〉，《臺灣民報》，1928 年 8 月 5 日，8 版。
- 徐坤泉，〈卷頭語：臺灣的藝術界為何不能向上？〉，《風月報》第 59 期，1938 年 3 月，卷首。
- 徐坤泉，〈卷頭語：談「精神」與「物質」〉，《風月報》第 65 期，1938 年 6 月，卷首。
- 張麗雲，〈親愛的姐妹們呀、奮起！努力！〉，《臺灣民報》，1925 年 6 月 21 日，12 版。

・彭華英，〈臺灣有婦女問題嗎？〉，《臺灣青年》，1920 年 8 月 15 日，頁 60～67。

——選自《臺灣文學學報》第 25 期，2014 年 12 月

法西斯美學的小說形象化
以吳漫沙《大地之春》為例

◎崔末順*

一、前言

學界一般都會以「政治審美化」或「藝術政治化」的概念來把握法西斯主義美學的本質。[1]而以此角度觀看日據末戰爭時期的臺灣文壇和作品，也容易發現以文學藝術巧妙包裝時局要求的一些現象。筆者即曾為文探討此一時期所謂嚴肅小說所反映的時局樣貌，並就其時代狀況和文學的內部關聯性，考察政治和文學之間的關係。[2]臺灣的現代文學，由於是在日本的殖民統治處境中登場，因此整個日據時期，無論是它的形成及進展過程，抑或文壇的成立、作家的創作歷程，在在都不可避免地受到殖民政策或多或少的影響。例如，嚴密的檢閱制度多方控制了創作和出版自由[3]；總督府警務局不時慫恿作家創作日文作品，且對文學雜誌施加壓力要求刊登日文作品；以及中日戰爭開打以後，官方隨即積極推動外地文壇和地方文化的建立，同時為相應「近代的超克」論述，要求文學必須體現東洋文化和日

---

*發表文章時為政治大學臺灣文學研究所助理教授，現為政治大學臺灣文學研究所副教授。

[1]主要係參考班雅明（Walter Benjamin）批判法西斯主義美學時使用的「政治審美化」概念，它指的是透過「美」、「崇高」、「道德」等形象，進行所有生活的藝術化，來達到大眾動員的文化策略。

[2]拙稿，〈日據末期小說的「發展型」敘事與人物「新生」的意義〉，《臺灣文學學報》第 18 期（政治大學臺文所，2011 年 7 月），頁 27～52；〈日據末期臺灣文學的審美化傾向及其意義〉，《臺灣文學研究學報》第 13 期（國立臺灣文學館，2011 年 10 月），頁 85～116。

[3]有關殖民地時期臺灣的檢閱狀況，參考河原功，〈日本統治期臺灣的檢閱實態〉，《殖民地檢閱，制度・文本・實踐》（檢閱研究會，首爾：昭明出版，2011 年 1 月），頁 623～688。

本精神[4]；此外，還要求文人在創作時，必須置入對推動戰爭能起積極作用的「增產保國」、「鼓吹從軍」、「臺內親善」等戰爭後方意識形態。很明顯的，臺灣現代文學的初期發展，可以說完全無法從殖民統治的磁場中脫離出來自主進展。

以整個日據時期來思考其政治對文學的干涉和控制方式，當會發現以 1937 年為分歧點所呈現的不同樣貌：如果說之前官方採取了禁止寫什麼的較為消極的政策，那麼之後則是鼓勵寫什麼的積極性措施。也就是說，戰爭時期殖民地的臺灣文人，強烈受到官方逼迫，必須擔負起協助推動國策以及鼓吹戰爭的時局性任務，而文學在此時也被官方認為乃擔負時局論述的一種政治煽動工具。其結果，文學逐漸成為反映法西斯意識形態的重要手段，並且開始以藝術性來美化當局的政治行為。因此，個人以為，考察日據末戰爭時期的文壇和文學其政治和藝術的相關性，亦即文學是以何種方式反映政治，是不容忽視和迴避的課題。

本文的討論對象為吳漫沙（1912～2005）的長篇小說《大地之春》。這篇原名為〈黎明了東亞〉的小說，從 1941 年 7 月 1 日到 1942 年 6 月 15 日為止，連載於《南方》雜誌，其後 1942 年 9 月又以《大地之春》之名，以單行本方式付梓出版。這篇小說可說披上了愛情故事的外衣，但作品核心內容卻帶有涉及東亞和平、共存共榮、日華親善等濃厚的國策色彩。根據筆者調查，截至目前為止，有關這篇小說的研究，主要著重在作為大眾小說或通俗小說的脈絡中爬梳，此外也有評述其協力國策的內容者，但是卻未見有以法西斯美學角度來討論小說本身的敘事特質的研究。另外，筆者的先前論文已曾就張文環、龍瑛宗、呂赫若等嚴肅文學作家戰爭時期小說中的美學特質做過討論，因此本文擬以相同角度檢視《大地之春》此大眾通俗小說，如此，一來可以擴展戰爭時期小說的討論範圍，再來希望藉

[4]較為仔細討論自中日戰爭到 1940 年代中期，日本在臺灣所實施的文化和文學政策，以及與近代超克論的關係，參考拙稿，〈日據末期臺韓文壇的「東洋」論述──「近代超克論」的殖民地接受樣貌〉，徐秀慧、吳彩娥主編，《從近現代到後冷戰──亞洲的政治記憶與歷史敘事國際學術研討會論文集》（臺北：里仁書局，2011 年），頁 93～125。

此能更明確地掌握該時期文學的時代特性。論文討論的焦點將放在《大地之春》反映國策的形象化方式，特別是此作品採取怎樣的敘事策略上面，考察其具體呈現的內容主題，以及此內容主題又以怎樣的機制發揮其力量於群眾身上，以達到動員群眾的法西斯美學目的。希望藉此能在政治和文學藝術的關係及其效應上面，提供進行批判性思考的機會。

二、正面人物和青春敘事

《大地之春》描寫一群對抗惡勢力的中國青年，在中日戰爭爆發後紛紛投入戰場，而在此之間他們體會到「東亞和平」及「東亞團結」的重要性，因而開始投身建設「東亞新秩序」的工作行列。小說內容以中日戰爭爆發（1937）為界線分為前後兩章。第一章的主要空間背景為杭州，敘事主軸有二：一為男女主角人物一平和湘雲的相戀；另一為一平和他的朋友組織學生自治會時遭到地方惡勢力阻擾，陷入危險而逃難到上海、廈門、泉州等地的過程。第二章直接以中日戰爭作為背景，男性人物入伍從軍參與戰爭，女性人物則加入看護婦部隊，他們有人受了傷，有人在危急狀況下救了人，可說經歷了一場日本口中所謂建立東亞新秩序的艱辛歷程。小說主要以中國為背景，訴說中國青年的抱負，不過，臺灣和日本則又以對應中國情境的方式適時出現，此外還透過從臺灣來的人物秀子的加入，使得臺灣的各種社會情況不時成為敘述的焦點。因此整個來看，小說企圖藉此追認日本侵略中國發動戰爭的正當性，並配合國策的意圖，非常明顯。

《大地之春》雖是在烽火綿延而且又是在動員體制下危機意識高漲的1940 年代問世，但小說卻與此時代氛圍迥然相異，而以青春男女的戀愛故事作為敘事框架。此或可說是作家吳漫沙一貫的寫作傾向，也或因如此，這篇小說普遍都被學者放在大眾小說或通俗小說的範疇內討論。[5]吳漫沙過去在《風月報》時期的〈墮落〉、〈韮菜花〉、〈桃花江〉、〈母性之

[5]陳建忠，〈吳漫沙小說在臺灣文學史上的兩種邊緣性〉，《日據時期臺灣作家論——現代性・本土性・殖民性》（臺北：五南圖書出版公司，2004 年），頁 211～249。

光〉、《黎明之歌》等小說，幾乎都是描寫青春男女悲歡離合的故事，他用才子佳人、言情小說的「見面——受難——大團圓」公式作為敘述框架，勾勒著 1930 年代臺灣都市化和消費時代到臨的種種面貌，也大量加入露骨的慾望描寫，呈現濃厚的通俗小說傾向。參考先行研究，這些小說主要在批判舊社會的黑暗面如蓄妾、買賣婚姻、養女習俗，並對受到壓迫的女性表示同情與關懷，但小說的底蘊仍然擺脫不了女性貞節觀念和「勸善懲淫」的既有禮教規範，因而小說中脫離舊道德的新女性，幾乎都以相當負面的形象出現，她們不是被刻畫成自由出入舞廳、咖啡廳、溫泉等社交場所，就是毫無羈絆的與男性交往，甚至破壞別人家庭。[6]

《大地之春》與上述吳漫沙其他小說相較，可知道其面貌有同有異，如果說相同一面為作家的一貫傾向，那麼，相異的面貌可以解讀為受到時局影響的緣故。前者表現在男女人物的戀愛故事上面，特別是在第一章中，無論氣氛的營造或敘述的方式，都與傳統才子佳人小說類似。例如表兄妹的交往和互吐情愫的場面、陷入深情終而臥病在床的女主角形象、以及家人所扮演的媒人角色，可以說處處都可看到古典愛情小說的影子，這使得戀愛場面變得相當淒美，呈現一種說不出的浪漫情懷。而後者主要表現在男主角的愛情觀上面，與浪漫愛情小說的人物不同的是，一平改革社會和國家的抱負，遠遠勝過爭取愛情的願望，他甚至對戀愛等個人情感問題，顯露出相當鄙視不屑的看法。

> 戀愛是青年男女自己找來的枷和鎖！我們不是有閒階級的人們，更沒有談戀愛的資格，同時這個愛的牢獄，我們絕不能像那些盲從執迷一時的青年自己鑽進去！我們的使命，是非常重大，這個時代，不是講戀愛的時代了，我們做這時代的青年，是要覺悟起來，向著建設改革的大路邁進，努力創造和平，這樣才是東亞青年的本分！（頁 11～12）[7]

[6]吳瑩真，《吳漫沙生平及其日治時期大眾小說研究》（南華大學文學研究所論文，2002 年）。
[7]吳漫沙，《大地之春》（臺北：前衛出版社，1998 年）。以下引用文後註頁碼也是根據此書。

> 這個時代的中國青年，不是講戀愛的時代了；我們要先找自己的出路，和環境奮鬥，到那時候，一切都可以迎刃而解。（頁 58）

妹妹秀鵑鼓勵一平去看生病的湘雲，但是一平認為比起個人情感，國家的改革和社會的和平更為重要，對愛情此一有閒階級的個人主義產物，表示出相當負面的看法。[8]一平還勸湘雲不要過度陷入戀愛情緒以致無法自拔，這種教化意味濃厚的談話，可以解釋為當時將個人情感和慾望等精神活動歸類為劣等精神基因的優生學概念，或者說是法西斯主義所慣用的一種男性對女性的啟蒙關係。這些否定個人情感，認同個人可以為國家社會犧牲奉獻的信念，在參與戰爭之後，即發酵為被要求獻出個人生命，並認為犧牲奉獻乃是個人莫大的光榮。

> 劍光還要說下去，一陣猛烈的鎗炮聲，手榴彈一個一個的落在陣中，劍光剛爬上沙包，他的背後竟中了一彈，噯呀一聲，落在戰壕裡，一平急跳下去，把劍光抱住，血從他的手背流下來，他雙眼瞪著劍光的面，叫道：「劍光君！……劍光君！……」劍光仰著頭，看著一平，微微笑著，眼角滲出涙水，雙手扭著一平的衣襟，斷續地道：「一平君！……我……我中彈了嗎？……我多麼光榮呢……我們！……我要再見的！……」（頁 234）

從上述的場面中可以發現，為了改革中國社會的大義，也為了東亞和平的大義，個人生命的犧牲是得到讚美的。對個人犧牲的讚揚，不僅出現在戰場，之前在對抗地方惡勢力時，也同樣被拿來強調，而且在青年之間被互相認定為具有崇高的道德價值。不僅如此，要求犧牲的程度，也隨著態勢的發展越來越為強烈，從個人情感的壓抑，到要求身體和生命的捨

[8] 1940 年日本的政界和言論界所熱烈討論的「新體制論」，主要內容為超克西方近代的主張；其中包括戀愛、消費等個人主義價值觀和生活方式，即被指為西方近代的弊病。

去。問題的重點在於，這些人物透過相當高的自我認同和相互肯定，將此種犧牲美化為值得追隨的道德規範及作為青年的本分。抑壓個人的慾望，肯定無差別的犧牲，這種人物被塑造為道德英雄，此自我犧牲的審美化過程，正是法西斯主義美學的核心內容，而它又對大眾發揮著無比的魅力。從《大地之春》原本只是在雜誌連載，卻受到讀者的熱烈回響而發行單行本的事實來看[9]，其充滿浪漫的戀愛故事[10]，加上美化犧牲、塑造英雄的審美化修辭，正可以用來扮演動員大眾的重要角色。而此正是法西斯美學和大眾主義具有的密切關係，青年世代本就是受到法西斯主義青睞的族群，而改革或推翻社會和國家的工作上，利用這些青年世代的故事，例如，以富含浪漫性的愛情故事或英雄悲劇來呈現，就可更容易的接近大眾，為大眾所接受，進而發揮對大眾的影響力。因此將大眾小說或通俗小說的呈現方式，拿來與時局狀況一併考慮時，有重新思考的必要。[11]

小說裡青春世代口中的大義，指的就是人民和大眾，進而是國家和東亞全體。而為了大義，個人可以被犧牲而且還認為極為光榮，明顯反映出法西斯的全體主義價值觀，這種充滿道德悲劇性色彩，可以說就是法西斯美學透過小說形象化以求再現的方式。《大地之春》主要刻畫的對象為青年世代的活動樣貌，他們都具備了積極活力、血氣方剛、好戰好勝、團結一致等的精神特質。小說透過此青春敘事來作為法西斯美學的形象化策略。

《大地之春》的人物，特別是青年或新女性形象，與之前吳漫沙小說中的人物呈現出不太一樣的特質，那就是個個都非常正面，同時也獲得高度的認同。首先就男性人物來看，包括主角一平在內，曾傑、蘇亞、劍光等人物，都是充滿自信、毫無畏懼、積極上進的熱血青年，他們無論是在

[9]吳漫沙，〈《大地之春》自序〉，頁 15。

[10]男女主角之外，同樣屬於青春世代的春曼和劍光，他們也是以愛情和戰爭交錯結合的方式呈現，將戰爭的殘酷置換為浪漫的愛情故事。

[11]實際上也產生過相當多的青年論述，熱烈主張青年的時代責任和義務。1942 年臺灣教育會所發行的雜誌《青年之友》，即為最明顯的一個例子。

杭州對抗地方惡勢力，或是志願參戰對抗敵軍，都表現出充滿戰鬥性、積極實現自我意志的人物形象。

> 一平回到家裡，已經是下午三點半鐘了，他在房裡徘徊著，回想著適才會場裡的情景，和列席者的資格的杜歐的無理，他為要創造自己的勢力，掛羊頭賣狗肉的，壓迫學生。他想到杜歐那耀武揚威的姿勢，他憤怒的熱血在奔流，他想著中國的社會組織，他的眼睛幾乎要流出淚來，晶亮地瞪著，咬緊牙關，恨恨地喊道：「誰要保衛東亞？……20 世紀的新青年……東亞的青年全體團結起來……建設東亞新秩序，保衛東亞……」他站在窗前，把一隻桌子壓得瑟瑟地響出聲，細雨頻頻打從窗來，寒氣迫人，他卻不覺得冷，他的全身熱得好像在燃燒。他睨視著霏霏的雨，和遼遠迷茫的樹木，頭髮給風吹散了，衣襟給雨吹濕了……（頁 19）

> 你為大眾流血，實在是光榮的！……我這時的心血正在奔沸著，我怎樣也睡不穩！春曼！中國，中國的青年像我這樣的流血的不知幾多呢？我們要打倒惡勢力，我們要拯救無數被壓迫的民眾！我們只有血，才能爭回我們的自由！（頁 101～102）

上一段引文為成立學生組織遭到挫折之後，一平回到家裡的反應；下一段則是在不純勢力和警察的勾結下，不幸中彈的劍光在醫院裡跟春曼所講的話。他們身上沒有一絲恐懼，內心充滿正義感，熱血正在沸騰，他們興奮的情緒和身體的發熱同時流動，心中燃燒的熱血和實際身體的流血同時串流。這些青年的熱血形象，符合法西斯美學的活力倫理學本質：呈現出成為強悍主體的慾望，強悍主體依賴非理性力量，隨著本能和獸性，按照慾望和熱情，將精神活動立刻化為實際行動。這些讚美熱血青春的再現方式，作為群眾動員的機制，很容易引起讀者們的強烈憧憬，達到法西斯美學的終極目標。加上，包括一平在內的這群青年，他們之間呈現的是完全的信賴與團結，以及不畏懼死亡的勇氣和毅力。描寫這些青春世代的信義和連帶意識，以及他們的同志愛和戰友愛，乃至高尚純潔的品德、絕對的勇氣等，正是這篇小說青春敘事的核心內容，也可以說是法西斯美學的動員修辭。[12]

青年世代作為變革的主體，以否定既有體制建設新的秩序作為目的，必然面臨舊世代的反彈。小說中雖然新舊世代的矛盾沒有特別明顯[13]，不過，組織學生會的事情，卻導致戒嚴的實施，而一平的朋友劍光中彈的消息報導出來後，父親和叔父開始勸告一平行動要小心，並且不讓他自由外出，呈現出新舊世代處事態度的落差：舊世代想要明哲保身，而新世代卻是即使犧牲自己也要改革體制。新舊世代的不同價值觀，代表的正是舊體制的顛覆和新體制的建立，此是法西斯意識形態的再現方式。

青春世代的讚美同樣表現在女性人物身上。秀鵑、秀子、湘雲、春曼、梅影等女性，個個都是可愛、善良且樂於幫助他人的大好人，此外她們還擁有美麗的外貌。

> 湘雲看著一平和秀鵑說著，兩頰微微泛著紅痕，雙眸亮晶晶的，好似含著淚光，微笑著張開櫻桃也似的嘴唇，露出一排雪白的牙齒，一種愉快忸怩和令人憐愛的神情，顯露在一個橢圓形的嫩臉上，苗條的身軀，隱隱慄動著。（頁 55）

對女性美貌的讚美，加強青春世代正面的印象，成為讓讀者憧憬她們的原因，可以說是大眾動員的審美策略。另外，包括湘雲在內，秀鵑和秀子的美貌，也在經歷戰爭後逐漸脫去傳統的韻味，轉變成既健康又充滿活

---

[12]法西斯主義讚美青年世代，以及如何看待青年世代等的內容，參考 Ruth Ben-Ghiat, *Fascist Modernities-Italy, 1922-1945* (California UP, 2001), pp. 93-95.

[13]此或可說是一平和他的弟弟、妹妹並沒有告知父親和叔父他們所圖謀的事情之故。

力，並且積極投入社會、國家事務的正面女性形象。

> 原來你也是一個有熱血氣的女性！創造環境，改革命運，不是要依靠男性已創造改革的，你們女性也要自己覺悟，挺身站在前線，努力，吶喊，做一個新時代的新女性！（頁 13）

> 湘雲的病雖然沒有多大起色，但她對於和平運動的熱誠，是不落人後的，她每天都在創作和平的文學。……日子如閃電般的過去，湘雲仍由華博士的治療，已逐漸恢復原狀，她也參加在青年和平救國會創刊的《和平》雜誌工作，同時她作了一首〈黎明了東亞〉的歌，刊載在《和平》的創刊號上。（頁 277～281）

如此，小說以正面的手法描寫青春世代，賦予男性人物積極性和霸氣，同樣也賦予女性人物美麗和活潑的健康形象，這與法西斯主義從否定舊世代、擁抱青年世代而發跡的情況頗有雷同之處。如小說所描繪一般，想要否定中國的社會組織，並且透過戰爭建設東亞新秩序，日本的法西斯方案自然要運用青年世代的好戰特性，讓她們挺身起義，反對舊的體制。

此外，在《大地之春》中運用的動員群眾機制，除了上述的浪漫愛情形式以外，還有作為家族關係來強調中國和臺灣（日本）的親善。代表中國的一平和代表臺灣發言的秀子是表兄妹關係，特別是一平的親妹妹秀鵑和表妹秀子，被描寫成長得一模一樣，彷彿雙胞胎一般，多處出現她們的長相非常類似的敘述，暗示著中國和臺灣不可分的密切關係。如果作為日本的一個地方的臺灣，與中國這麼親近又類似，那麼原屬同文同種的中國和日本，更可加一層親密關係，共築家族般的共同體。這類修辭帶來兩種效果：一為中國如臺灣一樣要學習日本，改造自己走上同化的邏輯；另一為將中日戰爭定位於改造中國的戰爭並加以正當化。也就是說如同臺灣一樣，中國也必須接受破壞（戰爭）之後的新秩序建設，才能確保中日兩國乃至東亞的和平，這就非常明顯的可以看出日本法西斯主義的邏輯。由於這些邏輯係透過家族敘事成立，就可以接受為了對方一家人必須在戰場槍口相對的狀況，並且即使知道戰爭的矛盾，但還是可以接受戰爭為必然的邏輯。在戰場上日本醫療隊治療一平等中國軍人，作為日籍看護婦從軍的秀子照顧一平等的內容描述，也由於他們是家族關係才能得到合理的解釋。

> 你已為東亞民族的幸福而流血，你的勇敢、你的毅力，實在是一個東亞男兒的本性，誇示著東亞民族的光輝，這是東亞民族一頁不朽的光榮記載，而今你躺在敵人的病院，受敵人的手在治療，而且你的敵人妹妹也在你身邊保護你，哥哥！你想這敵人可愛不可愛？（頁 247）

遭到日軍轟炸而受重傷的一平，反而要感謝他們的治療和照顧，此種矛盾狀況之可以被接受，主要也拜家族敘事之故。此血緣修辭，使得處在敵對狀況的他們，不得不包容對方、關愛對方，進而軟化了中國對日本的敵對意識。因此，他們從戰場一回來，即毫無芥蒂的馬上聚在一起，高唱〈黎明了東亞〉之歌，演出中國人、日本人和臺灣人大團結的場面。[14]

代表中國和臺灣的一平和秀子，他們的親密關係是植基於家族關係上而成立，是屬於血緣共同體，那麼一平和日本軍隊及日籍士兵佐野的關係，則是建立在擬似家族的關係上面：受傷的一平感激照顧他的日本軍醫長，認為他是再生父母；與一起接受治療的日籍士兵佐野培養出兄弟般的友誼。佐野說：「日本的國民性，本來就這樣的豪爽、義氣，也就是我們大和民族的精神……我們是戰場上的知己，好比是兄弟姊妹一般」，並無條件的拿出旅費，提供給一平和秀子放心的去尋找家人。感激佐野的一平也講出：「宣傳和平，叫大眾參加和平建國運動，叫大眾信賴貴國，對於

[14]歌曲或合唱也是審美形式，因而此場面可以解釋為藝術助長同化和協力的法西斯的審美策略。

你的深情，我是永遠銘記在心！」（頁 255～256）他們分享著兄弟般的情感。結尾部分，他們在重逢之餘，也一起從事推動東亞和平及中日親善的文化事業。無論是因著血液的血緣共同體，或是以友情為基礎的擬似家族運命共同體，小說呈現了中日青年不分你我融合在一起的景象，達到中日親善乃至東亞團結的目標，也正如法西斯美學所追求的目的。

三、由破壞而建設的戰爭敘事

《大地之春》透過人物的獨白和對話，大量的呈現東亞和平，以及東亞新秩序、亞洲團結和敵對英美、改革中國社會、讚美日本的進步等時代話語，這毫無疑問的，可將它歸類為迎合國策的宣傳文學。雖然小說按照時間先後的安排，以男女主角一平和湘雲的戀愛過程作為敘事的基本框架，但是貫通一二章的核心內容，卻是充滿符合日本對中華的企圖。破壞舊中國以迎接新日本，在此基礎上建立新秩序，可以說就是日本發動戰爭攻擊中國的後方意識形態，足見這篇小說具有明顯的追認中日戰爭正當性的目的。特別在第二章中，把戰場作為人物活動的背景空間，除了湘雲以外，所有人物都參與其中，戰爭敘事全面浮上檯面。此戰爭敘事的基本邏輯和結構，就是提示守舊中國和先進日本（臺灣）的對照圖，以及英美和日本的敵對關係。

> 這個時代的中國青年，是很危險的！臺灣才是一個神仙世界，夜不閉戶，路不拾遺，尤其是教育更普及，人民很親善，衛生又發達，我很願永久住在那裡。（頁 27）

> 我從這裡的小學校畢業後，就跟叔父到臺灣去讀日文，在那裡住了幾年，回到這裡進中學，種種就覺得很不慣，臺灣的教育是多麼有系統，中國的學校和外國的學校，比較起來，是很慚愧的！中國的學校是常鬧風潮，外國的學校從沒有聽見有風潮的發生；中國這種教育制度，是應該

一番的改革，這個改革的責任，就是這班有熱血的青年！（頁 27～28）
對！看鄰邦國運的興隆，科學的進步，我們這和他同種同文的老大國家，不但國運不興，科學不振，反日見退化，這是多麼慚愧的事！（頁 64）

對！臺灣！臺灣是完整的統治地方，在政府的領導下，向著明朗的路上邁進，人民都很安全地生活著，沒有社會思想的鬥爭，沒有地方土豪劣紳的占據勢力，自然是個優美的地方。但！我不能輕易的跑到外國去，我要在這個齷齪的地方！（頁 158）

臺灣的社會那麼安靜，教育和政治是那麼發達，自然是不至發生什麼派別的鬥爭，若論起日本女性的愛國熱誠，是很可敬佩的，而且世界無論那一國都都比不上她們。……我覺得中國的女性有的過於浪漫，有的被禮教的遺毒薰染得太深，還是在封建桎梏下生活。（頁 193）

這些人物口中的意見，在在強調先進日本或日本殖民統治下的臺灣和落後中國的對照性理解。小說未提出具體實際的事件或情況來作為對照，而是一再強調先進日本（臺灣）和落後中國的印象性比較，這就容易引發情緒性反應；如此訴諸於情緒作用的目的，在於它容易引發破壞衝動，可說也是很典型的法西斯美學屬性。因此，放在戰爭和動員的時代情勢中理解《大地之春》此種形象化方式，才能明確地把握其真正意涵。

一平等青春世代所追求的社會改革或進步的理想，內容中並沒有具體的呈現，給人感覺有些空洞，甚至造成敘事露出破綻的印象。不過，由於青年主導學生會組織運動，招來恐怖攻擊，甚至戒嚴令的發布，而他們也被警察追趕，從這等情況來看，反對改革的舊勢力應該還是非常強大，這表示新世代、青年學生和舊世代、地方勢力之間，存在明顯的對立結構。主要以妨礙學生自治會組織的杜歐和 A 學校的部分勢力，加上壓迫他們的警察等政府組織，構成中國社會的落後面貌，因此，小說站在青年世代的立場上，呼訴將這些舊世代和舊體制革除破壞的迫切，而它重複的運用中國和日本面貌的對照，其策略的真正目的就在這裡。

由破壞舊東西來建設新體制的法西斯邏輯，《大地之春》也是透過對立性結構明確地將它再現其中，並很自然的轉以戰爭的方式呈現。不過，在中國和日本對峙的戰場中，無論是中國或日本（臺灣）人，雖然他們異口同聲地主張為了東亞的和平和團結，戰爭是不可避免的一個過程。但是達到這種和平的手段卻是要靠擔負生命危險的戰爭來完成，並不太能具備說服力。為此，小說因而設定出另一個外部敵人——英美，來強化東亞國家內部的團結目的。

> 「我們東亞兩國這樣的戰爭，如果一齊對付英美，他們該不戰自走了！這次實在給英美人心驚膽喪，共服我們東亞民族的力量和精神！」「他們已不敢藐視我們東亞民族了！」（頁 234）

中國和日本（臺灣）的對立性結構，原本是中日戰爭開打的理由，但是不久之後便出現更加強大的對手英美兩國，因此中日兩國的關係，開始轉為帶有和平和團結的氣氛，英美代替了中國成為日本的對立面。可以說《大地之春》的戰爭敘事，是徹底內化時局要求的文學表現。由破壞而建設的法西斯邏輯，不僅在戰場發揮了影響力，讓青春世代個個都投入此崇高神聖的歷史任務，同時也是他們回到故鄉之後必須繼續追求的目標。戰爭破壞了守舊又落後的中國，從現在起要接受進步又先進的日本體制，以達成中日和平和東亞團結的目標，小說中呈現青春世代如此的歷史認知，與發動中日戰爭的意識形態——建立東亞新秩序頗相吻合。青春世代擔任新社會的建設任務，重新定位其文化位階，開始投入再生中國的計畫[15]，

[15]從這點可看出法西斯主義和民族主義的複雜關係；青年知識分子通常是以民族主義來接受法西斯主義，並自發性地走上順應之路。

並把它認為是實現東亞團結的一個基礎。

> 一個社會的組織，非一番大大的改革，不但國家不能強盛，地方不能安寧，青年更沒有光明的一天。但是，要打破頑劣的社會制度，掃除地方的惡勢力，創造新興的國家，只有青年才能負起這個巨大的責任。（頁123）

> 人已經死了，哀悼痛哭那有什麼益處？還是從和平的樂園去聯絡中日的感情，實現東亞民族的親善提攜，共同建設東亞的共榮圈！（頁285）

戰爭被認為是國家新生和建立東亞新秩序的必要手段，因而為此目標而做出犧牲，反是一種崇高的道德行為，這種對抗惡勢力奮鬥到底的作為，經過審美化巧妙地成為動員群眾的修辭學。《大地之春》即以如此大眾通俗小說的面貌，技巧地達成了政治的審美化目的。這一點在女性人物的身上表現得更加明確：從戰場回來的她們個個都擁有健康的身體和活潑的氣象，她們紛紛投入公共領域，儼然被塑造成銃後女性的形象。[16]這可謂是一種國民化的過程，在當時的時空背景之下，這些銃後女性被改造成專為東亞和平和團結而努力工作的尖兵。戰爭後湘雲得到日本醫生的幫助，克服了病魔回復了健康的身體，精神上也擺脫了過去只向著一平的家庭婦女形象，重生為具有自我主張的新女性；秀鵑和秀子以看護婦身分參戰之後，也從富家千金小姐轉變為能夠吃苦耐勞的女性，她們積極投入建設東亞新秩序的文化事業，展現出典型的法西斯新女性形象。可見《大地之春》透過讚美積極又有活力的熱血青春敘事，以及由破壞到建設、為大義甘願犧牲的戰爭敘事，進行了再現法西斯意識形態的小說形象化。

---

[16]在法西斯體制下，為了使銃後女性學習全體主義和有機體觀念，教養和文化使命感的注入是非常重要的教育，而且由於文化政策是在國家控制下進行，因此女性投入公共事業，是被積極要求的。

四、結語

本文在筆者既有論文的基礎上，嘗試把法西斯美學的文學呈現此一問題意識，擴展到大眾通俗小說來進行討論。文中所討論的《大地之春》，可以說是在積極呼應 1940 年代戰爭動員時局要求下的文學產物，它主要透過人物的獨白和大量的談話，明確呈現出時代的話語。眾所周知，殖民地的文學和政治關係最為密切，特別是在日據末戰爭時期，文學不僅被政治利用，更被鼓勵為扮演先導政治的角色。因此，該時期文學的時局色彩和時代氛圍，也最容易掌握。不過，作為文學虛構的一個產物，小說並不是直接呈現出作家的理念，其小說想像力和政治意識形態的關係，一定要透過文學內部的關聯性做出思考。本文試圖透過法西斯美學概念，用以考察日據末戰爭時期小說所反映政治的方式，也具體舉出了青春敘事和戰爭敘事的再現方式，目的就是想要說明文學想像力和外部動因之間的關聯樣貌。尤其，著眼於當時文人普遍都被要求協助國策的時代氛圍，他們可能不僅只是被動的投入創作活動，有時還被賦予領導政治的特權地位，因此不能否認這些作家透過文學進行政治煽動和戰爭動員的可能性。

考察結果發現，《大地之春》採取了兩種敘事策略。一為青春敘事，主要在呈現青春世代的活力，肯定他們的積極和好戰性、不懼死亡的勇氣、團結和連帶意識，以及對自我犧牲的道德審美化傾向，而這種青春世代活力的倫理學，很容易即能引起群眾對熱情衝動的個人主體力量的憧憬，因而能夠形成動員群眾的敘事機制。二為戰爭敘事，主要運用由破壞而建設的法西斯邏輯，將守舊落後的中國和新生先進的日本（或臺灣）對照起來，進而設定中日兩國和西方英美的對立關係，一方面據以推動中國改造企畫，另一方面又能把中日戰爭的矛盾隱藏起來，甚至將戰爭的必要性加以正當化。同時以年輕男女浪漫戀愛故事的方式呈現，具有大眾通俗小說面貌，足見其企圖達成 1940 年代為推動戰爭所需動員群眾的目的。小說讚揚戰爭是迎接新時代必走的過程，讓群眾相信此為必然的歷史性徵候，透過此政治審美化策略，刻意淡化戰爭的非人性殘酷面貌，以麻痺個人的判斷和批判能力，呈現了法西斯意識形態的種種小說形象化方式。

一般認為藝術是個可以成為維持權力的一種手段。無論是哪個時代，普遍都可看到權力階層透過對藝術家的後援，以求擴大自己的影響力，譬如他們依賴藝術力量所建立起來的雄偉建築或華麗美術，即是扮演展現權威和力量的一種手段。政治的目的越明顯，藝術的工具性價值，比起它的審美價值就更受到注目，可以說對支配階層來講，藝術是為了達成其政治目標的必要項目。進入現代歷史階段，伴隨著科技的革新發展，照片和電影等意象被運用的機會越來越普遍，但是包括文學在內，傳統藝術仍然被利用為政治性手段。日據末戰爭時期，在總力戰下作家文人被動員要求配合國策，可說是政治和文學的關係最為密切的時期，因而在該時期所生產的文學中，探討政治對文學的干涉作用，是一個值得思考的問題。再且，法西斯獨裁體制的利用藝術，不單只是作為宣傳、煽動的手段而已，在某種程度上它反映了大眾的慾望，因此有必要考察文本內部的敘事脈絡及形象化方式可能引起的閱讀效果等問題。本文所進行法西斯美學的小說形象化方式的討論，算是此問題意識的一個實踐，我想此一思考可以擴張到同時期不同作品的分析，以及具有類似經驗的其他東亞國家文學的研究上，如此相信也能提供一個參考對照的視野。

——選自崔末順《海島與半島：日據臺韓文學比較》
臺北：聯經出版公司，2013年9月

輯五◎

研究評論資料目錄

作家生平、作品評論專書與學位論文

專書

1. 吳漫沙　追昔集　臺北　臺北縣文化局　2000年12月　231頁

本書為回憶性散文集，書寫過去人生經驗的同時也提供當時臺灣人的真實生活紀錄，正文前有〈縣長序〉、〈局長序〉、鄭清文〈編輯導言〉、吳漫沙〈沉痛的回憶（代序）〉。全書收錄作者49篇文章：〈私塾啟蒙〉、〈洞房花燭〉、〈來無白丁〉、〈團長公館〉、〈三寸金蓮〉、〈我的母親〉、〈貞女出閣〉、〈亂世夫妻〉、〈冒犯王爺〉、〈荒唐鬩牆〉、〈傻勁小子〉、〈渡海省親〉、〈禍不單行〉、〈文壇附驥〉、〈被逐出境〉、〈不賣大燈〉、〈風月新姿〉、〈以文會友〉、〈聲色之間〉、〈意外收穫〉、〈國機揚威〉、〈風雨飄搖〉、〈處境日危〉、〈欲擒故縱〉、〈生死關頭〉、〈牢獄之災〉、〈天無絕人〉、〈午夜驚魂〉、〈火海餘生〉、〈國土重光〉、〈無冕之王〉、〈折翼之痛〉、〈話說從頭〉、〈九星聯珠〉、〈圓山多災〉、〈故國文學〉、〈國片滄桑〉、〈臺語話劇〉、〈臺北藝旦〉、〈藝旦的詩〉、〈臺北酒家〉、〈行吟故國〉、〈龍山古寺〉、〈城隍爺廟〉、〈南曲傳音〉、〈西門故事〉、〈江樓春色〉、〈臺灣年俗〉、〈元宵燈會〉。正文後附錄〈年表〉。

2. 李宗慈　口述歷史：吳漫沙的風與月　臺北　臺北縣政府　2002年10月　203頁

本書以實地訪查、口述資料撰寫方式紀錄吳漫沙的心靈世界以及文學生涯。全書共7章：1.童年記事；2.少年英雄人物；3.風月薪火風與月；4.文學青年時代對話；5.南方雜誌；6.走過從前；7.關於吳漫沙。

學位論文

3. 吳瑩真　吳漫沙生平及日治時期大眾小說研究　南華大學文學研究所　碩士論文　施懿琳教授指導　2002年6月　154頁

本論文主要針對吳漫沙的生平和創作過程，及其在日治時代對於大眾小說的貢獻，藉以考察日治時期大眾文學發展的歷程及作品內涵，並嘗試探索大眾文學的發展與時代環境的關聯。全文共6章：1.緒論；2.日治時期大眾文學的興起；3.吳漫沙的生平概述；4.理想的追尋與轉變；5.吳漫沙大眾小說析論；6.結論。正文後附錄〈吳漫沙生平及創作簡表〉、〈戰後吳漫沙古典詩的創作與刊載簡表〉。

4. 紀雯菁　從「臺灣文化新生」到「風俗記錄」：戰後吳漫沙研究（1945—

1995）　成功大學歷史學系　碩士在職專班論文　陳文松教授指導　2012年7月　159頁

本論文聚焦1945至1995年，爬梳吳漫沙於不同階段的身分轉換，突顯其對政治、社會之關懷面向。全文共5章：1.緒論；2.吳漫沙的文學活動（1935—1945）；3.吳漫沙的臺灣文化新生活動（1945—1950）；4.戰後吳漫沙的社會關懷（1951—1995）；5.結論。正文後附錄〈戰後吳漫沙已發表或出版創作總表〉。

作家生平資料篇目

自述

5. 吳漫沙　自序　韭菜花　臺北　興南新聞社　1939年3月　頁1—3
6. 吳漫沙　幾句前言　黎明之歌　臺北　南方雜誌社　1942年7月　頁1
7. 吳漫沙　前言　莎秧的鐘　臺北　南方雜誌社　1943年3月　頁158
8. 吳漫沙　自序　女人　臺北　盛興書局　1946年11月　頁1—2
9. 吳漫沙　自序　桃花江　臺北　盛興書局　1947年5月　頁1—3
10. 吳漫沙　自序　天明（上）　臺北　大同書局　1947年7月　〔1〕頁
11. 吳漫沙　自序　綠園芳草　臺北　大華文化社　1954年9月　〔1〕頁
12. 吳漫沙　自序　七葉蓮　臺北　名流出版社　1987年5月　頁7—8
13. 吳漫沙　作者介紹　七葉蓮　臺北　名流出版社　1987年5月　頁197
14. 吳漫沙　幾句前言　黎明之歌　臺北　前衛出版社　1998年8月　頁13—14
15. 吳漫沙　自序　大地之春　臺北　前衛出版社　1998年8月　頁13—16

他述

16. 〔趙天儀，鄭邦鎮，陳芳明編〕　吳漫沙小傳　臺灣文學史料調查研究計劃（上）　臺北　行政院文建會　1997年6月　頁272—273
17. 林政華　護持臺灣文學的白話大眾小說家——吳漫沙　臺灣新聞報　2002年7月19日　A13版
18. 林政華　護持臺灣文學的白話大眾小說家——吳漫沙　臺灣古今文學名家　桃園　開南管理學院通識教育中心　2003年3月　頁42
19. 陳文芬　前輩作家吳漫沙歡度九一大壽　中國時報　2002年8月18日　14

版

20. 李依蓉　吳漫沙用筆墨抗日　書香遠傳　第9期　2004年2月　頁44—45
21. 鍾肇政　吳漫沙先生與我　鍾肇政全集・隨筆集7、歌德文學之旅、八十大壽紀念文集（上）　桃園　桃園縣文化局　2004年11月　頁141
22. 編輯部　劉捷・吳漫沙・王昶雄　臺灣文學館通訊　第8期　2005年8月　頁12—17
23. 吳瑩真　吳漫沙與他的95歲生日　臺灣文學館通訊　第9期　2005年10月　頁56—57
24. 〔民生報〕　作家吳漫沙昨天病逝　民生報　2005年11月11日　A13版
25. 李宗慈　風雨一生——吳漫沙95高齡無憾而行　文訊雜誌　第242期　2005年12月　頁38—42
26. 洪士惠　作家吳漫沙辭世　文訊雜誌　第242期　2005年12月　頁138
27. 許俊雅　淡水河流域的文化與文學——三重市——傳統文學與現代文學作家——吳漫沙（一九一二年—）　續修臺北縣志・藝文志第三篇・文學（上）　臺北　臺北縣政府　2008年3月　頁77—80
28. 〔封德屏主編〕　吳漫沙　2007臺灣作家作品目錄　臺南　國立臺灣文學館　2008年7月　頁254
29. 吳明月　我們的父親吳漫沙先生　文訊雜誌　第277期　2008年11月　頁73—75
30. 陳柏言　蓬萊片景：吳漫沙與《風月報》　文訊雜誌　第396期　2018年10月　頁64--71

訪談、對談

31. 邱旭伶　臺灣文人吳漫沙的藝妲記憶　臺灣藝妲風華　臺北　玉山社出版公司　1999年4月　頁217—223
32. 林麗如　把文藝的種子撒在蓬萊島上——專訪吳漫沙先生　文訊雜誌　第186期　2001年4月　頁77—80
33. 林麗如　書寫時代悲歌——反日抗日的吳漫沙　走訪文學僧：資深作家訪問

錄　臺北　文訊雜誌社　2004年10月　頁257—264

34. 吳漫沙等　臺灣文學界總檢討座談會　楊逵全集·資料卷　臺南　國立文化資產保存研究中心籌備處　2001年12月　頁127—139

35. 吳漫沙等　臺灣文學總檢討座談會　黃得時全集2　臺南　國立臺灣文學館　2012年12月　頁68—81

36. 吳漫沙等；張麗嫻譯　臺灣文學總檢討座談會　黃得時全集2　臺南　國立臺灣文學館　2012年12月　頁82—95

37. 李宗慈　吳漫沙——一生有豐富的故事可以說　文訊雜誌　第220期　2004年2月　頁30

年表

38. 〔趙天儀，鄭邦鎮，陳芳明編〕　吳漫沙生平年表　臺灣文學史料調查研究計劃（上）　臺北　行政院文建會　1997年6月　頁273

39. 吳漫沙　年表　追昔集　臺北　臺北縣文化局　2000年12月　頁226—230

40. 吳瑩真　吳漫沙生平及創作簡表　吳漫沙生平及日治時期大眾小說研究　南華大學文學研究所　碩士論文　施懿琳教授指導　2002年1月　〔28〕頁

41. 李宗慈　吳漫沙年表　口述歷史：吳漫沙的風與月　臺北　臺北縣政府　2002年10月　頁161—169

42. 紀雯菁　戰後吳漫沙已發表或出版創作總表　從「臺灣文化新生」到「風俗記錄」：戰後吳漫沙研究（1945—1995）　成功大學歷史學系　碩士在職專班論文　陳文松教授指導　2012年7月　頁153—159

43. 吳思穎　《運河殉情奇案》歷史事件與文學作品創作年表　養女再現——當代（1950—）臺灣「養女文學」及其跨界文本研究　中興大學中國文學系　碩士論文　羅秀美教授指導　2013年6月　頁197—198

作品評論篇目

綜論

44. 張超主編　吳漫沙　臺港澳及海外華人作家辭典　江蘇　南京大學出版社　1994 年 12 月　頁 503
45. 許俊雅　日據時期臺灣小說之作者及其背景分析——小說作者之相關資料及生平略傳——吳漫沙　日據時期臺灣小說研究　臺北　文史哲出版社　1995 年 2 月　頁 270—273
46. 下村作次郎，黃英哲　臺灣大眾文學緒論〔吳漫沙部分〕　大地之春　臺北　前衛出版社　1998 年 8 月　頁 1—12
47. 下村作次郎，黃英哲　臺灣大眾文學緒論〔吳漫沙部分〕　韭菜花　臺北　前衛出版社　1998 年 8 月　頁 1—12
48. 下村作次郎，黃英哲　臺灣大眾文學緒論〔吳漫沙部分〕　黎明之歌　臺北　前衛出版社　1998 年 8 月　頁 1—12
49. 李進益　日據時期長篇通俗小說的創作暨主題探究——以徐坤泉、吳漫沙作品為主　第三屆通俗文學與雅正文學全國學術研討會　臺中　中興大學中國文學系，臺灣省政府主辦　2001 年 10 月 19—20 日　頁 29—45
50. 李進益　日據時期長篇通俗小說的創作及主題探討——以徐坤泉、吳漫沙作品為主　第三屆通俗文學與雅正文學全國學術研討會論文集　臺中　中興大學中國文學系　2002 年 11 月　頁 91—114
51. 陳建忠　大東亞黎明前的羅曼史——吳漫沙小說中的愛情與戰爭修辭　臺灣文學學報　第 3 期　2002 年 12 月　頁 109—141
52. 陳建忠　大東亞黎明前的羅曼史——吳漫沙小說中的愛情與戰爭修辭　日據時期臺灣作家論：現代性・本土性・殖民性　臺北　五南圖書出版公司　2004 年 8 月　頁 210—249
53. 林姵吟　A Forgotten Can on？Wu Mansha, Wind and Moon and Popular Literature in Taiwan's Japanese Period　2004 年臺灣文學國際研討會：臺灣文學正典的形成　法國　中研院中國文哲研究所，法國波

爾多第三大學主辦　2004 年 11 月 2—4 日

54. 林姵吟　被遺忘的典律？吳漫沙：風月和日據時代臺灣通俗文學　臺灣文學研究新途徑國際研討會　德國　中央研究院中國文哲研究所，德國波鴻魯爾大學中國語文學系主辦　2004 年 11 月 8—9 日

55. 蔡佩均　吳漫沙——同樣的鄉土，不同的敘事　想像大眾讀者：《風月報》、《南方》中的白話小說與大眾文化建構　靜宜大學中國文學系　碩士論文　柳書琴教授指導　2005 年 7 月　頁 135—137

56. 江侑蓮　吳漫沙（1912—2005）　2005 臺灣文學年鑑　臺南　國家臺灣文學館籌備處　2006 年 10 月　頁 382

57. 李詮林　日據時段的國語（白話）文學——吳漫沙等人的通俗國語（白話）文學創作——吳漫沙　臺灣現代文學史稿　福州　海峽文藝出版社　2007 年 12 月　頁 223—224

58. 李詮林　結論：臺灣現代文學：語言轉換中的中華文化脈搏〔吳漫沙部分〕　臺灣現代文學史稿　福州　海峽文藝出版社　2007 年 12 月　頁 503—504

59. 徐孟芳　日治時期「文明女體」的重層鏡像：由吳漫沙的通俗小說談起　東亞文學脈絡與文化傳承國際研究生學術研討會　臺北　臺灣大學臺灣文學所主辦　2008 年 7 月 2—4 日

60. 林芳玫　臺灣三〇年代大眾婚戀小說的啟蒙論述與華語論述——以徐坤泉、吳漫沙為例　第 4 屆「文學與資訊」學術研討會　臺北　臺北大學中國語文學系主辦　2008 年 10 月 25—26 日

61. 林芳玫　臺灣三〇年代大衆婚戀小說的啓蒙論述與華語敘事：以徐坤泉、吳漫沙爲例　臺北大學中文學報　第 7 期　2009 年 9 月　頁 29—65

62. 林姵吟　文明的磋商：1930 年臺灣長篇通俗小說——以徐坤泉、林煶輝和吳漫沙之作品為例　交界與游移：近現代東亞的文化傳譯與知識生產國際學術研討會　臺北　臺灣大學臺灣文學研究所，美國哈佛燕京學院主辦　2009 年 9 月 10—11 日

63. 林芳玫　日治時期小說中的三類愛慾書寫：帝國凝視、自我覺醒、革新意識——吳漫沙：從女性眾生相到皇民口號　2010 海峽兩岸華文文學學術研討會論文選集　臺北　中國現代文學學會，中原大學　2010 年 9 月　頁 221—223

64. 柯喬文　五四思潮與臺灣新文化運動——運動後期：1931—1945 年間——吳漫沙與風月——南方系列　「五四」與臺灣文學／文化運動（1915—1945）　中正大學中國文學系　博士論文　江寶釵，黃英哲教授指導　2010 年　頁 117—122

65. 黃美娥　從「日常生活」到「興亞聖戰」：吳漫沙通俗小說的身體消費、地誌書寫與東亞想像　臺灣文學的感覺結構：跨國流動與地方感國際研討會　南投　暨南國際大學中國語文學系主辦　2010 年 12 月 10—11 日

66. 黃美娥　從「日常生活」到「興亞聖戰」：吳漫沙通俗小說的身體消費、地誌書寫與東亞想像　臺灣文學研究集刊　第 10 期　2011 年 8 月　頁 1—38

67. 黃美娥　從「日常生活」到「興亞聖戰」：吳漫沙通俗小說的身體消費、地誌書寫與東亞想像　臺灣文學的感覺結構：跨國流動與地方感國際研討會論文集　南投　暨南大學中國語文學系　2015 年 9 月　頁 141—189

68. 蔡佩均　文藝如何復興？文學有何進路？——再論《風月報》編輯取向之變化〔吳漫沙部分〕　第八屆全國臺灣文學研究生學術論文研討會　臺北　國立臺灣文學館主辦；臺灣大學臺灣文學所承辦　2011 年 6 月 4—5 日

69. 蔡佩均　文藝如何復興？文學有何進路？——再論《風月報》編輯取向之變化〔吳漫沙部分〕　第八屆全國臺灣文學研究生學術論文研討會論文集　臺南　國立臺灣文學館　2011 年 9 月　頁 147—158

70. 黃美娥　臺灣文學新視野：日治時代漢文通俗小說概述——重要作家簡介—

—吳漫沙（1912—2005） 社團、思潮、媒體：臺灣文學的發展脈絡 北京 九州出版社 2011年9月 頁209—210

71. 李詮林 多種語言形態下的臺灣日據時期通俗小說創作——吳漫沙 集美大學學報 第14卷第4期 2011年10月 頁11—12

72. 王琨，張羽 日據末期《風月報》作者群筆下的大陸地景研究〔吳漫沙部分〕 臺灣研究集刊 2011年第1期 2011年 頁30—38

73. 李文卿 戰時體制與文學風貌——從《風月報》到《南方》——大東亞戰爭下的《南方》〔吳漫沙部分〕 想像帝國——戰爭時期的臺灣新文學 臺南 國立臺灣文學館 2012年10月 頁173—181

74. 陳俊益 戰後的賡續與協力：論《新風》中的吳漫沙及其「通俗小說」的動能與位移 清成研究生學術研討會 苗栗 清華大學臺灣文學所主辦 2012年11月24—25日

75. 王琬葶 從情場到戰場——吳漫沙小說中的摩登女孩、賢妻良母與女英雄 文化研究月報 第135期 2012年12月 頁15—27

76. 柯榮三 結語〔吳漫沙部分〕 雅俗兼行——日治時期臺灣漢文通俗小說概述 臺南 國立臺灣文學館 2013年10月 頁187—188

77. 吳嘉浤 試定位《風月報》和文欄中的「新文藝」路線——以作為書寫對象與創作主體的女性形象為線索〔吳漫沙〕部分 臺灣文學的內在世界——第十屆全國臺灣文學研究生學術研討會論文集 臺南 國立臺灣文學館 2013年12月 頁344—346

78. 林姵吟 性別化的現代性：徐坤泉與吳漫沙作品中的女性角色 今古齊觀：中國文學中的古典與現代國際學術研討會 香港 香港中文大學中國語言及文學系主辦 2014年5月27—28日

79. 林姵吟 性別化的現代性：徐坤泉與吳漫沙作品中的女性角色 臺灣文學學報 第25期 2014年12月 頁1—32

80. 郭瑾煒 《臺灣之聲》與「去日本化、再中國化」之文化重構——文化重構的積極推動者：呂泉生、吳漫沙與翁炳榮 聲音・文本・文化——

戰後初期《臺灣之聲》藝文作品研究　臺灣大學臺灣文學研究所碩士論文　黃美娥教授指導　2016年1月　頁61—73

81. 張宜柔　《徵信週刊》〈臺灣風土〉重要作者群像（二）——吳漫沙　臺灣民俗刊物《徵信週刊》〈臺灣風土〉研究　雲林科技大學漢學應用研究所　碩士論文　柯榮三教授指導　2017年6月　頁155—166

82. 黃美娥　戰後臺灣通俗小說史的再考掘——吳漫沙年代的女性書寫　第十屆臺灣文化國際學術研討會——性別・(後)解嚴？臺灣語言・文學與性別政治　臺北　臺灣師範大學臺灣語文學系主辦　2017年9月8—9日

83. 蔡佩均　吳漫沙（1912—2005）　日治時期臺灣現代文學辭典　新北　聯經出版公司　2019年6月　頁178—179

分論

◆單行本作品

小說

《韭菜花》

84. 劉秀美　試論臺灣社會言情小說主題的變遷〔《韭菜花》部分〕　中國現代文學理論季刊　第20期　2000年12月　頁624—626

85. 周昭翡　臺灣戰前小說的先聲——《韭菜花》　文訊雜誌　第221期　2004年3月　頁46

86. 蔡佩均　《韭菜花》　日治時期臺灣現代文學辭典　新北　聯經出版公司　2019年6月　頁322—323

《莎秧的鐘》

87. 吳醉蓮　吳序　莎秧的鐘　臺北　南方雜誌社　1943年3月　頁5—6

88. 曾文新　曾序　莎秧的鐘　臺北　南方雜誌社　1943年3月　頁7—8

89. 柯榮三　兩張「臺灣文學史年表」中的小問題——關於吳漫沙《莎秧的鐘》，兼談其戰後遭到查禁　國文天地　第208期　2002年9月　頁71

—76

90. 邱玲婉　戰爭時期（1937—1945）——皇民兒童文學中的同化迷思〔《莎秧的鐘》部分〕　臺灣兒童文學與新文學運動關係研究（1920—1945）　臺北教育大學臺灣文化研究所　碩士論文　林淇瀁教授指導　2012年5月　頁81—112
91. 朱雙一　他者鏡像：漢族作家的臺灣少數民族書寫〔《莎秧的鐘》部分〕　臺灣研究集刊　2012年第5期　2012　頁3—4
92. 朱雙一　他者鏡像：漢族作家的臺灣少數民族書寫〔《莎秧的鐘》部分〕　穿行臺灣文學兩甲子——朱雙一選集　廣州　花城出版社　2014年11月　頁284—285

《桃花江》

93. 阮淑雅　寫在大東亞聖戰之外——論吳漫沙連載於《風月報》之《桃花江》　浮世新繪——近代報刊學術研討會　南投　暨南國際大學中國語文學系　2007年5月5日　頁1—23
94. 阮淑雅　寫在大東亞聖戰之外——論吳漫沙連載於《風月報》之《桃花江》（1937—1939）　中極學刊　第6期　2007年12月　頁1—22

《大地之春》

95. 崔末順　法西斯美學的小說形象化：以吳漫沙《大地之春》為例　東亞文學的實像與虛像——臺灣皇民文學與朝鮮親日文學的對話（或比較）國際學術會議　臺北　政治大學臺灣文學研究所主辦　2011年11月25—26日
96. 崔末順　法西斯美學的小說形象化：以吳漫沙《大地之春》為例　海島與半島：日據臺韓文學比較　臺北　聯經出版公司　2013年9月　頁353—372
97. 崔末順　法西斯美學的小說形象化：以吳漫沙《大地之春》為例　東亞文學的實像與虛像　臺北　聯經出版公司　2013年11月　頁111—131

《香煙西施》

98. 婁子匡　臺灣的巫醫、卜者、星相家（代序）　香煙西施　臺北　東方文化供應社　1952年1月　頁2—3

《終身大事在臺灣》

99. 馬克任　前言　終身大事在臺灣　臺北　東方文化供應社　1952年4月　頁7—8

《運河殉情記》

100. 柯榮三　新聞・小說・歌仔冊——「臺南運河奇案」原始事件及據其改編的通俗文學作品新論——吳漫沙的小說《運河殉情記》　臺灣文學研究學報　第14期　2012年4月　頁91—93

101. 吳思穎　養女生命史的文學再現——「養女文學」小史——五〇年代：養女悲劇經典的建立——煙花巷裡跳運河殉情的養女——吳漫沙《運河殉情記》　養女再現——當代（1950—）臺灣「養女文學」及其跨界文本研究　中興大學中國文學系　碩士論文　羅秀美教授指導　2013年6月　頁32—33

102. 吳思穎　在地精神的表述——養女文學與社會文化的相互建構——養女文學與真實地景——吳漫沙《運河殉情記》與臺南運河　養女再現——當代（1950—）臺灣「養女文學」及其跨界文本研究　中興大學中國文學系　碩士論文　羅秀美教授指導　2013年6月　頁151—158

103. 柯榮三　《運河殉情記》　日治時期臺灣現代文學辭典　新北　聯經出版公司　2019年6月　頁349

◆多部作品

《大地之春》、《莎秧的鐘》

104. 下村作次郎，黃英哲　戰前臺灣大眾文學初探（一九二七年—一九四七年）——臺灣大眾文學的風貌〔《大地之春》、《莎秧的鐘》部分〕　文藝理論與通俗文化（上）　臺北　中研院文哲所　2004年12月　頁240—249

《母性之光》、〈天真之愛〉

105. 陳莉雯　《風月報》：現代戀愛的教科書——成功的形式：與互助的伴侶建立都會感的家庭〔《母性之光》、〈天真之愛〉部分〕　「島都」與「戀愛」：《風月報》相關書寫的再現與想像　清華大學中國文學系　碩士論文　李玉珍，柳書琴教授指導　2008年6月　頁93—96

《韭菜花》、《黎明之歌》、《大地之春》

106. 柯榮三　時代情牽白話編——徐坤泉、吳漫沙的漢文通俗小說——吳漫沙的漢文通俗小說　雅俗兼行——日治時期臺灣漢文通俗小說概述　臺南　國立臺灣文學館　2013年10月　頁152—181

單篇作品

107. 黃美娥　醒來吧！我們的文壇——再議1941年至1942年臺灣新舊文學論戰——在消沉與振作中奮進——論戰前後的臺灣文壇氛圍〔〈醒來吧！我們的文壇〉部分〕　日治時期臺灣傳統文學論文集　臺北　文津出版社　2003年2月　頁326—327

108. 施　淑　文藝復興與文學進路——《華文大阪每日》與日本在華佔領區的文學統制（二）〔〈臺灣之部〉部分〕　新地文學　第4期　2008年6月　頁27—28

多篇作品

109. 王昶雄　北臺文學綠映紅——編輯導言〔〈父親節〉、〈一丘之貉〉部分〕　以臺灣為名　臺北　臺北縣立文化中心　1995年6月　〔1〕頁

作品評論目錄、索引

110. 〔封德屏主編〕　吳漫沙　臺灣現當代作家評論資料目錄（二）　臺南　國立臺灣文學館　2010年11月　頁853—857

其他

111. 蔡佩均　吳漫沙主編時期：向女性、家庭、海外開發處女地　想像大眾讀

者：《風月報》、《南方》中的白話小說與大眾文化建構　靜宜大學中國文學系　碩士論文　柳書琴教授指導　2005年7月　頁43—48

112. 陳莉雯　《風月報》的都會想像與再現　臺灣文學評論　第11卷第3期　2011年7月　頁80—97

113. 向　陽　戰後臺灣文學傳播的新舊交替——《新風》簡介　文訊雜誌　第318期　2012年4月　頁96—97

國家圖書館出版品預行編目資料

臺灣現當代作家研究資料彙編. 111, 吳漫沙/黃美娥編選. -- 初版. -- 臺南市 : 臺灣文學館, 2019.12
面 ; 公分
ISBN 978-986-5437-32-9 (平裝)

1.吳漫沙 2.傳記 3.文學評論

863.4 108018274

【臺灣現當代作家研究資料彙編】111

吳漫沙

發 行 人 蘇碩斌
指導單位 文化部
出版單位 國立臺灣文學館
地 址／70041 臺南市中西區中正路 1 號
電 話／06-2217201 傳 真／06-2218952
網 址／www.nmtl.gov.tw 電子信箱／pba@nmtl.gov.tw

總 策 畫 封德屏
顧 問 林淇瀁、張恆豪、許俊雅、陳義芝、須文蔚、應鳳凰
工作小組 王譽潤、沈孟儒、李思源、林暄燁、陳玟希、蘇筱雯
編 選 黃美娥
責任編輯 林暄燁、蘇筱雯
校 對 杜秀卿、林暄燁、蘇筱雯
計畫團隊 財團法人台灣文學發展基金會
美術設計 翁國鈞・不倒翁視覺創意
印 刷 松霖彩色印刷事業有限公司

經銷展售 國立臺灣文學館藝文商店（06-2217201 ext.2960）
國家書店松江門市（02-25180207）
一德洋樓羅布森冊惦（04-22333739）
三民書局（02-23617511、02-25006600）
台灣的店（02-23625799）
南天書局（02-23620190）
後驛冊店（04-22211900）
蜂書有限公司（02-33653332）
府城舊冊店（06-2763093）
唐山出版社（02-23633072）
五南文化廣場（04-22260330）

初版一刷 2019 年 12 月
定 價 新臺幣 340 元整
第一階段 15 冊新臺幣 5500 元整 第二階段 12 冊新臺幣 4500 元整
第三階段 23 冊新臺幣 8500 元整 第四階段 14 冊新臺幣 5000 元整
第五階段 16 冊新臺幣 6000 元整 第六階段 10 冊新臺幣 3800 元整
第七階段 10 冊新臺幣 4500 元整 第八階段 10 冊新臺幣 3600 元整
第九階段 10 冊新臺幣 4000 元整 全套 120 冊新臺幣 37000 元整

GPN 1010802247（單本） ISBN 978-986-5437-32-9（單本）
1010000407（套） 978-986-02-7266-6（套）